KB107265

아버지와 자식

Отцы и дети

세계문학전집 404

아버지와 자식

Отцы и дети

이반 투르게네프

연진희 옮김

민음사

일러두기

1. 번역 대본으로는 『이반 투르게네프 소선집(Иван Тургенев: Малое собрание сочинений)』(아즈부카 출판사, 2015)에 수록된 『아버지와 자식(Отцы и дети)』을 사용했다.
2. 러시아어 원문에서 프랑스어로 쓰인 부분은 굵은 글씨로 표기했으며, 그 밖의 외국어는 굵은 글씨로 쓰되 문장 끝에 외국어의 출처를 표기했다.(예: 독일어, 라틴어, 영어 등)
3. 러시아어 고유 명사와 도량형 표기는 국립국어원의 외래어 표기법을 따르는 것을 원칙으로 했다. 그러나 구개음화([d] 음과 [t] 음 뒤에 [ya], [yo], [yu], [i], [i′] 모음이 따를 경우 각각 [z]와 [ts]로 자음의 음가가 변경되는 현상)가 일어나는 경우는 발음상 편의를 위하여 예외로 했다.(예: 아르카디→아르카지) 단 영어를 비롯한 외국어에서 차용된 러시아어에는 구개음화를 적용하지 않았다.(예: 파르티잔 등) 또한 쟈, 져, 죠, 쥬, 챠, 쳐, 쵸, 츄의 음가를 자, 저, 조, 주, 차, 처, 초, 추로 표기하도록 한 조항도 예외로 했다.
4. 원문에서 강조를 위해 이탤릭체로 표시한 부분은 고딕체로 표시했고, 원문에서 부연 설명을 위해 괄호 표시를 사용한 것도 그대로 따랐다.
5. 작품 속에 인용되는 성경 텍스트는 대한성서공회가 간행한 『성서』(공동번역 개정판, 1999)에서 인용했다.
6. 모든 주석은 옮긴이의 주다.
7. 러시아인의 이름, 지명, 어휘, 문구 등을 표기해야 할 경우 독자가 읽기 편하도록 러시아어의 키릴 문자 대신 로마자로 변환하여 표기했다. 단, 책 제목은 러시아어로 표기했다.
8. 투르게네프는 제정 러시아의 역법인 율리우스력에 따라 사건을 서술했다. 19세기 역법에 따르면 율리우스력은 오늘날 세계적으로 통용되는 그레고리력보다 십이 일 늦다. 따라서 투르게네프가 기술한 날짜를 그레고리력으로 전환할 때는 십이 일을 더하면 된다.

차례

주요 등장인물[1)]

예브게니 바실리예비치(혹은 바실리치) 바자로프 자연 과학을 전공한 청년. 애칭은 예누시카, 예누셴카, 예뉴샤, 예누셰치카 등.

바실리 이바노비치(혹은 이바니치) 바자로프 예브게니의 아버지. 군의관 출신의 지주. 애칭은 바샤 등.

아리나 블라시예브나 바자로바 예브게니의 어머니. 애칭은 아리샤 등.

아르카지 니콜라예비치(혹은 니콜라이치) 키르사노프 예브게니의 대학 친구. 애칭은 아르카샤 등.

니콜라이 페트로비치(혹은 페트리치) 키르사노프 아르카지의 아버지. 마리노 영지의 지주. 애칭은 콜랴 등.

파벨 페트로비치(혹은 페트리치) 키르사노프 아르카지의 큰아버지. 애칭은 파샤 등.

페도시야 니콜라예브나 키르사노바 아르카지의 새어머니. 애칭은 페네치카 등.

드미트리 니콜라예비치(혹은 니콜라이치) 키르사노프 니콜라이 키르사노프와 페네치카 사이에서 태어난 아들. 애칭은 미챠 등.

안나 세르게예브나 오진초바 니콜스코예 영지의 지주.

카체리나 세르게예브나 록체바 안나의 여동생. 애칭은 카챠 등.

---

1) 러시아 남자 인명은 '이름, 부칭(아버지의 이름+-예비치/-오비치), 성'으로 표기한다. 여성 부칭은 '-예브나/-오브나'로, 성은 '-아/-아야'로 표기한다. 단, 기혼 여성의 경우, 아버지의 성 대신 남편의 성에 '-아/-아야'를 붙인다. 부칭의 접미사를 결정하는 것은 아버지 이름의 마지막 음가다. '-이'로 끝나는 이름에는 '-예비치/-예브나'를, 자음으로 끝나는 이름에는 '-오비치/-오브나'를 붙인다. 단, '-야'로 끝나는 이름에는 '-치/-니치나'를 붙인다. 가까운 사이에서는 '-예비치/-오비치' 대신 '-이치'를 붙이기도 한다.

비사리온 그리고리예비치 벨린스키[1]의 추억에 바치다.

---

1) Vissarion Grigorievich Belinsky(1811~1848). 대표적인 서구주의자이자 당대의 가장 영향력 있는 문예 비평가로서 잡지《소브레멘니크》의 중심인물로 활약했다. 사실주의 문학 이론을 확립한 인물이기도 하다. 투르게네프도 그와의 교류를 통해 많은 영향을 받으면서 산문 작가로서 입지를 다졌다.

1

"어때? 표트르, 아직 안 보여?" 1859년 5월 20일, 먼지투성이 외투와 체크무늬 바지를 입은 마흔 살 남짓의 한 지주가 ○○○ 가도에 있는 여인숙의 야트막한 현관 계단으로 모자도 쓰지 않은 채 걸어 나오며 하인에게 물었다. 턱에 희끄무레한 솜털이 보송하고, 눈동자는 작고 흐리멍덩하며, 볼이 통통한 젊은 사내였다.

모든 것, 귀에 달린 남보석 귀고리며 포마드를 바른 알록달록한 머리칼이며 정중한 몸짓이며 한마디로 모든 것이 그가 개화된 신세대 인간임을 보여 주었다. 하인은 거만하게 길을 훑어보며 대답했다. "전혀요. 안 보입니다."

"안 보인다고?" 지주가 그의 말을 되받았다.

"안 보입니다." 하인이 거듭 대답했다.

지주는 한숨을 쉬고 벤치에 걸터앉았다. 그가 두 발을 허벅지 밑에 쑤셔 넣고 앉아 생각에 잠겨 주위를 둘러보는 동안, 그를 독자에게 소개하고자 한다.

그의 이름은 니콜라이 페트로비치 키르사노프다. 여인숙에서 15베르스타[1] 떨어진 곳에 농노 200명이 딸린, 혹은 대지 면적이 2000제샤치나인[2] — 그가 농민들과 상호 간의 경계선을 합의하고 '농장'을 세운 이후 부른 방식에 따르면 — 훌륭한 영지를 소유했다.[3] 1812년 전쟁[4]의 참전 장군인 그의 아버지는 까막눈이나 다름없는, 거칠기는 해도 악의는 없는 러시아인이었다. 그는 평생 일에 매여 처음에는 여단을, 나중에는 사단을 통솔했고, 늘 지방에서 살았다. 또 지방에서는 관등 덕분에 꽤나 중요한 역할을 했다. 니콜라이 페트로비치는 형 파벨 — 그에 대한 이야기는 나중에 — 과 마찬가지로 러시아 남부에서 태어나 하찮은 가정 교사들, 방종하면서도

---

1) 제정 러시아 시대의 측량 단위로서 1베르스타는 약 1킬로미터.

2) 제정 러시아의 면적 단위로 1제샤치나는 약 4000제곱미터.

3) 농노제라는 제도에서 지주의 재산은 일반적으로 토지의 면적보다는 농노 수로 표현됐다. 그러나 1861년 농노 해방 후 농노는 자유농이 되었고(정부가 주도한 이 정책은 토지 소유권을 전적으로 귀족에게 귀속시키고 농민을 경작할 토지 없이 빈손으로 내몰아 농민의 영락을 더욱 심화시켰다.) 지주와는 계약 노동자로서 관계를 맺었다. 키르사노프가 농노 해방 이전부터 자신의 영지를 '농장'이라 부르고 농노 수가 아닌 대지 면적으로 재산의 규모를 설명하는 모습에서 그의 진보적인 성향을 짐작할 수 있다.

4) 1812년 나폴레옹의 프랑스군이 러시아를 침략했다가 패한 전쟁이다. 흔히 '나폴레옹 전쟁'으로 알려져 있지만, 러시아에서는 '1812년 조국 전쟁'이라 불린다.

비굴한 부관들, 그 밖에도 연대나 참모부의 사람들에게 둘러싸여 열네 살까지 집에서 교육을 받았다. 콜랴진 가문 출신으로 처녀 때는 아가테[5]라 불리다가 장군의 부인이 된 후로는 아가포클레야 쿠지미니시나 키르사노바라 불리게 된 그의 어머니는 '장군 사모님' 부류에 속했다. 화려한 모자에 옷자락이 스칠 때마다 사각사각 소리가 나는 실크 드레스를 입고, 교회에서는 십자가 앞으로 가장 먼저 나아가고, 큰 소리로 수다를 떨고, 아침이면 자신의 작은 손에 아이들이 입을 맞추게 하고 밤이면 아이들에게 축복을 빌어 주는, 한마디로 속 편한 생활을 했다. 니콜라이 페트로비치는 남들보다 특별히 용감하지도 않았고 심지어 겁쟁이라는 별명까지 달고 있었지만, 장군의 아들로서 형 파벨과 마찬가지로 군 복무를 해야 했다. 그러나 임명을 알리는 통지서가 도착한 바로 그날, 그의 한쪽 다리가 부러졌다. 그는 두 달 동안 침대에 누워 지냈고 평생 '절름발이'로 살았다. 아버지는 그를 단념하고 문관의 길을 가게 내버려 두었다. 니콜라이 페트로비치가 열여덟 살이 되자마자 아버지는 그를 페테르부르크로 데려가 대학에 집어넣었다. 때마침 형이 그 무렵 근위 연대의 장교로 임관했다. 두 청년은 외당숙이자 고관인 일리야 콜랴진의 느슨한 감독 아래 한 아파트에서 같이 살게 되었다. 그들의 아버지는 자신의 사단과 아내에게로 돌아갔고, 그저 이따금 서기의 필체처럼 분방하게 휘갈긴 커다란 회색 사절지(四折紙)를 아들들에게 보내곤 했

---

5) '착하다'를 뜻하는 그리스어 '아가토스(agathos)'에서 유래한 여성 이름.

다. 이 사절지 끝에는 언제나 '장식 도안'으로 공들여 꾸민 '육군 소장 피오트르 키르사노프'라는 글자가 있었다. 1835년 니콜라이 페트로비치는 학사 학위를 받고 대학을 졸업했으며, 바로 그해 사열식 결과가 좋지 않아 해임된 키르사노프 장군이 거처를 찾아 아내와 함께 페테르부르크로 왔다. 그는 타브리체스키 정원[6] 옆의 저택을 임대하려 했고 영국 클럽[7]에도 가입했지만, 뇌졸중으로 급작스럽게 세상을 떠나고 말았다. 아가포클레야 쿠지미니시나도 곧 남편을 따랐다. 수도에서의 외로운 생활에 익숙해질 수 없었고, 은퇴 생활에 따르는 우울함으로 괴로웠던 것이다. 한편 니콜라이 페트로비치는 부모가 살아 있는 동안 아파트의 예전 주인이자 관리인 프레폴로벤스키의 딸과 서로 사랑에 빠져 부모를 커다란 비탄에 빠뜨렸다. 그녀는 사랑스러운 아가씨였으며 여러 잡지의 '과학'란에서 진지한 논문을 읽는, 이른바 진보 여성이기도 했다. 애도 기간이 끝나자마자 그는 그녀와 결혼했다. 그러고는 아버지가 연줄로 집어넣은 황실 영지부를 그만둔 후, 처음에는 임업 대학 부근의 다차[8]에서, 그 후에는 깨끗한 계단과 쌀쌀한 응접실이 딸린 작고 아담한 도시의 아파트에서 아내 마샤와 더없이 행복

---

6) 페테르부르크 도심의 동쪽으로 네바강의 굽이에 위치한 이 정원은 파벨 1세의 아내이자 알렉산드르 1세의 어머니인 마리야 페오도로브나(Marija Feodorovna, 1759~1828) 황후가 살던 대저택의 부속 정원으로, 이 부근에는 스페란스키를 비롯한 정부 고관들의 집이 많았다.

7) 영국의 신사 클럽을 본뜬 것으로, 남성 귀족들에게 만남의 장소를 제공했다.

8) 전원에서 여름을 나기 위해 마련한 별장.

한 생활을 하다가 마침내 시골로 갔다. 그는 그곳에 완전히 정착했고, 얼마 지나지 않아 아들 아르카지가 태어났다. 부부는 아주 행복하고 평온하게 살았다. 거의 한 번도 떨어져 지낸 적 없이 함께 독서를 하고 네 손으로 포르테피아노를 치고 이중창을 불렀다. 또한 그녀는 꽃을 심고 가금을 돌보았으며, 그는 이따금 사냥을 하고 영지 경영에 힘썼다. 아르카지 역시 행복하고 평온하게 무럭무럭 자랐다. 십 년이 꿈처럼 흘렀다. 1847년, 키르사노프의 아내가 생을 마감했다. 그는 그 충격을 가까스로 견뎌 냈지만, 몇 주 만에 머리가 허옇게 세어 버렸다. 그는 조금이라도 기분 전환을 하기 위해 외국으로 나갈 계획을 세우기도 했지만…… 바로 그때 1848년이 닥쳤다.[9] 그는 어쩔 수 없이 시골로 돌아와 꽤 오랫동안 아무것도 하지 않다가 영지 개혁에 몰두했다. 1855년, 그는 아들을 대학에 데려갔다. 페테르부르크에서 아들과 세 번의 겨울을 보냈다. 그곳에서는 거의 아무 데도 가지 않고 아르카지의 젊은 친구들과 친분을 쌓으려 애썼다. 지난겨울에는 페테르부르크에 가지 못했다. 그리고 1859년 5월 이 순간, 우리는 이미 머리가 완전히 세고 투실투실 살이 찌고 등이 약간 굽은 그를 보고 있다. 그는 예전의 자기처럼 학사 학위를 받은 아들을 기다리고 있다.

예의를 지키고 싶었는지, 아니면 주인의 시야에 있고 싶지 않았는지 하인은 대문 쪽으로 가서 파이프 담배를 피웠다. 니

---

9) 서유럽에서 일련의 혁명적인 봉기가 일어난 해다. 니콜라이 1세는 유럽의 혁명적인 분위기가 러시아에 영향을 미치지 못하게 하려고 극도로 억압적인 통치를 했다.

콜라이 페트로비치는 고개를 숙이고 현관 입구 앞의 낡은 계단을 바라보았다. 알록달록한 큰 병아리 한 마리가 크고 노란 발로 계단을 쿵쿵 울리면서 점잔을 빼며 어슬렁거리고 있었다. 꼬질꼬질한 고양이는 난간 위에 거드름 피우듯 웅크리고 앉아 병아리를 매섭게 노려보고 있었다. 햇볕이 뜨겁게 내리쬐었다. 여인숙의 어슴푸레한 현관방에서 따끈한 호밀 빵 냄새가 풍겼다. 우리의 니콜라이 페트로비치는 공상에 잠겼다. '아들이…… 학사가…… 아르카샤가…….' 이런 말이 머릿속에 계속 맴돌았다. 그는 무언가 다른 것을 생각하려고 애썼지만 다시 같은 생각으로 돌아오곤 했다. 고인이 된 아내가 떠올랐다……. '끝까지 기다려 주지도 않고!' 그는 침울하게 중얼거렸다……. 피둥피둥한 회청색 비둘기가 길 위로 날아 내려와 물을 마시려고 다급히 우물 옆 작은 웅덩이 쪽으로 향했다. 니콜라이 페트로비치는 비둘기를 바라보았다. 그러나 이미 그의 귀는 가까이 다가오는 바퀴 소리를 포착했다…….

"오시나 봅니다." 하인이 대문에서 불쑥 나타나 보고했다.

니콜라이 페트로비치는 벌떡 일어나 길을 뚫어지게 바라보았다. 역마 세 마리가 끄는 타란타스[10]가 나타났다. 타란타스 안에서 학생모 테와 사랑스러운 얼굴의 낯익은 윤곽이 얼핏 보였다…….

"아르카샤! 아르카샤!" 키르사노프가 외쳤다. 그는 앞으로

---

10) 러시아 특유의 유개 여행 마차. 가죽 덮개와 네 개의 커다란 바퀴가 있다. 타란타스는 스프링 대신 긴 나무 막대에 차체를 의지하는데, 특히 도로 사정이 좋지 않을 때 주로 이용됐다.

달려가 두 손을 흔들었다……. 잠시 후, 어느새 그의 입술은 아직 수염이 나지 않은, 먼지로 덮이고 햇볕에 그을린 젊은 학사의 뺨을 누르고 있었다.

2

"몸을 좀 털게 해 주세요, 아빠." 여행으로 다소 쉰, 그러나 젊은이다운 낭랑한 목소리로 아르카지는 아버지의 포옹과 입맞춤에 쾌활하게 화답하며 말했다. "저 때문에 아빠가 온통 더러워졌어요."

"괜찮아, 괜찮아." 니콜라이 페트로비치는 부드럽게 미소 지으며 똑같은 말을 되풀이하고는 아들의 털외투 옷깃과 자신의 외투를 한 손으로 두어 번 툭툭 털었다. "어디 보자, 어디 보자." 그는 조금 물러나서 이렇게 덧붙이고는 곧바로 "여기야, 여기. 어서 말을 끌고 와."라고 말하며 분주한 걸음으로 여인숙을 향해 걸어갔다.

니콜라이 페트로비치는 아들보다 훨씬 불안해 보였다. 말하자면 약간 당황하고 겁먹은 것처럼 보였다.

"아빠." 그가 말했다. "저의 좋은 친구 바자로프를 소개할게요.[11] 편지에서 자주 말씀드렸죠. 이 친구가 친절하게도 우리

---

11) 당시 귀족 남성들은 대개 16, 17세에 대학에 입학했다. 이 책 309쪽에서 아르카지는 자신의 나이가 스물셋이라고 말한다. 한편 26장에는 오진초바라는 스물아홉 살의 귀족 여성이 바자로프에게 "우리는 둘 다 더 이상 청춘

집에서 묵는 것에 찬성해 주었어요."

니콜라이 페트로비치는 재빨리 돌아서서, 이제 막 타란타스에서 내린, 술 장식이 달린 긴 발라혼[12] 차림의 키 큰 남자에게로 다가가 그의 붉은 맨손을 꽉 쥐었다. 그 남자는 니콜라이 페트로비치에게 곧바로 손을 내밀려 하지는 않았다.

"진심으로 반갑습니다." 그가 말을 꺼냈다. "우리 집을 방문해 준 호의에도 감사드립니다. 저, 당신의 이름과 부칭을 알려 주었으면 합니다만……."

"예브게니 바실리예프입니다." 바자로프는 나른하면서도 남성적인 목소리로 대답하고는 발라혼의 옷깃을 젖혀 얼굴 전체를 니콜라이 페트로비치에게 보여 주었다. 넓은 이마, 위쪽은 평평하고 아래쪽은 뾰족한 코, 옅은 녹색을 띤 커다란 눈동자, 모래 색깔의 축 늘어진 구레나룻. 그 길고 야윈 얼굴은 침착한 미소로 생기를 띠었고 자신감과 영민함을 드러냈다.

"친애하는 예브게니 바실리치, 우리 집에 있는 동안 적적하지 않기를 바랍니다." 니콜라이 페트로비치가 계속해서 말했다.

바자로프의 얇은 입술이 살짝 움직였다. 그러나 그는 아무 대답도 하지 않고 그저 모자를 약간 들어 올릴 뿐이었다. 길고 풍성한 짙은 금발도 넓적한 두개골의 커다랗게 튀어나온 부분을 가려 주지는 못했다.

이 아니에요."라고 말하는 장면이 나온다. 이 말로 미루어, 바자로프의 나이는 서른 안팎으로 보인다. 그렇다면 아르카지와 바자로프의 나이 차는 예닐곱 살 정도일 것이다.

12) 길고 헐렁한 겉옷.

"그런데 어떻게 할까, 아르카지?" 니콜라이 페트로비치는 아들을 돌아보며 다시 입을 열었다. "당장 말을 마차에 매라고 할까? 아니면 좀 쉴래?"

"집에서 쉬어요, 아빠. 말을 매라고 해 주세요."

"당장, 당장 가자." 아버지가 맞장구를 쳤다. "어이, 표트르, 들려? 이봐, 얼른 준비해."

표트르는 개화된 하인으로서 젊은 주인의 손에 입 맞추러 다가가지 않고 그저 멀찍이서 허리 굽혀 인사만 하고는 다시 대문 쪽으로 사라졌다.

"난 콜랴스카[13]를 타고 왔지만, 너의 타란타스를 끌 말도 세 필 있단다." 니콜라이 페트로비치가 부산스럽게 말했다. 그 사이 아르카지는 여인숙 안주인이 쇠로 된 작은 컵에 담아 온 물을 마셨고, 바자로프는 파이프 담배를 피우면서 말들을 푸는 역마차 마부에게 다가갔다. "콜랴스카에는 좌석이 두 개밖에 없어서 말이야. 잘 모르겠구나. 네 친구가 어떻게……."

"저 친구는 타란타스를 탈 거예요." 아르카지가 낮은 목소리로 아버지의 말을 가로막았다. "저 친구에게 격식을 차리지 마세요. 훌륭한 청년이에요. 아주 소탈하고요. 아버지도 알게 되실 거예요."

니콜라이 페트로비치의 마부가 말들을 끌고 왔다.

"어이, 방향을 틀어, 털보!" 바자로프가 마부에게 말했다.

---

13) 접이식 포장이 달린 사 인용 승용 마차. 승객이 서로 마주 앉도록 좌석이 배치되어 있다. 대체로 말 두 필이 차체를 끌고 바퀴는 네 개이며 스프링이 있어 승차감이 좋다. 주로 남성 귀족들이 사용했다.

"들었어, 미츄하?" 양가죽 외투 뒤판의 터진 구멍에 두 손을 쑤셔 넣은 채 그 자리에 서 있던 다른 마부가 그 말을 받았다. "나리가 널 뭐라고 불렀는지 들었어? 하긴 털보가 맞긴 하지."

미츄하는 모자를 흔들어 보이기만 하고 땀에 젖은 중간 말의 고삐를 잡아당겼다.

"얼른, 얼른 다들 도와줘." 니콜라이 페트로비치가 외쳤다. "보드카값이 생길 테니!"

몇 분 후 말들이 마차에 매였다. 아버지와 아들은 콜랴스카에 자리를 잡았고, 표트르는 마부석으로 기어올랐다. 바자로프는 타란타스로 껑충 뛰어올라 가죽 쿠션에 머리를 묻었다. 그리하여 두 대의 마차가 굴러가기 시작했다.

3

"그래, 네가 드디어 학사가 되어 집으로 돌아왔구나." 니콜라이 페트로비치가 아르카지의 어깨와 무릎을 쓰다듬으며 말했다. "드디어!"

"그런데 큰아버지는 어떠세요? 건강하신가요?" 아르카지가 물었다. 어린아이처럼 진심 어린 기쁨에 마음이 벅차올랐지만, 아르카지는 흥분된 분위기에서 일상적인 분위기로 얼른 화제를 바꾸고 싶었다.

"건강해. 형도 나와 함께 널 마중 나오려고 했는데, 어째서

인지 생각을 바꾸더구나."

"오래 기다리셨어요?" 아르카지가 물었다.

"다섯 시간 정도."

"좋은 아빠!"

아르카지는 아버지 쪽으로 홱 돌더니 아버지의 뺨에 '쪽' 소리가 나도록 입을 맞추었다. 니콜라이 페트로비치는 나직하게 웃음을 터뜨렸다.

"널 위해 얼마나 멋진 말을 준비해 두었는데!" 그가 입을 열었다. "너도 보게 될 거야. 네 방에 벽지도 새로 발랐다."

"바자로프를 위한 방도 있나요?"

"그를 위한 방도 있을 거야."

"아빠, 제 친구한테 다정하게 대해 주세요. 제가 그 친구와의 우정을 얼마나 소중히 여기는지는 말로 다 표현할 수가 없어요."

"알게 된 지 얼마 안 됐니?"

"얼마 안 됐어요."

"그래서 지난겨울에 그를 못 봤구나. 네 친구는 뭘 전공하니?"

"주요 전공 과목은 자연 과학이에요. 하지만 뭐든 다 알아요. 내년에 의사 시험을 보려고 해요."

"아! 의대를 다니는구나!" 니콜라이 페트로비치는 이렇게 말하고 잠시 침묵했다. 그는 "표트르,"라고 덧붙이며 한 손을 뻗었다. "저기 가는 게 우리 농부들 아닌가, 맞지?"

표트르는 주인이 가리킨 방향을 보았다. 재갈을 물리지 않은 말들에 매인 첼레가[14] 몇 대가 좁은 시골길을 따라 빠르게 달리고 있었다. 첼레가마다 농부가 한 사람씩, 많게는 두 사람씩 양가죽 외투의 단추를 풀어 놓은 채로 앉아 있었다.

"맞습니다." 표트르가 웅얼거렸다.

"저 사람들이 어디로 가는 거지? 시내로 가나?"

"시내로 간다고 봐야죠. 술집으로요." 그는 경멸조로 덧붙이고는 마부를 증인으로 삼으려는지 그에게로 약간 몸을 숙였다. 그러나 마부는 꿈쩍도 하지 않았다. 신식 사고방식에 공감하지 않는 완고한 구식 인간이었던 것이다.

"올해는 농부들 때문에 걱정이 많구나." 니콜라이 페트로비치가 아들을 돌아보며 계속 말했다. "소작료를 내지 않아. 너라면 어떻게 하겠니?"

"고용한 일꾼들은 마음에 드세요?"

"그래." 니콜라이 페트로비치는 이 사이로 내뱉듯이 웅얼거렸다. "문제는 그자들이 농부들을 선동한다는 거야. 진심으로 애쓰는 모습도 아직 안 보여. 마구도 망가뜨리고. 그래도 밭갈이는 그럭저럭 괜찮더라. 계속해서 빻다 보면 밀가루가 되겠지.[15] 그런데 이제 너도 영지 경영에 관심이 생긴 거니?"

"아버지 집에는 그늘이 없어요.[16] 그 점이 아쉬워요." 아르

---

14) 바퀴 달린 평상처럼 생긴 사륜 수레를 말이 끌도록 한 운송 수단. 화물 운송을 위한 전용 수단이다.

15) '열심히 노력하다 보면 좋은 결과를 얻게 된다'라는 의미의 러시아식 표현이다.

16) 러시아어에는 상대방을 가리키는 대명사가 두 가지 있다. 상대에게 존

카지는 마지막 물음에는 아무런 대답도 하지 않고 이렇게 말했다.

"북쪽 발코니에 큰 차양을 달았단다." 니콜라이 페트로비치가 웅얼거렸다. "이제 야외에서 식사도 할 수 있어."

"어쩐지 정말 다차처럼 보일 것 같아요……. 하지만 그런 거야 아무런 의미도 없죠. 그 대신 여기는 공기가 정말 좋아요! 냄새가 얼마나 좋은지! 정말이지 이 지방만큼 냄새가 좋은 곳은 세상 어디에도 없을 거예요. 게다가 여기 하늘은……."

아르카지는 갑자기 입을 다물고 뒤쪽으로 곁눈질을 하더니 침묵에 잠겼다.

"물론 그럴 테지." 니콜라이 페트로비치가 말했다. "넌 여기에서 태어났으니 이곳의 모든 것이 특별해 보일 거야……."

"글쎄요, 아빠, 사람이 어디에서 태어나느냐는 아무래도 상관없어요."

"하지만……."

"아뇨, 정말 전혀 상관없어요."

니콜라이 페트로비치는 옆에서 아들을 바라보았다. 그렇게

경을 표하는 경우나 친분이 두텁지 않아 격식을 차려야 하는 경우에는 vyi라는 대명사를, 가족이나 친구에게 허물없는 애정을 표하는 경우에는 tyi라는 대명사를 사용한다. 아버지와 재회한 이후 계속 tyi라는 호칭을 사용해 온 아르카지가 이 장면에서 느닷없이 아버지에게 vyi라는 호칭을 사용한다. 자신이 태어나고 자란 고향 집을 '우리 집'이라고 표현하지 않고 굳이 '당신의 집'(옮긴이는 이 부분을 '아버지 집'으로 번역했다.)이라고, 그것도 거리감이 느껴지는 vyi라는 호칭을 사용해서 말하는 이 부분은, 아버지가 아들에게 충분히 낯설고 서운한 감정을 느낄 만한 상황이다.

콜랴스카가 0.5베르스타 정도 달린 후에야 그들 사이에 다시 대화가 시작됐다.

"내가 편지로 말했는지 기억이 안 나는구나." 니콜라이 페트로비치가 입을 열었다. "너의 보모였던 예고로브나가 세상을 떠났단다."

"정말요? 가엾은 할멈! 그런데 프로코피치는 살아 있나요?"

"살아 있지. 게다가 하나도 안 변했어. 변함없이 늘 투덜거리지. 대체로 마리노 마을에서 크게 달라진 점은 발견하지 못할 거다."

"아버지의 집사는 여전히 같은 사람인가요?"[17)]

"집사만큼은 바꾸었단다. 가내 농노였다가 해방된 자유민은 더 이상 내 집에 두지 않기로 결심했다. 적어도 책임이 따르는 일은 그들에게 일절 맡기지 않기로 했다.(아르카지는 표트르를 눈짓으로 가리켰다.) 저 사람은 사실 자유민이다." 니콜라이 페트로비치가 소곤소곤 조용히 말했다. "하지만 저 사람은 그냥 시종이니까. 지금의 집사는 소시민 출신이지. 유능한 사내 같더라. 그에게는 한 해에 250루블씩 지급했다. 그런데……." 니콜라이 페트로비치는 한 손으로 이마와 눈썹을 문지르며 덧붙여 말했다. 이런 몸짓은 언제나 그가 내심 당황하고 있음을 보여 주는 신호였다. "마리노에서 달라진 점을 발견하지 못할 거라고 방금 너에게 말했다만…… 그 말은 전혀 사

17) 아르카지는 이 장면에서도 여전히 '우리'라는 표현을 쓰지 않지만, 딱딱한 어감의 vyi 대신 친근한 느낌의 tyi라는 인칭으로 아버지를 부르고 있다.

실이 아니란다. 너에게 미리 말해 두는 게 내 의무라고 생각한다만……."

그는 잠시 말을 더듬었지만 프랑스어로 계속 말했다.

"엄격한 도덕주의자는 나의 솔직함을 부적절하게 생각하겠지만, 첫째, 이것은 숨겨서는 안 되는 것이고, 둘째, 너도 알다시피 나에게는 언제나 부자 관계에 대한 특별한 원칙이 있었다. 하지만 당연히 너에게는 날 비난할 권리가 있어. 내 나이에…… 한마디로 그…… 너도 아마 그 아가씨에 대해서는 벌써 들었겠지만……."

"페네치카요?" 아르카지가 거리낌 없이 물었다.

니콜라이 페트로비치는 얼굴을 붉혔다.

"그렇게 큰 소리로 이름을 말하지 말았으면 한다……. 음, 그래……. 그녀는 지금 내 집에 살고 있단다. 집에 거처를 마련해 주었지……. 거기에 자그마한 방이 두 개 있었거든. 하지만 이 모든 건 다시 바꿀 수 있어."

"무슨 그런 말씀을 하세요, 아빠, 왜 그러세요?"

"네 친구가 우리 집에 머무를 텐데…… 거북할 거야……."

"바자로프라면 걱정하지 마세요. 그런 것쯤은 다 초월한 사람이에요."

"음, 게다가 너도……." 니콜라이 페트로비치가 말했다. "곁채는 좋지 않아. 큰일이구나."

"그런 말씀 마세요, 아빠." 아르카지가 아버지의 말을 되받아 말했다. "마치 사과를 하시는 것 같잖아요. 민망하지도 않으세요?"

“물론, 마땅히 부끄러워해야지.” 니콜라이 페트로비치는 점점 더 얼굴을 붉히며 대답했다.

“괜찮아요, 아빠, 괜찮다고요, 이렇게 부탁드릴게요!” 아르카지가 다정하게 미소를 지었다. ‘사과할 게 뭐가 있어!’ 그는 속으로 이렇게 생각했다. 그러자 선량하고 온화한 아버지를 향한 관대한 애정의 감정이 어떤 은밀한 우월감과 뒤섞이며 그의 마음을 가득 채웠다. “제발 그만하세요.” 그는 무심결에 자신의 성장과 자유에 대한 자각에 쾌감을 느끼며 다시 한 번 같은 말을 되풀이했다.

한 손으로 계속 이마를 문지르던 니콜라이 페트로비치는 손가락 사이로 아르카지를 쳐다보았다. 그러자 무언가가 그의 심장을 쿡쿡 쑤셨다……. 하지만 그는 얼른 자신을 책망했다.

“봐라, 어느새 우리 경작지에 들어왔구나.” 긴 침묵 후 그가 말했다.

“저 앞에 있는 것도 우리 숲 아닌가요?” 아르카지가 물었다.

“그래, 우리 것이지. 하지만 팔았다. 올해 사람들이 저 숲을 벌채할 거다.”

“왜 파셨어요?”

“돈이 필요했거든. 게다가 이 땅은 이제 농부들의 것이 되었단다.”

“소작료를 내지 않은 그 농부들요?”

“그건 그들의 문제다. 하지만 언젠가는 내겠지.”

“숲이 아깝네요.” 아르카지는 이렇게 말하고는 주위를 둘러보기 시작했다.

그들이 지나치고 있는 장소들이 그림처럼 아름답다고는 할 수 없었다. 끝없이 펼쳐진 들판이 완만한 기복을 이루며 지평선까지 뻗어 있었다. 여기저기에 작은 숲이 보였고, 키 작은 떨기나무들이 드문드문 흩어진 골짜기가 이리저리 굽이치고 있었다. 이러한 풍경이 그들의 눈에 예카체리나 대제[18] 시대의 옛 지도에서 볼 수 있는 독특한 묘사를 떠올리게 했다. 기슭이 파인 실개울, 제방이 빈약한 작디작은 못, 검은 지붕 — 종종 절반 가까이 벗겨진 — 의 야트막한 통나무집들이 모인 작은 마을들, 황폐한 건초 헛간 옆의 한쪽으로 기울어진 자그마한 탈곡장들 — 나뭇가지를 엮어 만든 벽에 구멍이 입을 쩍 벌리고 있는 — , 여기저기 회반죽이 벗겨진 벽돌 교회들, 십자가는 기울고 묘지는 황폐해진 목조 교회들도 눈에 띄었다. 아르카지는 점점 가슴이 죄었다. 그들이 마주친 농부들은 일부러 그러기라도 한 것처럼 하나같이 누더기 차림에

18) 예카체리나 알렉세예브나 로마노바(Ekaterina Alekseyevna Romanova, 1729~1796). 일반적으로 예카체리나 대제라고 불린다. 프로이센 왕국의 속국이던 안할트체르프스트 공국에서 귀족의 딸로 태어나 러시아 왕위 계승자와 결혼했다. 1762년에 황실 근위대의 힘을 빌려 남편인 표트르 3세를 폐위하고 제위에 올랐다. 계몽주의를 신봉하던 예카체리나는 치세 초기에 법전을 편찬하고 삼권 분립에 기초한 체제를 만들고 농노제를 축소하려 했지만, 귀족들의 반발로 개혁에 실패했다. 그럼에도 크림, 우크라이나, 벨라루스, 폴란드, 리투아니아 쪽으로 러시아의 국경을 확장했고, 러시아-튀르크 전쟁에서 이김으로써 흑해로의 접근성을 확보하는 한편, 학문과 문예 장려, 많은 도시 건설, 교통 발달, 무역 확대, 행정 개혁 등 큰 성과를 이룩하여 '대제(大帝)'라 불리게 되었다. 그러나 푸가초프 봉기 이후, 그녀는 계몽주의에 대한 신념을 잃고 전제적인 노선으로 돌아섰다.

형편없는 야윈 말을 타고 있었다. 길가에는 껍질이 벗겨지고 가지가 부러진 버드나무들이 누더기를 걸친 거지처럼 늘어서 있었다. 또한 바싹 마르고 털이 거칠거칠한, 마치 뼈에 가죽만 남은 듯한 암소들이 게걸스럽게 도랑 가의 풀을 뜯고 있었다. 암소들은 누군가의 위협적이고 살인적인 발톱에서 방금 막 빠져나온 것처럼 보였다. 그리고 눈보라와 혹한과 눈을 거느린 우울하고 끝없는 겨울의 하얀 유령이 그 무기력한 짐승들의 가련한 모습에 부름을 받아 아름다운 봄날의 한가운데로 불쑥 솟아오른 것처럼 보였다……. '아니야.' 아르카지는 생각에 잠겼다. '이곳은 부유한 지방이 아니야. 풍요로움이나 근면함으로 깊은 인상을 줄 만한 곳이 아니라고. 안 돼. 이대로 두면 안 돼. 개혁이 필요해……. 하지만 어떻게 실행하지? 어떻게 시작한담?'

아르카지는 생각에 잠겼다……. 한편 그가 사색에 빠진 동안, 봄은 자신의 목적을 실현하고 있었다. 주위의 모든 것이 금빛 어린 녹색을 띠었고, 따뜻한 산들바람의 조용한 숨결 아래 나무와 떨기나무와 풀이 전부 시원스럽고도 부드럽게 물결치며 윤기를 빛냈다. 어디에나 끝없이 낭랑하게 이어지는 종달새들의 노랫소리가 넘쳐 났다. 댕기물떼새들은 저지대 풀밭 위를 맴돌며 울부짖기도 하고 작은 언덕 위를 조용히 뛰어다니기도 했다. 갈까마귀들은 아직 키가 작은 봄갈이 작물의 부드러운 잎 속에서 검은 자태를 아름답게 드러내며 이리저리 돌아다녔다. 그 새들은 이미 살짝 하얘진 호밀밭 속으로 자취를 감추었다가, 연기처럼 희뿌옇게 일렁이는 호밀의 물결

속에서 아주 가끔씩 머리를 내밀곤 했다. 아르카지는 그 모습을 계속 바라보았다. 그러는 동안 그의 상념은 점차 희미해지다가 마침내 완전히 사라져 버렸다……. 그는 털외투를 벗어 던지고는 어린 사내아이처럼 즐거워 어쩔 줄 모르는 표정으로 아버지를 바라보았고, 아버지는 그런 아들을 다시 한번 꽉 끌어안았다.

"이제 멀지 않았다." 니콜라이 페트로비치가 말했다. "저 작은 언덕을 오르기만 하면 집이 보일 거다. 우리 둘은 멋지게 살아갈 거다, 아르카샤. 네가 이 일을 지루하게 여기지만 않는다면 나를 도와 영지 경영에 힘을 보태 주겠지. 이제 우리는 서로 마음을 맞추고 상대방을 잘 이해해야 한다. 그렇지 않니?"

"물론이죠." 아르카지가 웅얼거렸다. "하지만 오늘은 날씨가 정말 멋지네요!"

"너의 귀향을 위해서란다, 얘야. 그래, 정말 찬란한 봄이구나! 하지만 난 푸시킨의 견해에 동의한다. 「예브게니 오네긴」에 나오는 구절인데, 기억나니?

봄이여, 봄이여, 사랑의 계절이여!
그대가 오는 게 내게는 얼마나 슬픈지!
얼마나…….[19]"

---

19) 「예브게니 오네긴」 7장 2연에 나오는 구절.

"아르카지!" 타란타스에서 바자로프의 목소리가 들렸다. "성냥 좀 보내. 파이프에 불을 붙일 만한 게 없어."

니콜라이 페트로비치는 입을 다물었다. 조금 놀라지 않은 건 아니지만 그렇다고 공감하는 바가 없지도 않아 아버지의 말에 막 귀를 기울이던 아르카지는 얼른 호주머니에서 작은 은제 성냥갑을 꺼내 표트르에게 들려 바자로프에게로 보냈다.

"시가 피울래?" 바자로프가 다시 소리쳤다.

"줘." 아르카지가 대답했다.

표트르는 콜랴스카로 돌아와 성냥갑과 함께 두툼한 검은 시가 한 대를 아르카지에게 건넸다. 아르카지는 주저하지 않고 시가에 불을 붙였다. 주위에 퍼진 묵은 시가의 냄새가 어찌나 독하고 시큼했던지, 태어나서 한 번도 담배를 피운 적이 없는 니콜라이 페트로비치는 아들에게 모욕감을 주지 않기 위해 눈에 띌 정도는 아니었지만 어쩔 수 없이 코를 돌리고 말았다.

십오 분 후, 마차 두 대는 회색을 칠하고 빨간 양철 지붕을 얹은 새 목조 주택의 현관 입구 앞에 멈췄다. 이곳이 바로 '새로운 마을' 또는 '빈농의 부락' — 농부들이 붙인 별명 — 이라고 알려진 마리노였다.

4

하인들이 주인을 맞이하러 현관 입구로 우르르 쏟아져 나오지는 않았다. 열두 살쯤 돼 보이는 소녀가 혼자 나타났고, 그 뒤를 이어 표트르와 아주 비슷하게 생긴 젊은 남자가 집에서 나왔다. 문장(紋章)이 새겨진 하얀 단추가 달린 제복용 회색 재킷을 입은 그 남자는 파벨 페트로비치 키르사노프의 하인이었다. 그는 말없이 콜랴스카의 문을 열고 타란타스의 비가림막을 젖혔다. 니콜라이 페트로비치는 아들과 바자로프를 데리고 텅 비다시피 한 어두운 홀을 지나 신식 취향으로 장식된 응접실로 향했다. 홀의 문 뒤에서 젊은 여자의 얼굴이 아른거렸다.

"자, 이제 집에 도착했구나." 니콜라이 페트로비치가 모자를 벗고 머리카락을 털며 웅얼거렸다. "지금은 우선 저녁 식사[20]를 하고 쉬어야겠다."

"가볍게 요기하는 것도 사실 나쁘지 않죠." 바자로프는 기지개를 켜며 이렇게 말하고는 소파에 털썩 주저앉았다.

"그래요, 그래, 저녁 식사를 합시다. 얼른 저녁을 먹죠." 니콜라이 페트로비치는 딱히 뚜렷한 이유도 없이 발을 굴렀다. "마침 프로코피치도 오는군요."

---

20) 러시아어로 zavtrak는 첫 식사를, obed는 두 번째 식사를, uzhin은 세 번째 식사를 가리킨다. 각각 '아침 식사', '점심 식사', '저녁 식사'로 번역되곤 한다. 그러나 러시아 귀족들은 밤늦게, 또는 새벽까지 사교 활동을 하고 오전에 늦게 일어나는 생활을 했기 때문에, 대개 첫 식사는 거의 정오 무렵에 가볍게 하고, 두 번째 식사는 해 질 녘에 성대하게 하고, 세 번째 식사는 늦은 밤에 야식 삼아 했다. 옮긴이는 이러한 귀족들의 생활 습관을 고려해 zavtrak는 '아침 식사'로, obed는 '저녁 식사'나 '만찬'으로, uzhin은 '밤참'으로 번역했다.

머리가 하얗게 세고 야위고 살갗이 거무스름한 예순 살가량의 남자가 구리 단추가 달린 갈색 연미복을 입고 목에 장밋빛 스카프를 두른 차림으로 들어왔다. 그는 히죽거리면서 아르카지에게 다가와 그의 작은 손에 입을 맞추고 손님에게 허리 굽혀 정중하게 인사한 후, 문가로 물러나 두 손을 등 뒤에 가져갔다.

"봐, 우리 아들이야, 프로코피치." 니콜라이 페트로비치가 말문을 열었다. "드디어 우리에게 돌아왔어……. 어때, 우리 아들 어떤가?"

"어엿해 보이십니다." 노인은 이렇게 말하고 다시 히죽거렸지만 이내 짙은 눈썹을 찌푸렸다. "식탁에 식사를 차릴까요?" 그가 당당하게 물었다.

"그래그래, 부탁하네. 그런데 먼저 방으로 가 보지 않겠습니까, 예브게니 바실리치?"

"아뇨, 감사합니다만, 그럴 필요는 없습니다. 제 여행용 가방이나 가져다 놓으라고 해 주십시오. 여기 이 옷도요." 그는 발라혼을 벗으며 덧붙여 말했다.

"좋아요. 프로코피치, 이 신사분의 외투를 가져가.(프로코피치는 마치 어찌해야 좋을지 모르겠다는 듯 바자로프의 '옷'을 두 손으로 집어 들어 머리 위로 높이 치켜들고는 발끝으로 물러났다.) 그런데, 아르카지, 넌 잠시 네 방으로 갈 거니?"

"네, 좀 씻어야겠어요." 아르카지가 이렇게 대답하고 문으로 막 향하려는 바로 그 순간, 검은색 영국제 슈트를 입고 유행하는 스타일의 짧은 넥타이를 매고 에나멜 반부츠를 신은 중키의 남자가 응접실로 들어왔다. 파벨 페트로비치 키르사노프였다. 그는 마흔다섯 살 정도로 보였다. 짧게 깎은 잿빛 머리가 새 은제품처럼 거무스름한 광택을 띠었다. 성마르게 보이지만 주름살이 없는 그 얼굴은 마치 예리하고 가벼운 조각칼로 깎은 것처럼 매우 반듯하고 깨끗했으며, 수려한 용모의 흔적을 드러냈다. 타원형의 빛나는 검은 눈동자가 특히 아름다웠다. 아르카지의 큰아버지인 그의 우아하고 기품 있는 외양은 전체적으로 청년 같은 훤칠함과 대지로부터 위로 솟아오르려는, 대개 이십 대가 지나면 사라지기 마련인 갈망을 간직하고 있었다.

파벨 페트로비치는 장밋빛 손톱을 길게 기른 아름다운 손을 바지 주머니에서 꺼내 조카에게 내밀었다. 커다란 오팔 단추 하나로 고정한, 눈처럼 하얀 커프스 때문에 한층 아름다워 보이는 손이었다. 그는 먼저 조카와 유럽식 악수(영어)를 한 다음, 러시아식으로 세 번 입맞춤했다. 즉 향기로운 콧수염을 조카의 뺨에 세 번 대고는 "잘 왔다."라고 말한 것이다.

니콜라이 페트로비치는 바자로프에게 그를 소개했다. 파벨 페트로비치는 유연한 몸을 가볍게 숙이고는 엷은 미소를 지었다. 그러나 손은 내밀지 않았고, 심지어 손을 주머니에 도로 찔러 넣기까지 했다.

"오늘은 너희가 도착하지 못할 거라고 생각했다." 그는 정답게 몸을 흔들기도 하고 어깨를 으쓱하기도 하고 아름다운 하얀 이를 드러내기도 하면서 쾌활한 목소리로 말했다. "도중에 무슨 일이 있었던 건 아니냐?"

"아무 일도 없었어요." 아르카지가 대답했다. "그냥 조금 늑장을 부렸을 뿐이에요. 덕분에 우리는 지금 늑대처럼 배가 고파요. 아빠, 프로코피치에게 서두르라고 해 주세요. 저도 금방 돌아올게요."

"잠깐, 나도 같이 갈게." 바자로프가 갑자기 소파에서 벌떡 일어나며 큰 소리로 말했다. 두 청년은 응접실 밖으로 나갔다.

"저 사람은 누구지?" 파벨 페트로비치가 물었다.

"아르카샤의 친구. 아르카샤의 말로는 아주 똑똑한 사람이라는데."

"우리 집에 머무르니?"

"응."

"저 털북숭이가?"

"응, 그렇다니까."

파벨 페트로비치는 손톱으로 테이블을 톡톡 두들겼다.

"아르카지가 방종해진 것 같군." 그가 말했다. "그 애가 돌아오니 기쁘구나."

식사를 하는 동안에는 대화가 별로 없었다. 특히 바자로프는 거의 한마디도 하지 않고 많이 먹어 댔다. 니콜라이 페트로비치는 농장 생활 — 자신의 표현에 따르면 — 의 다양한 사건들을 이야기하고, 눈앞에 닥친 정부 조치와 위원회와 대의원과 기계 도입의 필요성 등을 논했다. 파벨 페트로비치는 식당 안을 이리저리 천천히 거닐며(그는 절대 저녁 식사를 하지 않았다.) 이따금 적포도주를 가득 따른 술잔을 홀짝였고, 아주 간혹 어떤 의견을 언급하거나, 아니면 차라리 '아! 이런!

흠!' 같은 간단한 감탄사를 내뱉곤 했다. 아르카지는 페테르부르크 소식을 몇 가지 전했지만 조금 거북함을 느꼈다. 이제 겨우 어린아이 티를 벗은 청년이 모두가 여전히 그를 어린아이로 보고 그렇게 여기는 곳으로 돌아왔을 때 으레 사로잡히는 그런 거북함이었다. 그는 쓸데없이 말을 길게 늘이고 '아빠'라는 단어를 피했으며, 심지어 한번은 비록 입을 벌리지 않고 웅얼거리긴 했지만 '아빠'라는 말을 '아버지'라는 단어로 바꾸기도 했다. 또 지나치게 거리낌 없이 자신이 원한 것보다 훨씬 많은 포도주를 잔에 따라 전부 들이켜기도 했다. 프로코피치는 그에게서 눈을 떼지 않고 입술만 깨물었다. 식사 후에는 다들 바로 흩어졌다.

"네 큰아버지는 조금 별난 사람이던데." 바자로프는 할라트[21] 차림으로 침대 옆에 앉아 짧은 파이프를 빨며 아르카지에게 말했다. "아니, 시골에서 무슨 멋을 그렇게 내! 손톱은 어떻고! 손톱 말이야. 전시회에라도 출품해 보라고 해!"

"넌 잘 모르겠지만……." 아르카지가 대답했다. "큰아버지는 옛날에 사자 같은 사람이었어. 나중에 큰아버지 이야기를 들려줄게. 정말 미남이었어. 여자들의 머리를 팽글팽글 돌아가게 만들었지."

"아, 그래! 말하자면 옛 추억 때문이네. 이곳엔 사로잡을 사람이 없으니 딱하군. 난 전부 봤어. 돌로 만든 것 같은 그 놀라운 옷깃 하며, 참, 턱수염도 정말 꼼꼼하게 밀었더군. 아르카

21) 폭이 넓고 긴 상의. 대개 실내복으로 입는다.

지 니콜라이치, 정말 우습지 않아?"

"그렇게 보일 수도 있겠지. 하지만 큰아버지는 정말 좋은 분이야."

"시대에 뒤떨어진 모습이야! 그런데 너의 아버지는 멋진 사나이더군. 쓸데없이 시를 읽고 영지 경영에 대해서는 전혀 모르는 것 같지만, 그래도 좋은 사람이야."

"우리 아버지는 황금 같은 인간이지."

"네 아버지가 얼마나 소심한지 눈치챘어?"

아르카지는 마치 그 자신은 소심하지 않다는 듯 고개를 저었다.

"놀라운 일이야." 바자로프가 계속해서 말했다. "이 진부한 낭만주의자들이라니! 자신의 신경계를 흥분 상태로 몰아가고…… 뭐, 그러다 균형이 깨지지. 그나저나 잘 자! 내 방에는 영국식 세면대가 있는데 문은 안 닫히네. 어쨌든 그건 장려할 만해. 영국식 세면대 말이야. 그건 곧 진보니까!"

바자로프는 방에서 나갔고, 아르카지는 기쁜 감정에 사로잡혔다. 자신이 태어난 집의 낯익은 침대에서 자애로운 손이, 아마도 보모의 손이, 그 다정하고 인자하고 지칠 줄 모르는 손이 공들여 만든 이불을 덮고 잠든다는 것은 달콤한 일이다. 아르카지는 예고로브나를 떠올리며 한숨을 쉬고는 그녀가 천국에 있기를 기원했다……. 자신을 위해서는 아무것도 간구하지 않았다.

그도 바자로프도 이내 잠들었다. 그러나 집 안의 다른 사람들은 오래도록 잠을 이루지 못했다. 니콜라이 페트로비치는 아들의 귀향에 흥분했다. 침대에 누웠지만 촛불은 끄지 않고 한 손으로 머리를 받친 채 한참 동안 생각에 잠겼다. 그의 형은 밤이 이슥하도록 자신의 서재에 틀어박혀, 석탄불이 희미하게 가물거리는 벽난로 앞의 널찍한 함브스[22] 안락의자에 앉아 있었다. 파벨 페트로비치는 옷도 갈아입지 않고, 에나멜 반부츠를 뒤축 없는 중국풍의 붉은 슬리퍼로 갈아 신기만 했다. 《갈리냐니》[23] 최신호를 두 손에 쥐고 있었지만 읽지는 않았다. 그는 벽난로 안을 유심히 바라보았다. 파르스름한 불꽃이 서서히 꺼져 가다 다시 확 타오르기도 하며 깜박거렸다……. 그의 상념이 어디에서 배회하는지는 하느님만 아실 테지만, 과거 속에서만 떠도는 것은 아니었다. 그의 표정은 골똘하고 침울했다. 인간이 추억에만 잠겨 있을 때는 나오지 않는 표정이었다. 그리고 작은 뒷방의 커다란 궤짝 위에는 소매 없는 하늘색 재킷을 걸치고 검은 머리칼에 하얀 머릿수건을 두른 젊은 여인이 앉아 있었다. 페네치카였다. 그녀는 가만히 귀를 기울이기도 하고 졸기도 하고 활짝 열린 문을 바라보기도 했다. 열린 문 사이로 아기 침대가 보이고 잠든 아이의 고른 숨소리가 들려왔다.

22) 페테르부르크에서 가구점을 운영하던 프랑스인.

23) 파리에서 발행되던 자유주의 성향의 영자 일간 신문.

5

이튿날 아침, 바자로프는 누구보다 먼저 일어나 집을 나섰다. '이런!' 그는 주위를 둘러보며 생각에 잠겼다. '초라한 마을이군.' 니콜라이 페트로비치는 자신의 농민들과 서로의 경계를 정할 때, 새로운 장원을 위한 집터로 나무가 없는 완전히 평평한 땅을 4제샤치나 정도 따로 떼어 두어야 했다. 그는 집과 부속 건물과 농장을 짓고 정원을 꾸미고 못과 우물 두 개를 팠다. 그러나 어린 묘목은 제대로 뿌리를 내리지 못했고, 못에는 물이 거의 고이지 않았으며, 우물에서는 짭조름한 맛이 났다. 정자의 라일락과 아카시아만이 멋지게 가지를 뻗어 나갔다. 사람들은 이따금 그곳에서 차도 마시고 식사도 했다. 몇 분 만에 바자로프는 이리저리 뛰어다니며 정원의 모든 샛길을 다 둘러보고 축사와 마구간에도 들렀다. 그는 농노 사내아이 둘을 발견하고는 — 바자로프는 그들과 금방 친해졌다 — 개구리를 잡으러 장원에서 1베르스타 정도 떨어진 작은 늪으로 함께 출발했다.

"개구리는 어디에 쓸 거야, 나리?"[24] 한 사내아이가 물었다.

"어디에 쓸 거냐 하면 말이지." 바자로프가 대답했다. 그는 버릇없이 구는 하층민은 일절 상대하지 않았고 심지어 그들을 함부로 대하기까지 했다. 그럼에도 그에게는 그들의 신뢰

---

24) 사내아이는 바자로프에게 '나리'라는 존칭을 붙이기는 하지만 허물없고 친밀한 사이에서나 쓸 수 있는 tyi라는 호칭으로 그를 부르고 있다. 버릇없는 아이여서일 수도 있고, 바자로프에게 친근함을 느껴서일 수도 있다.

를 얻어 내는 특별한 능력이 있었다. "개구리의 배를 가른 다음에 그 안에서 무슨 일이 일어나는지 관찰할 거야. 나나 너나 두 발로 걸어 다닌다는 점 외에는 개구리와 조금도 다를 바가 없으니까, 우리 몸속에서 무슨 일이 일어나는지도 알게 되겠지."

"하지만 그런 걸 알아서 뭘 하려고?"

"실수를 하지 않기 위해서지. 네가 병이 나서 내가 널 치료해야 할 경우에 말이야."

"나리는 의사야?"

"그래."

"바시카, 들었어? 나리 말로는 우리가 개구리랑 똑같대. 신기하지!"

"난 개구리가 무서워." 바시카가 말했다. 아마색 같은 옅은 금발의 일곱 살 정도 된 사내아이는 옷깃을 곧추세운 회색 카자킨[25]을 입고 신발을 신지 않은 모습이었다.

"뭐가 무서워? 물기라도 하냐?"

"자, 물속으로 들어가라, 철학자들아." 바자로프가 말했다.

한편 니콜라이 페트로비치도 잠에서 깨어 아르카지의 방으로 향했다. 아르카지는 이미 옷을 입은 채였다. 아버지와 아들은 테라스의 차양 아래로 나갔다. 난간 옆 커다란 라일락 꽃묶음들로 에워싸인 테이블 위에서 벌써 사모바르[26]가 끓고

25) 등판에 주름을 잡은 앞여밈의 헐렁한 겉옷 상의.

26) 커다란 화병 모양의 전통 주전자. 보일러 같은 중심부 연통에 숯, 솔방울, 나뭇가지를 태워서, 연통을 둘러싼 수조 안의 물을 데우고, 연통 위쪽의

있었다. 전날 현관 입구에서 그들을 가장 먼저 맞이한 바로 그 소녀가 나타나 작은 목소리로 말했다.

"페도시야 니콜라예브나가 몸이 몹시 편찮으셔서 오실 수가 없어요. 나리들께서 직접 편하실 대로 차를 따라 드실지, 아니면 두냐샤를 보낼지 여쭤보라고 하셨어요."[27)]

"내가 직접 따라 마실게. 내 손으로." 니콜라이 페트로비치가 얼른 소녀의 말을 받았다. "아르카지, 넌 차에 뭘 곁들일래? 크림? 아니면 레몬?"

"크림요." 아르카지가 대답했다. 그는 잠시 잠자코 있다가 뭔가 묻고 싶은 듯이 말을 꺼냈다. "아빠?"

니콜라이 페트로비치가 당황하며 아들을 쳐다보았다.

"왜?" 그가 웅얼거렸다.

아르카지는 눈을 내리깔았다.

"아빠, 제 질문이 부적절하다면 용서하세요." 그가 입을 열었다. "하지만 아버지께서 어제 솔직한 모습을 보여 주셨으니 저도 솔직해지고 싶어서⋯⋯ 화내지 않으실 거죠?"

"말해 봐라."

"아버지께서 허락하시니 감히 여쭤볼게요⋯⋯. 페네⋯⋯ 혹시 그녀가 차를 따르러 여기에 오지 않는 게 제가 이 자리에

티포트를 이용해 찻잎을 우린다.

27) 러시아어에서는 극존칭을 표현해야 할 경우 주어가 단수든 복수든 무조건 복수 동사를 사용한다. 이 장면에서 소녀는 페도시야 니콜라예브나라는 여성의 행위에 대해 복수 동사를 사용하고 있다. 이를 통해 이 집에서 페도시야 니콜라예브나가 높은 신분으로 대접받고 있음을 알 수 있다.

있기 때문인가요?"

니콜라이 페트로비치는 고개를 살짝 옆으로 돌렸다.

"아마도." 마침내 그가 말을 꺼냈다. "지레짐작하는 거지……. 부끄러워서……."

아르카지는 황급히 아버지 쪽으로 눈길을 던졌다.

"공연한 걱정이에요. 첫째, 아빠는 제 사고방식(아르카지는 이 단어를 발음하는 것이 무척 기뻤다.)을 아시잖아요. 둘째, 제가 아빠의 생활이나 습관을 털끝만큼이라도 구속하고 싶어 하겠어요? 게다가 전 아빠가 그릇된 선택을 하셨을 리 없다고 확신해요. 아빠가 그녀를 한 지붕 아래 살게 허락하셨다면 그런 대접을 받을 만한 사람이겠죠. 어쨌든 아들은 아버지의 심판관이 아니에요. 특히 제가, 특히 아빠처럼 어떤 일로도 제 자유를 속박한 적이 없는 분의 심판관은 될 수 없어요."

처음에는 아르카지의 목소리가 떨렸다. 그는 자신의 관대함을 느끼면서도, 동시에 자신이 아버지에게 훈계 비슷한 것을 읊고 있음을 깨달았다. 그러나 말소리는 말하는 본인에게 강한 영향을 미치기 마련이다. 아르카지는 마지막 말들을 확실하게, 심지어 효과까지 더하면서 발음했다.

"고맙다, 아르카샤." 니콜라이 페트로비치가 공허한 목소리로 말했다. 그의 손가락이 다시 눈썹과 이마를 어루만졌다. "사실 네 추측이 맞다. 물론 그녀가 그만한 가치가 없는 아가씨였다면…… 이건 경솔한 변덕은 아니다. 이 일에 대해 너와 이야기하자니 거북하구나. 하지만 너도 이해하겠지. 그녀로서는 너도 있는 이 자리에 오기가 난처했으리라는 점을 말이야.

특히 네가 온 첫날에 말이다."

"그렇다면 제가 직접 그녀에게로 갈게요." 아르카지는 관대한 감정이 새롭게 벅차오르는 것을 느끼며 이렇게 외치고는 의자에서 벌떡 일어섰다. "그녀에게 설명하겠어요. 제 앞에서 부끄러워할 필요 없다고요."

니콜라이 페트로비치도 일어섰다.

"아르카지." 그가 입을 열었다. "제발 부탁이다……. 어떻게 그런…… 거기에는…… 너에게 미리 알리지 않았다만……."

그러나 아르카지는 이미 그의 말을 듣지 않고 테라스에서 달려 나가고 있었다. 니콜라이 페트로비치는 아들의 뒷모습을 바라보다가 당혹스러운 나머지 의자에 털썩 주저앉고 말았다. 그의 심장이 쿵쾅거리기 시작했다……. 그 순간 자신과 아들의 관계가 앞으로 기묘해질 수밖에 없다는 생각이 뇌리를 스쳤는지, 아르카지가 그 문제를 전혀 언급하지 않는다 해도 어쩌면 더 이상 자신에게 존경을 보이지 않으리라는 점을 자각했는지, 아니면 그가 스스로의 나약함을 자책했는지 말하기는 어렵다. 이 모든 감정은 전부 그의 마음속에 있었다. 그러나 느낌의 형태로 있었기에 불분명했다. 그의 얼굴은 여전히 붉게 상기되어 있었고 심장은 빠르게 뛰었다.

급하게 서두르는 발소리가 들렸고 아르카지가 테라스에 들어섰다.

"우리는 서로 아는 사이가 되었어요, 아버지!" 그는 다정하고도 선한 승리감이 어린 표정으로 외쳤다. "페도시야 니콜라예브나는 마침 오늘 정말로 몸이 좋지 않았대요. 나중에 올 거예요. 하지만 왜 저에게 말해 주지 않으셨어요? 저에게 동생이 있다는 사실을요. 방금 입을 맞춘 것처럼 엊저녁에도 동생에게 입을 맞출 수 있었는데 말이에요."

니콜라이 페트로비치는 뭔가 말을 하고 싶었고, 자리에서 일어나 두 팔을 벌려 아들을 안고 싶었다……. 아르카지가 아버지의 목을 끌어안았다.

"이게 뭐야? 또 껴안고 있나?" 그들 뒤에서 파벨 페트로비치의 목소리가 들렸다.

아버지와 아들은 그 순간 그가 나타난 것을 똑같이 기뻐했다. 감동적이더라도 얼른 벗어나고 싶은 상황이 있는 법이다.

"뭘 놀라?" 니콜라이 페트로비치가 쾌활하게 말했다. "내가 아르카샤를 얼마나 오랫동안 기다렸는데……. 어제부터 계속 이 애를 실컷 볼 기회가 없었어."

"전혀 놀랍지 않아." 파벨 페트로비치가 말했다. "나도 이 녀석을 껴안는 게 싫지는 않으니까."

아르카지는 큰아버지에게 다가가, 다시 한번 자신의 뺨에 닿는 그 향기로운 콧수염을 느꼈다. 파벨 페트로비치는 테이블 앞에 앉았다. 그는 영국 스타일의 우아한 오전용 의상을 입고, 머리에는 튀르크식 모자를 쓰고 있었다. 이 모자와 대충 맨 작은 넥타이는 시골 생활의 자유를 암시했다. 루바시카[28]의 빳빳한 옷깃은 하얀색이 아니라 오전 의상에 어울리는 화려한 색이었지만, 매끈하게 면도한 턱을 평소처럼 가차

28) 품이 헐렁한 러시아의 남성용 상의. 허리 부분을 끈으로 여며 입는다.

없이 찔렀다.

"너의 새 친구는 도대체 어디에 있냐?" 그가 아르카지에게 물었다.

"집에 없어요. 평소에도 아침 일찍 일어나서 어디론가 가요. 무엇보다 그에게 신경 쓰실 필요 없어요. 격식 차리는 걸 좋아하지 않거든요."

"그래, 그런 것 같더구나." 파벨 페트로비치는 천천히 빵에 버터를 바르기 시작했다. "그 친구가 우리 집에 오래 머물까?"

"상황을 봐야 할 것 같아요. 여기는 아버지 집으로 가는 길에 잠깐 들른 거예요."

"그의 아버지는 어디에 살지?"

"우리 현(縣)에요. 여기서 80베르스타 정도 떨어진 곳이에요. 그곳에 작은 영지가 있어요. 예전에 연대 군의관이셨어요."

"그래, 그래, 그렇구나……. 그렇지 않아도 그 바자로프라는 성을 예전에 어디에서 들었는지 계속 궁금했다. 니콜라이, 아버지 사단에 바자로프라는 군의관이 있었던 것 기억나니?"

"그랬던 것 같아."

"맞아. 틀림없어. 그러니까 그 군의관이 그의 아버지로군. 음!" 파벨 페트로비치는 수염을 실룩거렸다. "그래, 그 바자로프라는 신사는 실제로 어떤 사람이냐?" 그는 잠시 사이를 두고 말했다.

"바자로프가 어떤 사람이냐고요?" 아르카지는 싱긋 웃었다. "그가 실제로 어떤 사람인지 제가 말해 주길 바라세요, 큰아버지?"

"이렇게 부탁한다, 조카."

"그는 니힐리스트예요."

"뭐?" 니콜라이 페트로비치가 물었다. 파벨 페트로비치는 날 끄트머리에 버터 한 조각을 얹은 나이프를 허공에 치켜든 채 꼼짝도 하지 않았다.

"그는 니힐리스트예요." 아르카지가 다시 한번 말했다.

"니힐리스트." 니콜라이 페트로비치가 중얼거렸다. "그건 무(無)라는 뜻의 라틴어 니힐에서 나온 말이구나. 내가 판단할 수 있는 한에서는 그렇다. 그러니까 그 말은 아무것도 인정하지 않는 사람을 뜻하는 거냐?"

"'아무것도 존중하지 않는'이라고 말해야지." 파벨 페트로비치가 동생의 말을 받아치고는 다시 버터를 바르기 시작했다.

"모든 것에 비판적 관점에서 접근하는 사람이죠." 아르카지가 지적했다.

"똑같은 것 아니냐?" 파벨 페트로비치가 물었다.

"아뇨, 똑같지 않아요. 니힐리스트란 어떤 권위에도 굴복하지 않는 사람, 하나의 원칙, 설사 그 원칙이 사람들에게 아무리 존경받는 것이라 해도 그 원칙을 신앙으로 받아들이지 않는 사람이에요."

"그래서 뭐냐, 그게 좋다는 거냐?" 파벨 페트로비치가 그의 말을 가로막았다.

"사람에 따라 다르죠, 큰아버지. 어떤 사람에게는 좋은 것이, 또 어떤 사람에게는 아주 안 좋을 수도 있잖아요."

"그러냐. 글쎄, 우리가 알 바 아니라는 것은 알겠구나. 구세대 인간인 우리는 말이다, 우리는 원칙(파벨 페트로비치는 이 단어를 프랑스식으로 부드럽게 발음했고, 아르카지는 그와 반대로 첫 음절에 강세를 주어 원칙이라고 발음했다.) 없이는, 네 말처럼 신앙으로 받아들여지는 원칙 없이는 단 한 걸음도 나아갈 수 없고 숨을 돌릴 수도 없단다. 너희가 이 모든 걸 바꿔 놓았구나. 하느님께서 너희에게 건강과 장군의 직위를 허락하시길.[29] 그럼 우리는 너희에게 그저 감탄하게 될 것이다, 신사분들…… 뭐라고 했더라?"

"니힐리스트요." 아르카지가 또박또박 말했다.

"그래. 예전에는 헤겔주의자들이 있었는데 지금은 니힐리스트들이 있구나. 그래, 너희가 진공 속에서, 공기가 없는 공간 속에서 어떻게 존재할지 지켜보자. 그럼 나의 동생 니콜라이 페트로비치, 이제 종을 울려 다오. 내가 코코아를 마실 시간이구나."

니콜라이 페트로비치는 종을 울린 후 "두냐샤!" 하고 외쳤다. 하지만 두냐샤 대신 페네치카가 직접 테라스로 나왔다. 새하얗고 보드라운 살결, 검은 머리칼과 검은 눈동자, 어린아이처럼 도톰한 붉은 입술, 부드러운 작은 손의 그녀는 스물세 살쯤으로 보이는 젊은 여자였다. 산뜻한 사라사[30] 옷을 입고, 둥근 어깨에는 하늘색의 새 스카프를 가볍게 걸쳤다. 그녀는 커다란 코코아 잔을 가져와 파벨 페트로비치 앞에 놓고는 몹시

---

29) 알렉산드르 세르게예비치 그리보예도프(Aleksandr Sergeyevich Griboedov, 1795~1829)의 희곡 「지혜의 슬픔」 2막에서 인용한 문구.

30) 다섯 가지 빛깔로 인물, 동물, 식물 문양이나 기하학 무늬를 물들인 옷감.

수줍어했다. 사랑스러운 얼굴의 얇은 살갗 아래에서 뜨거운 피가 선홍색 파도를 이루며 퍼져 나갔다. 그녀는 눈을 내리깐 채 손가락 끝으로 테이블을 가볍게 짚고 그 옆에 섰다. 이 자리에 온 것을 부끄러워하는 것처럼 보였지만, 그와 동시에 자신에게는 올 권리가 있다고 느끼는 듯했다.

파벨 페트로비치는 근엄하게 눈썹을 찌푸렸고 니콜라이 페트로비치는 난처해했다.

"안녕, 페네치카." 그는 입속말로 중얼거렸다.

"안녕하세요.[31]" 그녀는 조용하고도 낭랑한 목소리로 대답하더니, 자기를 향해 다정하게 미소 짓는 아르카지를 곁눈질로 쳐다보고는 살그머니 나갔다. 그녀는 살짝 뒤뚱거리며 걸었지만 그것이 잘 어울렸다.

몇 분 동안 침묵이 테라스를 지배했다. 파벨 페트로비치는 코코아를 홀짝거리다가 갑자기 고개를 들었다.

"저기 니힐리스트 신사분이 우리에게로 오시는구나." 그가 조용히 중얼거렸다.

정말로 바자로프가 화단을 밟으며 정원을 지나 이쪽으로 오고 있었다. 그의 아마포 외투와 바지가 진흙으로 더럽혀져 있었다. 끈끈한 늪지 식물이 허름한 둥근 모자의 꼭대기에 휘감겨 있었다. 그의 오른손에는 작은 자루가 들려 있었는데, 그

---

31) 러시아어에서 종결 어미 -s를 붙이면 극존칭이 된다. 주로 하인이 주인에게, 또는 군인이 상관에게 말할 때 사용하는 표현이다. 페네치카는 파벨 페트로비치와 니콜라이 페트로비치에게뿐 아니라 바자로프에게도 이런 극존칭을 사용한다.

자루 안에서 살아 있는 무언가가 꿈틀거렸다. 그는 재빨리 테라스로 다가와 고개를 까딱하고는 나직이 말했다.

"안녕하십니까, 여러분. 차 시간에 늦게 와서 죄송합니다. 곧 돌아오죠. 이 포로들을 정리해야 해서요."

"당신이 들고 있는 게 뭐요? 거머리?" 파벨 페트로비치가 물었다.

"아뇨, 개구리입니다."

"먹을 거요, 기를 거요?"

"실험용입니다." 바자로프는 무심하게 말하고 집 안으로 들어갔다.

"그것들을 해부할 테지." 파벨 페트로비치가 말했다. "원칙은 믿지 않아도 개구리는 믿는군."

아르카지는 큰아버지를 씁쓸하게 쳐다보았고, 니콜라이 페트로비치는 남몰래 어깨를 으쓱했다. 파벨 페트로비치 본인은 자신의 농담이 통하지 않은 것을 깨닫고, 영지 경영과 새 관리인에 대한 이야기를 꺼냈다. 전날 관리인이 그를 찾아와 노동자 포마가 '방탕에 빠져' 일을 하지 않는다고 불평했던 것이다. "그자는 딱 이솝[32] 같은 놈입니다." 그는 여러 가지 이야기를 하던 중 이렇게 말했다. "어디를 가든 나쁜 놈 행세를 하지요. 그러니 이곳에 잠시 머물다가 어리석은 짓을 저지르면 훌쩍 떠날 겁니다."

---

32) '거짓말쟁이'를 뜻하는 은유로도 많이 사용되는 그리스의 우화 작가.

6

바자로프는 테라스로 돌아와서 테이블 앞에 앉아 서둘러 차를 마시기 시작했다. 두 형제는 말없이 그를 쳐다보았고, 아르카지는 아버지와 큰아버지를 번갈아 훔쳐보았다.

"먼 곳까지 갔다 왔나요?" 마침내 니콜라이 페트로비치가 물었다.

"저기 사시나무 숲 부근에 작은 늪지가 있더군요. 그곳에서 도요새 다섯 마리 정도를 쫓아 버렸지요. 너라면 그 새들을 죽일 수 있을 거야, 아르카지."

"사냥은 하지 않습니까?"

"하지 않습니다."

"원래 전공은 물리학이죠?" 이번에는 파벨 페트로비치가 물었다.

"네, 물리학입니다. 하지만 자연 과학 일반을 공부하고 있습니다."

"최근에 게르만족이 이 분야에서 큰 성공을 거두었다죠."

"네, 독일인들은 이 분야에서 우리의 스승입니다." 바자로프가 무심하게 대답했다.

하지만 파벨 페트로비치가 빈정거릴 목적으로 독일인 대신 게르만족이라는 단어를 쓴 것은 아무도 알아차리지 못했다.

"당신은 독일인들을 그렇게나 높이 평가합니까?" 파벨 페트로비치가 우아하고 정중하게 말했다. 그는 은근히 짜증이 나기 시작했다. 바자로프의 거리낌 없는 태도가 그의 귀족적인 기질을 자극했다. 이 군의관의 아들은 사람을 어려워하기는커녕 심지어 마지못한 듯 띄엄띄엄 대꾸하기까지 했다. 그리고 그의 목소리에는 거친, 거의 무례하다고 할 만한 무언가가 있었다.

"그곳의 학자들은 유능한 사람들입니다."

"네, 그렇죠. 하지만 당신은 러시아 학자들에 대해서는 딱히 칭찬할 것 같지 않군요."

"아마도요."

"몹시 칭찬할 만한 자기희생이군요." 파벨 페트로비치는 몸을 쭉 펴고 고개를 뒤로 젖히면서 또박또박 말했다. "그런데 방금 아르카지 니콜라이치에게서 들었는데, 당신은 어떤 권위도 인정하지 않는다죠? 권위를 믿지 않습니까?"

"그런데 왜 제가 권위를 인정해야 합니까? 그리고 제가 무엇을 믿겠습니까? 사람들이 저에게 사실을 말하면 전 동의합니다. 그게 전부입니다."

"그럼 독일인들은 늘 사실만 말합니까?" 파벨 페트로비치가 웅얼거리듯 말했다. 그의 얼굴은 생각이 딴 데 있는 듯 무심한 표정을 띠었다. 마치 어떤 공상에 푹 빠져 버린 것 같았다.

"모두가 그런 것은 아닙니다." 바자로프는 짧게 하품을 하며 대꾸했다. 아무래도 입씨름을 계속하고 싶지 않은 듯했다.

파벨 페트로비치가 아르카지를 흘깃 쳐다보았다. '네 친구는 참 정중하구나, 그렇지 않냐?'라고 말하고 싶은 듯했다.

"내 입장을 말하자면……" 그가 다시 입을 열었다. 다소 억지스러운 감이 없지 않았다. "미안하지만, 난 독일인에게 호의를 느끼지 않습니다. 러시아에 사는 독일인에 대해서는 더 이상 말하지 않겠습니다. 그자들이 어떤 놈들인지는 잘 알려져 있으니까요. 하지만 독일에 사는 독일인들도 마음에 들지 않습니다. 그래도 예전에는 그럭저럭 괜찮았죠. 그 시절에는 독일인 중에도 실러라든가 괴테 같은 사람들이 있었고…… 내 동생은 특히 그들에게 호감을 느끼죠……. 그런데 요즘에는 무슨 화학자라든가 유물론자 같은 사람들만 나타나고 있으니……."

"훌륭한 화학자는 그 어떤 시인보다 스무 배는 더 유익합니다." 바자로프가 끼어들었다.

"그렇군요!" 파벨 페트로비치가 웅얼거렸다. 그는 막 잠들 것처럼 눈썹을 살짝 추어올렸다. "그렇다면 당신은 예술도 인정하지 않겠군요?"

"돈 버는 기술을 말하나요, 아니면 그까짓 치질을 고치는 기술을 말하나요?"[33] 바자로프는 경멸조로 비웃으며 큰 소리로 외쳤다.

"그래요, 그래.[34] 농담도 참 잘하는군요. 그러니까 당신은 모든 것을 부정한단 말이죠? 그렇다고 칩시다. 그러니까 당신은 과학만을 믿는다는 거죠?"

"저는 이미 그 어떤 것도 믿지 않는다고 말씀드렸습니다. 그

---

33) 러시아어 iskusstvo는 '예술'과 '기술'을 모두 뜻한다.

34) 파벨 페트로비치는 바자로프에게 일부러 극존칭 어미인 -s를 사용함으로써 그를 빈정거리는 의도를 노골적으로 드러내고 있다.

리고 과학이라는 게 도대체 뭡니까? 일반 과학이 뭐죠? 일자리와 직업에도 여러 가지가 있듯이 과학도 그렇습니다. 일반 과학이라는 것은 아예 존재하지 않습니다."

"아주 훌륭합니다.[35] 그럼, 일상생활 속에서 통용되는 다른 법규들에 대해서도 당신은 그와 똑같이 부정적인 관점을 고수하고 있습니까?"

"뭡니까, 심문인가요?" 바자로프가 물었다.

파벨 페트로비치의 얼굴이 약간 창백해졌다……. 니콜라이 페트로비치는 대화에 끼어들 필요가 있다고 생각했다.

"언제 한번 이 주제에 대해 더 상세히 논의해 봅시다, 친애하는 예브게니 바실리치. 당신 의견도 듣고 우리 의견도 말하기로 하죠. 내 입장에서는 당신이 자연 과학을 전공한다는 사실이 무척 반가워요. 리비히[36]가 밭에 거름을 대는 문제에 대해 놀라운 발견을 했다고 들었습니다. 당신은 나의 농경을 도와줄 수 있어요. 뭔가 유익한 조언을 해 줄 수도 있고요."

"기꺼이 돕겠습니다, 니콜라이 페트로비치. 하지만 리비히가 우리와 무슨 상관입니까! 우선 알파벳부터 배우고 그다음에 책을 집어 들어야 하는데, 우리는 아직 A도 보지 못했습니다."

'음, 자네가 정말로 니힐리스트라는 건 나도 알겠군.' 니콜라이 페트로비치는 생각했다. "어쨌든 기회가 닿으면 당신에게

---

35) 파벨 페트로비치는 바자로프에게 또다시 극존칭 어미인 -s를 붙이고 있다.

36) 유스투스 리비히(Justus Liebig, 1803~1873). 독일의 화학자이자 과학적인 농경제학의 기틀을 마련한 사람 가운데 한 명.

도움을 청하도록 하죠." 그는 소리 내서 이렇게 덧붙였다. "그런데 형, 우리는 이제 슬슬 집사와 상의를 하러 가야 할 것 같은데."

파벨 페트로비치는 의자에서 일어났다.

"그렇군." 그는 아무도 쳐다보지 않으며 말했다. "위대한 지성인들과 멀리 떨어져 시골에서 이렇게 오 년을 지낸다는 건 큰 불행이구나! 순식간에 완전히 머저리가 돼. 넌 네가 배운 것을 잊지 않기 위해 노력하지. 하지만 문득 정신을 차리면 그 모든 게 헛소리라는 사실이 밝혀져. 그리고 분별 있는 사람들은 더 이상 그런 쓸데없는 것에 관심을 기울이지 않는다, 넌 시대에 뒤처진 멍청이다, 라는 소리를 듣게 돼. 하는 수 없지! 젊은이들이 우리보다 확실히 더 똑똑한 것 같군."

파벨 페트로비치는 구두 뒤축으로 천천히 돌아서서 천천히 테라스를 떠났다. 니콜라이 페트로비치가 그를 따라 나갔다.

"뭐야, 네 큰아버지는 언제나 저런 식이야?" 두 형제의 등 뒤로 문이 닫히자마자 바자로프가 아르카지에게 냉정한 말투로 물었다.

"들어 봐, 예브게니, 네가 큰아버지께 너무 심하게 굴었어." 아르카지가 말했다. "넌 그분을 모욕했어."

"그럼 내가 저 시골 귀족들의 응석을 받아 주어야 하나? 그건 단지 자만, 사교계 명사의 습성, 허세에 불과하잖아. 그분의 기질이 그렇다면 페테르부르크에서 계속 활약하는 편이 좋았을 텐데……. 하지만 마음대로 하라지! 난 디티스쿠스 마르기나투스(Dytiscus marginatus)라는 아주 희귀한 물방개 종을 발견했어. 그 물방개 알아? 너에게 보여 줄게."

"내가 너에게 내력을 들려주기로 약속했지." 아르카지가 입을 열었다.

"물방개의 내력 말이야?"

"이제 그만해, 예브게니. 내 큰아버지의 내력이지. 네가 상상하는 그런 분이 아니라는 걸 너도 알게 될 거야. 그분은 조롱보다 오히려 동정을 받아야 할 분이야."

"너와 논쟁할 생각 없어. 그런데 넌 왜 큰아버지에게 그렇게 신경을 쓰니?"

"공평해야 하잖아, 예브게니."

"왜 그래야 하는데?"

"아냐, 들어 봐……."

그리하여 아르카지는 큰아버지의 내력을 그에게 들려주게 되었다. 독자는 그 내력을 다음 장에서 알게 될 것이다.

7

파벨 페트로비치 키르사노프는 동생 니콜라이와 마찬가지로 처음에는 집에서, 그다음에는 육군 유년 학교[37]에서 교육

---

37) 1759년 페테르부르크에 설립된 특권층을 위한 군사 학교로서 차르의 후원을 받았다. 매년 열두 살 소년들을 스무 명 정도 뽑았고, 졸업생들은 궁정의 직위를 받거나 장교로 임관됐다.

을 받았다. 그는 어린 시절부터 수려한 외모로 주목을 받았다. 게다가 자신만만하고 다소 냉소적이고 어쩐지 묘하게 신경질적이었다. 사람들은 그런 그를 좋아하지 않고는 못 배겼다. 그는 장교로 임관되자마자 어디에나 모습을 드러내기 시작했다. 사람들은 그를 몹시 아껴 주었으며, 그 자신도 제멋대로 굴고 심지어 바보짓을 하거나 건방을 떨기도 했다. 그러나 이런 것마저 그에게는 잘 어울렸다. 여자들은 그에게 완전히 넋을 잃었고, 남자들은 그를 멋쟁이라 부르며 은근히 질투했다. 앞서 말했듯이 그는 동생과 아파트에서 함께 살았다. 조금도 공통점이 없는 동생이었지만, 그는 진심으로 동생을 사랑했다. 니콜라이 페트로비치는 다리를 약간 절었고, 인상은 좋지만 다소 슬퍼 보이는 자그마한 얼굴 생김새, 작고 검은 눈동자, 부드러운 성긴 머리칼을 지녔다. 그는 게으른 생활뿐 아니라 독서도 좋아했지만 사교계는 두려워했다. 파벨 페트로비치는 저녁을 집에서 보내는 법이 없었고, 용기와 민첩함으로 이름을 떨쳤다.(그는 사교계 젊은이들 사이에 체조를 유행시키려 하기도 했다.) 독서라고는 프랑스 책 대여섯 권을 읽은 것이 전부였다. 스물여덟 살에 그는 이미 대위가 되었다. 눈부신 출셋길이 그를 기다리고 있었다. 그런데 갑자기 모든 것이 변하고 말았다.

그 무렵 페테르부르크 사교계에 R. 공작 부인이라는, 오늘날까지도 사람들이 잊지 못하는 한 여성이 가끔 모습을 보이곤 했다. 그녀에게는 점잖고 품위 있는, 그러나 조금 우둔한 남편이 있었고, 자녀는 없었다. 그녀는 갑자기 외국으로 떠났다가 갑자기 러시아로 돌아오곤 했으며, 전반적으로 기이한 생활을 해 나갔다. 그녀는 경박한 요부로 소문났다. 온갖 종류의 쾌락에 열정적으로 몰두하기도 하고, 쓰러질 때까지 춤을 추기도 하고, 만찬 전 어스름에 잠긴 응접실에서 맞이한 젊은이들과 깔깔거리며 장난을 치기도 했다. 그러나 밤이 되면 하염없이 울기도 하고, 기도하기도 하고, 어디에서도 평안을 찾지 못해 종종 아침까지 우울하게 두 손을 쥐어뜯으며 방 안을 흐느적흐느적 돌아다니기도 하고, 성경의 「시편」을 붙든 채 창백한 얼굴과 차가운 몸으로 앉아 있기도 했다. 날이 밝으면 그녀는 다시 사교계 귀부인으로 변해 다시 외출을 하고 깔깔거리고 재잘거렸으며 조금이라도 기분을 전환해 줄 만한 것이 생기면 무엇이든 가리지 않고 몸을 던지다시피 했다. 그녀는 놀랍도록 몸매가 멋졌다. 황금처럼 묵직한 금발의 땋은 머리는 무릎 아래까지 내려왔다. 그러나 아무도 그녀를 미인이라 부르지는 않았을 것이다. 그녀의 얼굴 전체에서 아름다운 것은 눈동자뿐이었는데, 그나마도 눈동자 자체 — 크지 않고 회색인 — 가 아니라 그 눈빛, 경쾌하고도 깊은, 대담해 보일 정도로 무심하고 침울해 보일 정도로 수심에 찬 수수께끼 같은 눈빛이었다. 그녀의 혀가 공허하기 이를 데 없는 말을 재잘거릴 때조차 그 눈빛에서는 특별한 무언가가 빛났다. 그녀는 옷을 우아하게 입었다. 파벨 페트로비치는 어느 무도회에서 그녀를 만나 함께 마주르카를 추었다. 춤을 추는 동안 그녀는 분별 있는 말이라고는 한마디도 하지 않았는데, 그는 그녀를 열렬히 사랑하게 되었다. 승리에 익숙한 그는 이번에도 곧 자신의 목적을 달성했다. 그러나 그의 열정이 손쉽게 얻은 승리로 식은 것은 아니었다. 오히려 그는 한층 고통스럽게, 한층 강하게 이 여인에게 집착했다. 그녀가 돌이킬 수 없이 자신의 몸을 허락했을 때조차, 그녀 안에는 여전히 아무도 꿰뚫어 볼 수 없는 신성하고도 이해하기 힘든 무언가가 남아 있는 것 같았다. 이 영혼 속에 무엇이 둥지를 틀고 있는지는 하느님만 아실 일이다! 그녀는 어떤 비밀스러운, 그녀 스스로도 알 수 없는 힘에 사로잡힌 것처럼 보였다. 그 힘은 그녀를 마음대로 갖고 노는 것 같았고, 그녀의 빈약한 지력은 그 힘이 부리는 변덕을 감당하지 못하는 것 같았다. 그녀의 모든 행동은 모순의 연속이었다. 그녀는 남편의 정당한 의심을 불러일으킬 수도 있는 특별한 편지들을 자신도 거의 알지 못하는 남자에게 써 보냈다. 그러나 그녀의 사랑은 슬픔의 향기를 풍겼다. 그녀는 더 이상 깔깔거리며 웃지 않았고, 자신이 선택한 남자와 장난치지도 않았다. 그저 의혹의 눈길로 상대를 쳐다보며 그의 말을 들었다. 이따금, 대개는 느닷없이, 그 의혹은 차가운 공포로 변했고, 그녀의 얼굴은 시체처럼 창백하면서도 사나운 표정을 띠었다. 그녀가 자기 침실에 틀어박힐 때면, 그녀의 하녀는 열쇠 구멍에 귀를 댄 채로 숨죽인 흐느낌을 들을 수 있었다. 키르사노프가 밀회 후에 자기 집으로 돌아와 심장을 쥐어뜯는 듯한 쓰라린 분노 — 보통 완전히 거절당한 후 가슴에 치밀어 오르는 — 를 느낀 것도 한두 번이 아니었다. '내가 뭘 더 바란단 말인가?' 그는 스스로에게 이렇게 묻곤 했지만 가슴은 여전히 아팠다. 어느 날 그는 그녀에게 스핑크스를 새긴 보석 반지를 선물했다.

"이게 뭐죠?" 그녀가 물었다. "스핑크스인가요?"

"그래요." 그가 대답했다. "그리고 그 스핑크스는 바로 당신이고요."

"나요?" 그녀는 이렇게 묻고는 수수께끼 같은 눈을 천천히 들어 그를 바라보았다. "그 말이 얼마나 대단한 칭찬인지 알아요?" 그녀는 희미한 조소를 머금으며 덧붙였다. 그러나 두 눈은 여전히 그를 이상스럽게 쳐다보고 있었다.

R. 공작 부인의 사랑을 받을 때도 파벨 페트로비치는 충분히 괴로웠다. 그러나 그에 대한 그녀의 마음이 식어 버리자 — 그 일은 꽤 빨리 찾아왔다 — 그는 거의 미칠 지경이 되었다. 그는 괴로워하고 질투했으며, 그녀를 가만두지 않고 어디로든 그 꽁무니를 졸졸 따라다녔다. 그녀는 끈질기게 쫓아다니는 그에게 진저리를 쳤고, 결국 외국으로 떠나 버렸다. 그는 친구들의 호소도, 상관들의 설득도 아랑곳하지 않고 퇴역을 감행한 후 공작 부인을 따라 외국으로 떠났다. 그는 그녀를 뒤쫓기도 하고 일부러 놓치기도 하면서 사 년을 외국에서 보냈다. 스스로를 수치스러워했고 자신의 소심함에 분노했다……. 그러나 아무것도 도움이 되지 않았다. 그녀의 자태, 그 이해할 수 없는, 거의 무의미하지만 매혹적인 자태가 그의 영혼 속에 너무도 깊이 뿌리를 내린 것이다. 바덴에서는 어쩌다가 다시 그녀와 예전처럼 가까워졌다. 그녀는 그 어느 때보다 그를 열렬히 사랑하는 것 같았다……. 그러나 한 달이 지나자 그 모든 것은 이미 끝나 있었다. 불꽃이 마지막으로 확 타올랐다가 영원히 꺼져 버린 것이다. 피할 수 없는 이별을 예감

한 그는 최소한 그녀의 친구로라도 남고 싶었다. 그런 여인과의 우정이 가능하기라도 한 것처럼……. 그녀는 조용히 바덴을 떠났고, 그 후로 계속 키르사노프를 피했다. 그는 러시아로 돌아와 옛날처럼 생활하려고 애썼지만, 더 이상 예전의 궤도에 올라설 수 없었다. 중독자처럼 이리저리 배회했다. 또다시 사교계를 출입했고 사교계 인간의 습성도 고스란히 간직했다. 그는 두세 번의 새로운 승리를 자랑할 수도 있었다. 그러나 자신에게서든 다른 사람에게서든 더 이상 특별한 것을 기대하지 않았고, 어떤 것도 시작하려 하지 않았다. 그는 늙어 갔고 머리칼이 하얗게 세기 시작했다. 저녁이면 클럽에 죽치고 앉아 신경질을 부리며 따분해하고 독신자들과 심드렁하게 입씨름을 하는 것이 그의 일과가 되었다. 모두가 알다시피 좋지 않은 징후였다. 물론 결혼은 생각도 하지 않았다. 십 년이 그런 식으로 칙칙하고 무익하게, 빠르게, 무섭도록 빠르게 흘러갔다. 러시아만큼 시간이 빠르게 질주하는 곳도 없다. 감옥에서는 더 빨리 흐른다고들 한다. 어느 날 클럽의 만찬 자리에서 파벨 페트로비치는 R.공작 부인의 죽음에 대해 알게 되었다. 그녀는 정신 착란에 가까운 상태로 파리에서 생을 마감했다. 그는 테이블에서 일어나 한참 동안 클럽의 방들을 돌아다니기도 하고, 카드놀이 하는 사람들 옆에 못 박힌 듯 가만히 서 있기도 했다. 그래도 평소보다 일찍 집으로 돌아가지는 않았다. 얼마 후 그는 자기 앞으로 온 소포를 받았다. 그 안에는 그가 공작 부인에게 준 반지가 있었다. 그녀는 스핑크스 위에 십자 표시를 해서, 십자가가 바로 수수께끼에 대한 답이라는 사실을 그에게 전하라고 심부름꾼에게 지시했다.

이 일이 일어난 것은 1848년 초, 즉 아내를 잃은 니콜라이 페트로비치가 페테르부르크로 온 바로 그 시기였다. 파벨 페트로비치는 동생이 시골에 정착한 이후 그와 거의 만나지 않았다. 니콜라이 페트로비치의 결혼 시기는 파벨 페트로비치와 공작 부인의 교제 초기와 겹쳤다. 외국에서 돌아온 파벨 페트로비치는 동생의 행복을 지켜보며 그 집에서 두어 달 묵을 생각으로 찾아갔지만, 그곳에서는 겨우 한 주밖에 버티지 못했다. 두 형제가 처한 상황이 너무 차이가 났기 때문이다. 1848년에는 이 차이가 줄어들었다. 니콜라이 페트로비치는 아내를 잃었고, 파벨 페트로비치는 추억을 잃었다. 공작 부인이 죽은 후 파벨 페트로비치는 그녀를 생각하지 않으려 애썼다. 하지만 니콜라이에게는 인생을 잘 살아왔다는 느낌이 남았고, 그의 눈앞에서는 아들이 자라고 있었다. 그와 반대로 고독한 독신자 파벨은 불안한 황혼기, 즉 희망 같기도 한 회한의 시간, 회한 같기도 한 희망의 시간에 접어들었다. 청춘은 지나갔지만 노년은 아직 찾아오지 않은 시간이었다.

그 시간은 어느 누구보다 파벨 페트로비치에게 한층 힘겨웠다. 과거를 잃음으로써 모든 것을 잃었기 때문이다.

"난 이제 형을 마리노로 부르지 않겠어." 어느 날 니콜라이 페트로비치가 그에게 말했다.(니콜라이 페트로비치는 아내를 추억하기 위해 자신의 마을을 그렇게 불렀다.)[38] "형은 내 아내가 있

38) 작품에는 서술되지 않았지만 니콜라이의 아내 이름은 마리야인 듯하

던 시절에도 그곳에서 갑갑해했는데, 지금 그곳으로 가면 우울증으로 죽고 말 거야."

"그 시절에는 내가 아직 어리석고 경박했지." 파벨 페트로비치가 대답했다. "그 후로 좀 차분해졌어. 현명해지지는 않았지만. 오히려 이제는, 너만 허락한다면, 네 집에서 언제까지고 살 생각이야."

니콜라이 페트로비치는 대답 대신 그를 끌어안았다. 그러나 파벨 페트로비치가 자신의 계획을 실행에 옮긴 것은 그 대화가 오간 지 한 해 반이 지나서였다. 그 대신 한번 시골에 정착하자 다시는 그곳을 떠나지 않았다. 심지어 니콜라이 페트로비치가 아들과 함께 페테르부르크에서 세 번의 겨울을 나는 동안에도 그랬다. 그는 영어로 점점 더 많은 독서를 하게 됐다. 전반적으로 자신의 모든 생활을 영국식으로 해 나갔으며, 좀처럼 이웃들을 만나지 않고 선거 때만 겨우 외출했다. 선거 자리에서는 대체로 침묵을 지켰다. 이따금 자유주의적인 언동으로 구식 지주들을 자극하고 놀라게 했지만, 그렇다고 해서 새로운 세대의 대표자들을 가까이한 것은 아니었다. 구세대든 신세대든 모두 그를 오만한 사람으로 생각했다. 그러나 양쪽 모두 그의 빼어난 귀족적 태도와 이런저런 승리에 대한 소문 때문에 그를 존경했다. 멋지게 옷을 입고 언제나 가장 좋은 호텔의 가장 좋은 방에 묵는다는 점, 대체로 훌륭한

다. 한편 러시아의 마을 이름은 -오로 끝나는 것이 일반적이다. 따라서 '마리노'라는 명칭은 '마리야 마을' 정도의 의미를 띤다고 볼 수 있다.

정찬을 즐기는 데다 심지어 한번은 루이필리프[39]의 저택에서 웰링턴[40]과 함께 식사를 하기도 했다는 점, 어디를 가든 진짜 은으로 만든 여행용 화장 도구함과 이동식 욕조를 휴대하고 다닌다는 점, 그에게서 어떤 특별하고 놀랍도록 '고상한' 향기가 풍긴다는 점, 휘스트를 능숙하게 하면서도 언제나 돈을 잃기만 한다는 점 때문에 그들은 그를 좋아했다. 마지막으로 그의 나무랄 데 없는 정직함 때문에도 그를 좋아했다. 귀부인들은 그에 대해 우울한 성격을 가진 매력적인 남자로 생각했지만, 그는 귀부인들을 가까이하지 않았다…….

"이제 알겠지, 예브게니?" 아르카지는 이야기를 맺으며 말했다. "네가 큰아버지를 얼마나 부당하게 평가하고 있는지 말이야! 내가 아직 말하지 않았는데, 큰아버지는 여러 차례 아버지를 곤경에서 구하고 자신의 돈을 전부 주었어. 너는 모르겠지만, 아마 두 분은 아직 영지를 분할하지 않았을 거야.[41] 하지만 큰아버지는 모든 사람을 기꺼이 돕고, 게다가 항상 농민 편을 들지. 사실 농민들과 이야기할 때는 얼굴을 찡그리고 오드콜로뉴[42] 향을 맡긴 하지만……."

---

39) Louis-Philippe(1773~1850). 1830년에서 1848년까지 프랑스 국왕으로 재임했고, 1848년 2월 혁명으로 인해 영국으로 망명했다.

40) 아서 웰즐리 웰링턴(Arthur Wellesley Wellington, 1769~1852)은 워털루 전투(1815) 때 영국군 사령관이었다.

41) 러시아 법에 따르면, 형제가 둘인 경우 각각 부친의 영지를 절반씩 유산으로 물려받을 수 있다. 그런데 키르사노프 형제는 전체 영지에 대한 공동 소유를 유지하기로 한 것이다.

42) 화장수의 하나.

“당연히 그렇겠지. 신경 때문에.” 바자로프가 끼어들었다.

“어쩌면. 하지만 마음은 아주 선한 분이야. 그리고 절대 어리석지 않아. 나에게도 얼마나 유익한 충고를 해 주셨는데……. 특히…… 특히 여자관계에 대해서 말이야.”

“아하! 자기 우유에 데면 남의 물도 입으로 불어 마신다더니.[43] 알겠군!”

“그러니까, 한마디로…….” 아르카지가 계속 말했다. “그분은 몹시 불행해. 내 말을 믿어 줘. 그분을 경멸하면 안 돼.”

“누가 경멸한대?” 바자로프가 반박했다. “하지만 이 점만은 말해 두지. 여자의 사랑이라는 패에 자신의 인생 전부를 걸었다가, 그 패가 죽으면 완전히 풀이 죽어서 아무짝에도 쓸모없어질 정도로 추락하는 인간, 그런 인간은 사내도 아니고 수컷도 아니야. 넌 그 사람이 불행하다고 말하지. 하지만 너도 알아 두는 게 좋아. 그 사람은 여전히 미련함을 완전히 떨치지 못했어. 난 확신해. 그 사람은 진심으로 스스로를 유능한 인간이라고 상상하고 있어. 《갈리냐니》 따위를 읽고 한 달에 한 번 농부를 태형에서 벗어나게 해 주니까.”

“그분이 받은 교육과 그분이 산 시대를 생각해 봐.” 아르카지가 말했다.

“교육?” 바자로프가 그의 말을 되받았다. “모든 인간은 스스로를 교육해야 해. 뭐, 예를 들면 나처럼이라도 말이지…….

---

43) 러시아에 “우유에 덴 사람은 냉수도 불어 마신다.”라는 속담이 있다. “자라 보고 놀란 가슴 솥뚜껑 보고 놀란다.”라는 우리말 속담과 의미가 같다. 바자로프의 말은 이 속담을 염두에 둔 표현이다.

시대에 대한 얘기가 나왔으니 말인데 내가 왜 시대에 종속돼야 해? 오히려 내가 시간을 지배해야지. 아니야, 형제, 이 모든 것은 방종이야. 무의미해! 그리고 남자와 여자 사이에 무슨 신비한 관계가 있어? 우리 생리학자들은 그것이 어떤 관계인지 알아. 눈의 구조라도 연구해 봐. 네가 말하는 그 수수께끼 같은 눈빛이라는 걸 어디에서 찾아내지? 그 모든 건 낭만주의, 헛소리, 곰팡이, 예술이야. 차라리 딱정벌레나 보러 가자."

그러고 나서 두 친구는 바자로프의 방으로 향했다. 그 방에는 이미 외과 수술실에서 나는 것 같은 냄새가 싸구려 담배 냄새와 뒤섞여 감돌고 있었다.

8

파벨 페트로비치는 동생과 관리인이 논의하는 자리에 그다지 오래 있지 않았다. 관리인은 목소리가 폐병 환자처럼 달짝지근하고 눈빛이 교활한 키가 크고 마른 남자였다. 그는 니콜라이 페트로비치의 모든 지적에 "당치도 않습니다. 물론입니다."라고 대답했고, 농부들을 주정뱅이와 도둑으로 몰려고 애썼다. 최근 새로운 방식이 도입된 영지 경영은 기름을 치지 않은 바퀴처럼 삐걱거리고, 생나무로 짠 수제 가구처럼 쩍쩍 갈라지는 소리를 냈다. 니콜라이 페트로비치는 낙심하지 않았다. 그러나 자주 한숨을 쉬며 생각에 잠겼다. 그는 자금이 없으면 일이 진척되지 않으리라는 것을 알았지만, 수중의 돈은 거의 바닥난 상태였다. 아르카지가 한 말은 사실이었다. 파벨 페트로비치가 여러 차례 동생을 도왔던 것이다. 동생이 곤경에서 벗어날 방법을 궁리하며 발버둥 치고 머리를 쥐어짜는 모습을 지켜보던 파벨 페트로비치가, 천천히 창가로 다가가 주머니에 두 손을 찔러 넣고 "하지만 내가 너에게 돈을 줄 수 있잖아."라고 웅얼거리며 그에게 돈을 건넨 것도 여러 번이었다. 하지만 이날은 수중에 한 푼도 없었기에 그는 멀리 떨어져 있기로 했다. 영지 경영에 대한 소소한 걱정거리에 기분이 우울해졌다. 게다가 늘 느끼던 점이지만, 니콜라이 페트로비치는 그토록 열성적이고 부지런한데도 일을 제대로 처리하지 못하는 것 같았다. 하지만 니콜라이 페트로비치가 정말로 무엇을 잘못했는지는 그도 딱 부러지게 알려 줄 수 없을 것이다. '동생은 실무에 그다지 밝은 편이 아냐.' 그는 속으로 혼잣말을 했다. '늘 사람들에게 속지.' 그와 반대로 니콜라이 페트로비치는 파벨 페트로비치의 실무적인 능력을 높이 평가해 언제나 그에게 조언을 구했다. "난 물렁하고 유약한 인간인 데다가 촌구석에서 평생을 보냈어." 그는 이렇게 말하곤 했다. "형이 사람들 틈에서 그렇게 오랫동안 살았던 게 헛되지는 않았어. 형은 사람을 잘 알잖아. 형에게는 독수리의 눈이 있으니까." 파벨 페트로비치는 이 말에 대한 답변으로 그저 고개만 돌릴 뿐 동생의 환상을 깨지는 않았다.

그는 니콜라이 페트로비치를 서재에 남겨 두고 저택의 앞부분과 뒷부분을 가르는 복도를 지났다. 나지막한 문 앞에 이르자, 그는 깊은 생각에 잠겨 서 있다가 콧수염을 잡아당기고는 문을 두드렸다.

"누구세요? 들어오세요." 페네치카의 목소리가 들려왔다.

"나요." 파벨 페트로비치는 이렇게 말하고 문을 열었다.

등받이 없는 의자에 아이와 함께 앉아 있던 페네치카는 벌떡 일어나 아이를 하녀의 품에 건네고 황급히 머릿수건을 매만졌다. 하녀는 아이를 데리고 곧바로 방에서 나갔다.

"방해했다면 미안합니다." 파벨 페트로비치는 그녀를 쳐다보지 않고 입을 열었다. "그저 당신에게 부탁을 하고 싶어서…… 오늘 시내에 사람을 보낼 것 같던데…… 날 위해 녹차를 사 오라고 말해 줘요."

"알겠습니다." 페네치카가 대답했다. "얼마나 사면 될까요?"

"반 푼트[44]면 충분할 것 같습니다. 그런데 이곳에 변화가 생긴 것 같군요." 그는 주위를 재빨리 둘러보고는 덧붙여 말했다. 그의 시선은 페네치카의 얼굴도 스치고 지나갔다. "여기 커튼도 있군요." 그녀가 그의 말을 이해하지 못한 것을 보고 그가 이렇게 중얼거렸다.

"네, 커튼을 달았어요. 니콜라이 페트로비치께서 주셨어요. 커튼을 단 지도 벌써 오래됐답니다."

"그러고 보니 나도 꽤 오랫동안 이곳에 오지 않았군요. 이제 아주 멋진 곳이 됐습니다."

"니콜라이 페트로비치 덕분이에요." 페네치카가 조그맣게 소곤거렸다.

---

44) 제정 러시아의 중량 단위로 1푼트는 0.41킬로그램에 해당한다.

"당신은 예전에 있던 곁채보다 이곳이 더 좋은가요?" 파벨 페트로비치는 정중하게, 그러나 웃음기 없는 얼굴로 물었다.

"물론 더 좋습니다."

"당신이 있던 곳에서는 이제 누가 지냅니까?"

"이제 그곳에는 세탁부들이 있어요."

"아!"

파벨 페트로비치는 입을 다물었다. '이제 가시겠지.' 페네치카는 생각했다. 그러나 그는 방에서 떠나지 않았고, 그녀는 살며시 손가락을 만지작거리며 그의 앞에 꼼짝 않고 서 있었다.

"왜 하녀에게 당신의 아기를 데리고 나가게 했습니까?" 마침내 파벨 페트로비치가 입을 열었다. "난 아이들을 좋아합니다. 내게도 아기를 보여 줘요."

페네치카의 얼굴은 당혹감과 기쁨으로 온통 빨갛게 물들었다. 그녀는 파벨 페트로비치를 두려워했다. 그가 그녀와 이야기를 나눈 적이 거의 없었기 때문이다.

"두냐샤." 그녀가 큰 소리로 하녀를 불렀다. "미챠를 데려와요."(페네치카는 집 안의 모든 사람들에게 존댓말을 썼다.) "아니에요, 잠깐 기다려요. 미챠에게 옷을 입혀야 해요."

페네치카는 문으로 향했다.

"상관없어요." 파벨 페트로비치가 말했다.

"곧 돌아오겠습니다." 페네치카는 이렇게 대답하고는 재빨리 밖으로 나갔다.

파벨 페트로비치는 홀로 남았고, 이번에는 특별히 주의를 기울여 주위를 둘러보았다. 그가 있는 천장이 낮은 작은 방은 매우 청결하고 아늑했다. 방에서는 최근에 칠한 마루의 냄새며, 캐모마일과 멜리사[45] 향기가 풍겼다. 리라 모양의 등받이가 달린 의자들이 벽을 따라 놓여 있었다. 고인이 된 장군이 원정 중에 폴란드에서 구입한 의자들이었다. 한구석에는 둥근 뚜껑이 달리고 쇠테가 둘러진 여행용 가방 옆에, 모슬린 휘장이 드리워진 높다란 작은 침대가 놓여 있었다. 맞은편 구석에는 기적을 행하는 니콜라이 성인의 크고 검은 이콘[46] 앞에 현수등(懸垂燈)이 타오르고 있었다. 또한 성인의 가슴께에는 붉은 리본으로 후광에 고정된 아주 작은 도자기 달걀이 드리워져 있었다. 창가 선반에는 지난해에 만든 잼을 담아 입구를 꼼꼼히 싸맨 유리병들 속으로 초록빛이 투명하게 비쳤다. 페네치카는 병들의 종이 덮개에 큰 글씨로 직접 '구스베리'라고 써 두었다. 니콜라이 페트로비치는 이 잼을 몹시 좋아했다. 천장에는 짧은 꼬리의 검은머리방울새 한 마리가 든 새장이 긴 새끼줄에 매달려 있었다. 새는 쉴 새 없이 지저귀며 폴짝거렸고, 새장도 쉴 새 없이 흔들리고 떨렸다. 삼씨가 '타닥타닥' 경쾌한 소리를 내며 마룻바닥에 떨어졌다. 두 창문 사이에

---

45) 꿀풀과의 여러해살이풀. 레몬과 향기가 비슷해 향미료로 쓰이고, 땀을 내거나 소화를 돕는 데에도 사용된다.

46) 그리스도, 성모 마리아, 성인, 천사 등을 목판에 그린 그림이며 귀금속과 보석으로 장식하곤 했다. 제정 러시아 시대 사람들은 교회뿐 아니라 가정에도 이콘을 비치하여 어려운 일이 있을 때마다 그 앞에서 기도했고, 심지어 여행을 다닐 때도 휴대했다.

놓인 작은 서랍장 위의 벽에는 다양한 자세를 취한 니콜라이 페트로비치의 꽤나 볼품없는 독사진들 — 유랑 사진사가 찍은 — 이 걸려 있었다. 바로 그 자리에는 페네치카 본인의 사진도 한 장 있었는데 완전히 실패작이었다. 눈 없는 얼굴 같은 것이 자그마한 검은 액자 안에서 부자연스럽게 웃고 있었다. 그 외에는 더 이상 아무것도 알아볼 수 없었다. 한편 페네치카 위에는 부르카[47]를 입은 예르몰로프[48] 장군이 이마 바로 위에 드리워진 구두 모양의 실크 바늘꽂이 밑에서 머나먼 캅카스산맥을 향하여 준엄하게 눈살을 찌푸리고 있었다.

오 분이 지났다. 옆방에서 옷자락이 사락사락 스치는 소리와 소곤거리는 소리가 들렸다. 파벨 페트로비치는 서랍장에서 기름 묻은 책 한 권을 집어 들어 몇 페이지를 넘겼다. 마살스키가 쓴 『사격병』[49] 중 한 권이었다……. 문이 열리고 미챠를 품에 안은 페네치카가 들어왔다. 그녀는 레이스 옷깃이 달린 자그마한 빨간색 루바시카를 아기에게 입히고 머리칼을 빗기고 얼굴을 씻겨서 데려왔다. 건강한 아이들이 다 그러듯이, 이 아기도 가쁜 숨을 새근거리고 온몸을 바동대며 작은 손을 꼼

---

47) 캅카스 지방의 산양털로 지은 소매 없는 검은 외투.

48) 알렉세이 페트로비치 예르몰로프(Aleksei Petrovich Yermolov, 1777~1861). 러시아의 장군. 수보로프 휘하의 폴란드에서 복무했다. 프랑스의 러시아 침공 때는 발루치노, 보로지노, 말로야로슬라베츠 전투에서 두각을 드러냈다.

49) K. M. 마살스키(K. M. Masalsky, 1802~1861)가 쓴 역사 소설(1832). 16세기에 이반 대제가 창설하고 17세기 말에 표트르 대제가 해산한 소총 부대를 다루었다.

지락거렸다. 그러나 멋진 루바시카의 영향인지 포동포동한 모습 전체에 만족한 표정이 어려 있었다. 페네치카 자신도 머리를 단정히 하고 머릿수건을 예쁘게 매만진 모습이었다. 그러나 평소대로 있어도 좋았을 것이다. 사실 건강한 아기를 안은 젊고 아름다운 엄마보다 더 매력적인 존재가 이 세상에 또 있겠는가?

"정말 포동포동한 아기군." 파벨 페트로비치는 관대한 어조로 이렇게 말하고는, 두 겹으로 접힌 미챠의 턱을 집게손가락의 긴 손톱 끝으로 간질였다. 아기는 검은머리방울새 쪽으로 눈길을 돌리더니 까르르 웃었다.

"이분이 큰아버지란다." 페네치카가 아기를 향해 얼굴을 숙이고 가볍게 흔들어 주면서 말했다. 그사이 두냐샤는 조용히 창턱에 동전을 받치고 불을 붙인 방향초를 그 위에 놓았다.

"그런데 아이가 몇 개월이죠?" 파벨 페트로비치가 물었다.

"육 개월이에요. 곧 칠 개월이 돼요. 11일에요."

"팔 개월 아닌가요, 페도시야 니콜라예브나?" 두냐샤가 조금 주저하며 말참견을 했다.

"아뇨, 칠 개월이에요, 팔 개월일 리 없어요!" 아기는 다시 까르르 웃으며 여행용 가방을 바라보더니, 갑자기 다섯 손가락으로 엄마의 코와 입술을 움켜쥐었다. "요런 장난꾸러기." 페네치카는 아기의 손가락에서 얼굴을 빼지 않은 채 말했다.

"동생을 닮았군." 파벨 페트로비치가 말했다.

'그럼 누구를 닮겠어요?' 페네치카는 생각했다.

"그래." 파벨 페트로비치는 혼잣말을 하듯 계속 중얼거렸다.

"확실히 닮았어." 그는 페네치카를 유심히, 거의 서글픈 눈길로 쳐다보았다.

"이분이 큰아버지란다." 그녀는 어느새 속삭이듯 목소리를 낮추고 다시 한번 말했다.

"아! 파벨! 여기 있었네!" 갑자기 니콜라이 페트로비치의 목소리가 울렸다.

파벨 페트로비치는 황급히 돌아보고 얼굴을 찌푸렸다. 그러나 동생이 어찌나 기쁨과 감사가 넘치는 눈으로 쳐다보는지, 그도 미소로 화답하지 않을 수 없었다.

"아들이 아주 잘생겼구나." 그는 웅얼웅얼 중얼거리고는 시계를 쳐다보았다. "차를 부탁하려고 들렀다가……."

그러고는 무심한 표정을 짓더니 곧 방에서 나가 버렸다.

"형이 스스로 들른 거야?" 니콜라이 페트로비치가 페네치카에게 물었다.

"몸소 와 주셨어요. 문을 두드리고 들어오셨죠."

"음, 그런데 아르카샤가 여기에 또 오지는 않았어?"

"오지 않았어요. 제가 곁채로 거처를 옮겨야 하지 않을까요, 니콜라이 페트로비치?"

"그건 왜?"

"처음에는 그렇게 하는 게 좋지 않을까 생각해요."

"아…… 아니." 니콜라이 페트로비치 말을 더듬으며 이마를 쓸었다. "애초에 그랬어야 하는데……. 안녕, 아가." 그는 갑자기 활기를 띠며 이렇게 말하고는 아기에게 다가가 뺨에 입을 맞추었다. 그러고 나서 몸을 살짝 굽히더니, 미챠의 빨간 루바시카 위에서 우유처럼 뽀얗게 보이는 페네치카의 손에 입술을 댔다.

"니콜라이 페트로비치! 뭐 하시는 거예요?" 그녀는 말을 더듬으며 눈을 내리깔았다가 살며시 치켜떴다……. 그녀가 눈을 치뜨며 부드럽게, 그리고 살짝 순진하게 웃을 때 그 눈에 매혹적인 표정이 어렸다.

니콜라이 페트로비치와 페네치카는 다음과 같은 사연으로 서로 알게 되었다. 약 삼 년 전 어느 날, 그는 멀리 떨어진 군청 소재지의 여인숙에서 묵어야 했다. 그는 자신이 배정받은 방의 청결함과 침구의 산뜻함에 기분 좋은 충격을 받았다. '이곳의 주인은 혹시 독일인이 아닐까?' 그런 생각이 뇌리에 스쳤다. 하지만 주인은 고상하고 총명한 얼굴에 단정한 옷차림을 하고 점잖은 말을 쓰는 쉰 살 정도의 러시아 여자였다. 그는 차를 마시며 그녀와 이야기를 나누었다. 그는 그녀가 몹시 마음에 들었다. 그 무렵 니콜라이 페트로비치는 자신의 새 영지로 막 이사를 왔는데, 집 안에 농노를 두고 싶지 않아 고용인을 찾고 있었다. 여인숙 주인도 그 도시를 거쳐 가는 사람이 적다고, 자신이 힘겨운 시절을 보내고 있다고 호소했다. 그는 그녀에게 관리인으로서 자기 집에 와 달라고 제안했고, 그녀는 동의했다. 그녀의 남편은 오래전에 딸 페네치카만을 남기고 죽었다. 두어 주 후 아리나 사비시나(새 관리인의 이름이었다.)가 딸과 함께 마리노로 와서 곁채에 살게 됐다. 니콜라이 페트로비치의 선택은 성공적이었다. 아리나는 집 안에 질서를 가져왔다. 그때 이미 열일곱 살을 넘긴 페네치카에 대해서는 아무도 이야기를 하지 않았다.[50] 그녀를 본 사람도 드물었다. 그녀는 조용히 소박하게 지냈다. 니콜라이 페트로비치는 일요일에만 교구 교회의 어느 한구석에서 그녀의 하얗고 가녀린 옆얼굴을 보았을 뿐이다. 그렇게 한 해 이상이 흘렀다.

어느 날 아침 아리나가 그의 서재로 찾아와 평소처럼 허리를 깊이 숙여 인사를 하고는 자기 딸을 도와줄 수 없느냐고 물었다. 페치카[51]의 불티가 딸의 눈에 들어갔다는 것이다. 집에 틀어박히기 좋아하는 사람들이 다 그러하듯, 니콜라이 페트로비치도 치료에 관심이 있었고, 심지어 동종 약물을 주문하기까지 했다. 그는 즉각 아리나에게 환자를 데려오도록 지시했다. 페네치카는 주인 나리가 자기를 부른 것을 알고 몹시 겁을 냈지만 어머니를 뒤따라갔다. 니콜라이 페트로비치는 그녀를 창가로 데려가 머리를 두 손으로 잡았다. 염증이 생긴 충혈된 눈을 찬찬히 살펴본 후, 그는 그녀에게 찜질을 처방하고는 그 자리에서 직접 습포(濕布)를 만들어 주었다. 그런 다음 자신의 손수건을 조각조각 찢어서 그녀에게 찜질하는 방법을 보여 주었다. 페네치카는 그의 말을 끝까지 듣고 나서 밖으로 나가려 했다. "주인님의 손에 입을 맞춰야지. 멍청한 것." 아리나가 그녀에게 말했다. 니콜라이 페트로비치는 그녀에게 손을 내밀지 않았고, 그 대신 고개를 숙인 그녀의 가르마에 그

---

50) 투르게네프는 5장에서 페네치카에 대해 '스물셋 살쯤으로 보이는 젊은 여자'라고 묘사했는데, 이 부분에서는 페네치카가 삼 년 전에 열일곱 살이었다고 서술한다.

51) 취사 및 난방을 하기 위해 벽에 붙여 만든 러시아식 전통 난로.

자신이 허둥대며 입을 맞추었다. 페네치카의 눈은 금방 나았지만, 그녀가 니콜라이 페트로비치에게 남긴 인상은 금방 사라지지 않았다. 수줍게 치켜든 그 깨끗하고 섬세한 얼굴이 계속 눈앞에 떠올랐다. 그는 자신의 손바닥에서 그 부드러운 머리칼의 촉감을 느꼈고, 진주처럼 조그마한 이가 햇빛을 받아 촉촉하게 반짝이던 살짝 벌어진 그 순결한 입술을 보았다. 그는 교회에서 그녀를 매우 주의 깊게 지켜보기 시작했고 그녀와 이야기를 나누려고 애썼다. 처음에 그녀는 그를 피했다. 그러던 어느 날 해가 저물 무렵, 사람들이 호밀밭 사이로 계속 밟고 다녀 생긴 작은 샛길에서 그와 마주치자, 오로지 그의 눈에 띄지 않겠다는 생각으로 쑥과 수레국화가 무성하게 자란 높다랗고 빽빽한 호밀밭 속에 숨어 버렸다. 그는 그물망처럼 촘촘하게 펼쳐진 황금빛 이삭 사이로 작은 짐승처럼 밖을 살피는 그녀의 작은 머리를 발견하고는 그녀를 향해 다정하게 소리쳤다.

"안녕, 페네치카! 난 물지 않아."

"안녕하세요." 그녀는 몸을 숨긴 장소에서 나오지 않은 채 조그맣게 속삭였다.

점차 그녀는 그에게 익숙함을 느끼기 시작했지만 그의 앞에서는 여전히 어색해했다. 그런데 갑자기 그녀의 어머니 아리나가 콜레라로 죽고 말았다. 페네치카는 어떻게 되었을까? 그녀는 어머니로부터 정리 정돈을 좋아하는 성품, 분별력, 침착함을 물려받았다. 하지만 너무 어렸고, 또 몹시 외로웠다. 그런데 니콜라이 페트로비치 자신도 아주 착하고 겸손한 사람이었다……. 나머지는 더 이상 이야기하지 않아도…….

"어쨌든 형이 당신 방을 찾아왔다는 거지?" 니콜라이 페트로비치가 그녀에게 물었다. "문을 두드리고 들어왔어?"

"네."

"음, 좋은 일이네. 미챠를 얼러 봐도 될까?"

그러더니 니콜라이 페트로비치는 거의 천장에 닿도록 아기를 던져 올리기 시작했다. 아기는 몹시 즐거워하고 어머니는 매우 불안해했다. 아기가 공중으로 던져질 때마다 어머니는 맨살이 드러난 아기의 작은 발을 향해 두 팔을 뻗었다.

한편 파벨 페트로비치는 자신의 우아한 서재로 돌아왔다. 벽에 색채가 강렬한 아름다운 벽지를 바르고 화려한 페르시아 양탄자 위로 무기들을 걸어 둔 방이었다. 암녹색 벨벳을 씌운 호두나무 가구, 검은 참나무 고목으로 만든 르네상스식 서가, 호화로운 책상 위의 작은 청동상, 벽난로 등이 있었다……. 그는 소파에 털썩 주저앉아 두 손으로 뒤통수를 받친 채 절망에 빠진 듯한 눈길로 천장을 바라보며 꼼짝하지 않았다. 자신의 얼굴에 떠오른 표정을 벽에조차 숨기고 싶었던 걸까, 아니면 다른 어떤 이유 때문일까, 그는 자리에서 일어나 묵직한 창문 커튼의 고리를 풀고는 다시 소파에 몸을 던졌다.

9

바로 그날, 바자로프도 페네치카와 아는 사이가 되었다. 그는 아르카지와 함께 정원을 거닐면서 어떤 나무들, 특히 참나무가 왜 뿌리를 내리지 않았는지 설명하고 있었다.

"여기에는 은백양을 더 심어야 해. 전나무도, 어쩌면 보리수도 좋겠어. 흑토를 섞어서 말이야. 저기 정자 쪽은 뿌리를 잘 내렸군." 그는 덧붙여 말했다. "아카시아와 라일락은 착한 아이들이어서 시중들어 줄 필요가 없거든. 아! 저기 누가 있어."

정자에는 페네치카와 두냐샤와 미챠가 앉아 있었다. 바자로프는 걸음을 멈추었고, 아르카지는 오랜 지인인 양 페네치카에게 고개를 끄덕였다.

"저 사람, 누구야?" 바자로프는 정자를 지나치자마자 아르카지에게 물었다. "정말 예쁜데!"

"누구를 말하는 거야?"

"뻔하지. 예쁜 사람은 한 명뿐이잖아."

아르카지는 조금 당황한 기색으로 페네치카가 누구인지 간단하게 설명했다.

"아하!" 바자로프가 중얼거렸다. "네 아버지의 입술이 둔하지는 않은 것 같군.[52] 난 네 아버지가 마음에 들어. 정말이야! 멋진 분인걸. 그래도 인사는 해야겠어." 그는 이렇게 덧붙이고는 다시 정자 쪽으로 향했다.

"예브게니!" 아르카지가 깜짝 놀라며 뒤에서 바자로프에게 소리쳤다. "조심해, 제발."

"걱정하지 마." 바자로프가 말했다. "우리는 세상 물정에 훤

52) '좋은 것과 나쁜 것을 가릴 줄 안다', '안목이 나쁘지 않다'라는 뜻이다.

한 닮고 닮은 인간들이잖아."

페네치카 쪽으로 다가가면서 그는 모자를 벗었다.

"제 소개를 하겠습니다." 그는 정중하게 고개 숙여 인사하며 입을 열었다. "아르카지 니콜라예비치의 친구입니다. 온순한 사람이죠."

페네치카는 벤치에서 일어나며 물끄러미 그를 쳐다보았다.

"정말 귀여운 아이군요!" 바자로프가 계속해서 말했다. "불안해하지 마세요. 난 아직 아무에게도 사악한 눈으로 저주를 걸어 본 적이 없답니다. 그런데 아기의 볼이 왜 그렇게 빨갛죠? 이가 나고 있나요?"

"네." 페네치카가 말했다. "벌써 네 개나 난걸요. 그런데 지금 또 잇몸이 부었어요."

"한번 볼까요……. 걱정하지 마세요. 난 의사랍니다."

바자로프는 아기를 품에 안았다. 아기가 전혀 저항하지 않고 겁도 내지 않아 페네치카와 두냐샤 모두 깜짝 놀랐다.

"보자, 어디 보자……. 괜찮아요, 전부 정상입니다. 건강한 이를 갖겠어요. 혹시 무슨 일이 생기면 말해 주세요. 그런데 당신 자신은 건강합니까?"

"덕분에 건강해요."

"다행입니다. 그게 최고죠. 그럼 당신은요?" 바자로프는 두냐샤를 돌아보며 덧붙였다.

저택 안에서는 무척 엄숙하지만 대문만 나서면 웃음이 많아지는 하녀 두냐샤는 그에 대한 답변으로 풋 웃기만 했다.

"아주 좋습니다. 여기 당신의 용사를 받으시죠."

페네치카는 아기를 품에 받아 안았다.

"당신에게 정말 얌전히 안겨 있네요." 그녀가 소곤소곤 속삭이듯 말했다.

"내 품에만 안기면 모든 아이들이 얌전해져요." 바자로프가 대답했다. "난 그 비결을 알거든요."

"아이들은 누가 자기를 좋아하는지 느낀답니다." 두냐샤가 말했다.

"맞아요." 페네치카가 맞장구를 쳤다. "우리 미챠도 다른 사람 품으로는 절대 가지 않을걸요."

"나에게는 올까요?" 잠시 멀찍이 떨어져 서 있던 아르카지가 정자로 다가오며 물었다.

그가 미챠를 손짓으로 부르자, 미챠는 고개를 다시 돌리며 으앙 울음을 터뜨렸다. 그 때문에 페네치카는 몹시 당황했다.

"다음번에, 아기가 낯가림을 하지 않을 때 해 볼게요." 아르카지가 너그럽게 말했다. 그리고 두 친구는 그 자리를 떠났다.

"그런데 그 사람 이름이 뭐야?" 바자로프가 물었다.

"페네치카……. 페도시야." 아르카지가 대답했다.

"그럼 부칭은? 그것도 알아야지."

"니콜라예브나."

"좋아,(라틴어) 그녀가 별로 수줍어하지 않는 점이 마음에 들어. 다른 사람은 그것 때문에 그녀를 비난할지도 모르지만. 얼마나 황당한 일이야? 뭘 부끄러워해야 하지? 그녀는 어머니야. 그러니까 정당해."

"그 사람이야 정당하지." 아르카지가 말했다. "하지만 내 아버지는…….”

“네 아버지도 정당해.” 바자로프가 끼어들었다.

“아니, 난 그렇게 생각하지 않아.”

“알겠군. 불필요한 어린 상속자는 성미에 안 맞는다는 거지?”

“나에 대해 그런 생각을 하다니! 부끄럽지도 않아?” 아르카지가 격렬하게 화를 내며 되받아쳤다. “난 그런 관점에서 아버지를 정당하지 않다고 생각한 게 아니야. 난 아버지가 그녀와 결혼해야 한다고 생각해.”

“애개개!” 바자로프가 침착하게 말했다. “정말 우리는 관대해! 넌 아직도 결혼에 의의를 부여하니? 설마 너에게서 그런 말을 들을 거라고는 생각도 못 했어.”

두 친구는 묵묵히 몇 걸음 옮겼다.

“네 아버지의 농장 시설을 전부 둘러봤어.” 바자로프가 다시 입을 열었다. “가축은 비루하고 말은 지쳐 있어. 건물들도 손볼 데가 많고 일꾼들은 고질적인 게으름뱅이로 보이더군. 관리인은 바보거나 사기꾼인데 난 아직 분간을 잘 못 하겠어.”

“오늘은 정말 엄격하네, 예브게니 바실리예비치.”

“선량한 농부들도 틀림없이 네 아버지를 속일걸. ‘러시아 농부는 하느님도 잡아먹는다.’라는 속담을 알아?”

“난 큰아버지 말씀에 동의하기 시작했어.” 아르카지가 말했다. “넌 확실히 러시아인들을 나쁘게 생각하는구나.”

“그게 뭐가 중요해? 러시아인의 장점은 스스로를 몹쓸 놈으로 생각한다는 점뿐이야. 중요한 건 2 곱하기 2는 4라는 거지.

나머지는 전부 하찮아."

"자연도 하찮아?" 아르카지가 말했다. 그는 생각에 잠겨 이미 기울기 시작한 햇살을 받아 아름답고 부드럽게 빛나는 찬란한 들판을 멀리 바라보았다.

"자연도 네가 이해하는 의미에서는 하찮아. 자연은 신전이 아니라 작업장이야. 인간은 그곳의 직공이지."

바로 그 순간, 집에서 첼로의 느릿한 소리가 그들이 있는 곳까지 날아왔다. 누군가가 슈베르트의 「기대」[53]를 서툰 솜씨긴 하지만 감정을 실어 연주하고 있었고, 달콤한 선율이 허공에 꿀처럼 흘러넘쳤다.

"이게 뭐지?" 바자로프가 깜짝 놀라며 물었다.

"아버지야."

"네 아버지가 첼로를 연주한다고?"

"그래."

"네 아버지가 몇 살인데?"

"마흔넷."

바자로프가 갑자기 큰 소리로 웃음을 터뜨렸다.

"왜 웃지?"

"맙소사! 마흔네 살의 남자가, **한 집안의 가장이**(라틴어) 이 러이러한 군(郡)에서 첼로를 켜고 있다니!"

바자로프는 계속 웃었다. 하지만 자신의 스승을 그토록 숭

53) 오스트리아의 낭만주의 작곡가 프란츠 페터 슈베르트(Franz Peter Schubert, 1797~1828)가 1815년에 작곡한 가곡.

배하는 아르카지도 이번에는 미소조차 짓지 않았다.

10

두어 주가 지났다. 마리노에서의 생활은 그 나름의 질서에 맞춰 흘러갔다. 아르카지는 한가로운 생활을 즐겼고, 바자로프는 일을 했다. 집 안의 모든 사람들이 그에게, 그의 무심한 태도에, 툭툭 내뱉듯이 말하는 그의 간결한 말투에 익숙해졌다. 특히 페네치카는 어느 날 밤에 미챠가 경련을 일으키자 바자로프를 깨우러 사람을 보낼 정도로 그에게 익숙해졌다. 바자로프는 페네치카의 방으로 와서는 평소처럼 하품을 하고 반농담조로 지껄이면서 두어 시간 죽치고 앉아 아기를 돌보았다. 그러나 파벨 페트로비치는 바자로프를 진심으로 증오했다. 바자로프를 건방지고 뻔뻔하고 파렴치하고 천한 인간으로 여겼다. 그는 바자로프가 자기를 존경하지 않는 게 아닐까, 자기를, 다름 아닌 파벨 키르사노프인 자기를 거의 경멸하는 게 아닐까 의심했다. 니콜라이 페트로비치는 젊은 '니힐리스트'를 두려워했으며, 바자로프가 아르카지에게 미친 영향이 유익한지 의심했다. 그러나 바자로프의 말에 기꺼이 귀를 기울였고, 그가 하는 물리와 화학 실험에도 기꺼이 참석했다. 이곳에 현미경을 싣고 왔던 바자로프는 몇 시간이고 계속 그것에 매달리곤 했다. 하인들 또한 바자로프에게 놀림을 받으면서도 그를 좋아했다. 그 역시 지주 나리가 아니라 자신들의 형제라고 느꼈던 것이다. 두냐샤는 그와 즐겁게 시시덕거렸고, '작은 메추라기'처럼 그의 옆을 지나쳐 달려가면서 의미심장하게 그를 곁눈질하곤 했다. 표트르, 자존심은 엄청 강하지만 어리석으며 늘 긴장해 이맛살을 찌푸리고 있는 남자, 장점이라고는 사람을 공손하게 쳐다보고 철자를 더듬더듬 간신히 읽고 자신의 연미복을 자주 옷솔로 손질하는 것뿐인 남자, 그런 남자도 바자로프가 그에게 관심을 보이기만 하면 곧 실실거리고 생기를 띠었다. 머슴살이를 하는 사내아이들은 강아지처럼 '의사 슨상님'[54]을 따라다녔다. 그러나 프로코피치 노인만은 그를 좋아하지 않았다. 식사 시간에 노인은 침울한 표정으로 바자로프 앞에 요리를 내려놓았고, 그를 '도살자'니 '협잡꾼'이니 하는 호칭으로 불렀으며, 구레나룻이 난 바자로프의 모습이 떨기나무 덤불에 낀 돼지와 똑같다고 단언했다.

일 년 가운데 가장 멋진 나날인 6월 초가 시작됐다. 아름다운 날씨가 계속되었다. 사실, 먼 곳에서는 다시 콜레라의 징후가 보였지만, ○○○현의 주민들은 이미 콜레라의 방문에 익숙했다. 바자로프는 아주 일찍 일어나 2, 3베르스타 정도 나갔다 오곤 했다. 산책하기 위해서가 아니라 — 그는 목적 없는 산책을 못 견디게 싫어했다 — 풀과 곤충을 채집하기 위해서였다. 가끔은 아르카지를 데려갔다. 집으로 돌아오는 길에는 으레 논쟁이 벌어졌고, 아르카지는 동료보다 말을 많이 하는

54) 러시아어 표준어로 '의사'는 doktor다. 이 장면에서 아이들은 교육을 받지 못한 지방의 평민들이 사용하는 dokhtur라는 단어를 사용했다.

데도 거의 늘 패자가 되었다.

어느 날, 어쩐 일인지 그들의 귀가가 꽤 늦어졌다. 그래서 니콜라이 페트로비치는 그들을 맞으러 정원으로 나갔다. 정자 옆에 이르자, 갑자기 두 청년의 빠른 발소리와 목소리가 들렸다. 그들은 정자 쪽으로 오고 있었지만 그를 보지는 못했다.

"넌 우리 아버지를 잘 몰라." 아르카지가 말했다.

니콜라이 페트로비치는 몸을 숨겼다.

"네 아버지는 착한 사내지." 바자로프가 말했다. "하지만 구시대 인간이야. 그의 노래는 끝났어.[55)]"

니콜라이 페트로비치는 귀를 곤두세웠다……. 아르카지는 아무런 대꾸도 하지 않았다.

'구시대 인간'은 이 분 정도 꼼짝 않고 서 있다가 느릿느릿 집으로 걸어갔다.

"그저께 네 아버지가 푸시킨을 읽는 걸 봤어." 한편 바자로프는 계속 말했다. "제발 아버지께 말씀드려. 그 책은 아무짝에도 쓸모없다고 말이야. 그분도 어린애가 아니잖아. 이제 그런 유치한 것은 집어던질 때가 됐어. 요즘 같은 세상에 낭만주의자가 되고 싶어 하다니! 뭔가 실제적인 내용의 읽을거리를 좀 갖다드려."

"아버지께 뭘 갖다드려야 할까?" 아르카지가 물었다.

---

55) 러시아어에서 '……의 노래가 끝나다'라는 표현은 '(성공, 행복, 생명 등에 대해) 종말을 고하다'라는 뜻이다. 이 장면에서는 '그의 시대는 끝났어'라는 의미로 해석할 수 있다.

"음, 우선 뷔히너[56]의 『물질과 힘(독일어)』[57]이 좋겠어."

"나도 그렇게 생각해." 아르카지가 찬성의 어조로 말했다. "『물질과 힘』은 대중적인 언어로 쓰여서……."

"이제 우리 두 사람은……." 그날 저녁 식사 후 니콜라이 페트로비치는 형의 서재에 앉아 형에게 말했다. "구시대 인간으로 전락했고 우리의 노래는 끝났어. 그래서 어쨌다고? 어쩌면 바자로프가 옳을지도 몰라. 하지만 솔직히 말해 한 가지 괴로운 점이 있어. 난 이제야말로 아르카지와 친밀하고 다정하게 어울릴 수 있겠다고 기대했는데, 나는 뒤처지고 아르카지는 앞으로 가 버려서 우리는 서로를 이해할 수 없게 됐어."

"그럼 그 애가 왜 앞으로 가 버렸겠니? 그리고 그 애가 왜 우리와 그렇게 다르겠어?" 파벨 페트로비치가 초조하게 큰 소리로 부르짖었다. "그 애의 머리에 그 모든 것을 주입한 것은 바로 그 시뇨르[58], 그 니힐리스트야. 난 그 의사 나부랭이가 싫어. 내 생각에 그는 그저 허풍쟁이일 뿐이야. 장담하지. 그 녀석은 그 모든 개구리를 가지고도 물리학에서 별로 성취한 게 없어."

"아냐, 형, 그런 말 하지 마. 바자로프는 똑똑하고 박식해."

"게다가 그 자부심이라니, 정말 역겨울 정도야." 파벨 페트로비치가 또다시 끼어들었다.

---

56) 루트비히 뷔히너(Ludwig Büchner, 1824~1899). 독일의 의사이자 철학자.

57) 뷔히너가 우주에 대한 유물론적 해석을 제시한 책.

58) 영어의 '미스터'에 해당하는 에스파냐어.

"그래." 니콜라이 페트로비치가 말했다. "그 사람은 자부심이 강하지. 하지만 그게 없어도 안 될 것 같아. 다만 이해할 수 없는 게 있어. 난 시대에 뒤처지지 않기 위해 모든 걸 하고 있다고 생각해. 농민들을 독립시키고 농장도 세웠지. 그래서 현 사람들이 전부 나를 빨갱이라 부를 정도야. 난 읽고 배우고, 대체로 동시대의 요구와 같은 수준에 서기 위해 애쓰고 있어. 그런데 그 애들은 내 노래가 끝났다고 말하네. 게다가 형, 나 자신도 내 노래는 끝난 것 같다는 생각이 들기 시작했어."

"그건 왜?"

"이런 이유 때문이지. 오늘 난 앉아서 푸시킨을 읽고 있었어……. 내 기억으로는 우연히 「집시」[59]를 펼쳐 놓았던 것 같아……. 갑자기 아르카지가 동정심이 어린 몹시도 다정한 얼굴로 말없이 다가오더니, 어린아이에게 하듯 내게서 슬그머니 책을 뺏고는 내 앞에 다른 독일어 책을 놓지 뭐야……. 그러더니 빙그레 웃고는 가 버리더군. 푸시킨도 들고 가 버렸어."

"어떻게 그럴 수가 있어! 도대체 아르카지가 네게 무슨 책을 줬지?"

"바로 이 책이야."

그러더니 니콜라이는 연미복 뒷주머니에서 뷔히너의 유명한 소책자 제9판을 꺼냈다.

파벨 페트로비치는 그것을 두 손에 쥐고 빙글빙글 돌렸다.

"흠!" 그가 웅얼거렸다. "아르카지 니콜라예비치가 네 교육

---

59) 푸시킨이 집시 생활을 배경으로 열정과 자유에 관하여 쓴 시(1824).

을 염려하고 있군. 그래, 읽어 봤니?"

"읽어 봤어."

"그래, 어때?"

"내가 바보든가, 이 책 전체가 헛소리든가, 둘 중 하나야. 내가 바보인 게 틀림없어."

"그런데 독일어를 잊어버리지 않았구나?" 파벨 페트로비치가 물었다.

"독일어는 할 수 있지."

파벨 페트로비치는 다시 손안에서 책을 빙글빙글 돌리며 눈을 치뜨고 동생을 쳐다보았다. 아무도 말을 하지 않았다.

"참," 니콜라이 페트로비치가 입을 열었다. 화제를 바꾸고 싶은 것 같았다. "마침 콜랴진의 편지를 받았어."

"마트베이 일리치 말이야?"

"그 사람 맞아. 현을 시찰하러 ○○○시로 왔지. 이제 거물이 됐어, 친척으로서 우리를 만나고 싶다고, 나와 형과 아르카지를 시내로 초대한다고 편지를 보냈더군."

"넌 갈 거니?" 파벨 페트로비치가 물었다.

"아니. 형은?"

"나도 안 가. 젤리를 먹자고 50베르스타를 굳이 가야겠니? 마티유[60]는 자신의 영광스러운 모습을 우리에게 보여 주고 싶

---

60) '마트베이'라는 러시아 이름의 프랑스식 별칭이다. 표트르 대제의 서구화 개혁(주로 프랑스식)의 영향으로 러시아에는 프랑스 문화를 숭배하는 풍습이 있었다. 러시아 귀족들은 주로 프랑스어를 사용했고, 자신들의 러시아 이름과 발음이 유사한 프랑스식 이름을 별칭으로 가지기도 했다. 예를

은 거야. 악마에게나 잡혀가라지! 현의 아첨꾼들이 그의 옆에 붙어 있을 테니 우리는 없어도 돼. 삼등 문관이 뭐 대단하다고! 내가 계속 복무하면서 그 지긋지긋한 고생을 버텼다면, 난 지금쯤 시종무관장이 됐을 거야. 게다가 너와 난 구시대 인간이고."

"맞아, 형. 이제 관을 주문하고 가슴 위에 손을 십자 모양으로 얹어야 할 때인 것 같아." 니콜라이 페트로비치가 한숨을 쉬며 말했다.

"글쎄, 난 그렇게 빨리 항복하지는 않겠어." 그의 형이 중얼거렸다. "우리는 또 한 번 그 의사와 충돌하게 될 거야. 그런 예감이 들어."

충돌은 바로 그날 저녁 차 마시는 시간에 일어났다. 파벨 페트로비치는 벌써부터 전투 태세를 갖추고서 초조하고 결연하게 응접실로 내려왔다. 그는 오로지 적에게 달려들 구실만을 기다렸다. 그러나 오랫동안 구실이 생기지 않았다. 바자로프는 '키르사노프가(家)의 노인네들'(그는 두 형제를 이렇게 불렀다.) 앞에서는 대체로 말을 아꼈는데, 이날 저녁에는 기분이 좋지 않아 묵묵히 차만 연신 들이켰다. 파벨 페트로비치는 초조함으로 온통 상기됐다. 마침내 그의 바람이 실현됐다.

대화는 이웃 지주들 가운데 한 명에 대한 화제로 옮겨 갔다. "쓰레기죠. 귀족 나부랭이입니다." 페테르부르크에서 그 지주와 만난 적 있는 바자로프가 무심하게 말했다.

들면 '표트르'는 '피에르'로, '리자'는 '리즈'로 불리는 것이다.

"질문을 해도 되겠습니까?" 파벨 페트로비치가 입을 열었다. 그의 입술이 바르르 떨렸다. "당신의 개념으로는 '쓰레기'와 '귀족'이 같은 것을 의미합니까?"

"저는 '귀족 나부랭이'라고 말했습니다." 바자로프는 권태롭게 차를 한 모금 홀짝이며 말했다.

"확실히 그렇습니다, 선생.[61] 하지만 내가 생각하기에 당신은 귀족에 대해서든 귀족 나부랭이에 대해서든 똑같은 견해를 갖고 있는 것 같군요. 나는 그 의견에 동의하지 않는다는 점을 당신에게 알리는 것이 내 의무라고 생각합니다. 감히 말하지만, 누구나 날 진보를 사랑하는 자유주의적 인간으로 알고 있지요. 하지만 바로 그런 이유로 나는 귀족들, 진정한 귀족들을 존경합니다. 귀하(이 말에 바자로프는 파벨 페트로비치를 향해 눈을 치켜떴다.)께서는 기억을 떠올려 보시지요. 귀하, 기억을 떠올려 보세요." 그는 매섭게 되뇌었다. "영국 귀족들 말입니다. 그들은 자신의 권리를 조금도 양보하지 않습니다. 그렇기 때문에 그들은 타인의 권리를 존중합니다. 그들은 자신들을 대할 때 의무를 지켜 주도록 요구합니다. 또한 그렇기 때문에 그들 스스로도 자신의 의무를 수행하지요. 귀족 계급은 영국에 자유를 선사했고 그 자유를 지탱하고 있습니다."

"우리는 그런 노래를 수없이 들었습니다." 바자로프가 반박했다. "그런데 당신은 그 노래로 무엇을 증명하고 싶으신가요?"

---

61) 파벨 페트로비치는 이 장면에서 바자로프에게 극존칭 어미를 사용하고 있다. 바자로프를 조롱하기 위한 이 극존칭 어미의 어감을 살리기 위해 '선생'이라는 표현을 덧붙였다.

"귀하, 내가 이거로[62] 증명하고 싶은 것은 말이죠,(파벨 페트로비치는 화가 나면 일부러 '이거로', '이거' 같은 표현을 사용했다. 그런 말은 문법적으로 허용되지 않는다는 사실을 아주 잘 알면서도 말이다. 이러한 괴벽에는 알렉산드르 1세[63] 시대의 잔재가 반영되어 있다. 당시의 권력자들이 간혹 모국어로 말하는 경우, 어떤 이들은 '이거'라는 말을, 또 어떤 이들은 '이고'라는 말을 사용하곤 했다. 말하자면 우리는 순수한 러시아인이긴 하지만, 그와 동시에 학교 문법을 무시해도 되는 고관(高官)이기도 하다, 라는 의미이다.) 내가 이거로 증명하고 싶은 것은 말입니다, 바로 자신의 존엄에 대한 감정이 없다면, 즉 자기 자신에 대한 존중이 없다면 — 귀족에게는 이런 감정이 발달되어 있지만 — 사회의…… 공익 사회라는 건물의 견고한 토대는 절대 있을 수 없다는 점입니다. 귀하, 인격, 그것은 중요합니다. 인간의 인격은 바위처럼 굳건해야 합니다. 왜냐하면 모든 것이 그 위에 세워지기 때문이죠. 난 아주 잘 알아요. 가령, 당신이 내 습관, 내 몸단장, 내 말쑥함을 우습게 여기시리라는 걸 말이죠. 하지만 이 모든 것은

---

62) 러시아어에서 '이것으로'(우리말에서는 '이걸로'도 허용된다.)라는 뜻의 표현은 etim이고, '이것'(우리말에서는 '이거'도 허용되긴 하지만 결합할 수 있는 조사는 한정되어 있다.)은 eto다. 괄호에서 서술된 바에 따르면 알렉산드르 1세 시대의 고관들은 이 단어들에 -f-나 -kh-를 붙여 efto, ekhto 식으로 발음을 변형시킨 듯하다. 파벨 페트로비치는 이 장면에서 이러한 말장난을 사용하고 있다.

63) 알렉산드르 1세(1777~1825)는 1801년부터 1825년 임종 시까지 러시아를 통치했다. 그의 치세 동안 프랑스가 러시아 사회에 문화적, 언어적으로 강한 영향을 미쳤다.

자존심, 의무감, 그래요, 그래, 의무감에서 비롯되었답니다. 난 시골 벽지에서 살지만 자신의 품위를 떨어뜨리지 않고 내 안에 있는 인간을 존중하지요."

"잠깐만요, 파벨 페트로비치." 바자로프가 말했다. "당신은 그렇게 스스로를 존중하며 팔짱을 끼고 앉아 있습니다. 도대체 그런 것에서 공익을 위한 어떤 유익이 생겨납니까? 당신은 스스로를 존중하지 않아도 똑같이 할 텐데요."

파벨 페트로비치의 얼굴이 창백해졌다.

"이것은 완전히 다른 문제지요. 내가 왜 팔짱을 끼고 있는지에 대해, 뭐 당신의 표현에 따르면 말입니다, 나로서는 지금 당신에게 설명할 필요가 전혀 없습니다. 난 단지 이렇게 말하고 싶었을 뿐입니다. 귀족주의는 원칙이며, 우리 시대에 원칙 없이 살 수 있는 자는 부도덕한 인간이나 하찮은 인간뿐이라고요. 난 아르카지가 도착한 다음 날 그 아이에게 이것을 말했고, 이제 당신에게 또 한 번 말하고 있는 겁니다. 안 그래, 니콜라이?"

니콜라이 페트로비치는 고개를 끄덕였다.

"귀족주의, 자유주의, 진보, 원칙." 그사이 바자로프는 이렇게 뇌까렸다. "좀 생각해 보시죠. 외국 말…… 게다가 무익한 말이 얼마나 많은지![64] 러시아인에게 그런 것들은 공짜로 준다 해도 필요 없어요."

---

64) 귀족주의(aristokratizm), 자유주의(liberalizm), 진보(progress), 원칙(printsip). 이 단어들은 러시아어 고유의 낱말이 아니라 외국어에서 차용된 것이다.

"그럼 당신이 생각하기에는 러시아인에게 뭐가 필요합니까? 당신의 말을 듣다 보면 우리는 인류의 외부에, 인류의 법칙 바깥에 존재하게 되는군요. 실례합니다만, 역사의 논리가 요구하는 것은……."

"그런 논리가 우리에게 왜 필요합니까? 우리는 그런 것 없이도 잘 살아가고 있는데요."

"어떻게 그럴 수가 있죠?"

"당연하죠. 당신이 배고플 때 입안에 빵 한 조각을 넣기 위해서 논리를 필요로 하지는 않겠죠. 전 그렇게 믿습니다만. 그런 추상론이 우리에게 무슨 소용이 있습니까!"

파벨 페트로비치는 두 손을 내저었다.

"그렇게 나오니 당신을 잘 모르겠군요. 당신은 러시아 민족을 모욕하고 있어요. 어떻게 원칙과 법칙을 인정하지 않을 수 있는지 이해할 수 없군요. 당신은 도대체 무엇을 위해 행동하고 있습니까?"

"제가 이미 말씀드렸잖아요, 큰아버지, 우리는 권위를 인정하지 않는다고요." 아르카지가 말참견을 했다.

"우리는 우리 스스로 유익하다고 인정한 것을 위해 행동합니다." 바자로프가 말했다. "오늘날에는 부정이 무엇보다 유익합니다. 그래서 우리가 부정하는 것이고요."

"모든 것을?"

"모든 것을요."

"어떻게? 예술과 시뿐 아니라…… 입 밖으로 말하기도 두렵군……."

"모든 것." 바자로프는 말할 수 없이 침착한 태도로 되뇌었다.

파벨 페트로비치는 그에게로 시선을 돌렸다. 그는 이렇게 되리라고는 예상하지 못했다. 그러나 아르카지의 얼굴은 만족감으로 붉게 물들기까지 했다.

"하지만 잠깐만요." 니콜라이 페트로비치가 말했다. "당신은 모든 것을 부정합니다. 좀 더 정확히 표현하자면, 모든 것을 파괴하고 있죠……. 하지만 건설도 필요하지 않습니까!"

"그것은 우리의 일이 아닙니다……. 우선 터부터 깨끗이 치워야 해요."

"민중의 현 상태가 그것을 요구하고 있어요." 아르카지가 젠체하며 덧붙였다. "우리는 그 요구를 수행해야 해요. 우리에게는 개인적인 에고이즘의 충족에 몰두할 권리가 없어요."

이 마지막 표현이 바자로프의 마음에 들지 않았던 모양이다. 그 표현에서는 철학, 즉 낭만주의의 냄새가 풍겼던 것이다. 바자로프는 철학도 낭만주의라 불렀다. 하지만 그는 자신의 젊은 제자에게 반박할 필요를 느끼지 않았다.

"아니지, 아냐!" 파벨 페트로비치가 갑자기 격분하며 부르짖었다. "두 신사분께서 정말로 러시아 민중을 안다고, 당신들이 그들의 요구와 그들의 열망을 대변한다고는 믿고 싶지 않군요! 아뇨, 러시아 민중은 당신들이 상상하는 그런 사람들이 아닙니다. 그들은 전통을 신성한 것으로서 숭배하죠. 그들은 가부장적이고, 또 신앙 없이는 살아갈 수도 없고……."

"그 점에 대해서는 반박하지 않겠습니다." 바자로프가 끼어들었다. "그 점에서는 당신이 옳다는 데 기꺼이 동의합니다."

"만약 내가 옳다면……."

"그렇다 해도 그 점은 아무것도 증명해 주지 않습니다."

"정말 아무것도 증명해 주지 않아요." 아르카지는 확신에 차서 바자로프의 말을 똑같이 되풀이했다. 상대의 명백히 위태로운 수를 예견했기에 조금도 당황하지 않는 노련한 체스 선수 같은 자신감이었다.

"어떻게 아무것도 증명하지 않는단 말인가요?" 경악한 파벨 페트로비치가 중얼거렸다. "그러니까, 당신들은 자신의 민중을 거스르는 건가요?"

"그렇다면요?" 바자로프가 외쳤다. "민중은 천둥이 치면 예언자 엘리야가 전차를 타고 하늘을 지나간다고 생각하죠. 그래서 어쩌라고요? 내가 그들에게 동의해야 합니까? 그리고 말이죠, 그들은 러시아인이고 나는 러시아인이 아닙니까?"

"아니죠. 당신이 지금까지 한 모든 말로 미루어 볼 때 당신은 러시아인이 아닙니다! 난 당신을 러시아인으로 인정할 수 없어요."

"내 할아버지는 땅을 갈았습니다." 바자로프는 오만하게 당당히 대꾸했다. "당신의 농부들 한 사람 한 사람에게 물어보세요. 당신과 나, 우리 둘 중에서 누구를 더 동포로 인정할지 말입니다. 당신은 그들과 이야기하는 법도 모를 테죠."

"당신은 그들과 이야기를 나누면서도 동시에 그들을 경멸하지 않습니까!"

"어쩌겠습니까, 그들이 경멸을 받을 만하다면요! 당신은 내 성향을 비난하죠. 하지만 내 성향이 우연히 생긴 것이라고, 당신이 그처럼 옹호하는 바로 그 민중 정신이 그걸 불러일으킨 게 아니라고 누가 당신에게 말했습니까?"

"물론입니다! 니힐리스트도 대단히 필요하죠!"

"니힐리스트가 필요할지 아닐지 결정하는 건 우리가 아닙니다. 당신도 스스로를 무익한 존재라고 생각하지는 않잖아요."

"여러분, 여러분, 제발 인신공격은 하지 맙시다!" 니콜라이 페트로비치가 이렇게 외치며 몸을 일으켰다.

파벨 페트로비치는 옅은 웃음을 짓더니 동생의 어깨에 한 손을 얹으며 그를 다시 자리에 앉혔다.

"걱정하지 마." 그가 말했다. "선생…… 의사 선생이 그처럼 가혹하게 조롱하던 바로 그 자존감 덕분에 제정신을 잃지는 않을 테니. 실례합니다." 그는 다시 바자로프를 돌아보며 계속 말을 이었다. "당신은 아마도 당신의 학설을 새로운 것으로 생각하겠죠? 당신의 그런 상상은 부질없습니다. 당신이 설파하는 유물론[65]은 이미 여러 차례 유행했지만 언제나 논리가 취약한 것으로 결론이 났죠……."

"또 외국어군요!" 바자로프가 끼어들었다. 그는 짜증을 내기 시작했고, 얼굴은 구리색 같은 투박한 색을 띠었다. "첫째, 우리는 아무것도 설파하지 않습니다. 그런 것은 우리의 습성이 아닙니다……."

"그럼, 도대체 뭘 하고 있습니까?"

---

65) 유물론(materialism)은 러시아어 고유의 낱말이 아니라 외국어에서 차용된 단어다.

"우리가 하는 것은 이런 겁니다. 우선, 최근의 일입니다만, 우리는 이런 이야기들을 했죠. 우리 나라 관리들은 뇌물을 받는다, 우리 나라에는 도로도, 상업도, 적법한 재판도 없다……."

"아, 그렇지, 그래, 당신들은 폭로자들이죠. 아마 그렇게 불릴 것 같은데요. 나도 당신네 폭로자들 가운데 많은 이들과 의견을 같이합니다만……."

"하지만 그 후 우리는 알아차렸죠. 우리 나라의 병폐에 대해 지껄이고 또 계속 지껄이기만 해서는 아무 소용이 없고, 이런 것은 속물근성과 교조주의만을 낳을 뿐이라는 것을요. 또한 우리는 알게 됐습니다. 우리 가운데 선각자니 폭로자니 불리는 영리한 사람들 역시 아무짝에도 쓸모없다는 것을요. 또한 우리가 헛소리에 몰두하고 무슨 예술이니, 무의식적 창조니, 의회 정치니, 변호사 제도니 하며 악마나 알 법한 것들에 대해 논하는 동안, 한편에서는 일용할 양식이 문제가 되고 있다는 것, 조잡하기 이를 데 없는 미신이 우리의 목을 조르고 있다는 것, 우리의 모든 주식회사가 단지 정직한 사람이 부족하다는 이유로 파산하고 있다는 것, 정부가 열의를 다해 획득하려 하는 자유 자체가 우리에게 유익하지 않을 수도 있다는 것, 그것은 우리의 농민들이 그저 선술집에서 코가 비뚤어지도록 술을 마시기 위해서라면 기꺼이 서로를 약탈할 것이기 때문이라는 것도요."

"그래요……." 파벨 페트로비치가 끼어들었다. "그래요. 그래서 당신은 이 모든 걸 확신해서 그 어떤 것에도 진지하게 매달리지 않기로 결심했군요."

"그 어떤 것에도 매달리지 않겠다고 결심했습니다." 바자로프가 침울하게 파벨 페트로비치의 말을 되풀이했다.

그는 자신이 이 지주 앞에서 너무 많이 지껄였다는 사실에 갑자기 스스로에게 화가 치밀었다.

"그냥 욕만 합니까?"

"욕만 합니다."

"그런 게 니힐리즘이라는 겁니까?"

"그런 게 니힐리즘이라는 겁니다." 바자로프가 또 그의 말을 되풀이했다. 이번에는 매우 불손한 태도였다.

파벨 페트로비치는 살짝 실눈을 지었다.

"그렇군요!" 그는 이상할 만큼 침착한 목소리로 말했다. "니힐리즘은 모든 불행에 도움의 손길을 내밀어야 하니 당신들은, 당신들은 우리의 구원자고 영웅이로군요. 하지만 당신은 무엇 때문에 다른 사람들을, 가령 똑같은 폭로자들까지 욕합니까? 당신도 모든 사람들과 마찬가지로 쓸데없는 말을 떠들어 대는 것 아닙니까?"

"다른 죄목이라면 몰라도 그 죄목에 대해서만큼은 난 잘못이 없습니다." 바자로프가 이를 악물고 말했다.

"그래서 뭐죠? 그렇다면 당신은 행동을 하고 있는 겁니까? 아니면 행동할 작정입니까?"

바자로프는 어떤 대꾸도 하지 않았다. 파벨 페트로비치는 몸을 부들부들 떨었지만 곧 평정을 되찾았다.

"흠! 행동할 것인가, 파괴할 것인가……." 그가 계속해서 말했다. “하지만 이유도 모르면서 어떻게 파괴하죠?”

“우리는 파괴해요. 우리는 힘이니까요.” 아르카지가 말했다.

파벨 페트로비치는 조카를 쳐다보며 엷은 웃음을 지었다.

“네, 힘은 그야말로 그 어떤 것에 대해서도 설명하지 않죠.” 아르카지는 이렇게 말하고 몸을 쭉 폈다.

“딱한 놈!” 파벨 페트로비치가 고래고래 소리를 질렀다. 도저히 더 이상은 참을 수 없었던 것이다. “네가 너의 그 저속한 금언으로 러시아의 무엇을 지지하고 있는지 좀 생각해 보면 좋겠구나! 아니, 천사도 이것만큼은 참을 수 없을 것이다! 힘이라니! 야만적인 칼미크[66]에게도, 몽골인에게도 힘이 있다. 하지만 도대체 힘이 우리에게 뭐란 말이냐? 우리에게 소중한 것은 문명입니다. 그럼요, 그렇고말고요, 귀하. 우리에게 소중한 것은 그것의 열매입니다. 그 열매가 하찮다는 말은 내게 하지 말아요. 삼류 예술가, 엉 바르부이외르[67], 하루 저녁에 5코페이카 받는 무도회 피아니스트, 그들도 당신들보다는 유용합니다. 그들은 문명의 대표자들이지 몽골의 거친 힘의 대표자가 아니니까요! 당신들은 스스로를 선구자라고 생각하겠지만, 그저 칼미크의 키빗카[68]에서 살고 싶어 하는 것뿐이잖습니까! 힘이라니! 마지막으로 기억해 두십시오, 힘센 신사분들. 당신

---

66) 러시아 내의 몽골계 유목 부족으로 알려져 있다.

67) un barbouilleur. 엉터리 화가, 삼류 문인, 악필가 등을 포함한 삼류 예술가를 의미하는 프랑스어.

68) 아치형 나무틀에 천 또는 가죽으로 포장을 씌우거나 목재로 지붕을 얹은 여행용 사륜마차. 한두 마리의 말이 끈다.

들은 네 사람 반이 고작이지만, 자신들의 지극히 신성한 신앙이 당신들의 발에 짓밟히지 않도록 당신들을 밟아 죽이려는 이들은 수백만이라는 걸요!"

"밟혀 죽는다 해도 그것이 우리가 가는 길입니다." 바자로프가 말했다. "할머니들이나 어중간하게 말하죠.[69] 당신이 생각하는 것처럼 우리의 수가 그렇게 적지는 않습니다."

"뭐요? 당신들은 다루는 것, 그러니까 민중 전체를 다루는 것에 대해 진지하게 생각하고 있단 말인가요?"

"아시다시피, 모스크바도 1코페이카짜리 양초 때문에 불타 버렸습니다." 바자로프가 대꾸했다.

"그렇지, 그렇지. 처음에는 거의 사탄 같은 오만함, 그다음에는 조롱이지. 바로 그것에 젊은이들이 마음을 빼앗기고, 바로 그것에 풋내기들의 미숙한 마음이 굴복하고 말죠! 자, 봐요, 그런 젊은이들 가운데 한 명이 당신과 나란히 앉아 당신을 숭배하다시피 하고 있군요. 보시죠.(아르카지는 고개를 돌리고는 얼굴을 찌푸렸다.) 그리고 이 전염병은 이미 멀리까지 퍼졌습니다. 풍문에 따르면, 우리 나라 화가들은 로마에 가더라도 바티칸에는 발길을 돌리지 않는다고 하더군요. 라파엘을 거의 얼간이로 취급한답니다. 그 사람이 권위자라서 그렇다는군요. 하지만 정작 그들 자신은 혐오스러울 정도로 무력하고 무익합니다. 그들의 상상력도 기껏해야 「분수 옆의 아가씨들」[70]을

---

69) 러시아어로 '아직은 모른다', '믿을 수 없는 말이다'라는 의미이다.
70) 특정한 그림을 가리키는 것이 아니라, 러시아의 젊은 화가들에게 재능이 없다고 비꼬기 위한 표현일 뿐이다.

넘어서지 못하죠! 아가씨도 추하게 그리고요. 당신은 그들이 훌륭하다고 생각하겠죠, 그렇지 않습니까?"

"내 생각으로는……." 바자로프가 반박했다. "라파엘은 구리 동전 한 닢의 가치도 없습니다. 그들도 그보다 더 나을 게 없고요."

"브라보! 브라보! 들어 봐라, 아르카지……. 현대의 젊은이들은 바로 저런 식으로 자신을 표현해야 하는 거란다! 생각해 보렴, 그러니 어떻게 그들이 너희를 따르지 않을 수 있겠니! 예전에는 젊은이들이 공부를 하지 않을 수 없었단다. 무식하다고 소문나는 게 싫어서 싫든 좋든 노력을 했지. 그런데 요즘 젊은이들은 그냥 '세상의 모든 게 다 부질없어!'라고만 하면 돼. 그럼 그걸로 끝이야. 젊은이들은 기뻐하지. 그리고 사실 예전에는 그런 사람들이 그저 얼간이에 불과했는데 이제는 갑자기 니힐리스트가 되어 버렸구나."

"이렇게 해서 찬양받을 만한 자존감이 당신에게 등을 돌리는군요." 바자로프가 냉정하게 말했다. 한편 아르카지는 완전히 흥분해 눈을 번득였다. "우리의 논쟁이 지나치게 멀리 갔군요……. 논쟁을 그만두는 게 좋을 것 같습니다." 바자로프가 자리에서 일어나며 덧붙였다. "당신이 가정생활이든 사회생활이든 우리의 현대 세태에서 확고하고 완전한 거부를 불러일으키지 않을 제도를 하나라도 저에게 제시해 주신다면, 저도 그때는 당신에게 기꺼이 찬성하겠습니다."

"그런 제도라면 수백만 개라도 제시하겠습니다." 파벨 페트로비치가 외쳤다. "수백만 개요! 가령 농촌 공동체가 있지요."

바자로프의 입술이 차가운 조롱으로 비틀어졌다.

"글쎄요, 농촌 공동체에 대해서라면 동생분과 이야기하시는 편이 더 좋겠군요." 그가 말했다. "동생분은 지금 농촌 공동체니, 연대 보증이니, 금주니 하는 그런 것들이 과연 무엇인지 실제로 겪고 계신 것 같거든요."

"가족, 마지막으로 가족을 예로 들어 봅시다. 우리 농민들에게는 가족이 있으니까요!" 파벨 페트로비치가 부르짖었다.

"당신으로서는 이 문제도 상세하게 분석하지 않는 편이 좋겠다고 생각합니다. 당신도 며느리와 통간하는 시아버지에 대해 들어 본 적이 있을 것 같은데요. 제 말을 들어 보세요, 파벨 페트로비치. 이틀 정도 시간을 가져 보시죠. 금방 무언가를 찾아낼 것 같지는 않으니까요. 우리의 모든 신분 계층을 철저히 조사하고 또 각 계층에 대해 잘 생각해 보세요. 그럼 아르카지와 저는 나중에……"

"모든 것을 조롱해야 하겠죠." 파벨 페트로비치가 바자로프의 말을 받아쳤다.

"아뇨, 개구리를 해부해야 합니다. 갈까, 아르카지. 여러분, 다음에 뵙죠."

두 친구는 나갔다. 형제는 단둘이 남아 처음에는 서로를 우두커니 바라보기만 했다.

"저런……." 마침내 파벨 페트로비치가 입을 열었다. "저런 것들이 현대의 젊은이야! 저기 저놈들이 우리의 후계자라고!"

"후계자라……." 니콜라이 페트로비치는 우울하게 한숨을 쉬며 똑같은 말을 뇌까렸다. 그는 논쟁 내내 석탄 위에 앉은 것[71]처럼 불안해하면서, 괴로운 얼굴로 아르카지를 슬쩍슬쩍 쳐다보기만 했다. "형, 내가 뭘 떠올렸는지 알겠어? 예전에 돌아가신 어머니와 다툰 적이 있어. 어머니는 소리를 지르며 내 말을 들으려 하지 않으셨지……. 결국 나는 어머니께 이렇게 말했어. 어머니는 절 이해할 수 없을 겁니다, 우리는 각자 다른 세대에 속해 있으니까요. 어머니는 무섭게 화를 내셨지만, 난 '어쩔 수 없잖아?'라고 생각했지. 약은 쓰지만 삼켜야 하잖아. 그런데 이제 우리 차례가 닥친 거야. 우리 후계자들도 우리에게, 당신들은 우리 세대가 아닙니다, 약을 삼키세요, 라고 말할 수 있어."

"넌 지나치게 착하고 겸손해." 파벨 페트로비치가 반박했다. "오히려 난 너와 내가 그 신사 나부랭이들보다 훨씬 올바르다고 확신해. 우리가 어쩌면 조금은 시대에 뒤떨어진 언어로, 구식으로 스스로를 표현하고 또 그런 건방진 자신만만함을 갖지 않았다 해도 말이야……. 그 현대의 젊은이들은 정말 불손하더군! 그 녀석들 중 하나에게 어떤 포도주를 원하는지, 그러니까 적도포주를 원하는지 백포도주를 원하는지 물어봐. 목소리를 낮게 깔고 '저에게는 적포도주를 더 좋아하는 습성이 있습니다.'라고 대답할 거야. 온 우주가 이 순간에 자기를 내려다보고 있다는 듯 의미심장한 표정으로 말이지……."

"차를 더 드시지 않겠어요?" 페네치카가 문 안으로 고개를

71) 우리말의 "바늘방석에 앉은 것 같다."와 비슷한 표현으로 '극도로 불안해하다'라는 의미이다.

들이밀며 말했다. 응접실에서 논쟁하는 목소리가 울리는 동안, 그녀는 안으로 들어가야 할지 말아야 할지 망설이고 있었던 것이다.

"아니, 사모바르를 치우라고 해도 돼요." 니콜라이 페트로비치는 이렇게 대답하고는 그녀를 맞으러 몸을 일으켰다. 파벨 페트로비치는 동생에게 "잘 자."라고 퉁명스레 말하고는 자기 서재로 가 버렸다.

11

삼십 분 후, 니콜라이 페트로비치는 정원에 있는 자신이 좋아하는 정자 쪽으로 향했다. 그는 서글픈 생각에 사로잡혔다. 처음으로 그는 자신과 아들의 단절을 분명하게 인식했다. 그리고 그 거리는 나날이 더욱 벌어질 것임을 예감했다. 결국 겨울에 페테르부르크에서 내리 며칠을 집에 틀어박혀 신작들을 읽은 것도 헛수고가 됐다. 청년들의 대화에 귀를 기울인 것도 헛일이 됐다. 그들의 격렬한 대화에 끼여 한마디 거들고 기뻐하던 것도 부질없는 짓이 되어 버렸다. '형은 우리가 옳다고 말하지.' 그는 생각했다. '자존심을 전부 내려놓고 생각해 봐도 그들은 우리보다 진실에서 더 멀리 떨어져 있는 것 같아. 하지만 그와 동시에 그들에게는 우리가 갖지 못한 무언가가, 우리보다 우월한 무언가가 있는 게 느껴져……. 젊음인가? 아냐, 젊음만은 아니야. 귀족 기질의 흔적이 우리보다 적다는 게

바로 그 우월함 아닐까?'

니콜라이 페트로비치는 고개를 숙이고 한 손으로 얼굴을 쓸었다.

'하지만 시를 거부하다니?' 그는 다시 생각에 잠겼다. '예술과 자연에 공명하지 않는다는 건……?'

그러고는 어떻게 자연에 공명하지 않을 수 있는지 알고 싶은 듯 주위를 둘러보았다. 어느새 날이 저물고 있었다. 정원에서 0.5베르스타 떨어진 작은 사시나무 숲 너머로 해가 자취를 감추었다. 숲 그림자가 잠잠한 들판을 가로지르며 끝없이 펼쳐졌다. 한 농부가 숲 옆의 검고 좁은 오솔길을 따라 하얀 말을 타고 빠르게 달리고 있었다. 그늘 속을 달리는데도, 어깨 위의 기운 헝겊까지 전부 또렷이 보였다. 작은 말의 다리도 생기 있게 또렷이 아른거렸다. 숲속으로 스며든 햇살이 빽빽하게 우거진 초목들 사이를 헤치며 사시나무 가지들을 매우 따뜻한 빛으로 감쌌다. 그 가지들이 소나무 가지로 보일 만큼 부드러운 빛이었다. 한편 사시나무 잎사귀는 거의 파랗게 보였고, 그 위로 붉은 노을빛에 옅게 물든 창백한 담청색 하늘이 높게 펼쳐졌다. 제비들이 높이 날아다니고, 바람 한 줄기 불지 않았다. 뒤늦게 돌아온 꿀벌들이 라일락 꽃 속에서 졸린 듯 나른하게 윙윙거렸다. 등에 떼가 외로이 길게 뻗은 가지 위에서 기둥을 이룬 채 빈둥거렸다. '아, 하느님, 얼마나 아름다운지요!' 니콜라이 페트로비치는 생각했다. 그가 좋아하는 시들이 입술에 막 닿으려 했다. 그러나 그는 아르카지와 『물질과 힘』을 떠올리고는 입을 다물었다. 그러나 하염없이 앉아서,

고독한 상념의 슬프고도 즐거운 유희에 하염없이 몸을 맡겼다. 그는 공상하는 걸 좋아했다. 시골 생활이 그의 내면에 이런 능력을 키웠다. 여인숙에서 아들을 기다리며 공상에 잠겼던 것도 그리 오래전 일이 아니었다. 그런데 그 후로 벌써 변화가 생겼고, 그때만 해도 뚜렷하지 않았던 관계가 이미 견고하게 굳어졌다……. 그것도 얼마나 견고한지! 그의 뇌리에 다시 죽은 아내가 떠올랐다. 그러나 오랜 세월 동안 그가 알아 온 그 모습이 아니라, 알뜰하고 착한 주부의 모습이 아니라, 가냘픈 몸매와 호기심에 가득 찬 순진한 눈빛을 지니고 어린아이처럼 가는 목덜미 위로 단단하게 땋은 머리를 늘어뜨린 젊은 아가씨의 모습이었다. 그는 그녀를 처음 만났던 때를 떠올렸다. 그때만 해도 그는 대학생이었다. 그는 자신이 사는 아파트 계단에서 그녀를 만났다. 무심코 그녀를 밀친 그는 돌아서서 사과하려 했지만 "**죄송합니다, 신사분.**"이라는 말만 간신히 중얼거릴 수 있었다. 그녀는 고개를 숙이고 생긋 웃더니, 별안간 깜짝 놀란 듯 달음질치다가, 계단 모퉁이에서 그를 빠르게 흘깃 쳐다보고는 진지한 표정을 띠며 얼굴을 붉혔다. 그 후 처음 몇 번의 수줍은 방문, 두서없는 말, 어색한 미소, 망설임, 슬픔, 열정, 마지막으로 그 숨 막힐 듯한 기쁨……. 그 모든 것은 어디로 사라졌을까? 그녀는 그의 아내가 되었고, 그는 지상의 소수만이 누릴 것 같은 행복을 맛보았다……. '하지만 그 처음의 달콤한 순간들, 어째서 그런 순간들은 불멸의 영원한 생을 누리지 못하는 걸까?'

그는 자신의 생각을 끝까지 파고들려고 애쓰지는 않았다.

그러나 자신이 그 행복한 시간을 기억보다 더 강렬한 무언가로 간직하고 싶어 한다는 것을 느꼈다. 그는 다시 한번 자신의 마리야가 옆에 있다는 느낌을 촉감으로 느끼고 싶었고, 그녀의 따스함과 숨결을 느끼고 싶었다. 어느새 그녀가 바로 자기 위에 있는 것처럼 느껴졌다…….

"니콜라이 페트로비치." 가까이에서 페네치카의 목소리가 들렸다. "어디 계세요?"

그는 흠칫 몸을 떨었다. 괴롭지도, 부끄럽지도 않았다……. 그는 아내와 페네치카를 비교할 수 있다고는 생각조차 하지 않았다. 하지만 페네치카의 머릿속에 그를 찾아야겠다는 생각이 떠오른 것만큼은 아쉽게 느껴졌다. 그녀의 목소리는 단번에 그에게 자신의 희끗한 머리와 지긋한 나이, 그리고 현재를 떠올리게 했다…….

그가 이미 들어선 마법의 세계, 안개가 드리운 과거의 파도로부터 어느새 솟아오른 마법의 세계는 살짝 흔들리다가 사라져 버렸다.

"여기 있어." 그가 대답했다. "나도 곧 갈 테니 먼저 가." '바로 이런 게 귀족 기질의 흔적이군.' 이런 생각이 그의 뇌리를 스쳤다. 페네치카는 정자에 있는 그를 말없이 힐긋 쳐다보고는 사라졌다. 그는 자신이 공상에 빠져든 후 어느새 밤이 찾아왔다는 사실을 깨닫고 깜짝 놀랐다. 주위는 온통 어둡고 조용했다. 페네치카의 얼굴이, 몹시도 창백하고 자그마한 그 얼굴이 눈앞을 스쳤다. 그는 몸을 일으켜 집으로 돌아가려고 했다. 그러나 감상적으로 부드러워진 마음이 도무지 진정되지 않았다. 그래서 그는 생각에 잠긴 채 발밑을 쳐다보기도 하고 눈을 들어 하늘을 보기도 하면서 천천히 정원을 거닐었다. 하늘에는 이미 별들이 무리를 지어 눈짓을 나누고 있었다. 그는 거의 녹초가 될 정도로 많이 걸었다. 그러나 그의 불안, 무언가를 갈망하는 듯한 어렴풋하고도 슬픈 불안은 여전히 진정되지 않았다. 오, 그때 그의 마음속에서 무슨 일이 벌어지고 있는지 알았더라면 바자로프는 그를 얼마나 비웃었을까! 아르카지조차 그를 비난했으리라. 그의 눈에서, 농학자이자 가장인 마흔네 살 남자의 눈에서, 눈물이, 이유 없는 눈물이 핑 돌았던 것이다. 그것은 첼로를 켜는 것보다 백배 더 나빴다.

니콜라이 페트로비치는 계속 거닐었다. 집으로, 불빛이 환하게 비치는 모든 창문들을 통해 그를 그토록 상냥하게 바라보는 그 평화롭고 아늑한 둥지로 선뜻 들어갈 수 없었다. 그는 어둠, 정원, 얼굴에 닿는 상쾌한 공기의 감촉, 이 슬픔, 이 불안으로부터 도저히 떠날 수 없었다…….

오솔길 모퉁이에서 그는 파벨 페트로비치와 마주쳤다.

"무슨 일 있어?" 파벨 페트로비치가 동생에게 물었다. "얼굴이 유령처럼 창백해. 몸이 안 좋구나. 왜 잠자리에 들지 않니?"

니콜라이 페트로비치는 자신의 감정 상태를 간단한 말로 설명하고는 그 자리를 떠났다. 파벨 페트로비치는 정원 끝까지 걸어갔다. 그 역시 생각에 잠겼고, 또 역시 눈을 들어 하늘을 바라보았다. 그러나 그의 아름다운 검은 눈동자에는 별빛 외에 아무것도 비치지 않았다. 그는 낭만주의자로 태어나지 않았다. 세련되고 냉정하면서도 열정적인, 인간을 혐오하는 프랑스 스타일의 정신은 공상에 잠길 줄도 몰랐다…….

"뭔지 알겠어?" 바로 그날 밤, 바자로프는 아르카지에게 이런 말을 하고 있었다. "근사한 생각이 떠올랐어. 오늘 네 아버지가 그 유명한 친척의 초대를 받았다고 했잖아. 네 아버지는 안 갈 거야. 우리가 ○○○로 가자. 그 신사가 너도 부르잖아. 날씨가 얼마나 좋은지 봐. 마차를 타고 가서 시내를 구경하자. 대엿새 어슬렁어슬렁 돌아다니는 것으로 충분해!"

"그럼 넌 그곳에서 이곳으로 돌아올 거야?"

"아니, 아버지에게 가야 해. 알다시피, 아버지는 ○○○에서 30베르스타 떨어진 곳에 사시잖아. 아버지를 뵌 지 오래됐어. 어머니도 그렇고. 노인네들을 위로해 드려야지. 우리 부모님은 좋은 분들이야. 특히 아버지가 그래. 아주 재미있는 분이지. 부모님께 자식은 나 하나뿐이야."

"부모님 댁에 오래 있을 거야?"

"그렇지는 않을 거야. 아마 따분해지겠지."

"그럼 돌아가는 길에 우리 집에 들러 줄 거야?"

"몰라……. 생각해 보고. 그건 그렇고, 어때? 같이 떠날까?"

"좋아." 아르카지가 나른하게 대답했다.

그는 친구의 제안이 몹시 기뻤다. 하지만 자신의 감정을 감추는 것이 본분이라고 생각했다. 그가 괜히 니힐리스트인 것은 아니었다!

다음 날 그는 바자로프와 함께 ○○○로 떠났다. 마리노의 젊은 사람들은 그들의 출발을 섭섭해했다. 두냐샤는 울기까지 했다……. 그러나 노인들은 안도의 한숨을 쉬었다.

12

우리의 친구들이 향하고 있는 ○○○시는 젊은 현 지사의 관할 아래 있었다. 러시아에서는 거의 늘 있는 일이지만, 그 현 지사는 진보주의자면서 폭군이었다. 그는 재임 첫해 동안 퇴역 근위 기병 이등 대위이자 종마장 소유주이자 손님 접대에 후한 사람인 현 귀족 회장뿐 아니라 자신의 관리들과도 기어이 싸우고야 말았다. 이 때문에 생긴 불화가 너무 커지자 급기야 페테르부르크 당국은 현지에서 모든 문제를 조사하도록 위임받은 인물을 파견하는 것이 불가피하다고 판단했다. 당국이 선택한 사람은 마트베이 일리치 콜랴진이었다. 언젠가 키르사노프가 형제들의 후견을 맡아 준 바로 그 콜랴진의 아들이었다. 그 역시 '젊은 층'에 속했다. 즉 얼마 전에 마흔을 넘겼다. 그러나 이미 행정 요직을 노리고 있었고, 가슴 양쪽에 별 모양 훈장을 달고 있었다. 그 가운데 하나는 사실 외국에서 받은 보잘것없는 훈장이었다. 그 역시 그가 감찰하러 온 현 지사와 마찬가지로 진보주의자로 여겨졌고, 스스로도 이미 거물이긴 했지만 대다수의 다른 거물들과는 달랐다. 그는 자신을 매우 높이 평가했다. 그의 허영심은 끝이 없었지만, 그는 소탈하게 처신했으며 상대를 칭찬의 눈길로 쳐다보고 겸손하게 귀를 기울였다. 또한 어찌나 선량하게 웃는지, 처음에는 '훌륭한 젊은

이'라는 평판을 받을 정도였다. 그러나 중요한 경우에는 이른바 먼지를 일으킬 줄도 알았다. 그럴 때면 그는 이렇게 말하곤 했다. "에너지는 필수야. 에너지는 공무원의 첫 번째 자질이지." 그 모든 것에도 불구하고 그는 대개 바보 취급을 당했고, 조금이라도 노련한 관리들은 누구나 그 위에 올라탔다. 마트베이 일리치는 기조[72]에 대해 엄청난 존경심을 담아 말했고, 자신은 구습을 답습하는 부류나 시대에 뒤떨어진 관료주의자가 아니며 사회생활의 중요한 현상을 단 하나도 경시하지 않는다는 점을 모두에게 각인시키려고 애썼다……. 그는 그런 말들을 전부 잘 알았다. 사실 무심하면서도 위풍당당한 태도로 현대 문학의 발전을 뒤따르기까지 했다. 가령 길에서 소년들의 행렬과 마주친 성인이 이따금 그 행렬에 함께하는 것과도 같았다. 마트베이 일리치는 알렉산드르 1세 시대의 위정자들, 당시 페테르부르크에 살던 스베치나 부인[73]의 야회에 갈 준비를 하면서 아침에 콩디야크[74]의 저서 한 쪽을 잠시 읽어 두는 위정자들과 본질적으로는 크게 다르지 않았다. 단지 태도가 색다르고 더 현대적이었을 뿐이다. 그는 교묘한 궁정 신하이자 대단히 교활한 인간으로, 그 이상 아무것도 아니었다. 그는 업무에

---

72) 프랑수아 기조(François Guizot, 1787~1874). 프랑스의 정치가이자 역사가.

73) 소피야 스베치나(Sofiya Svechina, 1782~1859). 러시아의 유명한 작가이자 당시 유행하던 종교적 신비주의의 지지자.

74) 에티엔 보노 드 콩디야크(Étienne Bonnot de Condillac, 1715~1780). 프랑스 계몽주의의 대표적인 인물이자 감각론을 발전시킨 철학자.

대해 잘 몰랐고 영리하지도 않았지만, 자신의 일신에 관한 문제는 처리할 줄 알았다. 바로 이 점에서는 아무도 그를 능가할 수 없었다. 하지만 그것이야말로 가장 중요한 것이다.

마트베이 일리치는 진보를 표방하는 고관 특유의 친절한 태도로, 좀 더 정확하게 말하면 장난스러운 태도로 아르카지를 맞이했다. 그러나 자신이 초대한 친척들이 시골에 머물고 있다는 것을 알고는 깜짝 놀랐다. "자네 아버지는 언제나 괴짜였지." 그는 화려한 벨벳 실내복의 술을 두 손으로 이리저리 흔들며 이렇게 말하고는, 갑자기 단추를 아주 단정하게 채운 문관 제복 차림의 젊은 관리를 돌아보며 걱정스러운 표정으로 "뭐?"라고 소리쳤다. 오랜 침묵에 입술이 달라붙어 있던 그 청년은 몸을 일으켜 어리둥절한 표정으로 상관을 바라보았다. 그러나 부하를 당황하게 한 마트베이 일리치는 이미 그에게 더 이상 관심을 두지 않았다. 우리의 고관들은 대체로 부하들을 당황하게 만들기를 좋아한다. 그들이 이 목적을 이루기 위해 의지하는 수단은 꽤 다양하다. 그 가운데서도 많이 사용되는, 영국인의 표현에 따르면 **정말로 가장 좋아하는**(영어) 방법은 다음과 같다. 고관은 갑자기 지극히 간단한 말조차 알아듣지 못하는 귀머거리인 척한다. 예를 들어 그는 이렇게 묻는다. "오늘이 무슨 요일이지?"

부하는 극도로 정중하게 보고한다. "오늘은 금요일입니다, 가…… 각…… 하."

"응? 뭐라고? 그게 뭔가? 뭐라고 한 건가?" 고관은 딱딱하게 다시 묻는다.

"오늘은 금요일입니다, 가…… 각…… 하."

"아니, 뭐라고? 금요일이 도대체 뭔가? 무슨 금요일이지?"

"오늘은 금요일입니다, 가…… 가가…… 가각…… 하. 일주일 가운데 하루입니다."

"이런, 자네가 감히 날 가르치려는 건가?"

마트베이 일리치는 자유주의자로 알려져 있었지만 그 역시 고관이었다.

"친구, 자네에게 현 지사를 방문하라고 권하겠네." 그가 아르카지에게 말했다. "자네도 이해하겠지. 내가 자네에게 이렇게 조언하는 것은, 권력에 굽실거릴 필요가 있다는 케케묵은 관념에 집착해서가 아니라, 그저 현 지사가 존경할 만한 사람이기 때문이야. 게다가 자네도 아마 이곳 사교계와 교제하고 싶겠지……. 자네, 설마 곰은 아니겠지? 그렇기를 바라네. 현 지사가 내일모레 성대한 무도회를 개최해."

"아저씨도 그 무도회에 가십니까?" 아르카지가 물었다.

"현 지사가 날 위해 무도회를 여는 거야." 마트베이 일리치는 거의 유감스럽다는 투로 말했다. "자네는 춤을 추나?"

"춥니다. 잘 못 추지만요."

"좋지 않아. 이곳에는 예쁜 아가씨들이 있어. 게다가 젊은이가 춤을 못 춘다는 것은 부끄러운 노릇이지. 하지만 케케묵은 관념 때문에 이런 말을 하는 게 아니야. 지성이 발에 있다고는 절대 생각하지 않으니까. 하지만 바이런주의[75]는 우스꽝스

---

75) 영국의 낭만주의 시인인 조지 고든 바이런(George Gordon Byron,

러워. 그의 시대는 갔네."

"네, 아저씨, 저도 절대 바이런주의 때문이 아니라……."

"자네에게 이곳 귀부인들을 소개해 주지. 자네를 내 날개 아래에 품어 줄게." 마트베이 일리치가 말을 가로막으며 흐뭇하게 껄껄거렸다. "자네도 따뜻해지겠어, 그렇지?"

하인이 들어와 세무감독국 국장이 왔다고 보고했다. 국장은 감미로운 눈매와 주름진 입술을 지닌 노인이었다. 그는 자연을 대단히 사랑했다. 특히 그 자신의 말에 따르면, '모든 꿀벌이 모든 꽃에서 뇌물을 받는' 여름날을 사랑했다. 아르카지는 그 자리를 떠났다.

아르카지는 그들이 묵고 있는 여인숙에서 바자로프를 발견하자, 현 지사를 보러 가자며 오랫동안 그를 설득했다. "할 수 없군!" 마침내 바자로프가 말했다. "말의 가죽끈을 잡아 놓고 대장부가 아니라고 말하면 안 되지![76] 지주들을 보러 왔으니 그들을 보러 갈까!" 현 지사는 청년들을 친절하게 맞아 주었지만, 그들에게 자리를 권하지도 않고 그 자신도 앉지 않았다. 그는 끝없이 부산을 떨고 서둘렀다. 아침부터 딱 달라붙는 문관 제복을 입고 넥타이를 꽉 졸라매고서 식사를 끝낼 겨를도 없이 계속 지시를 내렸다. 그는 현에서 부르달이라 불렸다. 부르달이라는 말이 암시하는 것은 유명한 프랑스인 설교자[77]가

1788~1824)의 삶과 작품에 기초한 낭만적 세계관과 생활 양식을 가리킨다.

76) '한번 시작한 일은 그만두기 어렵다'라는 의미의 러시아 표현이다.

77) 프랑스의 예수회 설교자이자 유명한 연설가인 루이 부르달루(Louis Bourdaloue, 1632~1704)를 가리킨다.

아니라 '부르다(burda)'라는 탁주(濁酒)였다. 그는 자신이 개최하는 무도회에 키르사노프와 바자로프를 초대했고, 이 분쯤 뒤에는 어느새 두 사람을 형제로 착각해 그들을 카이사로프 형제라고 부르면서 무도회에 재차 초대했다.

그들은 현 지사의 공관에서 나와 숙소로 걸어갔다. 그런데 갑자기 옆으로 지나가던 드로시키[78]에서 그다지 키가 크지 않은, 슬라브주의자들이 좋아할 법한 벤게르카[79]를 입은 남자가 "예브게니 바실리치!"라고 외치며 뛰어내리더니 바자로프에게로 달려왔다.

"아! 당신이군요, 헤르[80] 시트니코프." 바자로프는 인도를 따라 계속 걸으며 말했다. "여기에는 무슨 일로 왔습니까?"

"상상해 보세요, 완벽한 우연으로 온 거예요." 그 사람이 대답했다. 그는 드로시키 쪽을 돌아보더니 한 손을 다섯 번 정도 흔들고는 이렇게 외쳤다. "우리 뒤를 따라와. 따라오라고!" 그는 좁은 도랑을 껑충 건너뛰며 계속 말했다. "이곳에 아버지의 용무가 있거든요. 그런데 아버지가 나에게 부탁을 하셔서……. 당신이 왔다는 소식을 오늘 들었습니다. 벌써 당신 숙소에 다녀왔는데…….(실제로 숙소의 방으로 돌아왔을 때, 두 친구는 그곳에서 귀퉁이를 접은 명함을 발견했다. 한쪽 면에는 프랑스

---

78) 포장이나 지붕이 없는 일이 인용 사륜마차 또는 이륜마차.

79) 헝가리풍의 경기병 군복 상의. 가슴 앞부분에 줄과 매듭으로 된 갈비뼈 장식이 있다.

80) Herr. '~씨'라는 의미의 독일어로 남자에게 붙이는 존칭. 이 장면에서 투르게네프는 이 단어를 독일어가 아닌 러시아어 음가로 표기했다.

어로, 다른 쪽 면에는 슬라브어 장식 문자로 시트니코프의 이름이 박혀 있었다.) 설마 현 지사를 만나고 오는 길은 아니겠죠?"

"설마가 아닙니다. 우리는 바로 그의 집에서 오는 길이에요."

"아! 그렇다면 나도 그를 만나러 가야겠군요……. 예브게니 바실리치, 소개해 주십시오, 당신의…… 이분을……."

"시트니코프, 키르사노프." 바자로프는 걸음을 멈추지도 않고 중얼거렸다.

"정말 영광입니다." 시트니코프가 입을 열었다. 그는 씩 웃는 얼굴로 옆 걸음을 치면서 지나칠 정도로 우아한 장갑을 황급히 벗었다. "말씀 많이 들었습니다……. 난 예브게니 바실리치의 오랜 지인입니다. 그의 제자라고도 할 수 있죠. 내가 갱생한 것은 이 사람 덕분입니다……."

아르카지는 바자로프의 제자를 바라보았다. 말끔하고 오종종하면서도 인상 좋은 얼굴에 불안하면서도 우둔한 표정이 떠올랐다. 우묵하게 꺼진 듯한 작은 눈이 뚫어지게, 그러면서도 불안하게 응시했다. 그는 또한 불안하게 웃었다. 어딘지 모르게 무표정한 짧은 웃음이었다.

"믿을지 모르겠지만……" 그가 계속 말을 이었다. "예브게니 바실리예비치가 내 앞에서 처음으로 권위를 인정해서는 안 된다고 말했을 때 난 엄청난 희열을 느꼈습니다……. 마치 눈이 번쩍 뜨이는 것 같았죠! 나는 생각했습니다. '그래, 내가 드디어 인물을 만났군!' 그런데 말이죠, 예브게니 바실리예비치, 당신은 이곳의 귀부인 한 분을 꼭 만나 봐야 합니다. 당신을 완벽하게 이해할 수 있는 분입니다. 그분에게는 당신의 방문이 정말 축일처럼 느껴질 겁니다. 당신도 그녀에 대해 들었을 것 같은데요?"

"누굽니까?" 바자로프가 마지못해 말했다.

"쿠크시나, 유도시에[81], 예브독시야[82] 쿠크시나입니다. 뛰어난 인물이죠. 진정한 의미에서 편견으로부터 자유로운, 진보적인 여성입니다. 어떻습니까? 지금 다 같이 그녀를 보러 가죠. 그녀는 여기에서 두어 발짝 떨어진 곳에 삽니다. 그곳에서 점심 식사를 합시다. 당신도 아직 점심을 들지 않았죠?"

"아직 안 먹었습니다."

"음, 잘됐군요. 그녀는 남편과 갈라섰지만 누구에게도 매여 있지 않습니다. 아시겠죠?"

"예쁩니까?" 바자로프가 끼어들었다.

"아…… 아뇨. 그렇다고는 말할 수 없습니다."

"그렇다면 무슨 빌어먹을 이유로 우리를 그녀에게 데려가려는 겁니까?"

"이런, 농담도 잘하십니다. 익살꾼이에요……. 그녀가 우리에게 샴페인을 한 병 대접할 겁니다."

"그렇군요! 이제야 당신도 실제적인 인간이 되었군요. 그런데 당신의 아버지는 여전히 세금 징수[83]를 합니까?"

---

81) 프랑스의 여자 이름.

82) 프랑스 이름 유도시에를 차용해 만든 러시아 여자 이름.

83) 제정 러시아에서는 세금(주로 주류세)을 징수할 권리를 정부가 개인에게 임대했다. 세금 징수인은 국가가 정한 세금 외에 추가로 돈을 걷어 그것을 수입원으로 삼았다. 수익성은 좋지만 평판이 좋지 않은 직업이었다.

"여전히 세금을 건습니다." 시트니코프는 황급히 말하며 높고 날카로운 목소리로 웃음을 터뜨렸다. "어때요? 가겠습니까?"

"정말 모르겠군요."

"넌 사람들을 만나고 싶어 했잖아. 가 봐." 아르카지가 소곤소곤 말했다.

"그럼 당신은 어떻습니까, 키르사노프 씨." 시트니코프가 잽싸게 아르카지의 말을 받았다. "제발 당신도 갑시다. 당신이 없으면 안 돼요."

"어떻게 다 한꺼번에 몰려갑니까?"

"괜찮아요! 쿠크시나는 놀라운 사람이거든요."

"샴페인은 나오겠죠?" 바자로프가 물었다.

"세 병 나옵니다!" 시트니코프가 외쳤다. "내가 보증하죠!"

"뭘 걸겠습니까?"

"내 목을 걸죠."

"아버지의 돈주머니가 낫겠는데요. 어쨌든 갑시다."

13

아브도치야 니키치시나 (혹은 예브독시야) 쿠크시나가 사는 모스크바 양식의 작은 귀족 저택은 ○○○시의 최근에 불탄 거리 중 한 곳에 있었다. 우리의 현청 소재지들이 오 년에 한 번씩 불탄다는 것은 잘 알려진 사실이다. 현관에 비뚜름히 고정된 방문자 명함 위로 작은 종의 손잡이가 보였고, 대기실에서는 하녀 같기도 하고 부인용 실내모를 쓴 말벗 같기도 한 여자가 방문자들을 맞았다. 명백히 주인의 진보적 성향을 보여 주는 증표였다. 시트니코프는 아브도치야 니키치시나가 집에 있는지 물었다.

"당신이에요, 빅토르[84]?" 옆방에서 높고 가느다란 목소리가 들렸다. "들어와요."

실내모를 쓴 여자는 곧 사라졌다.

"나만 온 게 아닙니다." 시트니코프가 벤게르카를 재빨리 벗으면서, 그리고 아르카지와 바자로프에게 활기찬 시선을 던지면서 말했다. 벤게르카 아래로 반코트 같기도 하고 외투 같기도 한 무언가가 나타났다.

"상관없어요." 목소리가 대답했다. "들어와요."

청년들은 안으로 들어갔다. 그들이 들어간 방은 응접실이라기보다 사무실 같았다. 서류, 편지, 대부분 아직 낱장이 잘리지 않은 러시아의 두꺼운 잡지들[85]이 먼지가 뽀얗게 앉은

84) 러시아에 흔한 남성 이름 가운데 '빅토르(Viktor)'가 있다. 투르게네프가 등장인물의 이름을 러시아어가 아닌 프랑스어로 표기한 것은, 상대방의 러시아 이름을 프랑스식 이름으로 변형시켜 부르는 귀족들의 관습을 보여 주기 위해서인 듯하다. '빅터'라는 영어 이름으로도 보일 수 있지만, 당시 러시아 귀족들이 영어보다는 프랑스어를 훨씬 더 일상적으로 사용한 것을 감안하면, '빅토르'라는 프랑스 이름으로 보는 것이 타당하다.

85) 제정 러시아에서 '두꺼운 잡지'라는 표현은 본격 문학 작품을 싣는 잡지를, '얇은 잡지'는 오락적인 가벼운 읽을거리를 싣는 잡지를 가리켰다. '두꺼운 잡지'는 고급 장정의 책 형태로 출간됐다. 당시의 책은 인쇄된 전지(全紙)를 접고 실로 엮어 만들었기 때문에, 독자는 책의 낱장을 종이칼로 잘라 가며 읽어야 했다.

여러 테이블 위에 흩어져 있었다. 곳곳에 담배꽁초들이 하얗게 널려 있었다. 가죽 소파에는 아직은 젊은 금발의 귀부인이 약간 흐트러진 모습으로 상반신만 일으킨 채 누워 있었다. 전혀 깔끔하지 않은 실크 드레스를 입고 손가락이 짧은 손에 굵은 팔찌를 끼고 머리에 레이스 머릿수건을 맨 차림이었다. 그녀는 소파에서 일어나, 노란색 담비 가죽을 댄 벨벳 반외투를 무심히 어깨에 걸치며 "안녕하세요, 빅토르."라고 나른하게 말하고는 시트니코프에게 한 손을 내밀었다.

"바자로프, 키르사노프." 그는 바자로프를 흉내 내어 뚝뚝 끊어지듯 말했다.

"어서 오세요." 쿠크시나는 이렇게 대답하고는 둥근 눈으로 바자로프를 뚫어지게 쳐다보았다. 두 눈동자 사이에서 자그마한 들창코가 외롭게 붉은빛을 띠었다. 그녀는 "당신을 알아요."라고 덧붙이며 바자로프에게도 손을 내밀었다.

바자로프는 얼굴을 찡그렸다. 해방된 여성의 작고 볼품없는 모습에 추한 면은 전혀 없었다. 그러나 그녀의 표정은 보는 사람에게 불쾌감을 일으켰다. '왜 그래요, 배고파요? 아니면 따분해요? 아니면 무서워요? 왜 그렇게 긴장을 해요?'라고 무심결에 묻고 싶어질 정도였다. 시트니코프와 마찬가지로 그녀도 계속 안절부절못했다. 그녀는 매우 거리낌 없이, 그러면서도 어색하게 말하고 행동했다. 스스로를 선하고 꾸밈없는 인간으로 생각하는 듯했다. 그러나 무엇을 하든, 그녀는 언제나 그것이야말로 자신이 정말 하고 싶지 않은 일이라는 인상을 주었다. 그녀의 모든 것은, 아이들의 말대로, 일부러 꾸민 듯 보였다. 즉 솔직하지도, 자연스럽지도 않았다.

"네, 그래요, 난 당신을 알아요, 바자로프." 그녀는 같은 말을 되풀이했다.(그녀에게는 지방과 모스크바에 사는 많은 귀부인들 특유의 습관이 있었다. 남자를 초면부터 성으로 부르는 습관이었다.) "시가 피울래요?"

"시가도 좋지만……." 시트니코프가 잽싸게 그녀의 말을 받았다. 그는 이미 안락의자에 몸을 쭉 펴고 누운 채 한쪽 다리를 위로 쳐들고 있었다. "식사를 하는 게 어때요? 우리는 끔찍하게 배가 고프답니다. 우리를 위해 샴페인도 한 병 꺼내 오라고 해 주세요."

"시바리스인[86]이군요." 예브독시야는 이렇게 말하고 소리 내어 웃었다.(그녀가 소리 내어 웃자 치아 위로 윗잇몸이 드러났다.) "그렇지 않아요, 바자로프? 저 사람은 시바리스인이죠?"

"난 삶의 안락을 좋아합니다." 시트니코프가 거들먹거리며 말했다. "내가 자유주의자로 사는 데 그 점이 방해가 되지는 않아요."

"아니죠, 방해가 돼요, 방해가 되고말고요!" 예브독시야가 큰 소리로 외쳤다. 하지만 식사와 샴페인에 관한 지시를 전달하도록 하녀에게 지시했다. "당신은 이 점에 대해 어떻게 생각해요?" 그녀는 바자로프를 돌아보며 덧붙였다. "당신은 내 의견에 공감할 거라고 확신하는데요."

---

86) 시바리스는 고대 그리스의 도시다. 비옥한 지역인 이곳의 주민들은 사치스럽고 방탕한 생활을 한 것으로 유명하다.

"글쎄요, 아닙니다." 바자로프는 반박했다. "화학적 관점에서 보더라도 고기 한 조각이 빵 한 조각보다 낫습니다."

"당신은 화학을 전공하나요? 나도 화학을 아주 좋아해요. 심지어 접착제를 하나 고안하기도 했죠."

"접착제를요? 당신이?"

"네, 내가요. 그런데 무슨 목적으로 그랬는지 알아요? 목이 부러지지 않는 인형을 만들기 위해서였죠. 나도 실제적이거든요. 하지만 아직 모든 게 준비되지는 않았어요. 리비히를 좀 더 읽어야 해요. 그런데 당신은 《모스크바 신문》[87]에서 키슬랴코프가 여성의 노동에 대해 쓴 논문을 읽었나요? 부디 읽어 봐요. 당신은 정말 여성 문제에 관심이 있나요? 학교에도요? 당신의 친구는 어떤 일을 하죠? 이름은 뭔가요?"

쿠크시나 부인은 대답을 채 기다리지도 않고 여자다운 가벼운 태도로 잇달아 질문들을 뿌려 댔다. 응석받이 아이들이 보모에게 말하는 식이었다.

"아르카지 니콜라이치 키르사노프라고 합니다." 아르카지가 말했다. "그리고 아무 일도 하지 않습니다."

예브독시야가 깔깔거리며 웃었다.

"그것 참 좋네요! 어때요? 담배 안 피워요? 빅토르, 나 말이에요, 당신에게 화났어요."

"왜요?"

---

87) 1756부터 1917년까지 발행된 신문.

"당신이 다시 조르주 상드[88]를 찬미하기 시작했다죠. 시대에 뒤떨어진 여자일 뿐 그 이상 아무것도 아닌데 말이에요! 어떻게 그 여자를 에머슨[89]과 비교할 수 있어요! 그 여자는 교육에 대해서든, 생리학에 대해서든, 그 무엇에 대해서든 아무런 견해도 갖고 있지 않아요. 분명 발생학에 대해서는 들어 본 적도 없을 거예요. 하지만 우리 시대에 그것을 모르고 어떻게 살아요?(예브독시야는 심지어 두 팔을 벌렸다.) 아, 옐리세비치[90]는 이것에 대해 얼마나 놀라운 논문을 썼는지! 그는 천재적인 신사예요!(예브독시야는 항상 '사람'이란 말 대신 '신사'라는 말을 사용했다.) 바자로프, 소파로 와서 내 옆에 앉아 봐요. 아마 당신은 모르겠지만, 난 당신이 정말로 두렵답니다."

"그건 왜죠? 호기심을 풀어도 될까요?"

"당신은 위험한 신사예요. 대단한 비평가죠. 아, 하느님! 우습네요. 내가 초원 지대의 지주 마님처럼 말하고 있군요. 하지만 실제로 지주인걸요. 난 직접 영지를 관리해요. 상상해 봐요. 내 영지의 예로페이 촌장은 놀라운 유형이랍니다. 쿠퍼의 패스파인더[91]와 똑같다니까요. 그 사람에게는 어딘지 모르게

---

88) George Sand(1804~1876). 프랑스의 페미니스트 작가. 여성 문제, 특히 낭만적 사랑에 대한 소설을 주로 썼다.

89) 랠프 월도 에머슨(Ralph Waldo Emerson, 1803~1882). 미국의 시인이자 철학자. 직관을 중시하는 선험론을 옹호했다.

90) 《동시대인》의 필자이던 두 명의 급진파 언론인, 즉 G. Z. 옐리세예프(G. Z. Eliseev)와 M. A. 안토노비치(M. A. Antonovich)의 이름을 합쳐서 만든 가공 인물이다.

91) 제임스 페니모어 쿠퍼(James Fenimore Cooper, 1789~1851)는 미국 원

충동적인 데가 있거든요! 난 완전히 이곳에 정착해 버렸어요. 지긋지긋한 도시죠. 그렇지 않나요? 하지만 어쩌겠어요!"

"도시가 다 그렇죠." 바자로프가 냉담하게 말했다.

"사람들의 관심사가 전부 저급해요. 그게 너무나 끔찍하답니다! 예전에 난 모스크바에서 겨울을 보내곤 했는데……. 하지만 이제 그곳에는 내 남편인 무슈 쿠크신이 살죠. 게다가 모스크바도 이제는…… 오, 모르겠어요, 역시 예전의 모스크바가 아니랍니다. 난 외국으로 떠날 생각이에요. 지난해에는 거의 출발할 뻔했답니다."

"물론 파리겠죠." 바자로프가 물었다.

"파리와 하이델베르크로요."

"하이델베르크에는 왜요?"

"세상에, 그곳에는 분젠[92]이 있잖아요!"

바자로프는 이에 대해 대꾸할 말을 찾을 수 없었다.

"피에르 사포즈니코프…… 그 사람을 아나요?"

"아뇨, 모릅니다."

"세상에, 피에르 사포즈니코프라고요……. 그 사람은 여전히 늘 리지야 호스타토바의 집을 드나들죠."

"난 그녀도 모릅니다."

"글쎄, 그 사람이 나와 동행하겠다고 자처했답니다. 하느님 덕

주민의 삶을 이상적으로 묘사한 미국 소설가. 『패스파인더』는 그가 1840년에 출간한 소설이다.

92) 로베르트 빌헬름 분젠(Robert Wilhelm Bunsen, 1811~1899). 독일의 과학자. 화학 분야의 선구자로 꼽히며, 분젠 버너의 발명가이기도 하다.

분에[93] 난 자유로운 몸이고 자식도 없으니……. 내가 뭐라고 했죠? 하느님 덕분이라니! 어쨌든 그건 아무래도 상관없어요."

예브독시야는 담뱃진으로 갈색이 된 손가락으로 담배를 말아 혀끝으로 침을 바르고는 잠시 빨아 보고 불을 붙였다. 하녀가 쟁반을 들고 들어왔다.

"아, 식사가 왔군요! 드시겠어요? 빅토르, 코르크 마개를 뽑아 줘요. 그건 당신 몫이잖아요."

"내 몫이죠, 내 몫." 시트니코프는 이렇게 중얼거리고는 다시 새된 소리로 킬킬거렸다.

"이곳에 예쁜 여자들이 있습니까?" 바자로프는 세 잔째 술을 비우며 물었다.

"있죠." 예브독시야가 대답했다. "하지만 전부 머리가 텅 비었어요. 예를 들어 내 친구인 오진초바는 말이죠, 꽤 예쁜 편이에요. 유감스럽게도 평판은 좀 그렇지만…… 어쨌든 그런 건 중요하지 않겠죠. 하지만 관점의 자유로움이나 폭이, 뭐 그런 것들이 전혀 없으니…… 교육 체계를 전부 바꿔야 해요. 난 벌써부터 이 문제에 대해 생각했답니다. 우리 나라 여자들의 교육 수준은 정말 형편없다니까요."

"당신도 그들에게 아무것도 해 줄 수 없을 겁니다." 시트니

---

93) slava bogu라는 러시아어 표현을 사용했다. 문자 그대로 옮기면 '하느님께 영광을!'이라는 의미이다. 종교적 의미와 상관없이 '다행히', '감사하게도'라는 뜻으로 일상생활에서 흔히 사용되는 표현이다. 당시 진보적 유파들은 대개 무신론을 표방했는데, 진보적 성향의 쿠크시나는 무심코 이 표현을 쓰다가 그 본래의 종교적 의미를 떠올리고는 어색해하고 있다.

코프가 얼른 그녀의 말을 받았다. "여자들은 경멸받아 마땅합니다. 난 여자들을 경멸합니다. 전적으로, 완전히 말이죠!(사람을 경멸할 수 있고 또 자신의 경멸을 표현할 수 있다는 것이 시트니코프에게는 가장 큰 쾌감이었다. 그는 특히 여자들을 공격했다. 몇 달 후 자기 아내가 두르돌레오소프 공작의 딸이라는 이유만으로 그녀 앞에 납작 엎드려야 하리라고는 상상도 못 하고 있었다.) 여자들 가운데 우리의 대화를 이해하는 사람은 단 한 명도 없을 겁니다. 우리처럼 진지한 남자들이 화제에 올릴 만한 여자는 단 한 명도 없어요!"

"게다가 여자들로서는 우리의 대화를 이해할 필요도 전혀 없지." 바자로프가 중얼거렸다.

"누구에 대해 말하는 거예요?" 예브독시야가 끼어들었다.

"예쁜 여자들요."

"뭐라고요! 그럼 당신은 프루동[94]의 견해에 동조하는 건가요?"

바자로프는 오만하게 몸을 쭉 폈다.

"난 누구의 견해에도 동조하지 않습니다. 나에겐 내 나름의 견해가 있습니다."

"권위를 타도하라!" 시트니코프는 자신이 맹목적으로 추종하는 사람 앞에서 격렬하게 의견을 표현할 기회를 얻은 것에

94) 피에르 조제프 프루동(Pierre Joseph Proudhon, 1809~1865). 프랑스의 급진적인 사회주의 이론가이자 아나키즘의 주창자. 프루동은 페미니즘에 반감을 품었던 것으로 알려져 있는데, 예브독시야는 프루동의 이러한 면모를 비꼬고 있다.

기뻐하며 큰 소리로 부르짖었다.

"하지만 매콜리[95] 본인은……." 쿠크시나가 입을 열었다.

"매콜리를 타도하라!" 시트니코프가 우레 같은 소리로 외쳤다. "당신은 그런 촌년들 편을 드는 겁니까?"

"촌년들 편을 드는 게 아니라 여성의 권리를 옹호하는 거예요. 난 마지막 피 한 방울이 다할 때까지 여성의 권리를 지키겠다고 맹세했거든요."

"타도하라!" 그러나 시트니코프는 곧 말을 멈췄다. "하지만 나도 여성의 권리를 부정하는 건 아닙니다." 그가 말했다.

"아뇨, 알겠어요, 당신은 슬라브주의자예요!"

"아뇨, 난 슬라브주의자가 아닙니다. 그야 물론……."

"아뇨, 아뇨, 아니에요! 당신은 슬라브주의자예요. 당신은 『도모스트로이』[96]의 추종자라고요. 손에 채찍도 들겠네요!"

"채찍은 좋은 겁니다." 바자로프가 말했다. "다만 우리는 이제 마지막 한 방울까지 왔군요……."

"무슨 말이에요?" 예브독시야가 끼어들었다.

"샴페인요, 존경하는 아브도치야 니키치시나, 당신의 피가 아니라 샴페인을 말하는 겁니다."

"여자들을 공격하는 말을 들으면 가만히 있을 수가 없어요." 예브독시야가 계속 말했다. "끔찍해요, 끔찍해. 당신은 여

---

95) 토머스 배빙턴 매콜리(Thomas Babington Macaulay, 1800~1859). 영국의 역사가이자 에세이스트.

96) 16세기에 러시아 사제 실베스트르가 만든 가훈집으로, 완고하고 엄격한 가족생활의 규칙이 실려 있다.

자들을 공격하는 대신 미슐레[97]의 『사랑에 관하여』를 읽는 편이 나아요. 굉장한 책이죠! 신사분들, 사랑에 대해 말해 볼까요." 예브독시야는 소파의 구겨진 쿠션 위로 한 손을 나른하게 떨어뜨리며 덧붙였다.

갑작스럽게 침묵이 엄습했다.

"아뇨, 뭣 하러 사랑 이야기를 합니까?" 바자로프가 말했다. "당신은 방금 오진초바에 대해 언급했는데……. 당신이 그녀를 그렇게 부른 것 같은데요? 그 귀부인은 어떤 사람입니까?"

"매력적이죠! 매력적이에요!" 시트니코프가 새된 소리로 떠들었다. "당신을 그녀에게 소개해 주죠. 똑똑하고 부유한 과부예요. 유감스럽게도 그녀는 아직 그다지 개화되지 않았답니다. 그녀는 우리의 예브독시야와 더 가까이 알고 지내야 할 텐데요. 당신의 건강을 위해 마시겠습니다, 유도시에! 건배! '에 톡, 에 톡, 에 탱탱탱! 에 톡, 에 톡, 에 탱탱탱!![98]'"

"빅토르, 당신은 개구쟁이군요."

식사는 오랫동안 계속됐다. 첫 번째 샴페인 병이 나온 뒤로 두 번째, 세 번째, 심지어 네 번째 병이 계속 나왔다……. 예브독시야는 쉬지 않고 종알거렸고, 시트니코프는 그녀에게 맞장구를 쳤다. 결혼이 과연 무엇인지, 결혼은 선입견인지 범죄인지, 인간은 동일하게 태어나는지 아닌지, 개성이란 정확히 무엇인지에 대해 그들은 많은 이야기를 나누었다. 결국은 만취

---

97) 쥘 미슐레(Jules Michelet, 1798~1874). 프랑스의 낭만주의 역사가.
98) 프랑스 시인 피에르 장 드 베랑제르(Pierre Jean de Béranger, 1780~1857)가 쓴 「주정뱅이와 그의 아내」라는 시에 곡을 붙인 노래의 일부다.

해서 얼굴이 새빨개진 예브독시야가 음이 맞지 않는 포르테피아노의 건반을 납작한 손톱으로 두들기면서 목쉰 소리로 노래를 부르는 지경에 이르렀다. 처음에는 집시의 노래를, 그다음에는 시모어 시프의 「그라나다가 잠들다」[99]를 불렀다. 시트니코프는 가사에 맞춰 숄로 머리를 감싸며 죽어 가는 연인의 흉내를 냈다.

당신의 입술과 나의 입술이
뜨거운 입맞춤으로 하나가 되네.

아르카지는 결국 참지 못하고, "신사 여러분, 이곳은 이미 베들램[100]처럼 되어 버렸습니다."라고 큰 소리로 말했다.

대화 도중 이따금 조롱조로 말참견을 하기만 하던 바자로프 — 그는 샴페인에 더 몰두했다 — 는 큰 소리로 하품을 하더니, 자리에서 일어나 주인에게 작별 인사도 하지 않고 아르카지와 함께 밖으로 나왔다. 시트니코프가 그들을 뒤따라 뛰어나왔다.

"그래, 어때요? 어떻습니까?" 그는 비굴하게 오른쪽으로 왼쪽으로 이리저리 뛰어다니며 물었다. "내가 말했죠. 놀라운 인

---

99) K. A. 타라놉스키(K. A. Taranovsky)가 '그라다나의 밤'이라는 제목으로 쓴 시에 시모어 시프(Seymour Schiff)가 선율을 붙인 가곡이다.

100) bedlam. 런던에 최초로 세워진 정신 병원으로, 정식 명칭은 베들레헴 왕립 병원(Bethlehem Royal Hospital)이다. 일반적으로 정신 병원이나 난장판을 뜻한다.

물이라고요! 우리에게는 저런 여성들이 더 많이 필요해요! 그녀는 그 나름대로 하나의 고결한 도덕적 현상이죠."

"네 아버지의 그 시설도 도덕적 현상인가?" 바자로프는 그 순간 자신들이 지나치던 술집을 손가락으로 가리키며 말했다.

시트니코프는 다시 날카로운 소리로 웃어 댔다. 그는 자신의 가문을 몹시 수치스럽게 여겼기에, 바자로프가 별안간 '너'라고 부른 것에 대해 좋아해야 할지 화를 내야 할지 알 수가 없었다.

14

며칠 후 현 지사의 저택에서 무도회가 열렸다. 마트베이 일리치는 진정한 '축제의 주인공'이었다. 현 귀족 회장은 자신이 정말로 마트베이 일리치에 대한 존경심 때문에 무도회에 왔다고 한 사람 한 사람에게 모두 알렸으며, 현 지사는 심지어 무도회에서조차 꼼짝하지 않은 채 계속 '지시를 내렸다'. 그의 위풍당당함과 유일하게 어깨를 나란히 할 수 있는 것은 마트베이 일리치의 태도에 담긴 부드러움이었다. 어떤 사람들에게는 혐오의 느낌을, 또 어떤 사람들에게는 존경의 느낌을 담아 대하긴 했지만, 그는 모든 사람들을 친절하게 대했다. 귀부인들 앞에서는 '**진짜 프랑스 기사처럼**' 찬사를 늘어놓았으며, 고관다운 크고 낭랑하고 고독한 웃음을 계속 터뜨렸다. 그는 아르카지의 등을 가볍게 두드리며 큰 소리로 '조카'라고 불렀고, 약간 낡은 연미복을 입은 바자로프에게는 무심하면서도 관대한 눈길을 슬쩍 던지면서 불분명한 인사말을 웅얼거렸다. 그 가운데 알아들을 수 있는 말은 '나……'라든지 '대단히'뿐이었다. 시트니코프에게는 손가락을 내밀며 미소를 짓기도 했지만 이미 고개를 돌린 채였다. 심지어 쿠크시나에게도, 크리놀린을 착용하지 않고 더러운 장갑을 끼고 머리에 극락조 장식만 달고 무도회에 나타난 쿠크시나에게도, 그는 "매력적입니다."라고 말했다. 사람은 아주 많았고 춤 상대를 할 남자도 부족하지 않았다. 문관들은 주로 벽 옆에서 북적거렸지만 군인들은 열심히 춤을 추었다. 특히 그들 가운데 파리에서 여섯 주를 지낸 군인이 그러했다. 그곳에서 그는 '제길', '아, 저럴 수가', '우쭈쭈, 우쭈쭈, 우리 아기' 등과 같은 활기찬 감탄사를 다양하게 배웠다. 그는 그런 말들을 진짜 파리 사람처럼 멋을 부리며 완벽하게 발음했다. 그와 동시에 '만약 나에게 있었다면' 대신 '만약 나에게 있다면'이라 잘못 말하고, '꼭'이라는 뜻으로 '절대적으로'를 사용했다. 한마디로 대러시아식[101] 프랑스어 표현을 쓴 것이다. 프랑스인들이 몹시 비웃을 만한 프랑스어였다. 우리가 그들의 언어를 '콤 데장주(comme des anges),' 즉 '천사처럼' 말한

---

101) 9세기에 동슬라브족은 키예프루스라는 국가를 수립한 후 북으로는 핀란드, 남으로는 흑해, 동으로는 돈강 유역으로 점차 그 세력을 확장했다. 그 후 동슬라브족은 언어와 지역을 잣대로 하여 모스크바를 중심으로 한 대러시아, 오늘날의 우크라이나를 중심으로 한 소러시아, 오늘날의 벨라루스를 중심으로 한 백러시아로 점차 나뉘었다. 이러한 구분과 명칭은 1918년까지 유지됐다.

다고 우리 형제들에게 굳이 단언할 필요가 없을 때 말이다.

우리가 이미 알듯이, 아르카지는 춤을 잘 추는 편이 아니었고, 바자로프는 전혀 추지 않았다. 그 두 사람은 한구석에 자리를 잡았고 시트니코프가 그들에게 합류했다. 그는 경멸 섞인 조소를 띠고 신랄한 말을 내뱉으며 불손하게 주위를 둘러보았다. 정말로 쾌감을 느끼는 듯했다. 별안간 그의 얼굴이 변했다. 그가 아르카지를 돌아보더니 당황스러운 기색으로 "오진초바가 왔습니다."라고 말했다.

아르카지는 주위를 둘러보다가, 검은 옷을 입은 키가 큰 여자가 홀의 문가에 서 있는 것을 보았다. 그는 그녀의 기품 있는 당당한 태도에 깜짝 놀랐다. 맨살이 드러난 그녀의 팔은 늘씬한 몸매를 따라 아름답게 뻗어 있었고, 빛나는 머리칼에서 비스듬히 경사진 어깨 위로 가느다란 푸크시아 가지가 아름답게 매달려 있었다. 봉긋한 하얀 이마 아래의 빛나는 두 눈동자는 침착하고 지적인 눈길로, 생각에 잠긴 눈길이 아니라 침착한 눈길로 바라보고 있었으며, 입술은 보일 듯 말 듯한 미소를 띠고 있었다. 그녀의 얼굴에는 상냥하고도 부드러운 어떤 힘이 감돌았다.

"그녀와 아는 사이입니까?" 그가 시트니코프에게 물었다.

"친하죠. 소개해 줄까요?"

"부탁합니다……. 이번 카드리유[102]가 끝난 후에요."

---

102) 네 사람이 한 조가 되어 서로 마주 보며 추는 프랑스 춤 또는 그 춤곡. 나폴레옹 1세의 궁정에서 시작되어 19세기 무렵 전 유럽에 유행했다.

바자로프도 오진초바에게 관심을 보였다.

"도대체 어떤 인물일까?" 그가 중얼거렸다. "다른 여자들과 달라."

시트니코프는 카드리유가 끝나기를 기다렸다가 아르카지를 오진초바에게 데려갔다. 그러나 그는 그녀와 친한 사이가 아닌 것 같았다. 그 자신도 말을 더듬었고, 그녀는 다소 놀라며 그를 바라보았다. 그러나 아르카지의 성을 들었을 때, 그녀의 얼굴은 반가운 표정을 띠었다. 그녀는 아르카지에게 니콜라이 페트로비치의 아들이 아닌지 물었다.

"바로 그렇습니다."

"당신의 부친을 두어 번 뵌 적이 있어요. 이야기도 많이 들었죠." 그녀가 계속 말했다. "당신을 알게 돼서 무척 기뻐요."

바로 그때 한 부관이 그녀에게 빠르게 다가와 카드리유를 청했다. 그녀는 그 청에 응했다.

"정말로 춤을 춥니까?" 아르카지가 정중하게 물었다.

"춰요. 그런데 왜 내가 춤을 추지 않을 거라고 생각하죠? 당신 눈에는 내가 너무 나이 들어 보이나요?"

"당치도 않습니다, 어떻게 그런……. 하지만 그렇다면 당신에게 마주르카를 청해도 되겠습니까?"

오진초바는 너그러운 미소를 지었다.

"좋아요." 그녀는 이렇게 말하고는 아르카지를 바라보았다. 깔보는 듯한 눈길이 아니라 결혼한 누나가 아주 어린 남동생을 바라볼 때의 눈길이었다.

오진초바는 아르카지보다 약간 나이가 많았으며, 이제 막 스물아홉 살이 되었다. 그러나 그녀 앞에서 그는 자신이 초등학생이나 대학생 같다는 생각을 했다. 두 사람의 나이 차가 훨씬 큰 것처럼 느껴졌다. 마트베이 일리치는 위풍당당한 태도로 그녀에게 다가가며 비굴한 아첨을 늘어놓았다. 아르카지는 옆으로 비켰지만 계속 그녀를 눈으로 좇았다. 그녀가 카드리유를 추는 동안에도 그녀에게서 눈을 떼지 않았다. 그녀는 고관들을 대할 때와 똑같이 자신의 춤 상대와도 자연스럽게 말했고, 고개와 눈을 조용히 움직이며 두어 번 조용히 소리 내어 웃었다. 그녀의 코는 거의 모든 러시아인이 그렇듯 다소 도톰했고, 피부색도 완전히 맑지는 않았다. 그러나 그런 모든 점에도 불구하고 아르카지는 이토록 매력적인 여성은 이제껏 한 번도 본 적이 없다는 결론을 내렸다. 그녀의 목소리가 귓가에서 떠나지 않았다. 그녀의 드레스 주름조차 다른 여자들의 것과 달리 더 매끈하고 풍성해 보였으며, 그녀의 몸짓도 매우 경쾌하면서 자연스럽게 느껴졌다.

마주르카의 첫 음이 들려 자신의 귀부인 옆에 앉았을 때, 아르카지는 약간 수줍은 기분이 들었다. 대화를 나누고 싶었지만, 한 손으로 머리를 쓸어내리기만 할 뿐 한마디도 생각해내지 못했다. 그러나 그가 수줍어하고 흥분한 것도 잠시였다. 오진초바의 침착함이 그에게도 전해진 것이다. 십오 분도 지나지 않아 그는 어느새 아버지, 큰아버지, 페테르부르크와 시골에서의 생활에 대해 자유롭게 이야기하고 있었다. 오진초바는 부채를 가볍게 접었다 펼쳤다 하면서 공손한 자태로 관심을 보이며 그의 말에 귀를 기울였다. 남자들이 그녀에게 춤을 청할 때마다 그의 잡담이 중단됐다. 그 가운데서도 시트니코프는 그녀에게 두 번이나 춤을 청했다. 그녀는 돌아와 다시 자리에 앉아서 부채를 집어 들곤 했는데, 가쁜 숨을 내쉬지도 않았다. 그러면 아르카지는 그 곁에서 그녀의 눈과 아름다운 이마와 사랑스럽고 기품 있고 지적인 얼굴 전체를 바라보며 이야기를 나누는 행복감에 흠뻑 젖어 다시 주절주절 지껄이기 시작했다. 그녀 자신은 말을 많이 하지 않았지만, 그녀의 말에는 인생에 대한 지식이 담겨 있었다. 아르카지는 그녀의 다른 말들을 통해, 이 젊은 여인이 감정적으로나 정신적으로나 이미 많은 것을 경험했다고 결론을 내렸다…….

"시트니코프 씨가 당신을 내게 데려왔을 때 당신 옆에 서 있던 사람은 누구인가요?" 그녀가 그에게 물었다.

"그를 봤습니까?" 이번에는 아르카지가 물었다. "얼굴이 아주 잘생겼죠, 그렇지 않습니까? 그는 바자로프라는 사람입니다. 내 친구죠."

아르카지는 '자신의 친구'에 대해 이야기하기 시작했다.

그가 바자로프에 대해 어찌나 상세하게, 어찌나 열광적으로 이야기했던지 오진초바도 고개를 돌려 바자로프를 유심히 바라보게 되었다. 그러는 사이 마주르카가 끝나 갔다. 아르카지는 자신의 귀부인과 헤어지는 것이 아쉬웠다. 한 시간 동안 그녀와 너무나 좋은 시간을 보냈던 것이다! 사실 그는 그 모든 시간 동안 계속 느끼고 있었다. 그녀가 자신을 관대하게 대해 준 것 같다고, 자신이 그녀에게 감사해야 할 것 같다고……. 그러나 젊은이들의 마음은 이런 감정으로 괴로워하지 않는다.

음악이 멎었다.

"고마워요." 오진초바가 자리에서 일어나며 말했다. "우리 집을 방문해 주겠다고 약속했죠. 당신의 친구도 데려와요. 아무것도 믿지 않을 정도로 대담한 사람을 만나면 무척 흥미로울 것 같아요."

현 지사가 오진초바에게 다가와 밤참이 준비됐다고 알리고는 걱정스러운 얼굴로 그녀에게 손을 내밀었다. 그 자리를 떠나던 그녀는 고개를 돌려 마지막으로 아르카지에게 미소를 지으며 고개를 끄덕여 보였다. 그는 허리를 깊이 숙여 인사하고 그녀의 뒷모습을 눈으로 좇았다.(검은 실크의 연회색 광채에 감싸인 그녀의 몸매는 그의 눈에 얼마나 늘씬해 보였던가!) '이 순간 그녀는 벌써 내 존재를 잊었겠지.' 잠시 이런 생각을 하던 그는 마음속으로 어떤 아름답고 부드러운 감정을 느꼈다…….

"어때?" 아르카지가 홀 한구석에 있는 바자로프에게로 돌아오자마자 바자로프가 물었다. "만족을 얻었나? 방금 한 지주가 나에게 저 귀부인은 '오이, 오이, 오이'[103]라고 말하더군. 그 지주라는 인간, 바보 같아. 음, 네가 생각하기에도 그녀가 정말 '오이, 오이, 오이'인 것 같아?"

"전혀 이해할 수 없는 정의(定義)네." 아르카지가 대꾸했다.

"아직도 그런 소리야! 정말 순진하군!"

"그렇다면 네가 말한 그 지주 나리를 도저히 이해할 수 없군. 오진초바는 아주 매력적이야. 그 점은 틀림없어. 하지만 몸

---

103) 러시아인들이 경탄을 표현할 때 많이 쓰는 감탄사.

가짐이나 행동이 어찌나 냉정하고 엄격한지……."

"고요한 심연에…….[104] 너도 알잖아!" 바자로프가 그의 말을 받아쳤다. "너는 그 여자가 냉정하다고 말했지. 그 점에 취향이 있는 거야. 사실 넌 아이스크림을 좋아하지?"

"아마도." 아르카지가 중얼거렸다. "난 그 점에 대해서는 판단을 못 내리겠어. 그녀가 널 알고 싶어 해. 자기 집에 널 데려오라고 나에게 부탁했어."

"네가 날 어떻게 묘사했을지 상상이 된다! 어쨌든 잘했네. 날 데려가. 그녀가 어떤 여자든, 그저 현의 암사자든, 아니면 쿠크시나 같은 '해방된 여성'이든 상관없지만, 그녀는 내가 오랫동안 본 적 없는 근사한 어깨를 갖고 있거든."

아르카지는 바자로프의 냉소적인 태도가 불쾌했지만, 종종 그렇듯, 자기가 바자로프에게서 싫어하는 바로 그 점이 아닌 다른 구실로 자신의 친구를 비난했다…….

"왜 넌 여성들에게 사상의 자유가 있다는 점을 인정하려 하지 않아?" 그가 낮은 목소리로 물었다.

"형제, 나의 소견으로는 여자들 사이에서 추녀들만 자유롭게 생각하기 때문이라네."

대화는 이것으로 끝났다. 두 청년 모두 밤참 시간 직후 자리를 떴다. 쿠크시나는 신경질적이고 표독스럽게, 그러나 다소 기가 죽은 모습으로 뒤에서 그들을 조롱했다. 아르카지도, 바

---

104) "고요한 심연에는 악마가 숨어 있다."라는 러시아 속담이 있다. 온순하게 보이는 사람이 엉뚱한 짓을 한다는 뜻이다.

자로프도 그녀에게 전혀 관심을 보이지 않아 자존심이 많이 상했던 것이다. 그녀는 무도회에 가장 늦게까지 남아 새벽 3시가 넘도록 시트니코프와 함께 파리식으로 폴카-마주르카를 추었다. 이 교훈적인 광경으로 현 지사의 파티도 끝을 맺었다.

15

"이 귀인이 어느 범주의 포유류에 속하는지 지켜보자고." 이튿날 바자로프는 오진초바가 묵고 있는 호텔의 계단을 오르면서 아르카지에게 말했다. "내 코가 감지하고 있어. 여기 뭔가 좋지 않은 게 있단 말이지."

"너한테 놀랐어!" 아르카지가 외쳤다. "어떻게? 네가, 바자로프 네가 그런 협소한 도덕률에 집착할 수……."

"넌 정말 괴짜구나!" 바자로프가 무심하게 그의 말을 가로막았다. "정말 몰라서 그래? 우리 사이에서 '좋지 않다'는 곧 '좋다'는 뜻이잖아. 다시 말해 이득이 있다는 말이지. 오늘 넌 그녀가 이상한 결혼을 했다고 말하지 않았던가? 하지만 내가 생각하기에, 부자 노인과 결혼하는 것은 조금도 이상한 일이 아니야. 오히려 현명한 행동이지. 난 도시에 떠도는 소문을 믿지 않아. 하지만 우리의 교양 있는 현 지사 말처럼, 그 소문이 맞다고 생각하고 싶군."

아르카지는 아무런 대꾸도 하지 않고 객실의 문을 두드렸다. 제복 차림의 젊은 하인이 두 친구를 큰 방으로 안내했다.

러시아 호텔의 방이 다 그렇듯 가구는 변변치 않은데 꽃이 꽂혀 있었다. 곧 오진초바 본인이 수수한 아침 옷을 입고 나타났다. 봄 햇살을 받은 그녀는 한층 젊어 보였다. 아르카지는 그녀에게 바자로프를 소개했다. 오진초바는 전날처럼 완벽할 정도로 침착한 데 반해 바자로프는 당황한 것처럼 보여 아르카지는 은근히 놀랐다. 바자로프도 자신이 당황한 것을 깨닫고 짜증을 냈다. '이럴 수가! 여자를 두려워하다니!' 그는 이렇게 생각하고는, 시트니코프 못지않은 불량한 태도로 안락의자에 벌렁 드러누워 지나칠 정도로 뻔뻔스럽게 떠들어 대기 시작했다. 오진초바는 그에게서 맑은 눈동자를 한시도 떼지 않았다.

안나 세르게예브나 오진초바는 잘생긴 외모와 협잡과 도박으로 유명한 세르게이 니콜라예비치 록체프의 딸이었다. 그는 페테르부르크와 모스크바에서 십오 년 정도 떠들썩하게 살다가 결국에는 도박으로 전 재산을 잃어 시골로 거처를 옮길 수밖에 없었다. 어쨌든 그는 시골에서 자신의 두 딸, 즉 스무 살인 안나와 열두 살인 카체리나에게 변변찮은 재산을 남기고 곧 죽었다. 영락한 Kh. 공작의 가문에서 태어난 그들의 어머니는 그녀의 남편이 아직 전성기를 누릴 때 페테르부르크에서 생을 마쳤다. 아버지가 죽은 후 안나의 처지는 매우 고달팠다. 그녀가 페테르부르크에서 받은 훌륭한 교육은, 집안 살림에 대한 불안을 견디고 외딴 시골 생활을 할 수 있도록 그녀를 단련시켜 주지 않았다. 그 지역 전체에 그녀가 아는 사람은 한 명도 없었고 의논 상대도 없었다. 그녀의 아버지는 이웃들과의 교제를 애써 피했다. 그는 그들을, 그들은 그를 각자 나름의 방식으로 경멸했다. 그러나 그녀는 이성을 잃지 않고, 어머니의 자매인 아브도치야 스테파노브나 Kh. 공작 영애에게 즉각 편지를 보내 자기 집에 머물러 달라고 청했다. 이 사악하고 오만한 노파는 일단 조카의 집에 거처를 정하고 나자 가장 좋은 방들을 독차지하고 아침부터 저녁까지 계속 투덜거리며 불평을 늘어놓았다. 심지어 정원을 산책할 때도 자신의 유일한 농노, 즉 하늘색 장식 끈이 달린 낡은 연두색 제복에 삼각모를 쓴 침울한 하인을 늘 거느리고 다녔다. 안나는 이모의 모든 변덕을 참을성 있게 견뎌 냈고, 점차 동생의 교육에 몰두했다. 벽지에서 이대로 시들어 버릴 거라는 생각에 이미 굴복한 것처럼 보였다……. 그러나 운명은 그녀를 위해 다른 길을 준비하고 있었다. 오진초프라는 마흔여섯 살 정도의 막대한 재산가가 우연히 그녀를 보게 되었다. 괴짜에 건강 염려증 환자인 데다 뚱뚱하고 까다로운 사람이었지만, 어리석지도 악하지도 않았다. 그는 그녀를 사랑하게 되어 청혼했다. 그녀는 그의 아내가 되는 것에 동의했다. 그는 그녀와 여섯 해 정도 함께 살다가 자신의 전 재산을 그녀에게 남기고 죽었다. 안나 세르게예브나는 그가 죽은 후 약 한 해 동안 시골을 벗어나지 않았다. 그 후에는 동생과 외국으로 떠났지만 독일에서만 잠시 머물다가, 그나마 적적해지자 ○○○시에서 40베르스타 정도 떨어진, 그리운 니콜스코예 영지의 거처로 돌아왔다. 그곳에는 웅장하고 멋지게 꾸며진 저택과 여러 개의 온실이 딸린 아름다운 정원이 있었다. 고인이 된 오진초프는 어떤 것도 포기하지 않는 사람이었다. 안나 세르게예브나는 시내에 정말 가끔씩만 모습을 드러냈다. 그것도 대부분은 용무 때문에 잠시만 나온 것이었다. 현의 사람들은 그녀를 좋아하지 않았고, 오진초프와의 결혼을 심하게 비난했으며, 그녀에 대한 온갖 허황된 소문을 떠들어 댔다. 그녀가 아버지의 사기 행각을 도왔다고, 외국으로 나간 것도 이유 없이 그냥 떠난 게 아니라 불행한 결과[105]를 감춰야 했기 때문이라고 장담하기도 했다……. 분개한 수다쟁이들은 "무슨 말인지 알겠어요?"라고 말을 맺곤 했다. 사람들은 그녀에 대해 "물과 불을 다 겪은 여자라고요."라고 말했다. 현의 유명한 재담가는 대개 이런 말을 덧붙였다. "구리 파이프도 거쳤고요.[106]" 이 모든 소문은 그녀에게까지 들려왔지만, 그녀는 귓등으로 흘려 버렸다. 그녀의 성격은 자유롭고 꽤 과감했던 것이다.

오진초바는 안락의자의 등받이에 몸을 기대고 앉아 두 손을 포갠 채 바자로프의 말을 들었다. 그는 평소와 달리 꽤 많은 말을 했으며 상대방의 관심을 끌고자 눈에 띄게 애썼다. 아르카지는 그 모습에 다시 한번 놀랐다. 그는 바자로프가 자신의 목적을 이루었는지 아닌지 판단할 수 없었다. 안나 세르게예브나의 얼굴만 봐서는 그녀가 어떤 인상을 받았는지 짐작하기 어려웠다. 그녀는 한결같이 상냥하고 섬세한 표정을 짓고 있었다. 아름다운 눈동자는 관심으로 빛났지만, 그마저도

105) 원치 않은 임신을 암시하는 표현으로 보인다.

106) 임신 중절 수술을 빗댄 표현이다.

차분한 관심이었다. 방문한 처음 몇 분 동안 바자로프가 보인 뻔뻔함은 악취나 날카로운 소리처럼 그녀에게 불쾌한 인상을 주었다. 그러나 그녀는 곧 그가 당혹스러워하고 있다는 것을 깨달았다. 그 사실에 그녀는 흡족함마저 느꼈다. 그녀가 혐오하는 것은 오직 저속함뿐이었다. 하지만 어느 누구도 바자로프를 저속하다고 비난할 수는 없을 터였다. 아르카지는 그날 계속 놀라지 않을 수 없었다. 그는 바자로프가 오진초바를 지적인 여성으로 대하며 자신의 신념과 견해에 대해 이야기할 것이라 기대했다. 그녀 자신도 '아무것도 믿지 않는 대담한' 남자의 이야기를 들어 보고 싶다고 말했기 때문이다. 그러나 그 대신 바자로프는 의학, 동종 요법, 식물학에 대해 설명했다. 오진초바는 고독 속에서 시간을 허비하지 않은 것 같았다. 그녀는 좋은 책을 여러 권 읽었고 자신의 생각을 정확한 러시아어로 표현했다. 그녀는 화제를 음악으로 이끌었다. 그러나 바자로프가 예술을 인정하지 않는 것을 알아차리자, 아르카지가 민요의 의의에 대해 설명하려고 하는데도 서서히 화제를 식물학으로 돌렸다. 오진초바는 그를 계속 남동생처럼 대했다. 그의 선량함과 꾸밈없는 젊음을 높이 평가하는 것 같기도 했지만 그저 그뿐이었다. 느긋하고 다채롭고 활기찬 담소가 세 시간 남짓 이어졌다.

마침내 두 친구는 자리에서 일어나 작별 인사를 했다. 안나 세르게예브나는 그들을 상냥하게 바라보면서 두 사람을 향해 아름다운 하얀 손을 내밀었다. 그러고는 잠시 생각에 잠기더니 망설이는 듯한, 그러면서도 아름다운 미소를 지으며 이렇게 말했다.

"신사분들, 따분해도 상관없다면 니콜스코에에 있는 우리 집을 방문해 주세요."

"무슨 그런 말씀을 하십니까, 안나 세르게예브나." 아르카지가 외쳤다. "특별한 기쁨으로 생각합니다……."

"당신은요, 무슈 바자로프?"

바자로프는 그저 허리 굽혀 인사할 뿐이었다. 아르카지는 자기 친구가 얼굴을 붉히는 것을 눈치채고 마지막으로 또 한 번 놀라지 않을 수 없었다.

"어때?" 아르카지가 길에서 바자로프에게 말했다. "그녀가 오이-오이-오이라는 네 생각은 여전히 그대로야?"

"알게 뭐야! 아, 정말이지 얼음 같은 여자더군!" 바자로프는 이렇게 반박하고는 잠시 침묵하다가 덧붙여 말했다. "대공비(大公妃)야. 여왕이더군. 드레스 자락을 뒤에 길게 늘이고 머리에 왕관을 쓰기만 하면 되겠어."

"우리의 대공비들은 러시아어를 그렇게 못 해." 아르카지가 지적했다.

"그녀는 큰 시련을 겪었다네, 형제. 그녀는 우리의 빵을 먹었어."

"그래도 매력적인 여자야." 아르카지가 말했다.

"정말 근사한 몸이야!" 바자로프가 계속해서 말했다. "당장이라도 해부실에 집어넣고 싶군."

"제발 그만해, 예브게니! 무슨 말도 안 되는 소리를!"

"어이, 화내지 마. 소심한 녀석 같으니. 상등품이라는 말이야. 그녀를 만나러 가야겠어."

"언제?"

"모레라도 가지. 여기서 우리가 뭘 하겠어! 쿠크시나와 함께 샴페인을 마실까? 너의 친척인 자유주의자 고관의 이야기를 들을까? 모레 쏜살같이 가자. 마침 우리 아버지의 작은 영지도 그곳에서 멀지 않아. ○○○가도(街道)에 니콜스코예가 있지 않나?"

"맞아."

"더할 나위 없군.(라틴어) 꾸물거릴 것 없어. 바보들이나 꾸물거리지. 똑똑한 척하는 놈들도 마찬가지고. 정말 근사한 몸이야!"

사흘 후, 두 친구는 니콜스코예로 향하는 가도를 따라 질주했다. 날씨는 화창하고 그리 덥지도 않았다. 살진 역마들은 돌돌 감아서 꼰 꼬리를 가볍게 흔들며 사이좋게 달렸다. 아르카지는 도로를 바라보면서 스스로도 이유를 모른 채 싱글싱글 웃었다.

"축하해 줘." 바자로프가 갑자기 외쳤다. "오늘 6월 22일은 내 천사의 날[107]이야. 수호천사가 날 어떻게 돌봐 줄지 지켜볼까. 오늘은 집에서 날 기다릴 텐데." 그는 목소리를 낮추며 덧

---

107) '천사의 날'은 '명명일'이라고도 불린다. 러시아에서는 러시아 정교가 성인으로 꼽는 인물의 이름을 자녀에게 붙인다. 이러한 작명법은 성인이 자녀의 수호천사가 되어 주기를 바라는 부모의 염원에서 비롯됐다. 러시아 정교회는 각각의 성인을 위한 축일을 지정하여 해당 성인을 기리는데, 각 축일은 성인과 같은 이름을 가진 사람들의 '명명일'로도 기념된다. 명명일을 맞은 사람은 가족과 지인들로부터 생일 못지않은 축하를 받는다.

붙였다……. “기다리라지. 뭐 대단한 일이라고!”

16

안나 세르게예브나가 사는 장원은 경사가 완만한 탁 트인 언덕에 있었다. 그곳에서 멀지 않은 곳에 노란 석조 교회가 있었는데, 지붕은 녹색이고 기둥은 흰색이며, 정문 위에는 ‘그리스도의 부활’을 ‘이탈리아’ 양식으로 묘사한 프레스코(이탈리아어)[108] 벽화가 있었다. 전경을 크게 차지한, 철갑모를 쓴 거무스름한 얼굴의 전사가 그 둥근 윤곽 때문에 특히 눈길을 끌었다. 교회 뒤편에는 집들이 두 줄로 길게 늘어선 마을이 뻗어 있었고 초가지붕들 위로 여기저기에 굴뚝이 아른거렸다. 영주의 저택은 교회와 똑같은 스타일로, 우리에게 알렉산드르 양식이라고 알려진 스타일로 지어졌다. 그 집 역시 노란색으로 칠해졌고 녹색 지붕, 하얀 기둥, 문장이 새겨진 박공을 갖추었다. 현의 건축가는 고인이 된 오진초프 — 그 자신의 표현에 따르면 공허하고 자연 발생적인 혁신을 일절 용납하지 않는 — 로부터 승인을 받아 두 건물을 세웠다. 저택의 양옆에는 오래된 정원의 검은 나무들이 있었고, 가지치기를 한 전나무들의 가로수 길이 마차 승강장까지 뻗어 있었다.

---

108) 이탈리아어 fresco는 ‘싱싱한’, ‘젖은’, ‘아직 마르지 않은’이란 의미이다. 벽에 석회를 바르고 그것이 마르기 전에 수채로 그림을 그리는 화법인 ‘프레스코’라는 용어는 이 이탈리아어에서 비롯됐다.

제복을 입은 키 큰 하인 두 사람이 대기실에서 우리의 친구들을 맞았다. 한 하인이 집사에게 보고하러 즉각 달려갔다. 검은 연미복을 입은 뚱뚱한 집사가 곧 나타나 양탄자가 깔린 계단을 따라 특별히 마련된 방으로 손님들을 안내했다. 그 방에는 이미 침대 두 개와 몸단장에 필요한 도구가 모두 마련되어 있었다. 질서가 집을 지배하는 것 같았다. 모든 것이 깨끗했고, 어디를 가든 대신의 응접실처럼 좋은 향기가 났다.

"안나 세르게예브나께서 삼십 분 후에 와 주십사 하고 청하십니다." 집사가 보고했다. "그동안 저에게 지시하실 것은 없는지요?"

"존경하옵는 집사 나리, 보드카 한 잔 가져다주시는 것 외에는 지시할 것이 없습니다." 바자로프가 대답했다.

"알겠습니다." 집사는 약간 어리둥절한 표정으로 말하고는 부츠를 삐걱거리며 물러났다.

"정말 장엄하군!" 바자로프가 말했다. "너희 식으로는 이렇게 말할 것 같은데? 그야말로 대공비군."

"대공비가 멋지기도 하시지." 아르카지가 대꾸했다. "처음 만난 자리에서 우리 같은 유력한 귀족들을 자기 집에 초대하니 말이야."

"특히 미래의 의사이자, 의사의 아들이자, 하급 사제의 손자인 나를……. 너도 알지? 내가 하급 사제의 손자라는 걸……."

"스페란스키[109]처럼." 잠시 침묵하던 바자로프가 이렇게 덧

109) 미하일 미하일로비치 스페란스키(Mikhail Mikhailovich Speranskii,

붙이고는 입술을 삐죽였다. "그래도 역시 그녀는 응석받이군. 오, 이 지주 마님은 정말 응석받이야! 우리도 연미복을 입어야 하는 것 아냐?"

아르카지는 그저 어깨를 으쓱했다……. 그러나 그도 약간 당혹감을 느꼈다.

삼십 분 후 바자로프와 아르카지는 응접실로 내려갔다. 널찍하고 천장이 높은 방이었다. 상당히 호화롭게 꾸며졌지만 특별한 취향은 느껴지지 않았다. 금빛 문양의 갈색 벽지를 바른 벽을 따라 지나치게 격식에 얽매인 통상적인 순서로 값비싼 무거운 가구들이 놓여 있었다. 가구들은 고인이 된 오진초프가 중개인이자 술 상인인 친구를 통해 모스크바에서 주문한 것이었다. 가운데 소파 위에는 살갗이 축 늘어진 금발 남자의 초상화가 걸려 있었는데, 그 남자는 손님들을 적대적으로 쏘아보는 것 같았다.

"그 사람이 분명해." 바자로프가 아르카지에게 속삭이더니 코를 찡그리고는 덧붙여 말했다. "도망칠까?"

그러나 바로 그때 집주인이 들어왔다. 그녀는 가벼운 실크 드레스를 입고 있었다. 귀 뒤로 매끈하게 빗어 넘긴 머리칼이

1772~1839). 러시아의 정치가. 마을 사제의 아들로 태어나 페테르부르크 신학교에서 교육을 받은 후, 탁월한 지적 능력을 인정받아 정계에 진출했다. 1803년에서 1812년까지 알렉산드르 1세의 최측근으로 내정 개혁에 큰 영향을 미쳤지만, 나폴레옹 전쟁으로 반프랑스 정서가 팽배해지자, 그가 제시한 개혁안에 '프랑스적' 성향이 짙다는 이유로 반역죄 혐의를 받아 유배됐다. 그의 사상은 이후 러시아의 개혁가들에게 계속 영향을 미쳤다.

깨끗하고 생기 있는 얼굴에 아가씨 같은 표정을 더했다.

"약속을 지켜 줘서 고마워요." 그녀가 입을 열었다. "우리 집에 손님으로 머물러 줘요. 이곳도 사실 나쁘지 않답니다. 여러분에게 내 여동생을 소개하죠. 동생은 포르테피아노를 잘 쳐요. 당신에게는 아무래도 상관없겠지만요, 무슈 바자로프. 하지만 무슈 키르사노프, 당신은 음악을 좋아할 것 같은데요. 우리 집에는 동생 외에 연로한 이모님이 한 분 계세요. 그리고 가끔 이웃 한 분이 카드놀이를 하러 오시죠. 우리의 사교계는 그게 전부예요. 이제 자리에 앉죠."

오진초바는 마치 암송이라도 하듯 이 짧은 연설 전체를 매우 또렷하게 발음했다. 그런 다음 아르카지에게 말을 걸었다. 알고 보니, 오진초바의 어머니는 아르카지의 어머니를 잘 알았고, 심지어 아르카지의 어머니가 니콜라이 페트로비치에 대한 사랑을 그녀에게 털어놓기도 한 모양이었다. 아르카지는 고인이 된 어머니에 대해 열심히 이야기했다. 그사이 바자로프는 앨범[110]을 구경했다. '내가 이렇게나 유순해지다니.' 그는 속으로 혼잣말을 했다.

하늘색 목걸이를 단 아름다운 보르조이[111] 한 마리가 마룻바닥에 발톱 부딪는 소리를 '다다다' 울리며 응접실로 뛰어

110) 제정 러시아의 귀족 여성들은 대개 자신의 앨범을 소유했고, 친구들이나 지인들이 그 안에 그림을 그리거나 글을 써 주었다.

111) 러시아에서 늑대 사냥을 위해 개량한 개의 품종. 웨이브 진 긴 털이 특징이다.

들어왔고, 그 뒤로 열여덟 살쯤 된 아가씨가 들어왔다.[112] 검은 머리칼, 거무스레한 피부, 발랄한 인상의 다소 동그스름한 얼굴, 작고 검은 눈동자의 아가씨였다. 그녀는 꽃으로 가득한 바구니를 들고 있었다.

"여기 우리 카챠가 왔네요." 오진초바가 고갯짓으로 그녀를 가리키며 말했다.

카챠는 살짝 무릎을 구부려 인사하고는 언니 옆에 자리를 잡고 꽃을 정리하기 시작했다. 이름이 피피인 보르조이는 꼬리를 흔들며 두 손님에게 번갈아 다가와서 그들의 손에 차가운 코를 들이밀었다.

"이걸 전부 네가 꺾었니?" 오진초바가 물었다.

"내가 꺾었어." 카챠가 대답했다.

"이모가 차를 마시러 오실까?"

"오실 거야."

카챠는 말을 할 때 수줍음 어린 몹시 사랑스럽고 솔직한 미소를 지었으며, 어딘지 모르게 장난스러우면서도 엄숙한 표정으로 눈을 치떴다. 그녀의 모든 것이 아직 어리고 풋풋했다. 목소리도, 얼굴 전체에 보송보송한 솜털도, 손바닥에 희끗한 동그라미 무늬가 남은 장밋빛 손도, 약간 좁은 어깨도……. 그녀는 계속 얼굴을 붉히며 빠르게 숨을 쉬었다.

오진초바가 바자로프에게 말을 걸었다.

---

112) 투르게네프는 14장에서 오진초바가 이제 막 스물아홉 살이 되었다고 설명했고, 15장에서 카챠가 오진초바보다 여덟 살이 어리다고 말했다. 따라서 이 장면에서 '열여덟쯤으로 보이는' 카챠의 실제 나이는 스물하나다.

"당신은 예의를 차리느라 그림을 보고 있군요, 예브게니 바실리치." 그녀가 입을 열었다. "당신은 그것에 관심이 없잖아요. 차라리 우리 쪽으로 와서 무언가에 대해 논해 보는 게 어때요?"

바자로프가 가까이 다가갔다.

"무엇에 대해 논하기를 바라십니까?[113)]" 그가 말했다.

"좋을 대로요. 경고해 두는데 난 무서운 논쟁가랍니다."

"당신이요?"

"네. 그런데 내 말에 놀란 것처럼 보이네요. 왜죠?"

"내가 판단하기에 당신은 침착하고 냉정한 기질을 갖고 있는데, 논쟁에는 몰입이 필요하거든요."

"어떻게 그처럼 빨리 날 알아봤죠? 첫째, 난 참을성이 없고 고집이 세요. 카챠에게 물어보는 편이 나을 거예요. 둘째, 난 아주 쉽게 몰입한답니다."

바자로프는 안나 세르게예브나를 쳐다보았다.

"아마도 당신이 더 잘 알겠죠. 그럼 논쟁을 원한다는 거죠? 어디 해 볼까요? 난 당신의 앨범에서 작센의 스위스[114)] 풍경을 보고 있었습니다. 하지만 당신은 그것이 나의 흥미를 끌지

113) 바자로프는 오진초바에게 일부러 극존칭 어미를 사용해 무례하고 도발적인 인상을 주고 있다.

114) 독일 작센주의 드레스덴 인근에 있는 산악 지대. 18세기에 스위스 출신의 화가 아드리안 징크(Adrian Zingg)와 안톤 그라프(Anton Graff)가 이 산이 스위스의 유라산맥과 비슷하다고 생각해 '작센의 스위스'라 표현했다. 19세기에 많은 여행객들이 찾아오면서 유명해졌다.

못할 거라고 말했죠. 당신이 그런 말을 한 것은, 나에게 예술적 감각이 없다고 가정했기 때문입니다. 네, 실제로 나에게는 예술적 감각이 없어요. 하지만 이 풍경은 지질학적 관점에서, 예를 들면 산맥의 구조라는 관점에서 나의 흥미를 끄는 데 성공했습니다."

"실례합니다만, 지질학자로서라면 차라리 책을 의지해야죠. 그림이 아니라 전문 서적 말이에요."

"그림은 책에 수십 쪽으로 묘사된 것을 한눈에 보여 주죠."

안나 세르게예브나는 잠시 침묵했다.

"그럼 당신에게는 정말 예술적 감각이 한 방울도 없나요?" 그녀가 테이블에 팔꿈치를 괴면서, 또한 바로 이 동작으로 바자로프에게 얼굴을 바싹 들이대면서 말했다. "도대체 예술적 감각 없이 어떻게 살 수 있죠?"

"그런 게 왜 필요한지 물어봐도 될까요?"

"인간을 이해하고 연구하기 위해서라도 필요하죠."

바자로프는 옅은 웃음을 지었다.

"첫째, 그런 것을 위해 인생의 경험이 존재하죠. 둘째, 분명히 말해 두지만, 인간을 개별적으로 연구하는 데 수고를 들일 필요는 없습니다. 모든 인간은 육체적으로나 정신적으로나 서로 비슷합니다. 우리 한 사람 한 사람의 뇌, 지라, 심장, 폐는 똑같이 만들어졌죠. 이른바 모든 사람의 정신적인 특성도 똑같습니다. 몇몇 변종은 아무런 의미가 없어요. 인간 표본 하나만 있으면 다른 모든 인간을 판단할 수 있답니다. 인간들이란 숲속의 나무와 같죠. 어떤 식물학자도 자작나무 한 그루 한 그루에 관심을 갖지는 않을 겁니다."

천천히 꽃을 정리하던 카챠가 당혹스러운 눈으로 바자로프를 올려다보았다. 그러다가 그의 재빠르고도 무심한 시선과 마주치자 그녀의 얼굴이 귀까지 온통 빨갛게 물들었다. 안나 세르게예브나는 고개를 저었다.

"숲속의 나무라……." 그녀가 바자로프의 말을 되뇌었다. "결국 당신의 생각에 따르면 어리석은 사람과 현명한 사람 사이에, 선한 사람과 악한 사람 사이에 아무런 차이가 없네요."

"아뇨, 있습니다. 아픈 사람과 건강한 사람 사이에 차이가 있듯이 말이죠. 폐결핵 환자의 폐는 당신과 나의 폐와 똑같이 만들어졌다 해도 그 상태는 똑같지 않습니다. 우리는 육체의 질병이 왜 발생하는지 대강 압니다. 하지만 정신의 질병은 나쁜 교육, 어릴 때부터 인간의 머리를 가득 채우는 온갖 하찮은 것들, 한마디로 사회의 추악한 상태에서 발생하죠. 사회를 개혁하면 질병도 사라질 겁니다."

바자로프는 마치 이 순간 '내 말을 믿든 말든, 난 아무래도 상관없어!'라고 생각하는 듯한 표정으로 이 모든 말을 했다. 그는 긴 손가락으로 천천히 구레나룻을 쓰다듬었다. 하지만 그의 눈은 빠르게 주위를 훑고 있었다.

"그럼 당신은 사회가 개혁되면 어리석은 인간도, 악한 인간도 더 이상 없을 거라고 생각하나요?" 안나 세르게예브나가 말했다.

"적어도 올바른 사회 구조에서는 사람이 어리석든 현명하든, 악하든 선하든 아무래도 상관없을 겁니다."

"그래요, 알겠어요. 모든 사람이 똑같은 지라를 갖겠군요."

"바로 그렇습니다, 마님."

오진초바는 아르카지를 돌아보았다.

"당신의 의견은 어때요, 아르카지 니콜라예비치?"

"예브게니의 의견에 동의합니다." 그가 대답했다.

카챠가 눈을 치뜨고 그를 쳐다보았다.

"신사분들, 당신들이 날 놀라게 하는군요." 오진초바가 말했다. "하지만 다음에 더 토론하기로 하죠. 방금 이모님이 차를 마시러 오고 있다는 말을 들었어요. 우리는 그분의 귀를 소중히 지켜 드려야 해요."

안나 세르게예브나의 이모인 Kh. 공작 영애가 들어왔다. 회색 가발 아래로 주먹만큼 오그라든 얼굴과 움직이지 않는 사악한 눈을 드러낸, 야위고 자그마한 여자였다. 그녀는 손님들에게 겨우 인사만 하고는 그녀 외에 아무도 앉을 권리가 없는 넓은 벨벳 안락의자에 앉았다. 카챠는 그녀의 발밑에 발을 얹을 의자를 가져다 놓았다. 노파는 고마워하기는커녕 심지어 그녀를 쳐다보지도 않았다. 그저 쇠약한 몸뚱이를 뒤덮다시피 한 노란색 숄 밑에서 두 손을 꿈틀거릴 뿐이었다. 공작 영애는 노란색을 좋아했다. 그녀의 실내용 모자에도 샛노란 리본이 달려 있었다.

"잘 주무셨어요, 이모?" 오진초바가 목소리를 높여 물었다.

"이 개가 또 여기 있네." 노파는 대답 대신 이렇게 투덜거리고는, 피피가 그녀 쪽으로 두어 걸음 머뭇머뭇 내딛는 것을 보자 "쉿, 쉬잇!" 하고 소리쳤다.

카챠는 피피를 불러 문을 열어 주었다.

피피는 산책하러 간다는 기대에 즐겁게 달려 나갔다가, 문 밖에 혼자 남게 되자 문을 벅벅 긁으며 컹컹거렸다. 공작 영애가 얼굴을 찡그리고 카챠가 밖으로 나가려 했다…….

"차가 준비됐을 것 같은데요?" 오진초바가 말했다. "신사분들, 같이 가시죠. 이모, 차 드세요."

공작 영애는 잠자코 안락의자에서 일어나 가장 먼저 응접실에서 나갔다. 모두 그녀를 따라 식당으로 갔다. 코사크풍 제복을 입은 시동이 쿠션들로 덮인, 역시나 신성한 안락의자를 테이블 아래에서 요란스레 빼내자, 공작 영애가 그 위에 앉았다. 차를 따르던 카챠는 문장이 그려진 찻잔을 공작 영애에게 가장 먼저 건넸다. 노파는 찻잔에 벌꿀을 넣다가(그녀는 차에 설탕을 곁들여 마시는 것이 죄악이며 사치라고 생각했지만 정작 본인은 어떤 것에든 1코페이카 동전 한 닢도 쓰려 하지 않았다.) 갑자기 갈라진 목소리로 물었다.

"이반 공작[115]이 뭐라고 썼지?"

아무도 그녀에게 대꾸하지 않았다. 바자로프와 아르카지는 사람들이 그녀를 정중하게 대하면서도 전혀 관심을 기울이지 않는 것을 금방 알아차렸다. '위엄을 세우기 위해 데리고 있는

115) 러시아어로 '공작'은 knyaz다. 공작 영애는 입을 크게 벌려 발음해야 하는 이 단어를 사전에도 없는, 입을 웃는 모양으로 살짝 벌려 발음하게 되는 knyec로 바꿔 말하고 있다. 앞서 파벨 페트로비치의 화법에서도 보았듯, 러시아어를 프랑스식 억양으로, 혹은 좀 더 부드러운 느낌을 주는 음가로 바꿔 말하는 것은 그 당시 러시아 귀족의 흔한 관습이었다.

거야. 공작 가문의 후손이니까.' 바자로프는 생각했다……. 차를 마신 후 안나 세르게예브나가 산책을 하러 가자고 제안했다. 하지만 가랑비가 보슬보슬 내리기 시작해 공작 영애를 제외한 모두가 응접실로 돌아갔다. 카드놀이를 좋아하는 포르피리 플라토니치라는 이웃이 찾아왔다. 매우 정중하면서도 웃음이 많은 뚱뚱한 남자였다. 머리칼은 희끗하고 다리는 칼로 조각한 듯 매끈하면서도 짤막했다. 대체로 바자로프와 더 많이 이야기를 나누던 안나 세르게예브나는, 자기들과 함께 옛날식으로 프레페란스 카드놀이를 하지 않겠느냐고 그에게 물었다. 바자로프는 눈앞에 닥친 군(郡)의 의사라는 직무에 미리 대비해 두어야겠다고 말하며 동의했다.

"조심해요." 안나 세르게예브나가 말했다. "포르피리 플라토니치와 내가 당신을 격파할 거예요." 또 이렇게 덧붙였다. "카챠, 넌 아르카지 니콜라예비치에게 뭐라도 연주해 드려. 그분은 음악을 좋아하거든. 겸사겸사 우리도 듣자."

카챠는 마지못해 포르테피아노 앞으로 다가갔다. 아르카지도 분명 음악을 좋아하긴 했지만 마지못해 그녀를 따라갔다. 그는 오진초바가 자기를 떼어 놓으려 하는 것 같다고 느꼈다. 그 나이대의 모든 젊은이들과 마찬가지로, 그의 가슴에서도 이미 사랑의 예감과도 같은 어떤 어렴풋하고도 고통스러운 느낌이 끓어오르고 있었다. 카챠는 포르테피아노의 뚜껑을 열고는 아르카지를 쳐다보지 않은 채 조용히 말했다.

"무슨 곡을 연주할까요?"

"당신이 좋아하는 곡으로요." 아르카지가 무심히 대답했다.

"어떤 음악을 가장 좋아해요?" 카챠가 자세를 바꾸지 않고 다시 한번 물었다.

"고전 음악이요." 아르카지가 똑같은 목소리로 대꾸했다.

"모차르트 좋아해요?"

"모차르트 좋아하죠."

카챠가 모차르트의 소나타 「환상곡 C단조」를 꺼냈다. 그녀의 연주는 약간 엄격하고 건조했지만 매우 훌륭했다. 그녀는 악보에서 눈을 떼지 않고 입을 꼭 다문 채 허리를 꼿꼿이 세워 꼼짝 않고 앉아 있었다. 다만 소나타의 끝부분에 이르자, 얼굴이 빨갛게 물들고 흐트러진 머리카락이 검은 눈썹 위로 흘러내렸다.

아르카지는 소나타의 마지막 부분, 즐거운 곡조의 매혹적인 경쾌함 가운데 느닷없이 몹시도 비통한, 비극적이라 할 만한 슬픔이 터져 나온 그 부분에 특히 깊은 인상을 받았다……. 그러나 모차르트의 소리가 그에게 불러일으킨 상념은 카챠와 아무 상관이 없었다. 그는 그녀를 바라보며 그저 '저 아가씨, 연주가 나쁘지 않네. 생김새도 그럭저럭 괜찮고.'라고 생각했을 뿐이다.

소나타 연주를 끝낸 카챠는 건반에서 손을 떼지 않고 물었다. "이제 됐나요?" 아르카지는 더 이상 폐를 끼칠 수 없다고 말하고는 그녀와 모차르트에 대해 이야기를 나누었다. 그는 그 소나타를 그녀가 직접 고른 것인지, 아니면 누가 추천해 준 것인지 물었다. 하지만 카챠는 간단하게 대답했다. 그녀는 자신의 생각을 숨기며 내면으로 침잠해 버렸다. 그런 일이 생기면 그녀가 다시 밖으로 나오는 데 꽤 오랜 시간이 걸렸다. 그럴 때면 그녀의 얼굴은 완고하고 무표정하다 할 만한 표정을 띠었다. 그녀는 수줍음이 많다기보다 사람을 믿지 않았고 자신을 양육해 준 언니를 약간 두려워했다. 물론 언니는 설마 그러리라고는 상상도 못 했다. 결국 아르카지는 응접실로 돌아온 피피를 자기 쪽으로 불러 체면상 친절한 미소를 지으며 그 머리를 쓰다듬기 시작했다. 카챠는 다시 꽃에 매달렸다.

그사이 바자로프는 거듭해서 지기만 했다. 안나 세르게예브나는 카드놀이에 능숙했고, 포르피리 플라토니치도 스스로를 방어할 수 있었다. 결국 바자로프는 큰 액수는 아니지만 그로서는 결코 유쾌하지 않을 만큼 돈을 잃었다. 밤참을 먹는 자리에서 안나 세르게예브나는 다시 식물학에 대해 이야기를 꺼냈다.

"내일 아침에 산책하러 가요." 그녀가 그에게 말했다. "당신에게서 들풀의 학명과 특징을 배우고 싶어요."

"뭣 때문에 학명을 알고 싶어 합니까?" 바자로프가 물었다.

"모든 것에는 질서가 필요하죠." 그녀가 대답했다.

"안나 세르게예브나는 정말 놀라운 여자야!" 아르카지는 자신들이 배정받은 방에 친구와 단둘이 남자 이렇게 외쳤다.

"그래." 바자로프가 대답했다. "머리가 좋은 여편네야. 더구나 온갖 풍파를 다 겪었지."

"무슨 뜻으로 하는 말이야, 예브게니 바실리치?"

"이런, 좋은 뜻이야, 좋은 뜻, 아르카지 니콜라이치! 난 그녀가 자기 영지를 잘 관리하고 있다고 확신해. 하지만 놀라운 건 그녀가 아니라 여동생이야."

"뭐? 그 가무잡잡한 여자가?"

"그래, 그 가무잡잡한 여자 말이야. 신선하고 순결해. 겁이 많고 말이 없는 여자지. 모든 조건을 갖추고 있어. 흥미로운 여자야. 그 여자는 네가 생각하는 대로 될걸. 하지만 언니 쪽은 닳고 닳았어."

아르카지는 바자로프에게 아무런 대꾸도 하지 않았다. 그들은 머릿속에 저마다의 생각을 품은 채 잠자리에 누웠다.

안나 세르게예브나도 그날 밤 손님들에 대해 생각했다. 그녀는 바자로프가, 환심을 사려고 하지 않는 태도와 날카로운 견해가 마음에 들었다. 그에게서는 이제껏 한 번도 마주한 적 없는 새로운 무언가가 보였다. 그에 대해 호기심이 생겼다.

안나 세르게예브나는 꽤나 기묘한 인간이었다. 그녀에게는 어떤 편견도, 심지어 어떤 굳은 신앙도 없었다. 하지만 그 무엇 앞에서도 물러서지 않았고, 딱히 무언가를 향해 나아가려 하지도 않았다. 분명 많은 것을 보았고 많은 것에 몰두했지만, 그 무엇에도 충분히 만족하지 않았다. 게다가 완전한 만족도 거의 바라지 않았다. 그녀의 이성은 탐구적인 동시에 냉정했다. 그녀의 의혹은 망각에 이를 만큼 잦아든 적이 없었고, 불안에 이를 만큼 커진 적도 없었다. 그녀가 부유하고 자유로운 몸이 아니었다면, 어쩌면 전쟁에 뛰어들어 열정의 의미를 깨달았을지도 모른다……. 그러나 때때로 지루해하면서도 가볍게 살아갔으며, 서두르는 법 없이 가끔씩만 흥분을 만끽하며 하루하루를 보냈다. 이따금 그녀의 눈앞에도 무지갯빛 색조가 타오르곤 했다. 그러나 그 색조가 꺼져 가면 그녀는 한숨을 내쉴 뿐 아쉬워하지는 않았다. 그녀의 상상은 심지어 평범한 도덕률의 허용 범위 너머로 뻗어 나가기도 했다. 그러나 그럴 때도 그녀의 피는 매혹적일 정도로 날씬하고 차분한 몸속에서 이전과 다름없이 잔잔하게 흘렀다. 향기로운 욕조에서 나와 온몸이 따뜻하고 부드러워진 가운데 인생의 덧없음, 그 슬픔과 수고와 악에 대한 공상에 잠길 때도 있었다……. 그녀의 마음은 뜻밖의 대담함으로 충만해지고 고귀한 갈망으로 끓어오른다. 그러나 반쯤 닫힌 창문으로 틈새 바람이 불어오면, 안나 세르게예브나는 몸을 잔뜩 움츠리고 불평을 하다 화를 내다시피 한다. 그녀에게 이 순간 필요한 것은 오직 하나, 그 지긋지긋한 바람이 자기 쪽으로 불지 않는 것이었다.

사랑을 해 보지 못한 여자들이 모두 그렇듯, 그녀는 무언가를 원하면서도 정작 그것이 무엇인지 알지 못했다. 스스로는 모든 것을 원한다고 생각했지만, 사실은 아무것도 바라지 않았다. 고인이 된 오진초프를 거의 참을 수 없어 했고(돈 때문에 그와 결혼했지만, 그가 착한 사람이라고 생각하지 않았다면 아마 그의 아내가 되는 데 동의하지 않았을 것이다.) 모든 남자에게 은밀한 혐오감을 품었다. 그녀는 남자들을 불결하고 불쾌하고 무기력하고 속수무책일 정도로 성가신 존재라고 생각했다. 한번은 외국 어딘가에서 젊고 잘생긴 스웨덴 남자를 만난 적이 있었다. 훤한 이마 아래 정직한 하늘빛 눈동자를 지닌, 기사 같은 표정의 남자였다. 그는 그녀에게 강렬한 인상을 주었지만 그녀가 러시아로 돌아가는 데 방해가 될 정도는 아니었다.

'그 의사는 이상한 사람이야!' 그녀는 호화로운 침대에 레이스 달린 베개를 베고 가벼운 비단 이불을 덮은 채 생각에 잠겼다……. 안나 세르게예브나는 아버지로부터 사치벽을 조금 물려받았다. 그녀는 죄 많은, 그러나 선량한 아버지를 깊이 사랑했다. 아버지도 딸을 열렬히 사랑했다. 그녀를 동등한 인격으로 대하며 다정하게 농담을 건네기도 했고, 그녀를 전적으로 신뢰하며 조언을 구하기도 했다. 그녀는 어머니를 거의 기억하지 못했다.

'그 의사는 이상한 사람이야!' 그녀는 속으로 같은 말을 다시 중얼거렸다. 그녀는 기지개를 켜며 생긋 웃고는 두 손으로 머리를 받쳤다. 그러고는 유치한 프랑스 소설을 두어 페이지 훑다가 책을 툭 떨어뜨리더니, 깨끗하고 향기로운 침구 속에서 깨끗하고 서늘한 몸으로 잠이 들었다.

이튿날 아침, 안나 세르게예브나는 아침 식사 직후 바자로프와 식물 채집을 나섰다가 점심 식사 직전에 돌아왔다. 아르카지는 어디로도 외출하지 않고 카챠와 한 시간 정도 시간을 보냈다. 그는 카챠와 있는 것이 지루하지 않았다. 그녀는 전날의 소나타를 다시 연주하겠다고 자청하기도 했다. 하지만 오진초바가 마침내 돌아온 순간, 그래서 그녀를 보게 된 순간, 그의 심장이 순식간에 조였다……. 그녀는 살짝 지친 걸음으로 정원을 거닐었다. 뺨은 붉게 물들고, 눈은 둥근 밀짚모자 아래에서 평소보다 환하게 빛났다. 그녀는 들꽃의 가느다란 줄기를 손가락으로 빙글빙글 돌렸다. 가벼운 망토가 팔꿈치로 흘러내렸고, 모자에 달린 커다란 회색 리본이 그녀의 가슴에 달라붙었다. 바자로프는 늘 그렇듯 자신만만하고 무심한 모습으로 그녀 뒤에서 걸었다. 그러나 쾌활하고 심지어 다정해 보이는 그의 표정이 아르카지는 마음에 들지 않았다. "안녕!" 바자로프는 웅얼웅얼 중얼거리고는 자기 방으로 향했다. 오진초바 역시 멍하니 아르카지와 악수를 하고는 그 옆을 지나쳤다.

'안녕이라니?' 아르카지는 생각했다. '우리가 오늘 만난 적이 없었다는 건가?'[116)]

17

시간은 (잘 알려진 사실이지만) 때로 새처럼 날아가고 때로 벌레처럼 기어간다. 하지만 시간이 빨리 가는지 천천히 가는지 깨닫지도 못할 때 인간은 특히 행복하다. 아르카지와 바자로프는 오진초바의 집에서 바로 그런 식으로 보름을 보냈다. 오진초바가 자신의 집과 생활에 가져온 질서가 이런 상황을 어느 정도 조성했다. 그녀는 엄격하게 질서를 지켰고 다른 사람들도 질서를 따르게 했다. 하루의 모든 일은 일정한 시간에 수행됐다. 오전 8시 정각에는 모두가 차를 마시러 모였다. 차 마시는 시간과 아침 식사 시간 사이에는 각자 자신이 하고 싶은 것을 했고 주인은 영지 관리인과 집사와 수석 가정부와 함께 업무를 보았다.(영지는 소작제였다.) 만찬 전 사람들은 담소

---

116) 러시아인들은 보통 하루에 한 번만 인사를 나눈다.

나 독서를 위해 다시 모였다. 저녁은 산책과 카드놀이와 음악에 바쳐졌다. 11시 30분이 되면 안나 세르게예브나는 자기 방으로 물러나 다음 날을 위한 지시를 내리고 잠자리에 들었다. 자로 잰 듯하고 조금은 엄숙한 이 일상생활의 규칙성이 바자로프는 마음에 들지 않았다. '레일 위를 달리는 것 같군.' 그는 속으로 그렇게 단정했다. 제복을 입은 하인들, 단정한 하인장들이 그의 민주적인 감정에 모욕감을 안겼다. 그는 그렇게까지 할 바에는 영국식으로 연미복에 하얀 넥타이를 차려입고서 만찬을 들어야 한다고 생각했다. 어느 날 그는 안나 세르게예브나에게 이러한 의견을 말했다. 그녀는 누구든 그녀 앞에서 주저 없이 견해를 말할 수 있도록 처신했다. 그녀는 그의 이야기를 끝까지 듣고 이렇게 말했다. "당신의 관점에서 보자면 당신이 옳아요. 어쩌면 이 경우에 나는 정말 지주 마님처럼 행동하고 있는지도 모르겠네요. 하지만 시골에서는 너저분하게 살면 안 돼요. 권태에 정복되고 말거든요." 그러고는 자기 방식을 계속 고수했다. 바자로프는 투덜거렸지만, 그와 아르카지가 오진초바의 집에서 그처럼 편하게 지낸 것도 그녀 집의 모든 것이 '레일 위를 달리고 있었기' 때문이었다. 그 모든 것에도 불구하고 니콜스코예에 머물기 시작한 이후 두 청년에게 변화가 생겼다. 안나 세르게예브나는 바자로프의 의견에 동의한 적이 별로 없었지만 분명 그에게 호의를 품고 있었다. 그런 바자로프에게서 전에 없던 불안이 나타나기 시작했다. 그는 쉽게 화를 내고 마지못해 말하고 무섭게 쏘아보았으며, 마치 무언가 때문에 계속 짜증이 나는 것처럼 한자리에 가만히 있지를 못했다. 반면 자신이 오진초바를 사랑한다고 최종적으로 결론을 내린 아르카지는 조용한 우울함에 빠져들었다. 그렇지만 그 우울함이 그와 카챠가 가까워지는 것을 방해하지는 않았다. 오히려 그녀와 다정하고 친한 관계를 맺도록 돕기까지 했다. '그녀는 나의 가치를 인정하지 않아! 그러라지! 하지만 이 착한 사람은 날 거부하지 않아.' 그는 이렇게 생각하곤 했고, 그러고 나면 그의 마음은 다시 한번 관대한 감정의 달콤함을 맛보았다. 카챠는 그가 자신과의 교제에서 어떤 위로를 찾고 있다는 것을 어렴풋이 느꼈다. 그녀는 반쯤은 부끄러움으로 반쯤은 신뢰로 채워진 우정의 그 순수한 기쁨을 그를 위해서도 그녀 자신을 위해서도 밀어내지 않았다. 안나 세르게예브나가 있는 자리에서 그들은 서로 이야기를 하지 않았다. 카챠는 언니의 예리한 시선에 언제나 주눅 들어 있었고, 아르카지는 사랑에 빠진 남자가 늘 그렇듯 자신이 연모하는 대상 옆에서는 다른 무엇에도 주의를 기울이지 못했다. 그러나 카챠와 단둘이 있는 것은 좋았다. 그는 자신이 오진초바의 마음을 사로잡을 수 없다는 것을 느꼈다. 오진초바와 단둘이 남으면 어색해서 어쩔 줄을 몰랐고, 그녀도 그에게 무슨 말을 해야 할지 몰랐다. 그녀에게는 그가 지나치게 어렸던 것이다. 하지만 카챠와 함께 있을 때면 아르카지는 집에 있는 것처럼 편했다. 그는 카챠를 관대하게 대했다. 그녀가 음악, 소설과 시, 그 밖의 소소한 것들로부터 받은 인상을 이야기하는 것을 방해하지 않았다. 그러나 이 소소한 것들이 그의 마음까지 사로잡았다는 사실을 그 자신은 깨닫거나 자각하지 못했다. 카챠도 그가 슬픔에 잠기는 것을 방해하지 않았다. 아르카지도 카챠와 있는 것이 좋았고, 오진초바는 바자로프와 있는 것이 좋았다. 그래서 대개 두 쌍이 잠시 함께 있다가 각각 제 갈 길로 흩어지는 식이 되곤 했다. 특히 산책할 때 그러했다. 카챠는 자연을 숭배했고 아르카지도 차마 인정하지는 못했지만 자연을 사랑했다. 그러나 오진초바는 바자로프와 마찬가지로 자연에 매우 무심했다. 우리의 친구들이 거의 늘 떨어져 있게 되면서, 결국 그들의 관계도 변하기 시작했다. 바자로프는 더 이상 아르카지와 함께 오진초바에 대해 이야기하지 않았고, 심지어 그녀의 '귀족 행세'를 비난하는 것도 그만두었다. 사실 그는 예전처럼 카챠를 칭찬했지만, 단 그녀의 감상적인 기질만큼은 억제하도록 조언했다. 하지만 그의 찬사는 성급했고 조언은 무뚝뚝했다. 대체로 아르카지와의 대화는 예전보다 훨씬 줄었다……. 그는 마치 도망치는 것 같았고 그의 앞에서 부끄러움을 느끼는 것 같았다…….

아르카지는 이 모든 것을 눈치챘지만 자신의 생각을 마음속에 묻어 두었다.

이 모든 '새로운 현상'의 진정한 원인은 오진초바가 바자로프의 마음에 불러일으킨 감정이었다. 그 감정이 그를 괴롭히고 격분시켰다. 만약 누군가가 그의 마음속에서 일어나는 일의 가능성을 넌지시라도 비추었다면 그는 즉각 경멸에 찬 폭소와 냉소적인 욕설로 그 감정을 부인했을 것이다. 바자로프는 여성과 여성미를 열렬히 찬양하는 사람이었다. 그러나 이상적인 의미의, 혹은 그의 표현을 빌리자면 낭만주의적 의미의 사랑을 부질없는 짓이자 용서할 수 없는 어리석음으로 치부했고, 기사도 정신을 기형이나 질병 같은 무언가로 여겼다. 왜 토겐부르크[117]를 모든 미네징거[118]와 트루바두르[119]와 함께 노란 집에 집어넣지 않느냐며 놀라움을 표현한 것도 한두 번이 아니었다. 그는 이렇게 말하곤 했다. "마음에 드는 여자가 생기면, 목적을 달성하기 위해 노력해. 하지만 그게 불가능하면, 뭐, 괜찮아, 그냥 외면해 버려. 세상은 넓잖아." 그는 오진초바가 마음에 들었다. 그녀에 대해 퍼진 소문, 자유롭고 독립적인 그녀의 생각, 그에 대한 그녀의 확실한 호감, 이 모든 것이 그에게 유리해 보였다. 그러나 그는 곧 깨달았다. 그녀와의 관계에서는 '목적을 달성할 수 없다'는 것을, 놀랍게도 그 자신에게는 그녀를 외면할 힘이 없다는 것을……. 그녀를 떠올리자마자 그의 피가 불타오르기 시작했다. 그는 자신의 피를 쉽게 잠재울 수 있었을지 모른다. 그러나 그 마음속에 다

117) 독일 작가 프리드리히 폰 실러(Friedrich von Schiller, 1759~1805)가 지은 발라드 「기사 토겐부르크」(1797)에 등장하는 낭만적 주인공이다.

118) 12세기 초 프랑스 남부 '트루바두르'의 영향을 받아 12세기 중엽 독일에 형성된 음유 시인 계층. 작시와 작곡과 하프 연주를 모두 직접 했다. 주로 기사 출신이었지만 이후 서민 계급으로 범위가 확대됐다. 내용도 처음에는 '신분 높은 기혼 여성에게 바치는 사랑의 맹세'에서 출발했지만 점차 '순진한 소녀와의 사랑'으로 넓혀졌다.

119) 12세기 초 프랑스 남부의 프로방스 지방에서 제후의 궁정을 떠돌며 자신이 지은 시를 낭송하던 기사 출신의 음유 시인. 궁정 여인들에 대한 사랑을 토로하고 헌신을 맹세하는 것이 주된 내용이다. 이들의 풍속은 인접 지역으로 퍼져, 프랑스 북부의 '트루베르', 독일의 '미네징거', 이탈리아의 '트로바토레'라는 음유 시인 계층을 형성시키는 데 영향을 미쳤다.

른 무언가가 깃들었다. 그가 결코 인정할 수 없었고 항상 조롱하던 것이었다. 그것이 그의 자존심을 완전히 짓밟았다. 안나 세르게예브나와 대화할 때면, 그는 낭만적인 모든 것에 대한 자신의 무심한 경멸을 예전보다 더욱 강하게 토로했다. 그러나 홀로 남으면 자기 안에 있는 낭만주의자를 느끼며 격분하곤 했다. 그럴 때면 숲으로 가서 성큼성큼 돌아다니며, 손에 잡히는 대로 나뭇가지를 꺾고 낮은 목소리로 그녀와 그 자신을 향해 욕설을 퍼붓곤 했다. 또는 헛간의 건초 다락 위로 기어올라 고집스레 눈을 감고 억지로 잠을 청하기도 했다. 물론 늘 잠들 수 있었던 것은 아니다. 문득 그 순결한 두 팔이 어느 순간 그의 목을 휘감고 그 오만한 입술이 그의 입맞춤에 반응하고 그 총명한 눈동자가 부드럽게, 정말 부드럽게 그의 눈을 가만히 응시하는 모습이 그의 눈앞에 떠오른다. 머리가 빙글빙글 돌고, 그는 순식간에 무아지경에 빠진다. 그러나 다시 그의 마음속에서 분노가 확 솟구친다. 그는 온갖 '수치스러운' 생각에 빠져 있는 자신의 모습을 발견하곤 했다. 마치 악마가 그를 희롱하는 것 같았다. 때로는 오진초바에게서도 변화가 일어나고 그 표정에 무언가 특별한 것이 떠오르는 것처럼 느껴질 때도 있었다. 어쩌면……. 그러나 이런 생각이 들 때면 그는 보통 발을 구르거나 이를 갈거나 주먹으로 스스로를 위협하곤 했다.

그러나 바자로프가 착각에 빠진 것은 결코 아니었다. 그는 오진초바의 공상을 자극했다. 그는 그녀의 마음을 사로잡았고, 그녀는 그에 대해 많은 생각을 했다. 그가 없다고 해서 지루해하거나 그를 기다린 것은 아니지만, 그가 모습을 드러내면 금방 생기를 띠었다. 그녀는 그와 단둘이 있는 것이 좋았고, 그가 그녀를 화나게 하거나 그녀의 취향과 우아한 습관을 모욕할 때도 기꺼이 그와 이야기를 나누었다. 마치 그를 시험하고 또 자신을 알고 싶은 듯했다.

어느 날 그는 그녀와 정원을 산책하다가 문득 우울한 목소리로, 곧 시골에 계신 아버지를 만나러 떠날까 한다고 말했다……. 마치 심장이라도 찔린 것처럼 그녀의 얼굴이 창백해졌다. 가슴이 어찌나 저미는지 그녀 스스로도 깜짝 놀랐으며, 그 후로도 오랫동안 그것이 무엇을 의미하는지 곰곰이 생각하곤 했다. 바자로프가 그녀를 시험할 생각으로, 그녀가 어떻게 반응할지 지켜볼 생각으로 떠난다는 말을 한 것은 아니었다. 그는 결코 '이야기를 꾸며 내지' 않았다. 그날 아침 바자로프는 아버지의 집사인 치모페이치를 만났다. 그는 어린 시절 바자로프를 돌봐 준 사람이었다. 세상 물정에 밝고 민첩한 노인인 이 치모페이치라는 사람이 두꺼운 회청색 모직으로 지은 짤막한 추이카[120]를 걸치고 가죽끈으로 허리를 동여매고 타르를 칠한 부츠를 신은 차림으로 갑자기 바자로프 앞에 나타났다. 머리칼은 빛바랜 노란색이고, 얼굴은 바람에 거칠어져 벌겋고, 찌그러진 눈에는 작은 눈물방울이 고여 있었다.

"아, 영감, 잘 지냈어!" 바자로프가 외쳤다.

"안녕하십니까, 예브게니 바실리예비치 도련님." 몸집이 자

120) 옷자락이 긴 농민용 카프탄.

그마한 노인이 입을 열며 즐거운 미소를 지었다. 그 때문에 그의 얼굴 전체가 갑자기 주름으로 뒤덮였다.

"무슨 일로 왔어? 부모님이 날 데려오라고 보내셨나?"

"당치도 않습니다. 무슨 그런 말씀을!" 치모페이치가 더듬거렸다.(그는 출발할 때 주인으로부터 받은 엄한 지시를 떠올렸다.) "주인 나리의 용무로 시내에 왔다가 도련님에 대한 소식을 듣고 이렇게 가는 길에 들렀지요. 그러니까 도련님을 한번 뵈러…… 그렇지 않고야 어떻게 도련님을 감히 성가시게 할 수 있겠습니까!"

"음, 거짓말하지 마." 바자로프가 그의 말을 가로막았다. "이곳이 시내로 가는 길목이라고?"

치모페이치는 우물쭈물하며 아무 대답도 하지 못했다.

"아버지는 건강하셔?"

"하느님 덕분에요."

"어머니도?"

"아리나 블라시예브나도요, 하느님 덕분이죠."

"날 기다리시겠지?"

노인은 작은 머리통을 옆으로 갸웃했다.

"아, 예브게니 바실리예비치, 어떻게 기다리지 않을 수 있겠습니까! 정말로 도련님의 부모님을 뵈면 가슴이 미어집니다."

"아, 알았어, 알았어! 과장하지 마. 곧 가겠다고 두 분께 말씀드려."

"알겠습니다." 치모페이치가 한숨을 쉬며 대답했다.

그는 저택을 나서며 두 손으로 머리에 테 없는 모자를 푹 눌러쓰고는, 대문 옆에 세워 둔 초라한 경주용 드로시키에 기어 올라가 속보(速步)로 말을 출발시켰다. 다만 시내 쪽으로 향한 것은 아니었다.

그날 저녁, 오진초바는 자기 방에 바자로프와 함께 앉아 있었고, 아르카지는 홀을 서성이며 카챠의 연주를 들었다. 공작 영애는 자기 방으로 올라가 버렸다. 그녀는 대체로 손님들을, 특히 이 '새로운 무뢰한들' — 그녀의 표현에 따르면 — 을 보기 싫어했다. 접견실에서는 그저 뾰로통하게 있었지만, 자기 방에만 가면 이따금 실내용 모자가 가발과 함께 머리에서 튀어오를 정도로 욕설을 퍼부으며 하녀 앞에서 감정을 터뜨리곤 했다. 오진초바는 이 모든 것을 알았다.

"어떻게 떠날 생각을 할 수 있어요?" 그녀가 입을 열었다. "당신의 약속은요?"

바자로프는 움찔했다.

"무슨 약속이요?"[121]

"잊었어요? 나에게 화학 수업을 몇 차례 해 주기로 했잖아요."

"어쩔 수 없어요! 아버지가 기다리십니다. 더 이상 꾸물거릴 수가 없어요. 하지만 당신은 펠루즈와 프레미[122]가 공동으로

---

121) 이 장면에서 바자로프는 극존칭과 존칭을 섞어 가며 오진초바와 대화하고 있다. 파벨 페트로비치를 대할 때처럼 일부러 신랄하고 무례한 태도를 취하는 것이다.

122) 프랑스의 화학자인 테오필 펠루즈(Theophile Pelouse, 1807~1867)와 에드몽 프레미(Edmond Frémy, 1814~1894)를 가리킨다.

저술한 『화학의 일반적 개념』[123]을 읽을 수 있습니다. 명료하게 쓰인 훌륭한 책이에요. 그 책에서 필요한 모든 것을 발견할 겁니다."

"하지만 기억해 봐요. 당신이 장담했잖아요. 책은 대신할 수 없다고……. 당신이 어떻게 표현했는지 기억나지 않지만, 당신은 알죠, 내가 무슨 말을 하고 싶어 하는지……. 기억나요?"

"어쩔 수 없습니다!" 바자로프는 같은 말을 되풀이했다.

"왜 떠나려 하죠?" 오진초바가 목소리를 낮춰 말했다.

그는 그녀를 쳐다보았다. 그녀는 안락의자의 등받이로 머리를 젖히고 팔꿈치까지 드러난 두 팔을 가슴 위에 십자형으로 포갰다. 그물망 문양으로 오린 종이 갓을 씌운 램프의 불빛 아래에서 그녀는 더욱 창백해 보였다. 헐렁한 흰색 드레스가 부드러운 주름으로 그녀의 전신을 뒤덮었다. 그녀의 발끝이 겨우 보였고, 두 발 역시 십자형으로 포개져 있었다.

"그런데 왜 남아야 합니까?" 바자로프가 대꾸했다.

오진초바가 살짝 고개를 돌렸다.

"어째서 왜냐고 묻죠? 우리 집에 있는 게 즐겁지 않았나요? 아니면 여기 있는 우리가 당신을 그리워하지 않을 거라고 생각해요?"

"그럴 거라고 확신합니다."

오진초바는 잠시 침묵했다.

"공연한 생각을 하는군요. 어쨌든 난 당신의 말을 믿지 않

123) 펠루즈와 프레미가 함께 써서 1853년에 파리에서 출간한 저작.

아요. 당신이 그 말을 진지하게 했을 리 없어요." 바자로프는 계속 꼼짝 않고 앉아 있었다. "예브게니 바실리예비치, 왜 아무 말도 하지 않나요?"

"무슨 말을 합니까? 인간이란 대체로 아쉽게 여길 가치가 없는 존재입니다. 하물며 나라는 인간은 더욱 그렇고요."

"그건 왜죠?"

"난 실증주의를 중시하는 인간입니다. 재미없는 인간이죠. 대화하는 법도 모르고요."

"호감을 사려고 그러는 거죠, 예브게니 바실리예비치."

"그런 건 나의 습성이 아닙니다. 정말 모릅니까? 삶의 우아한 면, 당신이 그토록 소중히 여기는 그런 면이 나로서는 이해되지 않는다는 걸요."

오진초바는 손수건의 귀퉁이를 잘근잘근 씹었다.

"좋을 대로 생각해요. 하지만 당신이 떠나면 난 따분할 거예요."

"아르카지가 남을 겁니다." 바자로프가 말했다.

오진초바는 어깨를 살짝 으쓱했다.

"따분할 거예요." 그녀가 똑같은 말을 되풀이했다.

"정말입니까? 어쨌든 오랫동안 따분하지는 않을 겁니다."

"왜 그렇게 생각하죠?"

"당신이 나에게 직접 말했으니까요. 당신이 지루함을 느끼는 것은 스스로의 질서가 깨질 때뿐이라고요. 당신은 따분함도 서글픔도…… 어떤 무거운 감정도 자기 안에 들어올 수 없도록 완벽하고 빈틈없이 생활을 조직해 놓았습니다."

"그럼 당신은 내가 완벽하다고…… 즉 내가 스스로의 생활을 빈틈없이 조직해 놓았다고 생각하는군요?"

"물론이죠. 자, 예를 들어 볼까요. 몇 분 후 시계가 10시를 칠 텐데 난 벌써 당신이 날 쫓아내리라는 걸 압니다."

"아뇨, 쫓아내지 않아요, 예브게니 바실리치. 남아도 돼요. 그 창문을 열어 줘요……. 어쩐지 답답하네요."

바자로프는 자리에서 일어나 창문을 밀었다. 창문은 덜컹거리는 소리와 함께 곧 열렸다……. 그는 창문이 이렇게 쉽게 열릴 거라고는 예상하지 못했다. 게다가 그의 손이 떨리고 있었다. 어둑하고 부드러운 밤이 새카맣다시피 한 하늘, 가볍게 살랑거리는 나무들, 깨끗한 바깥 공기가 풍기는 상쾌한 향과 함께 방 안을 들여다보았다.

"커튼을 내리고 앉아 봐요." 오진초바가 말했다. "당신이 떠나기 전에 당신과 잠시 이야기를 나누고 싶군요. 자신에 대해 뭐라도 이야기해 줘요. 당신은 자신에 대해 전혀 이야기하지 않잖아요."

"난 당신과 유익한 주제에 대해 대화하려고 애쓴답니다, 안나 세르게예브나."

"정말 겸손하군요……. 하지만 당신에 대해, 당신 가족에 대해, 당신 아버지에 대해 뭐라도 알고 싶네요. 당신이 우리를 버리고 떠나는 것도 아버지 때문이잖아요."

'왜 이런 말을 할까?' 바자로프는 생각에 잠겼다.

"그런 것은 전혀 재미없습니다." 그는 소리 내어 말했다. "특히 당신에게는요. 우리는 무지몽매한 사람들이라……."

"그럼 당신이 생각하기에 난 귀족인가요?"

바자로프는 눈을 들어 오진초바를 바라보았다.

"그렇습니다." 그는 지나칠 정도로 날카롭게 말했다.

그녀가 옅은 웃음을 지었다.

"당신은 날 잘 모르는 것 같아요. 모든 인간은 서로 비슷해서 연구할 가치가 없다고 당신은 장담하겠지만요. 언젠가 내 인생에 대해 이야기해 줄게요……. 하지만 먼저 당신의 인생을 들려줘요."

"난 당신을 잘 모릅니다." 바자로프는 그녀의 말을 따라 했다. "어쩌면 당신 말이 옳을지도 몰라요. 어쩌면 모든 인간은 정말로 수수께끼일지 모릅니다. 당신을 예로 들어 보죠. 당신은 교제를 피하고 그것을 괴롭게 여기면서도 대학생 두 명을 자기 집으로 초대했습니다. 당신 같은 지성, 당신 같은 아름다움을 갖춘 사람이 왜 시골에 살죠?"

"뭐라고요? 어떻게 그런 말을 하죠?" 오진초바가 발랄하게 그의 말을 받아쳤다. "나 같은…… 아름다움이라고요?"

바자로프가 얼굴을 찌푸렸다.

"아무래도 좋아요." 그가 우물우물 말했다. "내가 하고 싶었던 말은 당신이 왜 시골에 정착했는지 잘 모르겠다는 겁니다."

"그걸 모르는군요……. 하지만 스스로에게는 그 점에 대해 어떤 식으로든 해명해 보려고 하겠죠?"

"그렇습니다……. 내가 생각하기에 당신은 응석받이가 됐기 때문에 언제나 한곳에 머무르는 겁니다. 안락함과 편리함이 너무 좋아 다른 모든 것에 매우 무심해졌기 때문이죠."

오진초바는 다시 미소를 지었다.

"내가 무언가에 마음을 빼앗길 수 있다고는 아예 믿으려 하지 않는군요?"

바자로프는 눈을 치뜨고 그녀를 쳐다보았다.

"호기심 정도겠죠. 아마도. 하지만 그 이상은 아닐 겁니다."

"정말요? 음, 우리가 왜 친해졌는지 이제 알겠어요. 당신은 나와 똑같거든요."

"우리가 친해졌다고요……." 바자로프가 공허한 목소리로 중얼거렸다.

"그럼요! 그런데 당신이 떠나고 싶어 한다는 사실을 잊고 있었네요."

바자로프는 일어섰다. 어둠에 잠긴 향기로운 외딴 방 한가운데에서 등불 하나가 흐릿하게 타오르고 있었다. 이따금 흔들리는 커튼 사이로 아릿하고 상쾌한 밤공기가 흘러들었고 밤의 신비로운 속삭임이 들려왔다. 오진초바는 손가락 하나 까딱하지 않았지만, 점차 어렴풋한 흥분에 사로잡혔다……. 그 흥분이 바자로프에게 전해졌다. 그는 문득 자신이 젊고 아름다운 여인과 단둘이 있다는 사실을 깨달았다…….

"어디 가요?" 그녀가 천천히 물었다.

그는 아무런 대꾸도 하지 않고 등받이 없는 의자에 털썩 주저앉았다.

"그러니까 당신은 날 온순하고 나약한 응석받이로 생각한다는 거죠." 그녀는 창문에서 시선을 떼지 않은 채 똑같은 목소리로 계속 말했다. "하지만 난 스스로에 대해 이렇게 생각해요. 아주 불행한 여자라고요."

"당신이 불행하다고요! 어째서요? 정말로 당신은 그 하찮은 헛소문에 어떤 의미를 부여하는 겁니까?"

오진초바는 얼굴을 찡그렸다. 그가 자기를 그런 식으로 생각하는 것에 화가 치밀었다.

"난 그런 헛소문에 전혀 동요하지 않아요, 예브게니 바실리예비치, 그런 것으로 불안해하기에는 난 지나치게 오만하답니다. 내가 불행한 것은…… 내 안에 욕망이, 살고자 하는 열망이 없기 때문이에요. 의심의 눈으로 날 보는군요. 당신은 이렇게 생각하겠죠. 그런 건 온통 레이스를 휘감고 벨벳 안락의자에 앉은 '귀족 여자'나 하는 말이라고요. 숨기지 않을게요. 당신이 안락이라 부르는 것을 좋아해요. 그와 동시에 살고 싶은 마음도 별로 없어요. 당신 좋을 대로 이 모순을 화해시켜 봐요. 어쨌든 이 모든 것이 당신 눈에는 낭만주의로 보이겠군요."

바자로프는 고개를 저었다.

"당신은 건강하고 자유롭고 부유합니다. 뭐가 더 필요하죠? 뭘 원합니까?"

"내가 원하는 건……." 오진초바는 그의 말을 되뇌더니 탄식했다. "난 너무 지쳤어요. 나이도 많고, 어쩌면 너무 오래 산 것 같아요. 그래요, 늙었어요." 그녀는 맨살이 드러난 팔 쪽으로 망토 끝을 가만히 끌어당기며 덧붙여 말했다. 그녀의 눈이 바자로프의 눈과 마주쳤다. 그녀는 살짝 얼굴을 붉혔다. "내 뒤에는 이미 너무나 많은 추억이 있어요. 페테르부르크에서의 생활, 부, 그다음에는 가난, 그다음에는 아버지의 죽음, 결혼,

그다음에는 외국 여행이 으레 뒤따르죠……. 추억은 많은데 기억할 만한 것은 없어요. 그리고 내 앞에는 목적도 없는 기나긴 길이 놓여 있어요……. 그 길을 따라가고 싶지 않아요."

"그렇게나 환멸을 느낍니까?" 바자로프가 물었다.

"아뇨." 오진초바가 잠시 사이를 두고 말했다. "하지만 만족하지도 않아요. 어쩌면, 내가 뭔가에 강한 애착을 느낄 수 있다면……."

"당신은 사랑을 하고 싶은 겁니다." 바자로프가 그녀의 말을 가로막았다. "하지만 사랑을 할 수가 없죠. 바로 그것이 당신의 불행입니다."

오진초바는 망토의 소매를 살펴보기 시작했다.

"정말 내가 사랑을 할 수 없단 말인가요?" 그녀가 말했다.

"아마도요! 다만 그 점을 불행이라 말한 것은 나의 잘못입니다. 오히려 누군가에게 그런 일이 일어나면 그 사람은 오히려 동정을 받아야 하죠."

"무슨 일이 일어날 때라고요?"

"사랑에 빠지는 것."

"당신이 그걸 어떻게 알아요?"

"소문으로요." 바자로프가 화를 내며 대꾸했다.

'당신은 교태를 부리고 있어.' 그는 생각에 잠겼다. '당신은 지금 따분해. 그리고 할 일이 없어서 날 괴롭히고 있어. 하지만 난…….' 정말이지 그는 가슴이 갈가리 찢어질 듯 아팠다.

"게다가 당신은 지나치게 까다로운 것 같군요." 그는 온몸을 앞으로 숙인 채 안락의자의 술을 만지작거리면서 말했다.

"어쩌면요. 내가 생각하기에 전부가 아니면 아무것도 아니에요. 생명을 얻으려면 생명을 내놓아야 하죠. 내 생명을 가지려면 자신의 생명도 내놓아야 해요. 그럴 때라야 아무런 후회도 없고 돌이킬 일도 없어요. 그렇게 하지 않을 거라면 차라리 아무것도 하지 말아야죠."

"그런가요?" 바자로프가 말했다. "그게 공정한 조건이죠. 내가 놀란 것은 당신이 지금까지…… 갈망하는 것을 찾지 못했다는 점입니다."

"그럼 당신은 무엇에든 자신을 완전히 바치는 것이 쉽다고 생각하나요?"

"숙고하고 때를 기다리고 자신에게 가치를 부여한다면, 즉 자신을 소중히 여긴다면 쉽지 않겠죠. 하지만 생각을 내려놓으면 자신을 바치는 것이 아주 쉽답니다."

"어떻게 자신을 소중히 여기지 않을 수 있어요? 만약 내가 아무 가치도 없는 사람이라면, 도대체 나의 헌신이 누구에게 필요하겠어요?"

"그것은 내가 상관할 바 아닙니다. 내가 어떤 가치를 지녔는가는 다른 사람이 판단할 일입니다. 중요한 것은 자신을 바칠 수 있어야 한다는 것이죠."

오진초바는 안락의자 등받이에서 몸을 뗐다.

"당신은……." 그녀가 입을 열었다. "그 모든 것을 경험해 본 것처럼 말하는군요."

"말이 나왔으니 말인데요, 안나 세르게예브나. 당신도 알다시피, 그 모든 건 나의 분야가 아닙니다."

"하지만 당신은 자신을 바칠 수 있지 않을까요?"

"모릅니다. 함부로 단언하고 싶지 않군요."

오진초바는 아무 말도 하지 않았고 바자로프도 입을 다물었다. 포르테피아노 소리가 응접실로부터 그들이 있는 곳까지 들려왔다.

"카챠가 이렇게 늦게까지 피아노를 치다니." 오진초바가 말했다.

바자로프는 일어섰다.

"네, 이제 정말 밤이 깊었습니다. 당신이 잠자리에 들 시간이군요."

"기다려요, 어디로 그렇게 서둘러 가는 거예요……. 당신에게 한마디만 할게요."

"무슨?"

"기다려요." 오진초바가 속삭였다.

그녀의 눈길이 바자로프에게 머물렀다. 그를 유심히 살펴보는 것 같았다.

그는 방 안을 이리저리 거닐다가 갑자기 그녀에게 다가와 황급히 작별 인사를 하더니, 그녀가 소리를 지를 뻔할 정도로 세게 손을 쥐고는 밖으로 나가 버렸다. 그녀는 짓눌린 손가락을 입술로 가져가서 입김을 불다가, 갑자기 안락의자에서 벌떡 일어나 빠른 걸음으로 문을 향해 다가갔다. 마치 바자로프를 되돌아오게 하려는 것처럼……. 하녀가 은 쟁반에 유리병을 받쳐 들고 방으로 들어왔다. 오진초바는 걸음을 멈추고 그녀에게 나가라고 지시한 후 다시 앉았다. 그러고는 또다시 생각에 잠겼다. 그녀의 땋은 머리가 풀어져 검은 뱀처럼 어깨 위로 드리워졌다. 안나 세르게예브나의 방에서는 더 오래도록 등불이 타올랐다. 밤의 추위가 살짝 깨문 두 팔을 이따금 손가락으로 어루만지기만 할 뿐, 그녀는 오랫동안 꼼짝하지 않고 그대로 있었다.

한편 바자로프는 두 시간 후 이슬에 젖은 부츠를 끌고 자기 침실로 돌아왔다. 머리칼이 헝클어진 침울한 모습이었다. 그는 프록코트의 단추를 끝까지 채운 채 두 손에 책을 들고 책상 앞에 앉아 있는 아르카지를 발견했다.

"아직 잠자리에 안 들었어?" 그가 불쾌한 듯 말했다.

"오늘은 안나 세르게예브나와 오랫동안 같이 있었네." 아르카지는 그의 질문에 대답하지 않고 이렇게 중얼거렸다.

"그래, 네가 카체리나 세르게예브나와 함께 포르테피아노를 치는 동안 난 계속 그녀와 있었지."

"난 치지 않았……." 아르카지는 말을 꺼냈다가 입을 다물어 버렸다. 눈물이 솟구치는 것을 느꼈지만, 조롱하기 좋아하는 친구 앞에서 울고 싶지는 않았다.

18

이튿날 오진초바가 차를 마시는 자리에 나타났을 때, 바자로프는 찻잔 위로 고개를 숙인 채 한참 동안 앉아 있다가 갑자기 그녀를 쳐다보았다……. 마치 그가 그녀를 밀치기라도 한 것처럼, 그녀는 그를 향해 몸을 돌렸다. 그의 눈에는 그녀의 얼굴이 밤새 약간 창백해진 것처럼 보였다. 그녀는 곧 자기 방으로 가 버렸고 아침 식사를 할 때에야 모습을 드러냈다. 아침부터 계속 비가 내려 산책할 기회가 없었다. 사람들은 전부 응접실에 모였다. 아르카지는 잡지의 최신호를 꺼내 읽기 시작했다. 공작 영애는 여느 때처럼 마치 그가 무슨 무례한 짓이라도 저지른 양 우선 놀란 표정부터 짓고는, 뒤이어 표독스러운 눈초리로 그를 뚫어지게 쳐다보았다. 그러나 그는 그녀에게 신경 쓰지 않았다.

"예브게니 바실리예비치." 안나 세르게예브나가 말했다. "내 방으로 가요……. 묻고 싶은 게 있어요……. 어제 당신이 입문서 하나를 언급했잖아요……."

그녀는 자리에서 일어나 문으로 향했다. 공작 영애는 '저것 봐, 저것 봐, 정말 어이가 없군!' 하고 말하고 싶은 듯한 표정으로 주위를 둘러보고는 다시 아르카지를 뚫어지게 쳐다보았다. 그러나 아르카지는 목소리를 높이더니 옆에 앉은 카챠와 눈짓을 주고받은 후 낭독을 계속했다.

오진초바는 걸음을 서둘러 자기 서재로 갔다. 바자로프는 눈을 들지 않은 채 그저 자기 앞에서 사락사락 소리를 내며 미끄러지듯 스치는 실크 드레스의 희미한 소리를 귀로 포착하며 민첩하게 뒤따랐다. 오진초바는 전날 밤 자신이 앉았던 바로 그 안락의자에 털썩 주저앉았고, 바자로프도 전날의 자기 자리를 택했다.

"그런데 그 책 제목이 뭐죠?" 잠시 침묵하던 그녀가 입을 열었다.

“펠루즈와 프레미가 공동으로 저술한 『화학의 일반적 개념』입니다…….” 바자로프가 대답했다. “하지만 가노의 『실험 물리학 초급 교재』[124]도 추천해 드리죠. 이 저작의 삽화가 더 선명한 데다 전반적으로 이 교재는…….”

오진초바가 손을 내밀었다.

“예브게니 바실리치, 미안해요. 하지만 당신을 이곳으로 부른 건 교재에 대해 논하기 위해서가 아니에요. 어제 우리가 나눈 대화를 다시 이어 가고 싶었어요. 당신이 갑자기 그렇게 가 버려서……. 당신에게 지루한 이야기가 될까요?”

“마음대로 하시죠, 안나 세르게예브나. 그런데 어제 우리가 무엇에 대해 이야기했습니까?”

오진초바가 바자로프를 곁눈질했다.

“아마 행복에 대해 이야기했을 거예요. 내가 당신에게 나 자신에 대한 이야기를 했죠. 마침 내가 ‘행복’이란 단어를 언급했고요. 말해 봐요. 어째서, 우리는 가령 음악, 멋진 야회, 호감 가는 사람들과의 대화를 즐길 때조차, 어째서 그 모든 것을 현실의 행복, 즉 우리 자신이 소유한 그런 행복이라기보다 어딘가에 존재하는 어떤 무한한 행복에 대한 암시로 여기는 걸까요? 그건 왜죠? 혹시 그런 것을 한 번도 느껴 본 적이 없나요?”

---

124) 아돌프 가노(Adolphe Ganot, 1804~1887)가 1851년에 파리에서 출간한 책.

"당신도 알겠죠. '우리가 있지 않은 곳이 좋은 곳'이라는 속담을요." 바자로프가 반박했다. "게다가 어제 당신 스스로 말했습니다. 당신은 만족할 줄 모른다고요. 확실히 내 머릿속에는 그런 생각이 떠오르지 않습니다."

"아마도 그런 생각들이 당신에게는 우스워 보이겠죠?"

"아뇨, 하지만 내 머릿속에 떠오르지는 않습니다."

"정말요? 있잖아요, 난 당신이 무슨 생각을 하는지 정말 알고 싶어요."

"왜요? 당신을 이해할 수 없군요."

"들어 봐요. 오래전부터 당신과 이야기를 나누고 싶었어요. 당신으로서는 자신이 평범한 부류가 아니라는 사실을 딱히 말할 필요가 없겠죠. 당신 스스로도 알잖아요. 당신은 아직 젊고 눈앞에는 인생 전체가 펼쳐져 있어요. 당신은 무엇을 준비하고 있나요? 어떤 미래가 당신을 기다리고 있죠? 그러니까 내 말은, 당신이 성취하고자 하는 목표는 무엇인가요? 어디를 향해 가고 있나요? 당신의 마음속에는 무엇이 있죠? 한마디로 당신은 누구며 어떤 사람인가요?"

"당신은 날 놀라게 하는군요, 안나 세르게예브나. 내가 자연 과학을 전공한다는 것은 당신도 알잖아요. 내가 누구인지는……."

"그래요, 당신은 누구죠?"

"미래의 시골 의사라고 이미 알려 드렸는데요."

안나 세르게예브나는 초조한 몸짓을 했다.

"왜 그런 말을 하죠? 스스로도 믿지 않잖아요. 아르카지라면 나에게 그런 식으로 대답할 수 있겠지만, 당신은 아니에요."

"도대체 무엇 때문에 아르카지가……."

"그만해요! 설마 당신이 그렇게 소박한 활동에 만족하겠어요? 그리고 당신에게는 의학이 존재하지 않는다고, 본인 입으로 늘 단언하지 않았던가요? 당신처럼 자존심이 강한 사람이 시골 의사라뇨! 당신은 나와 거리를 두기 위해 그런 식으로 대답하는 거예요. 날 전혀 믿지 않으니까요. 하지만 예브게니 바실리예비치, 내가 당신을 이해할 수도 있어요. 나도 당신처럼 가난하고 자존심이 강했으니까요. 어쩌면 나도 당신과 똑같은 경험을 했을지도 몰라요."

"그것 참 멋지군요, 안나 세르게예브나. 하지만 용서하십시오……. 나는 대체로 자신의 생각을 표현하는 데 익숙하지도 않고, 또 우리 사이에 그만큼 거리도 있고……."

"무슨 거리요? 또 나에게 '당신은 귀족 여성'이라고 말할 건가요? 그만해요, 예브게니 바실리치. 난 당신에게 입증했다고 생각하는데……."

"게다가 또……." 바자로프가 그녀의 말을 가로막았다. "그 대부분이 우리의 의지와 무관한 미래에 대해 말하고 생각해 봤자 무슨 소용이 있습니까? 무언가 할 기회가 생기면 좋은 일이죠. 하지만 그런 기회가 오지 않는다면, 적어도 미리부터 쓸데없는 잡담을 지껄이지 않은 것만으로도 만족스러울 겁니다."

"당신은 친구와의 대화를 잡담이라고 하는군요……. 혹시 내가 여자라서 당신의 신뢰를 받을 가치가 없다고 생각하나요? 당신은 우리 모두를 경멸하죠."

"당신을 경멸하지 않습니다, 안나 세르게예브나. 당신도 알잖아요."

"아뇨, 아무것도 모르겠어요……. 하지만 당신이 자신의 미래 활동에 대해 말하고 싶어 하지 않는다는 점은 내가 이해했다고 쳐요. 하지만 지금 당신 안에서 일어나는 것은……."

"일어나다뇨!" 바자로프가 그녀의 말을 되풀이했다. "마치 내가 무슨 국가나 사회라도 되는 것 같군요! 어쨌든 전혀 흥미롭지 않은 얘기입니다. 게다가 과연 인간이 자기 안에서 '일어나는' 모든 것을 언제나 큰 소리로 말할 수 있을까요?"

"하지만 마음에 품은 모든 것을 왜 털어놓을 수 없는지 난 모르겠어요."

"당신은 그럴 수 있습니까?" 바자로프가 물었다.

"그럴 수 있어요." 안나 세르게예브나는 조금 망설이더니 이렇게 대답했다.

바자로프는 고개를 숙였다.

"당신은 나보다 행복하군요."

안나 세르게예브나는 뭔가 묻고 싶은 눈초리로 그를 바라보았다.

"좋을 대로 생각해요." 그녀는 계속해서 말했다. "하지만 무언가가 나에게 말하고 있어요. 우리가 서로 친해진 데에는 이유가 있다고, 우리 둘이 좋은 친구가 될 거라고 말이에요. 난 당신의 그, 뭐라고 표현하면 좋을까, 당신의 긴장과 자제심이 결국 사라질 거라고 확신해요."

"그럼 내 안에 있는 자제심을…… 당신의 표현대로라면……

긴장을 알아차렸단 말인가요?"

"네."

바자로프는 일어나서 창문으로 다가갔다.

"그리고 그 자제심의 원인을 알고 싶겠죠? 내 안에서 무슨 일이 일어나고 있는지도 알고 싶을 테고요?"

"네." 오진초바는 스스로도 이해할 수 없는 어떤 두려움을 느끼며 똑같은 말을 되풀이했다.

"그럼 화내지 않을 건가요?"

"그럼요."

"그렇단 말이죠?" 바자로프는 그녀를 등지고 섰다. "그럼 알려 드리죠. 당신을 사랑합니다. 바보처럼, 미친 듯이……. 자, 이제 당신은 원하던 것을 쟁취했군요."

오진초바가 두 팔을 앞으로 뻗었지만 바자로프는 창문 유리에 이마를 댔다. 그는 숨을 헐떡였다. 온몸이 떨리는 것 같았다. 그러나 젊은이의 숫기 없는 떨림은 아니었다. 첫 고백의 달콤한 두려움이 그를 사로잡은 것도 아니었다. 그것은 그의 안에서 몸부림치는 강렬하고도 고통스러운 정열이었다. 적의를 닮은, 어쩌면 적의와 흡사한 정열……. 오진초바는 그가 두렵기도 하고 가엾기도 했다.

"예브게니 바실리예비치." 그녀가 입을 열었다. 그 목소리에는 무의식적인 부드러운 울림이 깃들어 있었다.

그는 홱 돌아서서 그녀에게 탐욕스러운 시선을 던졌다. 그러고는 그녀의 두 손을 움켜쥐더니 갑자기 자신의 품으로 그녀를 끌어당겼다.

그녀가 곧바로 그의 포옹을 뿌리친 것은 아니었지만, 순식간에 그녀는 어느새 멀찍이 구석에 서서 바자로프를 쳐다보고 있었다. 그가 그녀에게 달려들었다…….

"당신은 날 이해하지 못했어요." 그녀는 소스라치게 놀라며 속삭였다. 그가 한 걸음만 더 다가가면 소리를 지를 것 같았다……. 바자로프는 입술을 깨물고는 밖으로 나가 버렸다.

삼십 분 후 하녀가 안나 세르게예브나에게 바자로프의 쪽지를 건넸다. 쪽지에는 단 한 줄만 적혀 있었다. '난 오늘 떠나야 합니까? 아니면 내일까지 머물러도 됩니까?' '왜 떠나려 하죠? 난 당신을 이해하지 못했어요. 당신도 날 이해하지 못했고요.' 안나 세르게예브나는 그에게 답장을 보냈다. 하지만 정작 본인은 '나도 나 자신을 이해할 수 없는걸.'이라고 생각했다.

그녀는 만찬 때까지 모습을 보이지 않았다. 계속 자기 방에서 뒷짐을 지고 이리저리 걷다가 이따금 창문 앞이나 거울 앞에 멈춰 서서 손수건으로 천천히 목을 어루만졌다. 계속 목에 뜨거운 자국이 있는 것처럼 느껴졌다. 그의 고백을 '쟁취' — 바자로프의 표현에 따르면 — 하도록 날 몰아붙인 건 무엇이었을까, 나는 무언가 어렴풋이 느끼고 있지 않았던가 하고 그녀는 스스로에게 계속 물었다……. "내 잘못이야." 그녀는 소리 내어 중얼거렸다. "하지만 나도 그렇게 되리라고는 짐작하지 못했어." 그녀는 생각에 잠겨 있다가 바자로프가 달려들 때 거의 야수처럼 보이던 그의 얼굴을 떠올리며 얼굴을 붉혔다…….

"그게 아니면?" 그녀는 불쑥 생각을 입 밖으로 내뱉더니 그 자리에 멈춰 서서 곱슬곱슬한 머리칼을 흔들었다……. 거울에 비친 자신을 보았다. 뒤로 젖혀진 머리, 반쯤 감긴, 혹은 반쯤 뜬 눈과 입술에 떠오른 신비로운 미소가 이 순간 그녀에게 뭐라고 말하는 것 같았다. 그녀를 당혹스럽게 만드는 어떤 말을…….

'아냐.' 그녀는 마침내 결심했다. '그 일이 어떤 식으로 흘러갔을지는 하느님만 아시겠지. 그 일을 가볍게 생각해선 안 돼. 역시 세상에서 가장 좋은 것은 마음의 평온이야.'

그녀의 평정은 흔들리지 않았다. 하지만 그녀는 슬펐고, 딱히 이유도 모른 채 눈물을 짓기까지 했다. 그러나 모욕을 당했기 때문은 아니었다. 그녀는 모욕을 당했다고 느끼지 않았다. 오히려 자신에게 책임이 있다고 생각했다. 갖가지 모호한 감정, 스러지는 인생에 대한 자각, 새로운 것에 대한 갈망에 영향을 받아 그녀는 스스로를 어느 선까지 밀어붙여 그 너머를 보게 했다. 그리고 그 너머에서 그녀가 본 것은 심연이 아니라 공허…… 또는 추악에 지나지 않았다.

19

아무리 감정을 잘 억제한다 해도, 아무리 모든 편견을 뛰어넘었다 해도 오진초바 역시 만찬을 위해 식당에 들어섰을 때는 거북함을 느꼈다. 그러나 식사 시간은 꽤 순조롭게 흘러갔다. 포르피리 플라토니치가 와서 다양한 일화를 들려주었다. 이제 막 시내에서 돌아왔던 것이다. 무엇보다 그는 현 지사 부르달루가 특명을 내려 관리들에게 박차를 달고 다니도록 지시한 일을 전해 주었다. 관리들을 어딘가로 파견할 경우 신속하게 말에 태워 보내기 위한 조치였다. 아르카지는 카챠와 낮은 목소리로 소곤소곤 이야기를 나누었고 외교관처럼 노련하게 공작 영애의 비위를 맞췄다. 바자로프는 침울한 모습으로 고집스럽게 침묵을 지켰다. 오진초바는 눈을 내리깐 그의 엄격하고 매서운 얼굴을 두어 번 똑바로 — 곁눈질로가 아니라 — 쳐다보았다. 경멸이 뒤섞인 단호한 결의의 흔적이 윤곽 하나하나에 어려 있었다. 그녀는 생각했다. '아냐…… 아냐…… 아냐…….' 만찬 후 그녀는 모든 사람들과 함께 정원으로 향했다. 바자로프가 자기와 이야기하고 싶어 하는 것을 눈치챈 그녀는 몇 걸음 옆으로 물러나 멈춰 섰다. 그는 그녀에게 다가왔지만, 그 순간에도 여전히 눈을 내리깐 채 공허한 목소리로 말했다.

"당신에게 용서를 구해야 합니다, 안나 세르게예브나. 당신은 나에게 분노하지 않을 수 없겠죠."

"아뇨, 당신에게 화나지 않았어요, 예브게니 바실리치." 오진초바가 대답했다. "하지만 슬프네요."

"더욱 나쁘군요. 어쨌든 난 충분한 벌을 받았습니다. 내 처지는, 당신도 아마 동의하리라 생각합니다만, 우스꽝스럽기 그지없어요. 당신은 쪽지로 왜 떠나느냐고 물었죠. 하지만 나는 남을 수도 없고 또 남고 싶지도 않습니다. 내일 나는 이곳에 없을 겁니다."

"예브게니 바실리치, 당신은 왜……."

"왜 떠나느냐고요?"

"아뇨, 내가 하려던 말은 그게 아니에요."

"과거를 돌이킬 수는 없죠, 안나 세르게예브나……. 조만간 일어날 일이었습니다. 따라서 난 떠나야 합니다. 내가 이곳에 남을 수 있는 단 한 가지 조건만은 알죠. 하지만 그 조건은 결코 실현되지 않을 겁니다. 나의 무례함을 용서하시길. 당신은 날 사랑하지도 않고 앞으로도 절대 사랑하지 않겠죠?"

바자로프의 눈이 순간적으로 그 검은 눈썹 아래에서 번득였다.

안나 세르게예브나는 그에게 대답하지 않았다. '이 사람이 두려워?' 그녀의 머릿속에 이런 생각이 떠올랐다.

"그럼 안녕히!" 바자로프는 마치 그녀의 생각을 짐작한 듯 이렇게 말하고는 집으로 향했다.

안나 세르게예브나는 조용히 그의 뒤에서 걸어가다가 카챠를 가까이 불러 손을 잡았다. 그녀는 저녁까지 카챠와 떨어지려 하지 않았다. 카드놀이에도 끼지 않았고 점점 더 헤프게 웃었지만, 그 웃음은 당혹감 어린 그 창백한 얼굴에 전혀 어울리지 않았다. 의혹을 품은 아르카지는 젊은이들이 관찰하는 방식으로 그녀를 주시했다. 즉 이것은 무엇을 의미할까 하고 스스로에게 끊임없이 물었던 것이다. 바자로프는 자기 방에 틀어박혔다. 하지만 차 마시는 자리에는 나왔다. 안나 세르게예브나는 그에게 뭔가 상냥한 말을 건네고 싶었지만 어떻게 이야기를 꺼내야 할지 몰랐다…….

뜻밖의 사건이 그녀를 곤경에서 구했다. 집사가 시트니코프의 도착을 알린 것이다.

젊은 진보주의자가 어떻게 메추라기처럼 방으로 뛰어들었는지는 말로 전하기 어렵다. 그는 자신도 잘 모르고 그를 한 번도 초대한 적 없는 여성의 집, 하지만 자신이 수집한 정보에 따르면 자신과 가까운 사이인 총명한 사람들이 손님으로 머물고 있는 여성의 집, 그 집을 방문하고자 특유의 집요함으로 시골까지 과감히 오기는 했다. 하지만 뼛속까지 겁에 질려, 미리 외워 놓은 사과와 인사말을 전하는 대신, 예브독시야 쿠크시나가 안나 세르게예브나의 건강에 대해 알아보라고 자기를 보냈다느니, 아르카지 니콜라예비치 역시 언제나 자기를 극찬한다느니 하는 쓸데없는 말들을 지껄였다……. 이때 그는 말을 더듬으며 당황하다가 자기 모자 위에 털썩 앉고 말았다. 그러나 아무도 그를 내쫓지 않았을 뿐만 아니라 안나 세르게예브나까지 그를 이모와 여동생에게 소개해 주었기에, 곧 정신을 차리고 마음껏 지껄이기 시작했다. 속물성의 출현은 종종 생활에 유익하다. 지나치게 팽팽한 현을 느슨하게 하고, 자만심과 자기 망각의 감정을 도취 상태에서 깨워 그 감정들이 속물성의 가까운 친족임을 새삼 자각하게 만들기 때문이다. 시트니코프의 방문과 더불어 모든 것이 어쩐지 둔해지고 단순해졌다. 심지어 다들 밤참을 더 배불리 먹고 평소보다 삼십 분 일찍 흩어져 잠자리에 들기까지 했다.

"이제는 너에게 똑같이 말해 줄 수 있겠군." 아르카지가 침대에 누우며 바자로프에게 말했다. 바자로프 역시 옷을 벗었다. "언젠가 네가 나에게 말했잖아. '왜 그렇게 우울해하고 있어? 무슨 신성한 의무라도 수행한 모양이지?'라고 말이야."

얼마 전부터 두 청년 사이에는 거리낌 없는 척하면서 조롱하는 것 같은 습관이 생겼다. 그런 식의 조롱은 은밀한 불만이나 입 밖으로 내지 못한 의심의 신호인 법이다.

"나는 내일 우리 노인네 집으로 출발할 거야." 바자로프가 말했다.

아르카지는 몸을 약간 일으켜 팔꿈치를 괴고 기댔다. 놀랍기도 했고 어쩐지 기쁘기도 했다.

"아!" 그가 중얼거렸다. "그래서 우울한 거야?"

바자로프가 하품을 했다.

"많이 알면 빨리 늙어."

"그럼 안나 세르게예브나는 어때?" 아르카지가 계속 말을 이었다.

"안나 세르게예브나가 뭐라고?"

"내가 하려던 말은 과연 그녀가 널 놓아주겠느냐는 거야."

"난 그녀의 고용인이 아냐."

아르카지는 생각에 잠겼고 바자로프는 자리에 누워 얼굴을 벽 쪽으로 돌렸다.

침묵 속에서 몇 분이 흘렀다.

"예브게니!" 갑자기 아르카지가 외쳤다.

"응?"

"나도 내일 너와 떠날래."

바자로프는 아무 대꾸도 하지 않았다.

"단, 나는 집으로 갈 거야." 아르카지가 계속해서 말했다. "호흘로프 정착촌까지 같이 가자. 그곳에서 넌 페도트의 말을 빌릴 수 있을 거야. 나도 너의 부모님을 뵙고 싶지만, 부모님과 너를 불편하게 할까 봐 걱정돼. 넌 다음에 우리 집에 다시 와 줄 거지?"

"당신 집에 내 짐을 두고 왔잖아요." 바자로프는 고개도 돌리지 않은 채 대꾸했다.

'왜 저 친구는 내가 떠나는 이유를 묻지 않을까? 그것도 자기처럼 갑자기 떠난다고 했는데.' 아르카지는 생각에 잠겼다. '정말이지 나는 왜 떠나려는 걸까? 또 이 친구는 왜 떠나려는 거지?' 그는 계속 생각에 잠겼다. 자신의 질문에 만족스러운 답변을 할 수 없었다. 하지만 심장은 쓰라린 무언가로 가득 찼다. 몹시도 익숙해져 버린 이 생활을 벗어나면 괴로울 것 같은 느낌이 들었다. 하지만 혼자 남는 것도 어쩐지 이상했다. '그들 사이에 무슨 일이 있었어.' 그는 속으로 곰곰이 따졌다. '바자로프가 떠난 뒤에 내가 무슨 면목으로 그녀 앞에 계속 불쑥불쑥 나타나겠어? 그녀는 결국 나에게 싫증을 낼 테고, 난 마지막 남은 것마저 잃고 말 거야.' 그는 안나 세르게예브나를 떠올렸다. 그러자 젊은 미망인의 아름다운 용모 뒤편에서 점차 다른 특징들이 떠올랐다.

'카챠도 안됐어!' 아르카지는 베개에 얼굴을 묻고 소곤거렸다. 베개 위에는 이미 눈물 한 방울이 떨어져 있었다……. 그는 갑자기 머리칼을 뒤로 홱 젖히며 큰 소리로 말했다.

"그 빌어먹을 멍청이 시트니코프는 왜 온 거야?"

바자로프는 처음에는 침대에서 부스럭대다가 이런 말을 내뱉었다.

"어이, 형제, 내가 보기에는 네가 훨씬 더 멍청해. 우리에게는 시트니코프 같은 자들이 필요하단 말이야. 나에게는, 넌 이해하겠지, 나에게는 그런 천치들이 필요해. 사실 신이 항아리를 굽는 건 아니잖아!"

'아하!' 아르카지는 속으로 생각했다. 바자로프의 자존심이 아르카지 앞에 그 끝없는 심연을 전부 열어 보인 것은 바로 그 순간뿐이었다. '그러니까 너와 내가 신이라는 거야? 그 말은 곧 네가 신이면 난 천치라는 뜻 아닌가?'

"그래." 바자로프가 침울하게 되뇌었다. "넌 역시 멍청해."

이튿날 아르카지가 바자로프와 함께 떠나겠다고 오진초바에게 말했을 때 그녀는 특별히 놀라는 기색을 보이지는 않았다. 그녀는 멍하고 피곤해 보였다. 카챠는 말없이 진지하게 그를 바라보았고, 공작 영애조차 그가 눈치채지 않을 수 없는 방식으로 숄 아래서 성호를 그었다. 그러나 시트니코프는 크게 놀랐다. 그는 새로운 세련된 옷차림을 하고 이제 막 아침 식사를 하러 내려온 참이었다. 이번에는 슬라브주의자 복장이 아니었다. 전날 그는 자신이 가져온 많은 리넨 제품[125]으로 담당 하인을 깜짝 놀라게 했다. 그런데 이제 동료들이 갑자기 그를 저버리려 한다! 그는 잠시 종종걸음을 치더니 숲 가장자리

---

125) 리넨으로 지은 셔츠와 내의류를 뜻한다.

로 몰린 토끼처럼 이리저리 뛰었다. 그러다가 갑자기 거의 경악하다시피 하며, 거의 소리를 지르다시피 하며 자기도 떠나겠다고 선언했다. 오진초바는 그를 붙잡지 않았다.

"내게는 매우 쾌적한 콜랴스카가 있답니다." 불행한 청년이 아르카지를 돌아보며 덧붙였다. "당신을 태워 줄 수 있어요. 그러면 예브게니 바실리치는 당신의 타란타스를 타고 갈 수 있죠. 그러는 편이 훨씬 더 편할 겁니다."

"유감입니다만, 당신과 나는 서로 가는 길이 다르고 또 우리 집까지는 멉니다."

"괜찮아요, 괜찮아. 나는 시간이 많답니다. 게다가 그쪽에 볼일도 있고요."

"조세 징수요?" 아르카지가 지나친 경멸조로 물었다.

하지만 시트니코프는 매우 낙심한 나머지 평소와 다르게 웃지도 않았다.

"장담하는데, 콜랴스카는 대단히 쾌적하답니다." 그는 웅얼웅얼 말했다. "게다가 모두 앉을 수도 있을 거예요."

"무슈 시트니코프의 호의를 거절해서 그를 슬프게 하지는 말아요." 안나 세르게예브나가 말했다…….

아르카지는 그녀를 쳐다보고는 의미심장하게 고개를 끄덕였다.

손님들은 아침 식사 후 떠났다. 바자로프와 작별 인사를 할 때 오진초바는 손을 내밀며 말했다.

"또 보게 되겠죠, 그렇죠?"

"좋을 대로 하시죠." 바자로프가 대답했다.

"그럼 다음에 봐요."

아르카지가 가장 먼저 현관 입구로 나갔다. 그는 시트니코프의 콜랴스카에 올라탔다. 그가 자리에 앉을 수 있도록 집사가 정중히 도왔다. 그러나 그는 집사를 실컷 두들겨 패거나 펑펑 울고 싶었다. 바자로프는 타란타스에 자리를 잡고 앉았다. 호흘로프 정착촌에 이르자, 아르카지는 여인숙 주인인 페도트가 말들에 마구를 채우는 동안 기다리다가, 타란타스로 다가가서 예전처럼 미소를 지으며 바자로프에게 말했다.

"예브게니, 나도 데려가. 네 집에 가고 싶어."

"타." 바자로프가 이 사이로 내뱉듯이 중얼거렸다.

활기차게 휘파람을 불며 마차 바퀴 주위에서 어슬렁거리던 시트니코프는 이 말을 듣자 그저 입을 벌린 채 멍하니 바라보기만 했다. 아르카지는 냉정하게 자기 짐을 그의 콜랴스카에서 꺼낸 후 바자로프 옆에 앉았다. 그러고는 이제까지의 길벗에게 정중히 고개 숙여 인사를 하고는 "출발!" 하고 외쳤다. 타란타스는 덜컹 움직이더니 이내 시야에서 사라졌다……. 완전히 당황한 시트니코프는 자신의 마부를 쳐다보았지만, 마부는 곁 말의 꼬리 위로 채찍을 휘둘렀다. 그러자 시트니코프는 콜랴스카에 껑충 뛰어오르더니, 지나가는 두 농부에게 "모자를 써, 멍청이들!" 하고 천둥처럼 고함을 치고는 시내로 출발했다. 그는 아주 늦게 시내에 도착했고, 다음 날 쿠크시나 집에서 두 명의 '혐오스러운 오만한 촌뜨기'를 강하게 비난했다.

타란타스를 타고 바자로프의 집으로 향하던 아르카지는 바자로프의 손을 꽉 쥐고 한참 동안 아무 말도 하지 않았다. 바자로프는 이렇게 손을 꽉 잡고 침묵하는 뜻을 이해하고 존중하는 듯했다. 전날 밤 그는 한숨도 안 잤고 담배도 피우지 않았다. 게다가 이미 며칠 동안 거의 아무것도 먹지 않았다. 푹 눌러쓴 모자 아래로 그의 야윈 옆얼굴이 음울하고 날카롭게 두드러져 보였다.

"어이, 형제." 마침내 바자로프가 입을 열었다. "시가 한 대 줘……. 이것 봐, 혹시 내 혀가 노랗지 않아?"

"노랗군." 아르카지가 대답했다.

"음, 그래……. 시가가 맛이 없더라니. 기계가 못 쓰게 됐어."

"너, 최근 들어 정말 변했어." 아르카지가 말했다.

"괜찮아! 우리는 본래 모습을 되찾을 거야. 한 가지 갑갑한 점은 우리 어머니가 너무 정이 많다는 거지. 내가 하루에 열 번씩 배가 나오도록 먹지 않으면 어머니가 몹시 슬퍼해. 음, 아버지는 괜찮아. 곳곳을 돌아다녔고 인생에서 많은 굴곡을 겪었거든. 아니지, 담배는 피우면 안 돼." 그는 이렇게 덧붙이고는 시가를 도로의 흙먼지 속으로 홱 던졌다.

"너희 영지까지 25베르스타 남았나?" 아르카지가 물었다.

"25베르스타. 이 현자에게 물어봐."

그는 마부석에 앉은 농부를 가리켰다. 페도트의 일꾼 가운데 한 명이었다.

그러나 현자는 "누가 알겠습니까요. 여기에선 베르스타 따위는 재지 않는데."라고 대답하고는, 가운데 말에게 '머리통으로 친다'는 이유로, 즉 고개를 홱 잡아당긴다는 이유로 소리를 낮춰 계속 욕을 퍼부었다.

"그렇지, 그렇지." 바자로프가 말했다. "젊은 벗이여, 이 일을 교훈과 어떤 유익한 사례로 삼기를. 이게 얼마나 허황된 소리인지는 악마나 알 거야! 모든 인간은 한 가닥 실에 매달려 있고, 그 아래로는 심연이 매 순간 입을 벌릴 수 있지. 그런데도 인간은 온갖 불쾌한 것들을 스스로 궁리해 내서 자신의 인생을 망치고 있어."

"뭘 암시하려는 거야?" 아르카지가 물었다.

"아무것도 암시할 생각 없어. 우리 둘 다 정말 어리석게 처신했다고 솔직히 말하는 거야. 더 말할 필요도 없지! 하지만 난 이미 병원에서 깨달았어. 자신의 통증에 짜증을 부리는 사람은 반드시 그것을 이겨 내."

"네 말을 전혀 이해할 수 없군." 아르카지가 말했다. "너에게는 불평할 것이 전혀 없어 보이거든."

"날 전혀 이해하지 못하겠다면 너에게 이 점을 말해 주지. 내 생각에는, 여자가 손가락 끝이라도 지배하게 내버려 두느니 포장도로의 돌을 깨는 편이 나아. 그 모든 건……." 바자로프는 자신이 즐겨 사용하는 '낭만주의'라는 말을 입에 올릴 뻔했지만 꾹 참고 이렇게 말했다. "헛소리야. 넌 이제 내 말을 믿지 않겠지만, 너에게 이 말은 해 둬야겠어. 너와 난 여자의 세계에 발을 들여놓았었지. 그리고 우리는 즐거웠어. 하지만 그런 세계를 내던지는 것은, 무더운 날 자기 몸에 차가운 물을 끼얹는 것과도 같아. 남자에게는 그런 하찮은 일에 관심을 둘 시간이 없어. 에스파냐의 훌륭한 속담대로 남자는 사나워야 해." 그는 마부석에 앉은 농부를 돌아보며 덧붙였다. "어이,

자네, 영리한 친구, 아내가 있나?"

농부는 시력이 나쁜 넓적한 얼굴을 두 친구 쪽으로 돌렸다.

"아내요? 있습죠. 어떻게 아내가 없을 수 있겠습니까요?"

"아내를 때리나?"

"아내를요? 무슨 일이든 일어날 수 있습죠. 그래도 이유 없이 때리지는 않습니다요."

"훌륭하군. 그럼 아내는 자네를 때리나?"

농부는 고삐를 잡아당겼다.

"나리, 무슨 그런 말씀을 하십니까요. 정말로 농담을 좋아하시네요……." 그는 모욕을 느낀 듯했다.

"들었지, 아르카지 니콜라예비치! 우리가 완전히 졌어……. 교양인이 된다는 건 바로 이런 거야."

아르카지는 어색하게 웃었다. 바자로프는 고개를 돌리고 여정 내내 입을 열지 않았다.

25베르스타가 아르카지에게는 50베르스타처럼 느껴졌다. 그러나 드디어 약간 경사진 구릉의 비탈에 바자로프의 부모님이 사는 작은 마을이 나타났다. 마을 옆의 어린 자작나무 숲속에 초가지붕을 얹은 작은 귀족 저택이 보였다. 첫 번째 통나무집 옆에 모자를 쓴 두 농부가 서서 욕설을 퍼부으며 말다툼을 하고 있었다. "넌 큰 돼지야." 한 사람이 다른 사람에게 말했다. "하지만 작은 새끼 돼지만도 못하지." 상대방은 "네 마누라는 마녀야."라고 대꾸했다

바자로프가 아르카지에게 말했다. "자유로운 태도와 장난스러운 말투에서, 우리 아버지 영지의 농부들이 심하게 억압받

지 않는다는 점을 판단할 수 있을 거야. 아, 저기 아버지가 현관 계단으로 나오시네. 방울 소리를 들으셨나 보군. 아버지야, 아버지. 모습만 봐도 알겠어. 이럴 수가! 머리가 정말 허옇게 셌네. 불쌍한 아버지!"

20

바자로프는 타란타스 밖으로 몸을 쑥 내밀었다. 아르카지는 동료의 등 뒤에서 고개를 길게 뽑다가, 작은 지주 저택의 현관 계단에서 덥수룩한 머리칼과 좁은 매부리코의 키가 크고 야윈 남자를 보았다. 낡은 군인용 프록코트의 앞 단추가 끌러져 있었다. 그는 두 다리를 벌리고 서서 긴 파이프를 피우며 햇살에 눈을 찡그리고 있었다.

말들이 멈춰 섰다.

"드디어 왔구나." 바자로프의 아버지는 손가락 사이에서 파이프가 심하게 떨리는데도 계속 담배를 피우며 말했다. "자, 나와라, 나와, 안아 보자."

그는 아들을 끌어안았다……. "예뉴시카, 예뉴시카." 떨리는 여자 목소리가 들렸다. 문이 활짝 열리더니, 하얀 실내용 모자를 쓰고 단이 짧은 화려한 블라우스를 입은 통통한 노파가 문간에 나타났다. 그녀는 "아!" 하고 외치며 휘청거렸다. 바자로프가 붙잡지 않았다면 쓰러졌을 것이다. 그녀의 통통한 작은 두 팔이 순식간에 바자로프의 목을 감았다. 그녀는 그의 가슴에 머리를 묻었다. 그러자 불현듯 모든 것이 조용해졌다. 그녀의 끊어질 듯한 흐느낌만 들렸다.

바자로프 노인은 깊이 숨을 내쉬며 아까보다 더 가늘게 눈을 떴다.

"자, 그만, 그만, 아리샤, 그만해!" 그는 타란타스 옆에 꼼짝 않고 서 있던 아르카지와 시선을 교환하며 입을 열었다. 그사이 마부석에 앉은 농부는 고개를 돌렸다. "이럴 필요 없어! 제발 그만해."

"아, 바실리 이바니치." 노파가 중얼거렸다. "드디어 내 아들을, 내 사랑하는 예뉴셴카를 만났는데요……." 그러고는 여전히 바자로프를 놓아주지 않은 채 사랑이 가득한, 눈물에 젖은 쭈글쭈글한 얼굴을 들고 행복에 겨운 우스꽝스러운 눈으로 아들을 바라보다가 다시 그의 품에 얼굴을 묻었다.

"그야 물론 그것은 전적으로 사물의 본성에 속하지." 바실리 이바니치가 말했다. "하지만 방으로 들어가는 편이 더 좋겠군. 여기 예브게니와 함께 온 손님이 있어. 죄송합니다." 그는 아르카지를 돌아보며 덧붙이고는 한 발을 가볍게 질질 끌었다. "여자의 연약함이지. 당신도 이해하겠죠. 뭐, 어머니의 마음이기도……."

하지만 그 자신의 입술과 눈썹도 씰룩였고 턱도 떨렸다……. 하지만 그는 자신을 억누르고 거의 무심하게 보이고 싶은 듯했다. 아르카지는 고개를 꾸벅 숙였다.

"정말이지, 어머니, 들어가요." 바자로프는 이렇게 말하고는 쇠약해진 노파를 데리고 집으로 갔다. 그는 노파를 편안한 안락의자에 앉히고 얼른 한 번 더 아버지를 끌어안은 뒤 아르카지를 소개했다.

"이렇게 알게 되어 진심으로 반갑습니다." 바실리 이바노비치가 말했다. "변변치 못합니다만, 여기 우리 집에서는 모든 것이 군대처럼 단순하게 이루어진답니다. 아리나 블라시예브나, 제발 진정해, 왜 이렇게 마음이 약해? 손님이 욕하겠어."

"귀한 손님." 노파가 눈물을 흘리며 말했다. "아직 이름과 부칭도 모르네요……."

"아르카지 니콜라이치." 바실리 이바니치가 목소리를 낮추어 엄숙하게 말했다.

"이 어리석은 늙은이를 용서해요." 노파는 코를 풀고는 오른쪽으로 왼쪽으로 고개를 기울이며 꼼꼼하게 눈을 차례로 닦았다. "미안해요. 정말이지 내 사…… 아…… 랑하는 아들을 못 보고 죽겠다, 그렇게 생각했거든요."

"그런데 결국 이렇게 봤잖소, 마님." 바실리 이바노비치가 그녀의 말을 받아쳤다. "타뉴시카.[126)]" 그는 선홍색 꽃무늬 무명옷 차림으로 문 뒤에서 겁에 질려 몰래 훔쳐보던 열세 살쯤의 맨발 소녀를 돌아보았다. "마님에게 물 한 잔 갖다드려라. 쟁반에 받쳐 들고. 알겠지? 그리고 신사 여러분." 그가 고리타분한 익살을 부리며 덧붙였다. "퇴역 노병의 서재로 가실까요?"

"한 번만 더 안아 보게 해 다오, 예뉴셰치카." 아리나 블라시예브나가 애원하며 말했다. 바자로프는 그녀에게로 몸을 숙였

126) 타치야나의 애칭.

다. "정말 미남이 됐구나!"

"뭐, 미남인지 아닌지는 중요하지 않아." 바실리 이바노비치가 말했다. "하지만 남자, 사람들이 흔히 말하는 대로 옴므페[127]가 됐군. 그런데 아리나 블라시예브나, 이제 당신의 모성도 충분히 충족시켰으니 귀한 손님들이 실컷 배를 채울 수 있도록 신경을 써 주면 좋겠어. 당신도 알다시피 나이팅게일도 동화만 먹고 살 수는 없거든."

노파는 안락의자에서 슬며시 일어섰다.

"바실리 이바니치, 식탁은 금방 차려질 거예요. 내가 부엌으로 직접 달려가서 사모바르를 얹으라고 시킬게요. 모든 게 나올 거예요, 모든 게. 삼 년이나 아들을 보지도 못하고 먹이지도 못했는데, 어디 상 차리는 게 쉽겠어요?"

"음, 조심해, 마누라, 망신을 당하지 않도록 빨리 움직여. 신사 여러분은 날 따라오시오. 여기 치모페이치가 너에게 인사하러 왔구나, 예브게니. 저 사람도 기쁜가 보다, 늙어 빠진 개가 말이다. 어떠냐? 늙어 빠진 개가 정말 기뻐하지? 어서 날 따라오시오."

그러고는 바실리 이바노비치는 밑창이 닳은 슬리퍼를 질질 끌면서 분주히 앞서 갔다.

그의 자그마한 집 전체에는 아주 작은 방이 여러 개 있었다. 그 가운데 그가 우리의 친구들을 데려간 방은 서재라 불렸다.

---

127) 바실리 이바노비치는 '진정한 남자'라는 뜻의 프랑스어 homme fait를 러시아어 음가로 발음했다.

다리가 굵은 테이블이 두 창문 사이의 벽면 전체를 차지했고, 그 위에는 오랫동안 쌓인 먼지로 마치 불에 그을린 듯 새까매진 서류들이 수북하게 쌓여 있었다. 벽에는 튀르크식 소총, 짧은 채찍, 기병도, 지도 두 장, 해부도 몇 장, 후펠란트[128]의 초상화, 검은 액자에 든, 머리카락으로 만든 모노그램, 유리 액자에 든 학위 증서가 걸려 있었다. 여기저기 꺼지고 찢어진 가죽 소파는 카렐리야[129] 지방의 자작나무로 짠 두 개의 커다란 장롱 사이에 놓여 있었다. 책장에는 책, 조그만 상자, 새의 박제, 단지, 유리병이 어지럽게 빼곡히 들어차 있었다. 그리고 한 구석에는 부서진 전기 기구가 놓여 있었다.

"친애하는 손님, 앞서 말했듯이, 우리는 이곳에서, 말하자면 아영지에서 살아가고 있답니다……."

"그만하세요. 뭘 사과하시는 거예요?" 바자로프가 끼어들었다. "키르사노프는 우리가 크로이소스[130]도 아니고 아버지의 집이 궁전이 아니라는 것도 아주 잘 알고 있어요. 우리가 이 친구를 어디에 묵게 할 것인가, 그게 문제 아닌가요?"

"무슨 소리냐, 예브게니. 저기 우리 집 곁채에 훌륭한 방이

---

128) 크리스토프 빌헬름 후펠란트(Christoph Wilhelm Hufeland, 1762~1836). 독일의 의학자. 「인간 수명의 확장에 대하여」(1796)라는 논문으로 유명하다

129) 러시아 북서부에 위치한 지역으로 핀란드, 스웨덴, 러시아 등의 지배를 받았고, 현재는 러시아 연방 공화국들 가운데 하나다.

130) Kroisos(기원전 560년경~기원전 546년경 재위). 리디아의 마지막 왕으로 그리스인들 사이에서 엄청난 부호로 이름을 날렸다. 페르시아 제국을 상대로 전쟁을 일으켰다가 패하여 떠돌이가 되었다.

있단다. 그곳에서라면 이 손님도 아주 편안하게 지낼 거다."

"아버지 집에 곁채가 생겼다고요?"

"물론이죠. 증기탕도 있습니다." 치모페이치가 끼어들었다.

"즉 증기탕 옆에 있는 거지." 바실리 이바노비치가 황급히 덧붙였다. "지금은 여름이니…… 당장 그곳으로 달려가서 지시를 내려야겠다. 치모페이치, 자네는 그동안 손님들 물건을 안으로 들여. 예브게니, 물론, 너에게는 내 서재를 쓰게 해 주마. **누구에게나 자기 것이 있어야 하는 법이지.**(라틴어)"

"저런! 대단히 재미있고 무척이나 선량한 노인네지." 바실리 이바노비치가 자리를 뜨자마자 바자로프가 이렇게 덧붙였다. "네 아버지만큼이나 괴짜야. 물론 다른 의미에서지만. 쓸데없는 말을 너무 많이 해."

"어머니도 아주 훌륭한 여성이신 것 같던데." 아르카지가 말했다.

"응, 우리 어머니에게는 교활한 면이 없어. 어머니가 우리에게 어떤 정찬을 차려 줄지 잘 봐."

"오늘 도련님이 오실 거라 생각을 못 해 쇠고기를 구해 두지 못했습니다." 바자로프의 여행용 가방을 끌어다 놓기가 무섭게 치모페이치가 말했다.

"쇠고기는 없어도 돼. 없는데 어쩌겠어. 가난은 죄가 아니라잖아."

"아버지의 농노는 몇이나 돼?" 갑자기 아르카지가 물었다.

"영지의 소유주는 아버지가 아니라 어머니야. 내 기억으로는 열다섯 명 정도 될걸."

"전부 스물두 명입니다." 치모페이치가 불만스럽게 말했다.

슬리퍼 끄는 소리가 나더니 다시 바실리 이바노비치가 나타났다.

"몇 분 후면 당신을 맞이하기 위한 방이 마련될 겁니다." 그가 큰 소리로 엄숙하게 말했다. "아르카지…… 니콜라이치? 그게 당신의 부칭이었던 것 같소만? 이 아이가 당신의 시중을 들 겁니다." 그는 자기와 함께 방으로 들어온 사내아이를 가리키며 덧붙였다. 머리카락을 짧게 깎은 사내아이는 팔꿈치에 구멍이 난 파란색 카프탄을 입고 남의 부츠를 신고 있었다. "아이의 이름은 페지카[131]요. 아들은 말리지만, 변변치 못해 미안하다고 거듭 말해야겠군요. 하지만 이 아이는 파이프를 채울 줄 압니다. 당신도 담배를 피우죠?"

"주로 시가를 피웁니다." 아르카지가 대답했다.

"정말 현명한 처신이에요. 나도 시가를 선호하지만, 이런 외딴 지방에서는 시가를 구하기가 대단히 어렵답니다."

"운명을 한탄하는 말은 이제 그만하세요." 다시 바자로프가 끼어들었다. "차라리 거기 소파에 앉아서 아버지를 볼 수 있게 해 주세요."

바실리 이바노비치는 껄껄 웃고는 자리에 앉았다. 얼굴이 아들과 매우 비슷했다. 다만 이마가 더 낮고 더 좁으며 입이 약간 더 클 뿐이었다. 그는 쉴 새 없이 움직이고, 옷 겨드랑이가 끼는 듯이 어깨를 으쓱거리고, 눈을 깜박이고, 기침을 하

---

131) 표도르의 애칭.

고, 손가락을 꼼지락거렸다. 한편 아들은 무심한 듯 꼼짝하지 않는 모습으로 그와 대조를 이루었다.

"운명을 한탄한다니!" 바실리 이바노비치가 아들의 말을 되받았다. "예브게니, 우리가 촌구석에 산다는 말로 내가 손님에게, 말하자면 동정을 사려 한다고는 생각하지 마라. 오히려 난 사색하는 인간에게 촌구석이란 존재하지 않는다는 견해를 가진 사람이다. 적어도 난, 말하자면 이끼에 뒤덮이지 않으려고, 시대에 뒤떨어지지 않으려고 최대한 노력하고 있단 말이다."

바실리 이바노비치는 호주머니에서 새 노란색 손수건을 꺼냈다. 아르카지의 방으로 달려가는 길에 간신히 집은 손수건이었다. 그는 그것을 허공에 흔들면서 계속 말했다.

"예를 들어 내 농민들에게서 부역을 면해 주고 내 땅을 그들과 반분하기까지 나의 뼈아픈 희생이 없지 않았다는 점은 더 이상 말하지 않겠다. 난 그것이 내 의무라고 생각한다. 이 경우에는 상식이 그것을 요구하지. 하지만 다른 지주들은 그것에 대해 생각도 하지 않아. 난 과학에 대해, 교육에 대해 말하는 거다."

"그렇군요. 아버지가 1855년판 《건강의 벗》[132]을 갖고 계신 걸 알아요." 바자로프가 말했다.

"옛 동료가 친분 때문에 보내 준 것이다." 바실리 이바노비치가 황급히 말했다. "하지만 우리는 예를 들어 골상학에 대해서도 안답니다." 그는 고개를 돌려 — 하지만 아르카지 쪽으로 더 고개를 돌려 — 장식장에 놓인 자그마한 석고 두상을

---

132) 1833년부터 1869년까지 페테르부르크에서 의사들을 위해 발행된 신문.

가리키면서 덧붙였다. 석고상은 사각형으로 나뉘어 그 각각에 번호가 붙어 있었다. "또한 쇤라인[133]도, 라데마허[134]도 모르지는 않습니다."

"그런데 ○○○현에서는 아직도 라데마허를 믿나요?" 바자로프가 물었다.

바실리 이바노비치가 기침을 하기 시작했다.

"현에서는…… 물론 신사 여러분이 더 잘 알겠지. 어디 우리가 당신들을 따라잡을 수 있겠습니까? 당신들이 우리를 대신하기 위해 등장했잖아요. 우리 시대에는 호프만[135]의 체액 병리설이나 브라운[136]의 활력설 같은 것들이 매우 우스꽝스럽게 보였는데, 사실 그들도 한때는 명성을 떨치지 않았습니까. 당신들 세대의 새로운 누군가가 라데마허를 대신했고, 당신들은 그를 경배하고 있어요. 하지만 아마도 이십 년 후에는 당신들도 그 사람을 비웃을 겁니다."

"아버지에게 위안이 되기를 바라는 마음으로 드리는 말씀인데요." 바자로프가 말했다. "요즘 우리는 전반적으로 의학을

---

133) 요한 루카스 쇤라인(Johann Lukas Schönlein, 1793~1864). 독일의 의학자.

134) 요한 고트프리트 라데마허(Johann Gottfried Rademacher, 1772~1850). 독일의 의사. 연금술을 의술에 접목시키려 한 필리푸스 파라셀수스(Philippus Paracelsus, 1493~1541)의 추종자였다.

135) 프리드리히 호프만(Friedrich Hoffmann, 1660~1742). 독일의 의사이자 체액 병리학자. 그는 체액의 불균형 때문에 병이 생긴다고 믿었다.

136) 존 브라운(John Brown, 1735~1788). 영국의 의사이자 활력론자. 생명을 지탱하는 것은 물리적, 화학적 힘과는 완전히 다른 활력이라고 주장했다.

조롱하고 있어요. 어느 누구도 숭배하지 않고요.”

“그게 무슨 소리냐? 넌 의사가 되고 싶지 않은 게냐?”

“되고 싶죠. 하지만 그 문제는 이것과 상관없어요.”

바실리 이바노비치는 뜨거운 재가 아직 조금 남아 있는 파이프 속에 세 번째 손가락을 쑤셔 넣었다.

“그래, 어쩌면, 어쩌면 그럴 수 있겠지. 난 논쟁하고 싶지 않다. 내가 누구냐? 퇴역 군의관, 볼라투[137]. 이제는 농학자가 됐지만 말이다. 난 당신 조부님의 여단에서 복무했습니다.” 그는 다시 아르카지를 돌아보았다. “네, 그렇습니다,[138] 난 평생 많은 것을 보았지요. 어느 모임인들 드나들지 않고 누구하곤들 어울리지 않았겠습니까! 나, 당신이 지금 눈앞에서 보시는 이 사람, 바로 내가 비트겐슈타인 공작[139]과 주콥스키[140]의 맥을 짚었답니다! 14일에 남군(南軍)에서 복무하던 사람들,[141] 무

---

137) 프랑스어 voilà tout(그게 전부다)를 러시아어 음가로 말한 것이다.

138) 바실리 이바노비치는 갑자기 이 부분에서 아르카지에게 극존칭을 사용하고 있다.

139) 표트르 크리스티아노비치 비트겐슈타인(Pyotr Khristianovich Wittgenstein, 1769~1843). 프로이센 태생의 러시아 장군으로 1805년부터 1815년까지 나폴레옹에 맞서 싸웠다. 특히 러시아군 총사령관이던 쿠투조프가 죽은 후 그의 후임으로 임명되어 유럽 원정에 참전했다.

140) 바실리 안드레예비치 주콥스키(Vasily Andreyevich Zhukovskii, 1783~1852). 러시아의 시인이자 중단편 소설가, 번역가로서 러시아 낭만주의를 대표하는 인물.

141) 1816년에 결성된 ‘해방 동맹’의 지부인 남부 결사를 가리킨다. 해방 동맹의 구성원들은 주로 프리메이슨 회원인 귀족들이나 나폴레옹을 무찌르고 파리까지 원정을 갔다가 자유주의 이념에 고취된 장교들이었다. 이들 가운데 일부 군대가 알렉산드르 1세의 사망 이후 정치적으로 혼란한 틈을 타서,

슨 말인지 알겠죠, 난 그 사람들을 한 명도 남김없이 전부 알았습니다.(그 순간 바실리 이바노비치는 의미심장하게 입술을 꽉 다물었다.) 하지만 나의 일은 다른 곳에 있었습니다. 의료용 칼을 다루는 법만 알면 충분했죠! 당신의 조부님은 대단히 존경할 만한 분이셨답니다. 진정한 군인이셨죠."

"솔직히 털어놓으세요, 꽤나 멍청이였죠." 바자로프가 나른하게 말했다.

"아, 예브게니, 어떻게 그런 말을 하느냐! 당치도 않다……. 물론 키르사노프 장군은 그런 부류가 아니었지만……."

"그만하세요." 바자로프가 그의 말을 가로막았다. "여기로 오는 동안 아버지의 자작나무 숲을 보고 기뻤어요. 잘 자랐더군요."

바실리 이바노비치가 활기를 띠었다.

"우리 정원이 지금 어떤지 봐라! 내가 직접 한 그루 한 그루 심었지. 과일도 있고 딸기며 온갖 약초도 있단다. 젊은 신사들, 아무리 생각해 봐도, 파라셀수스 노인은 신성한 진리를 말했소. 풀과 말〔言〕과 돌 속에…….(라틴어) 너도 알다시피, 나는 진료를 접었다. 하지만 일주일에 두어 번은 예전처럼 행동해야 하지. 사람들이 조언을 구하러 오거든. 목덜미를 잡고 끌어낼 수는 없어. 때때로 가난한 사람들이 도움을 청하러 달려

1825년 12월 14일에 보수적 성향이 강한 니콜라이 대공의 계승을 반대하고 입헌 군주제와 농노제 폐지를 주창하며 봉기를 일으켰다. 이 봉기는 사전에 발각되어 실패로 돌아갔다. 이후 이 혁명 세력은 '제카브리스트'라고 불리게 되었다.(러시아어로 12월을 뜻하는 '제카브리'에서 이름을 따온 것이다.)

오기도 한단다. 게다가 여기에는 의사가 전혀 없어. 상상해 보렴. 이곳의 한 이웃인 퇴역 소령도 의료 활동을 한단다. 난 그 사람에게 의학을 공부했냐고 묻곤 하지……. 그 사람은 이렇게 말한단다. 아닙니다, 나는 의학을 공부하지 않았습니다. 난 주로 박애 정신으로……. 하하, 박애 정신이라니! 어떠냐? 참나! 하하하하!"

"페지카! 내 파이프에 담배를 채워!" 바자로프가 엄하게 말했다.

"그리고 이곳에 다른 의사도 있었다. 그 사람이 환자를 찾아갔는데……." 바실리 이바노비치는 절망스럽게 느껴지는 투로 계속해서 말했다. "환자는 이미 **조상들이 있는 곳으로 떠나 버렸지.**(라틴어) 그런데 하인이 이제는 더 이상 필요 없다고 말하면서 의사를 들여보내지 않았단다. 그 사람도 이렇게 되리라고는 예상하지 못해 당황했지. 그는 '어때, 주인은 임종 직전에 딸꾹질을 하더냐?'라고 물었다. '하셨습니다.' '많이 하셨나?' '많이 하셨습니다.' '음, 그럼 됐다.' 그러고는 돌아갔단다. 하하하!"

노인은 혼자 웃음을 터뜨렸다. 아르카지는 얼굴에 엷은 웃음을 띠었다. 바자로프는 담배 연기만 빨아 댔다. 대화는 그런 식으로 한 시간 정도 계속됐다. 아르카지는 겨우 자기 방으로 갈 수 있었다. 알고 보니 그 방은 증기탕 입구의 탈의실이었지만 매우 쾌적하고 깨끗했다. 마침내 타뉴샤[142]가 들어와 만찬이 준비됐다고 알렸다.

142) 타치야나의 애칭.

바실리 이바노비치가 가장 먼저 일어났다.

“여러분, 갑시다! 내가 여러분을 지루하게 했다면 너그럽게 용서하시오. 아마도 우리 안주인이 나보다는 여러분을 더 만족시켜 줄 겁니다.”

비록 급하게 차려지긴 했지만, 식사는 매우 훌륭하고 성대하기까지 했다. 다만 술은, 흔한 표현대로 약간 실패였다. 치모페이치가 시내의 아는 상인에게서 구매한, 검은색에 가까운 셰리[143]에서는 구리인지 송진인지 분간하기 힘든 맛이 났다. 파리도 방해가 됐다. 평소에는 머슴 노릇 하는 사내아이가 잎사귀 달린 커다란 나뭇가지로 파리를 쫓았다. 하지만 이번에는 바실리 이바노비치가 젊은 세대의 비판이 두려워 그 아이를 멀리 보내 버렸다. 아리나 블라시예브나는 짬을 내어 몸단장을 했다. 실크 리본이 달린 높다란 실내용 모자를 쓰고 덩굴무늬가 있는 하늘색 숄을 걸쳤다. 그녀는 자신의 예뉴샤를 보자마자 다시 훌쩍였지만 남편은 굳이 그녀를 나무랄 필요가 없었다. 그녀가 숄을 더럽히지 않으려고 얼른 눈물을 닦았기 때문이다. 익숙하지 않은 부츠로 힘들어하는 기색이 뚜렷한 페지카가 시중을 들었고, 남자 같은 얼굴에 애꾸눈을 한, 창고 관리와 새 돌보기와 세탁을 맡은 안피수시카라는 여자가 페지카를 도왔다. 바실리 이바노비치는 만찬 내내 이루 말할 수 없이 행복한, 심지어 환희에 찬 표정으로 방 안을 서성이면서, 나폴레옹의 정책에 대해 자신이 느끼는 심각한 우려

143) 에스파냐 남부 지방에서 생산되는 백포도주.

와 이탈리아 문제[144]의 복잡성에 대해 이야기했다. 아리나 블라시예브나는 아르카지에게 전혀 주의를 기울이지도, 음식을 권하지도 않았다. 부푼 버찌색 입술, 두 뺨과 눈썹에 난 작은 반점 때문에 몹시도 선량한 인상을 풍기는 동그란 얼굴을 조그만 주먹으로 받친 채, 그녀는 아들에게서 눈을 떼지 않고 계속 한숨만 쉬었다. 아들이 얼마나 머물지 알고 싶어 견딜 수 없었지만 물어보기가 두려웠던 것이다. '이틀이라고 말하면 어쩌나?' 그녀는 생각했다. 심장이 멎는 것 같았다. 구운 고기가 나온 후, 바실리 이바노비치는 잠시 사라졌다가 코르크를 뽑은 샴페인 반병을 들고 돌아왔다. "자," 그가 외쳤다. "우리는 촌구석에 살아도 축하할 일이 있을 때 어떻게 즐겨야 하는지는 잘 알지!" 그는 샴페인 잔 세 개와 작은 보드카 잔 한 개에 술을 붓고, '귀한 손님들'의 건강을 위해 건배하고는 군대식으로 단숨에 샴페인 잔을 비웠다. 아리나 블라시예브나에게도 보드카 잔에 든 술을 마지막 한 방울까지 다 마시라고 다그쳤다. 잼 차례가 되자, 단것을 못 견뎌 하는 아르카지도 갓 만든 네 가지 다른 잼들을 맛보는 것만큼은 의무로 여겼다. 바자로프가 단호하게 거절하고 곧바로 시가를 피우는 바람에 더욱 그랬다. 그다음에는 크림, 버터, 크렌젤[145]을 곁들인 차가 나왔다. 그러고 나자 저녁의 아름다움을 즐기도록 바실리 이바노비치가 모두를 정원으로 데려갔다. 그는 벤치를 지나치며

144) 오스트리아로부터 독립하고 통일을 이루려는 이탈리아의 투쟁은 1850년대에 러시아 언론에서 자주 논의됐다.

145) 8자형의 흰 빵.

아르카지에게 소곤거렸다.

"난 이 자리에서 해넘이를 바라보며 사색하기를 좋아합니다. 은둔자에게 어울리는 일이죠. 그리고 저기 약간 앞쪽에는 호라티우스가 좋아하던 나무를 몇 그루 심었답니다."

"무슨 나무요?" 주의 깊게 듣던 바자로프가 물었다.

"물론…… 아카시아지."

바자로프가 하품을 하기 시작했다.

"여행자들이 모르페우스[146]의 품에 안길 때가 된 것 같군." 바실리 이바노비치가 말했다.

"즉 자야 할 때가 된 거죠!" 바자로프가 아버지의 말을 받았다. "정확한 판단입니다. 바로 그때가 됐어요."

바자로프는 어머니에게 작별 인사를 하며 그 이마에 입을 맞추었다. 그녀는 아들을 얼싸안은 후 그의 등 뒤에서 몰래 세 번 축복했다. 바실리 이바노비치는 아르카지를 그의 방으로 안내하고 나서 "당신처럼 행복한 시절에 나도 맛본 적 있는 그런 은혜로운 휴식을 맛보길 바랍니다."라고 기원해 주었다. 실제로 아르카지는 배정받은 증기탕 탈의실에서 아주 잘 잤다. 방에서는 박하 향기가 풍겼고, 페치카 뒤에서는 귀뚜라미 두 마리가 졸음을 부르듯 한층 목소리를 높여 울어 댔다. 바실리 이바노비치는 아르카지의 방을 떠나 자신의 서재로 향했다. 그는 소파에 누운 아들의 발치에 쭈그리고 앉아 아들과 이야기를 하

146) 그리스 신화에 나오는 꿈의 신. 오비디우스의 『변신 이야기』에 따르면, 모르페우스는 특정인의 걸음걸이와 표정은 물론 목소리까지 완벽하게 흉내 내어 인간의 꿈속에 나타난다고 한다.

려고 했지만, 바자로프는 자고 싶다고 말하며 아버지를 즉시 내보냈다. 그러나 정작 아침까지 바자로프는 잠을 이루지 못했다. 눈을 크게 뜬 채 적의에 찬 눈길로 어둠 속을 응시했다. 어린 시절의 추억도 그를 지배하지 못했고, 그 스스로도 아직 최근의 쓰라린 인상에서 벗어나지 못했던 것이다. 아리나 블라시예브나는 먼저 만족을 얻을 때까지 실컷 기도를 드리고 나서, 안피수시카와 아주 오랫동안 이야기를 나누었다. 안피수시카는 마님 앞에 못 박힌 듯 꼼짝 않고 서서, 하나뿐인 눈으로 마님을 뚫어지게 응시하며 예브게니 바실리예비치에 대한 자신의 모든 견해와 생각을 은밀하게 속삭였다. 노파는 기쁨과 술과 시가 연기로 머리가 핑글핑글 도는 것처럼 어지러웠다. 남편은 그녀와 이야기를 나누려고 했지만 단념하고 말았다.

아리나 블라시예브나는 전 시대의 진정한 러시아 귀족 부인이었다. 200년 전쯤 옛 모스크바 공국 시대에 살았어야 했다. 그녀는 독실하고 다정다감했으며 온갖 징조, 점술, 주문, 꿈 등을 믿었다. 유로지비[147], 집의 정령들, 숲의 요정, 불길한 만남, 저주로 인한 나병, 민간요법, 목요일의 소금[148], 머지않은 세상의 종말을 믿었다. 또한 부활절 일요일의 저녁 예배에서

147) '성 바보' 또는 '바보 성자'로 번역되는 유로지비는 바보짓과 광대 짓, 미치광이 짓을 하면서 정상인이 들을 수 없는 하느님의 음성을 듣고 이를 사람들에게 전한다고 알려진 성인을 가리킨다.

148) 부활절 주간의 목요일에 소금을 섞어 끓인 걸쭉한 크바스(밀가루, 또는 물이나 엿기름에 적신 호밀 빵으로 만드는 러시아 전통 음료)를 가리킨다. 온갖 병에 대한 민간요법으로 사용된다.

촛불이 꺼지지 않으면 메밀 농사가 잘되고, 버섯이 사람 눈에 띄면 더 이상 자라지 않는다는 말을 믿었다. 악마는 물이 있는 곳을 좋아하고, 모든 유대인의 가슴에는 작은 핏빛 반점이 있다는 말도 믿었다. 쥐, 뱀, 개구리, 참새, 거머리, 천둥, 차가운 물, 틈새 바람, 말, 숫염소, 머리털이 붉은 사람, 검은 고양이를 무서워했으며, 귀뚜라미와 개를 부정한 동물로 여겼다. 한편 송아지, 비둘기, 가재, 치즈, 아스파라거스, 돼지감자, 토끼는 먹지 않았다. 갈라진 수박은 세례 요한의 머리를 떠올리게 했기에 수박도 먹지 않았다. 굴이라는 말은 입에 올리기만 해도 몸서리를 쳤다. 먹기를 좋아하면서도 정진(精進)은 엄격히 지켰다. 하루에 열 시간을 잤지만, 바실리 이바노비치가 두통이라도 앓으면 그녀 자신은 아예 잠자리에 들지 않았다. 『알렉시, 혹은 숲속의 오막살이』[149] 외에는 책을 전혀 읽지 않았고, 편지는 한 해에 한 통 또는 기껏해야 두 통을 썼다. 집안 살림이라든지 과일을 말리거나 설탕에 조리는 것에 대해서는 잘 알았지만, 자기 손으로는 아무것도 하려 하지 않았다. 대체로 꼼짝도 하기 싫어했다. 아리나 블라시예브나는 매우 선량했고, 그녀 나름대로 전혀 아둔하지 않았다. 이 세상에는 지시를 내려야 하는 주인이 있고 순종해야 하는 평민이 있다는 것을 그녀는 알았다. 그래서 노예처럼 굴종하는 것이나 땅바닥에 닿도록 절하는 것에 반감을 느끼지 않았다. 그러나 하인

149) 프랑스 작가 프랑수아 기욤 뒤크레 뒤미닐(François Guillaume Ducray-Duminil, 1761~1819)이 1788년에 쓴 감상적인 소설. 러시아어로 번역되어 19세기 초에 러시아에서 큰 인기를 누렸다.

들을 상냥하고 온화하게 대했으며, 단 한 명의 거지도 먹을 것을 주지 않은 채 그냥 보내지 않았다. 가끔 수다를 떨긴 했지만, 이제껏 누구도 비난한 적이 없었다. 젊은 시절에는 매우 아름다웠고 클라비코드도 연주했으며 프랑스어도 조금 할 줄 알았다. 그러나 원치 않는 남자와 결혼해 오랜 세월 함께 떠돌아다니는 동안 뚱뚱해졌고 음악과 프랑스어도 잊었다. 그녀는 아들을 사랑하면서도 말할 수 없이 두려워했다. 영지 관리는 바실리 이바노비치에게 맡긴 후 더 이상 어떤 일에도 참견하지 않았다. 늙은 남편이 앞으로 시행할 개선책과 계획에 대해 이야기를 꺼내면, 그녀는 곧 한숨을 쉬고 손수건을 흔들며 두려움으로 눈썹을 점점 더 높이 추어올렸다. 그녀는 의심이 많아 언제나 큰 불행 같은 것을 예상했고, 슬픈 일이 떠오르면 금방 울음을 터뜨렸다……. 이런 여자는 이제 사라지고 있다. 하지만 이런 사실을 기뻐해야 할지는 하느님만이 아실 것이다.

21

침대에서 일어난 아르카지는 창문을 열었다. 가장 먼저 눈에 들어온 것은 바실리 이바노비치의 모습이었다. 노인은 부하라풍[150] 실내복의 허리를 수건으로 동여맨 채 열심히 텃밭을 갈고 있었다. 그는 젊은 손님을 발견하자 삽에 몸을 기대고

150) 부하라는 오늘날 우즈베키스탄 공화국에 속한 지역이다.

소리쳤다.

"건강을 기원합니다![151] 어떻게 주무셨습니까?"

"푹 잤습니다." 아르카지가 대답했다.

"보다시피, 난 여기에서 킨킨나투스[152]라는 사람처럼 늦은 순무를 위해 고랑을 파고 있답니다. 이제 그런 시대가 온 것이죠. 참 다행이에요! 각자 자신의 손으로 음식을 구하고 다른 사람에게 아무것도 의지하지 않는 시대 말입니다. 스스로 노동해야 합니다. 결국 장자크 루소[153]가 옳았어요. 삼십 분 전이었다면, 나리께서도 완전히 다른 상황에서 내 모습을 보았을 텐데요. 배앓이 — 그들의 표현으로는 그렇죠. 우리 식으로는 이질이라고 합니다만 — 를 호소하던 한 아낙에게 난…… 어떻게 표현하면 좋을까요…… 난 아편을 투약했습니다. 또 다른 여자의 이도 뽑아 주었지요. 그 여자에게 마취제를 권했습니다만…… 다만 그녀가 동의하지 않았습니다. 이 모든 것을 나는 **공짜로**(라틴어) 해 주고 있죠. 아마추어로서 말입니다. 하지만 나로서는 당연한 일입니다. 난 평민이고 새로운 인

---

151) 병사가 장교에게 하는 인사말. 바실리 이바노비치는 아르카지의 조부를 대하듯 아르카지를 대하고 있다.

152) 루키우스 킨킨나투스(Lucius Cincinnatus, 기원전 519년경~기원전 430년경). 로마의 전설적인 귀족이자 정치가. 로마 제국이 주변 부족들의 침입을 받자 원로원은 농사를 지으며 은거하던 킨키나투스를 독재관으로 추대했다. 킨키나투스는 보름 만에 적을 물리친 후, 모든 권력과 명예를 내려놓고 다시 농부의 생활로 돌아갔다.

153) Jean-Jacques Rousseau(1712~1778). 스위스 태생의 프랑스 철학자이자 정치 이론가. 무엇보다 단순한 삶과 육체노동의 미덕을 옹호했다.

간(라틴어)이거든요. 아내처럼 유서 깊은 귀족 가문이 아니라……. 차를 마시기 전에 여기 그늘로 와서 신선한 아침 공기를 마시지 않겠습니까?"

아르카지는 그에게로 갔다.

"다시 한번 환영합니다!" 바실리 이바노비치가 머리를 덮은, 기름때에 전 챙 없는 둥근 모자에 군대식으로 한 손을 붙이며 말했다. "압니다. 당신은 호화롭고 안락한 생활에 익숙하겠죠. 하지만 이 세상의 위대한 인물들도 오막살이 지붕 아래에서 잠시 시간을 보내는 것을 꺼리지는 않을 겁니다."

"무슨 그런 말씀을 하십니까!" 아르카지가 큰 소리로 부르짖었다. "제가 무슨 이 세상의 위대한 인물입니까? 호화로운 생활에 익숙하지도 않습니다."

"잠깐, 잠깐만요." 바실리 이바노비치가 정중하고도 부자연스러운 몸짓으로 반박했다. "난 이제 폐물이 되었고 또 세상사에 다 닳아 버렸지만, 날아가는 새도 알아볼 수 있습니다. 게다가 나름대로는 심리학자에 골상학자이기도 하죠. 감히 말하지만, 이런 재능이 없었다면 난 오래전에 끝났을 겁니다. 사람들이 나를, 이 보잘것없는 인간을 밟아 뭉개 버렸을 테죠. 겉치레로 하는 말이 아닙니다. 당신과 내 아들 사이에 우정이 있는 것을 보고 난 진심으로 기뻤습니다. 방금 그 아이를 보았는데요. 아마 당신도 알겠지만, 녀석은 평소처럼 아침 일찍 일어나서 근방을 뛰어다니더군요. 물어봐도 될지…… 우리 예브게니와 알고 지낸 지 오래됐습니까?"

"올겨울부터입니다."

"그렇군요. 하나만 더 물어봐도 될까요? 그런데 여기 앉지 않겠습니까? 아버지로서 아주 솔직하게 물어보고 싶습니다. 우리 예브게니에 대해 어떻게 생각합니까?"

"아드님은 제가 만난 가장 뛰어난 인물들 가운데 한 명입니다." 아르카지가 활기차게 대답했다.

바실리 이바노비치의 눈이 갑자기 커지고 두 뺨이 희미하게 붉어졌다. 그의 손에서 삽이 툭 떨어졌다.

"그럼 당신의 생각으로는……." 그가 입을 열었다.

"전 확신합니다." 아르카지가 그의 말을 받았다. "위대한 미래가 아드님을 기다리고 있습니다. 예브게니는 아버님의 이름을 드높일 겁니다. 전 우리가 처음 만났을 때부터 그 점을 확신했습니다."

"어떻게…… 어땠습니까?" 바실리 이바노비치가 가까스로 말했다. 환희에 찬 미소가 그의 커다란 입술을 한껏 벌려 놓고는 좀처럼 떠나지 않았다.

"우리가 어떻게 만났는지 알고 싶으신가요?"

"뭐, 그렇죠…… 대체로……."

아르카지는 바자로프에 대해 이야기하기 시작했다. 오진초바와 마주르카를 추던 그 야회 때보다 더 열렬하게, 더 열중해서 말했다.

바실리 이바노비치는 그 이야기를 듣고 또 들으면서 코를 풀기도 하고, 두 손으로 손수건을 말기도 하고, 기침을 하기도 하고, 자신의 머리칼을 헝클어뜨리기도 하다가, 마침내 더 이상 참지 못하고 아르카지 쪽으로 고개를 숙여 어깨에 입을 맞추었다.

"당신 덕분에 난 완전히 행복해졌습니다." 그는 계속 미소를 머금고 말했다. "당신에게 말해야겠군요. 난…… 아들을 신처럼 숭배하고 있답니다. 우리 할멈에 대해서는 더 이상 말하지 않겠습니다. 어머니가 어떤 이들인지 당신도 알잖아요! 하지만 아들 앞에서는 내 감정을 차마 말하지 못하겠습니다. 아들이 그런 걸 좋아하지 않거든요. 감정을 토로하는 것을 아예 싫어합니다. 성격이 강하다는 점 때문에 많은 사람들이 그 애를 비난하기도 하죠. 그 아이에게서 오만함과 무정함의 징후를 보기도 합니다. 하지만 그 아이 같은 사람을 평범한 잣대로 재서는 안 되죠. 그렇지 않습니까? 그래요, 예를 들어 보죠. 만약 다른 사람이 그 애 입장이었다면 부모에게 계속 손을 벌렸을 겁니다. 그런데 우리 집 경우에는, 믿을 수 있겠습니까, 그 아이는 지금까지 단 1코페이카도 더 가져간 적이 없어요, 하느님께 맹세할 수 있습니다!"

"그 친구는 사심이 없고 정직한 사람입니다." 아르카지가 말했다.

"바로 그거예요. 사심이 없습니다. 아르카지 니콜라이치, 난 그 아이를 신처럼 숭배할 뿐만 아니라 자랑스럽게 여기고 있어요. 나에게 욕심이 있다면 말이죠, 그저 때가 되면 그 아이의 전기에 이런 말이 실리는 것뿐이랍니다. '평범한 군의관이었지만 일찍이 아들을 알아보고 양육을 위해 아무것도 아까워하지 않았던 이의 아들.'" 노인의 목소리가 갈라졌다.

아르카지는 그의 손을 꼭 쥐었다.

"당신의 생각은 어떻습니까?" 바실리 이바노비치가 잠시 침묵한 후 물었다. "그 아이가 의학 분야에서 당신이 예언한 명성을 얻지는 않겠죠?"

"물론 의학 분야는 아닐 겁니다. 하지만 그 친구는 그 분야에서도 가장 우수한 학자의 반열에 들 겁니다."

"도대체 어떤 분야일까요, 아르카지 니콜라이치?"

"지금으로서는 말씀드리기 어렵군요. 하지만 그 친구는 이름을 떨칠 겁니다."

"내 아들이 이름을 떨칠 거라고요!" 노인은 그의 말을 되뇌고는 생각에 빠져들었다.

"아리나 블라시예브나께서 차를 드시라는 말씀을 전하라고 하셨어요." 안피수시카가 잘 익은 나무딸기가 담긴 커다란 접시를 들고 옆으로 지나가며 말했다.

바실리 이바노비치가 흠칫하며 정신을 차렸다.

"나무딸기에 곁들일 차가운 크림도 있을까?"

"있을 거예요."

"차가운 크림이야, 주의해! 아르카지 니콜라이치, 격식 차리지 말고 더 들어요. 예브게니는 왜 아직 돌아오지 않을까요?"

"저 여기 있어요." 아르카지의 방에서 바자로프의 목소리가 들렸다.

바실리 이바노비치는 얼른 고개를 돌렸다.

"아하! 친구를 만나고 싶었구나. 하지만 친구,(라틴어) 늦게 왔다. 우리는 이미 꽤 오랫동안 대화를 나누었지. 이제 차를 마시러 가야 한다. 네 어머니가 부르거든. 마침 너와 할 이야기도 있고."

"무슨 이야기인데요?"

"이곳에 농부가 하나 있는데 익테르[154]를 앓고 있단다……."

"황달 말이죠?"

"그래, 아주 고질적인 만성 익테르지. 난 수레국화와 고추나물을 처방하고, 당근을 먹게 하고, 소다를 주었단다. 하지만 이 모든 것은 임시방편일 뿐이지. 더 확실한 무언가가 필요해. 넌 의학을 비웃는다만, 난 네가 실질적인 조언을 해 줄 수 있다고 확신한다. 하지만 그 문제에 대해서는 나중에 이야기하자. 지금은 차를 마시러 가고."

바실리 이바노비치는 벤치에서 활기차게 벌떡 일어서서 「로베르타」[155] 가운데 한 대목을 노래하기 시작했다.

> 법, 법, 자신을 위한 법으로 삼자.
>
> 기…… 기…… 기쁨을 위해 사는 것을!

"놀라운 활력이야!" 바자로프가 창문에서 물러나며 말했다.

정오가 되었다. 끝없이 펼쳐진 하얀 구름의 얇은 장막 뒤에서 태양이 타올랐다. 모든 것이 침묵했다. 마을의 수탉들만이

---

154) 바실리 이바노비치는 라틴어 익테루스(icterus)를 러시아식으로 발음하고 있다. 익테루스는 꾀꼬리 같은 노란 새를 일컫는 단어다. 노란 새를 보면 황달이 낫는다는 속설 때문에 '황달'을 뜻하는 용어가 되기도 했다.

155) 독일의 오페라 작곡가 자코모 마이어베어(Giacomo Meyerbeer, 1791~1864)가 만든 5막짜리 오페라 「악마 로베르」(1831)를 러시아에서는 「로베르타」라고 불렀다.

힘차게 서로를 부르면서 그 울음소리를 듣는 모든 이의 마음 속에 졸음과 지루함이 뒤섞인 묘한 느낌을 불러일으켰다. 애절한 호소력을 지닌 어린 매의 끊임없는 울음이 나무들의 높은 우듬지 어디쯤에서 울려 퍼졌다. 자그마한 건초 더미의 그늘 아래, 아르카지와 바자로프는 잘 말라 바스락바스락 소리를 내는, 그러나 아직은 푸른빛을 띤 향기로운 풀을 두 아름 깔고 누워 있었다.

"저 사시나무를 보면 어린 시절이 떠올라." 바자로프가 말을 꺼냈다. "저 나무는 벽돌 창고가 허물어져 생긴 구덩이의 가장자리에서 자라고 있지. 그 시절 난 저 구덩이와 사시나무에 특별한 부적이 있다고 믿었어. 저 근처에 있을 땐 한 번도 심심한 적이 없었거든. 그때는 몰랐던 거지. 내가 지루하지 않은 건 아이였기 때문이라는 사실을……. 그런데 이제 난 어른이 되었고 부적은 효력을 잃었어."

"이곳에서 얼마 동안 살았어?" 아르카지가 물었다.

"두 해 동안 쭉 살았어. 그 후 우리 가족은 가끔 이곳을 찾았지. 떠돌이 생활을 했거든. 대부분 도시를 돌아다녔어."

"그럼 이 집은 오래전부터 여기 있었어?"

"오래전부터 있었지. 외할아버지가 이 집을 지었어."

"어떤 분이셨는데? 너의 외할아버지 말이야."

"악마나 알겠지. 이등 소령[156]이라던가 뭐라던가. 수보로

156) 18세기 제정 러시아 시대에 있던 장교 계급. 훗날의 대위에 해당한다.

프[157] 휘하에서 복무하셨는데, 늘 알프스산맥을 횡단한 일에 대해 이야기하셨어. 거짓말을 하신 게 분명해."

"그래서 응접실에 수보로프의 초상화가 걸려 있었구나. 난 너의 집처럼 작은 집을 좋아해. 고풍스럽고 따뜻한 데다, 어떤 독특한 향기가 풍겨."

"램프 기름과 전동싸리에서 나는 냄새야." 바자로프가 하품을 하며 말했다. "이 사랑스러운 작은 집에 무슨 파리가……. 하아!"

"말해 봐." 잠시 침묵한 후 아르카지가 입을 열었다. "넌 어린 시절에 학대받지 않았지?"

"우리 부모님이 어떤 분들인지 너도 봤잖아. 엄한 분들은 아니야."

"예브게니, 부모님을 사랑해?"

"그럼, 아르카지!"

"그분들은 너를 몹시 사랑하시더라!"

바자로프는 잠시 침묵했다.

"내가 무슨 생각을 하는지 알겠어?" 그는 두 손을 머리 뒤로 가져가며 이윽고 입을 열었다.

---

157) 알렉산드르 바실리예비치 수보로프(Aleksandr Vasiliyevich Suvorov, 1729~1800). '전쟁에서 한 번도 패한 적이 없는 장군'으로 널리 알려진 러시아 장군. 폴란드 전쟁과 튀르크 전쟁에서 대담한 전술로 큰 활약을 펼쳤으며, 특히 오스만 제국의 영토였던 오차코프와 이즈마일 요새를 함락함으로써 러시아인들에게 전설적인 인물로 각인되었다. 1799년에 알프스산맥에 고립된 러시아군을 이끌고 추위와 물자 부족에도 프랑스군의 포위를 뚫고 탈출한 일은 영웅적인 위업으로 오랫동안 회자됐다.

"모르겠어. 무슨 생각을 하는데?"

"내 부모님은 세상살이를 잘하시는구나 하는 생각을 했어. 예순인 아버지는 바쁘게 일하고, '임시방편'에 대해 논하고, 사람들을 치료하고, 농민들에게 관대함을 베푸셔. 한마디로 흥겹게 사시지. 어머니도 잘 사셔. 어머니의 하루는 정신을 차릴 새도 없을 만큼 온갖 일과 감탄과 한숨으로 가득 차 있어. 그런데 난……."

"너?"

"난 이런 생각을 하고 있었어. 난 지금 건초 더미 아래 누워 있다……. 내가 차지한 이 협소한 장소는, 내가 존재하지 않고 나와 상관없는 나머지 공간에 비해 너무도 작다. 그리고 내가 살아갈 시간의 조각은, 내가 존재하지 않았고 또 존재하지 않을 영원 앞에서 몹시도 보잘것없다……. 이 원자 하나 안에서, 이 수학적 점 하나 안에서 피가 순환하고 뇌가 작동하고 또 무언가에 대한 갈망이 있고……. 얼마나 추한가! 얼마나 하찮은가!"

"이런 말을 해도 될까? 네가 말하는 것은 일반적으로 모든 사람에게 적용돼……."

"네 말이 맞아." 바자로프가 맞장구를 쳤다. "내가 말하고 싶은 것은 그분들, 그러니까 나의 부모님 말이야, 그분들은 바빠서 자신의 하찮음에 대해 고민하지 않아. 그분들에게는 그 하찮음이 역겹지 않은 거지……. 그런데 난…… 난 권태와 적의만 느끼고 있어."

"적의? 도대체 왜 적의를?"

"왜냐고? 어떻게 왜냐고 물을 수 있지? 너, 정말 잊었어?"

"전부 기억해. 그렇다고 해도 너에게 화낼 자격이 있다고는 생각하지 않아. 넌 불행해. 나도 인정해. 하지만……."

"음! 아르카지 니콜라예비치, 내가 보기에, 넌 모든 애송이들의 방식으로 사랑을 이해하고 있어. 꼬꼬, 꼬꼬, 꼬꼬, 작은 암탉아, 이렇게 부르다가도 암탉이 다가오면 곧바로 쏜살같이 도망가지! 난 그렇지 않아. 하지만 이 얘기는 그만하지. 아무 짝에도 쓸모없는 이야기를 하는 건 부끄러운 노릇이야." 그는 옆으로 몸을 돌렸다. "어라! 여기 용감무쌍한 개미가 반쯤 죽은 파리를 끌고 가네. 끌고 가, 어이, 형제, 끌고 가 버려! 파리가 저항하는 것에 신경 쓰지 마. 우리 같은 자기 파괴적인 인간과 달리, 넌 동물로서 동정심을 인정하지 않을 권리를 가졌잖아!"

"그렇게 말하면 안 되지, 예브게니! 언제 네가 자신을 파괴했다고 그래?"

바자로프는 고개를 들었다.

"그 점만은 나도 자랑스럽게 생각해. 난 스스로를 파괴하지 않았고, 어떤 여자도 날 파괴하지 못할 거야. 아멘! 내 얘기는 이걸로 끝이야! 이 문제에 대해서는 나에게서 더 이상 어떤 말도 듣지 못할 거야."

두 친구는 침묵에 잠긴 채 잠시 누워 있었다.

"그래." 바자로프가 입을 열었다. "인간은 기묘한 존재지. 이곳에서 '아버지들'이 꾸려 가는 적막한 생활을 멀찍이 떨어져 이렇게 옆에서 바라보다 보면 '무엇이 이보다 더 좋을 수 있을까?'라는 생각이 들 거야. 넌 먹고 마셔. 또 자신이 가장 올바르고 가장 이성적인 방식으로 행동한다는 점도 알아. 하지만 아냐. 우울함이 짓누르지. 넌 사람들과 어울리고 싶어질 거야. 그저 욕이나 하면서라도, 그래, 사람들과 어울리고 싶어질 거라고."

"삶의 매 순간이 의미를 지닐 수 있도록 생활을 꾸려 나가야 해." 아르카지가 생각에 잠겨 말했다.

"누가 할 소리를! 의미가 있는 것은 설사 그것이 거짓이라 해도 달콤하지. 하지만 의미가 없는 것과도 타협할 수는 있어……. 그런데 자질구레한 걱정, 시시한 말다툼…… 그건 재앙이야."

"인간에게 자질구레하고 하잘것없는 것은 존재하지 않아. 그냥 그런 것들을 무시해 버린다면 말이야."

"음…… 네가 말한 것은 뒤집힌 일반론이야."

"뭐? 그런 용어로 말하려는 게 뭐야?"

"이런 거지. 예를 들어 계몽이 유익하다고 말하면 그건 일반론이야. 하지만 계몽이 해악을 끼친다고 말하면 그건 뒤집힌 일반론이지. 그게 더 세련돼 보이긴 하지만 본질적으로는 똑같아."

"그럼 진리는 어디에 있지? 어느 쪽에?"

"어디? 그럼 메아리처럼 너에게 되물어 볼게. 어디에 있지?"

"너, 오늘 기분이 우울하구나, 예브게니."

"정말? 햇볕을 너무 많이 쬐서 그런 게 분명해. 게다가 나무딸기도 그렇게 많이 먹으면 안 되는데 말이야."

"그런 경우에는 잠깐 자는 것도 나쁘지 않아." 아르카지가 말했다.

"아마도. 단, 날 보지는 마. 잘 때는 누구나 얼굴이 멍청해 보이니까."

"하지만 사람들이 너에 대해 어떻게 생각하든 넌 신경 쓰지 않잖아?"

"너에게 무슨 말을 해야 할지 모르겠군. 진정한 인간은 이런 것에 신경 쓰면 안 돼. 진정한 인간이란, 우리가 아무 생각 없이 그저 순종하거나 증오해야 할 사람이지."

"이상하군! 난 아무도 증오하지 않는데." 잠시 생각에 잠겨 있던 아르카지가 말했다.

"하지만 난 아주 많은 사람을 증오해. 넌 마음이 부드러운 사람이야. 너무 물러. 네가 어떻게 사람을 증오하겠어! 넌 소심하고 자신을 별로 믿지도 않지……."

"넌 자신을 믿어?" 아르카지가 끼어들었다. "스스로를 높이 평가해?"

바자로프는 잠시 침묵했다.

"내 앞에 굴복하지 않는 사람을 만나게 되면……." 그는 또박또박 말했다. "그때는 스스로에 대한 내 생각을 바꾸도록 하지. 난 증오해! 자, 예를 들면 오늘 넌 우리 마을의 촌장인 필리프의 통나무집을 지나치며 이렇게 말했지. 하얀 집이 멋지네. 넌 이렇게도 말했어. 최하층 농민까지 이런 집에 살게 된다면 그때는 러시아도 완벽함에 도달할 텐데. 우리 모두는 이것을 위해 협력해야 해……. 하지만 난 그 최하층 농민인 필리프나 시도르를 증오해. 난 그들을 위해 안간힘을 다하는데, 그들은 나에게 고맙다는 말조차 하지 않겠지……. 게다가 그들의 고맙다는 말이 나에게 무슨 소용이 있겠어? 음, 그들이 하얀 통나무집에 살게 되면 내 몸에서는 우엉이 자라날 거야. 뭐, 달리 무슨 일이 더 있겠어?”

“그만해, 예브게니……. 누가 오늘 네 이야기를 들으면 우리에게 원칙이 없다고 비난하던 사람들에게 어쩔 수 없이 동의하게 될 거야.”

“큰아버지처럼 말하는구나. 일반적으로 원칙은 없어. 네가 이제까지 그것을 알아차리지 못했다니! 존재하는 건 감각이야. 모든 게 그것에 달려 있어.”

“어째서 그렇지?”

“그런 거야. 나를 예로 들어 볼까. 난 부정적인 성향을 고수해. 감각 때문이지. 난 부정하는 게 즐거워. 나의 뇌는 그렇게 만들어졌어. 그게 다야! 난 왜 화학을 좋아할까? 넌 왜 사과를 좋아할까? 역시 감각 때문이지. 이 모든 게 다 마찬가지야. 인간은 결코 그보다 깊이 파고들 수 없어. 모두가 너에게 이런 말을 해 주지는 않을걸. 나도 다음번에는 너에게 이 말을 하지 않을 거야.”

“무슨 말이야? 그럼 정직도 감각인가?”

“물론!”

“예브게니!” 아르카지가 서글픈 목소리로 말을 꺼냈다.

“응? 뭐? 네 취향이 아니야?” 바자로프가 끼어들었다. “아니지, 형제! 모조리 베어 버리기로 결심했으면 자기 다리도 부러

뜨려야지! 하지만 우리는 철학적 사색을 충분히 했어. '자연은 잠의 침묵을 불러온다.'라고 푸시킨이 말했지."

"그는 한 번도 그런 말을 한 적이 없어." 아르카지가 말했다.

"음, 말하지 않았다 해도 그는 시인으로서 그렇게 말할 수 있었고 또 그렇게 말했어야 해. 말이 나왔으니 말인데 푸시킨은 군 복무를 했던 게 틀림없어."

"푸시킨은 군인이었던 적이 없어!"

"무슨 소리야! 그 사람의 작품에는 쪽마다 '전투로, 전투로! 러시아의 영광을 위해!'라는 글귀가 있잖아."

"왜 그렇게 허무맹랑한 이야기를 꾸며 내지? 그건 결국 중상모략이잖아."

"중상모략? 그게 무슨 대수라고! 날 겁주려고 생각해 낸 말이 고작 그거로군! 인간에게 어떤 중상을 가하든, 인간은 사실 그보다 스무 배는 더 심하게 당해도 돼."

"차라리 잠이나 자자!" 아르카지가 화를 내며 말했다.

"기꺼이." 바자로프가 대꾸했다.

하지만 어느 누구도 잠을 이루지 못했다. 적대감에 가까운 어떤 감정이 두 청년의 마음을 사로잡았다. 오 분 후, 두 사람은 눈을 뜨고 서로를 말없이 바라보았다.

"저것 봐." 문득 아르카지가 입을 열었다. "마른 단풍잎이 가지에서 떨어져 땅으로 떨어지고 있어. 단풍잎의 움직임이 나비가 나는 모습과 정말 똑같네. 이상하지 않아? 이루 말할 수 없이 슬픈 죽음이 더할 나위 없이 경쾌한 생과 비슷하다니."

"오, 나의 친구, 아르카지 니콜라이치!" 바자로프가 큰 소리로 외쳤다. "하나만 부탁하지. 말할 때 멋 좀 부리지 마."

"난 아는 대로 말하는 것뿐이야……. 이런 건 결국 독재 아닌가. 머릿속에 생각이 떠올랐는데, 왜 그걸 말하면 안 되지?"

"그래. 그럼 왜 난 내 생각을 말하면 안 돼? 난 멋 부린 말을 하는 건 몰상식한 행동이라고 생각해."

"그럼 뭐가 고상한 건데? 욕하는 것?"

"이런! 내가 보기에 넌 큰아버지를 추종하기로 작정한 것 같군. 만약 그 바보가 네 말을 들으면 얼마나 기뻐할까?"

"너, 파벨 페트로비치를 뭐라고 불렀어?"

"당연히 바보라고 불렀지."

"하지만 그 말은 참을 수 없어!" 아르카지가 소리쳤다.

"아하! 피붙이의 감정이 눈을 떴군." 바자로프가 태연하게 말했다. "내가 관찰한 바로 그 감정은 인간의 마음속에 아주 끈질기게 달라붙어 있는 것 같아. 예를 들어 모든 것을 포기할 각오를 하고 모든 편견을 버리려 하는 사람도, 남의 손수건을 훔친 형제를 도둑으로 인정하는 것만큼은 견딜 수 없어 하지. 실제로 그래. '나의 형제, 나의 형제가 천재가 아니라니……. 어떻게 그럴 수 있지?'라는 식이지."

"내 안에서 눈뜬 것은 단순한 정의감이지 결코 피붙이의 감정이 아니야." 아르카지는 발끈하며 반박했다. "하지만 넌 이 감정을 이해하지 못하니까, 너에게는 이런 감각이 없으니까, 넌 이것에 대해 판단할 수도 없을걸."

"즉, 아르카지 키르사노프는 내가 이해할 수 없을 정도로 지나치게 고결하다는 거지. 고개를 조아리고 조용히 있을게."

"제발 그만해, 예브게니. 기어이 싸우고 말겠어."

"아, 아르카지! 제발 부탁이야, 한번 제대로 붙자. 죽도록, 아주 끝장을 볼 때까지."

"하지만 정말 이러다가는 아마 결국……."

"서로 주먹다짐을 할 거라는 말이지?" 바자로프가 아르카지의 말을 받았다. "뭐가 어때서? 여기 건초 위에서, 세상과 사람들의 시선에서 멀리 떨어진 이런 목가적인 환경에서 해 보는 것도 괜찮잖아. 하지만 넌 날 감당하지 못해. 난 당장이라도 너의 목을 움켜잡고……."

바자로프는 길고 단단한 손가락을 벌렸다……. 아르카지는 돌아서서 마치 장난치듯 저항할 태세를 갖추었다……. 그러나 친구의 얼굴이 너무 무시무시해 보이는 데다 그 입술에 걸린 비틀린 조소와 이글이글 타오르는 눈동자가 아주 진지한 위협을 띠고 있어 자기도 모르게 두려움을 느꼈다…….

"아! 어디 갔나 했더니 여기 있었군요!" 그 순간 바실리 이바노비치의 목소리가 들렸다. 집에서 지은 아마포 재킷을 입고 역시 집에서 만든 밀짚모자를 쓴 늙은 군의관이 청년들 앞에 나타났다. "여러분을 계속 찾았습니다……. 하지만 여러분은 훌륭한 장소를 골라 멋진 일에 몰두하고 있었군요. '대지'에 누워 '하늘'을 바라보는 것이라…… 여기에 어떤 특별한 의미가 있지 않겠습니까!"

"전 재채기하고 싶을 때만 하늘을 봐요." 바자로프가 투덜거리더니 아르카지를 돌아보며 작은 목소리로 덧붙였다. "방해를 받아 유감이군."

"그만해." 아르카지는 이렇게 속삭이고는 슬며시 친구의 손을 잡았다. 그러나 어떤 우정도 그런 충돌에는 오래 버티지 못한다.

"나의 젊은 말벗 여러분. 여러분을 보자니……." 그사이 바실리 이바노비치는 두 팔을 엇걸어 지팡이를 짚은 채 고개를 흔들며 말했다. 그가 손수 만든 지팡이는 교묘하게 뒤틀리고 손잡이가 있어야 할 자리에 튀르크인의 형상이 있었다. "여러분을 보니 감탄하지 않을 수 없군요. 힘과 활짝 피어난 젊음, 능력과 재능이 여러분 안에 얼마나 가득한지! 그야말로 카스토르와 폴룩스군요!"

"세상에, 이제는 신화학으로 가셨네!" 바자로프가 말했다. "지금 보니 아버지는 왕년에 우수한 라틴어 학자였던 것 같군요! 제 기억으로 아버지는 작문으로 은메달을 받으신 적이 있는데, 그렇지 않나요?"

"디오스쿠리, 디오스쿠리![158]" 바실리 이바노비치가 같은 말을 되풀이했다.

"하지만 이제 그만하세요, 아버지, 그렇게 다정하게 굴지 않

---

158) 디오스쿠리는 그리스어로 '제우스의 아들'이라는 뜻이다. 스파르타의 왕비 레다가 카스토르와 폴룩스라는 쌍둥이 형제를 낳았는데, 카스토르의 아버지는 스파르타의 왕 틴다레오스고 폴룩스의 아버지는 제우스였다. 인간의 아들인 카스토르와 달리 신의 아들인 폴룩스는 불사의 존재였다. 카스토르가 싸움에 휘말려 목숨을 잃자, 폴룩스는 제우스에게 자신이 가진 불사의 힘을 카스토르와 나누어 갖게 해 달라고 간청했다. 그리하여 형제는 반년은 죽은 자들의 세상인 하데스 신의 지하 세계에서, 반년은 신들의 세상인 올림포스산에서 살게 되었다

으셔도 돼요."

"오랜만에 한 번 정도는 괜찮잖아." 노인이 웅얼거렸다. "하지만 신사분들, 여러분을 찾았던 것은 찬사를 늘어놓기 위해서가 아니랍니다. 우선 이제 곧 식사 시간이라는 것을 알리기 위해서고, 두 번째로는 예브게니, 너에게 미리 말해 두고 싶은 게 있어서다. 넌 똑똑하니까 인간에 대해 잘 알겠지. 여자에 대해서도 잘 알 테고. 그러니 용서하렴……. 네가 집에 올 즈음에, 네 어머니가 기도회를 하고 싶어 했단다. 너에게 그 기도회에 참석해 달라고 부탁한다고는 생각하지 마라. 기도회는 벌써 끝났다. 하지만 알렉세이 신부가……."

"사제요?"

"그래, 성직자 말이다. 그 신부가 우리 집에 있어……. 우리와 식사를 할 거다……. 나도 이런 일은 미처 예상치 못했다. 그에게 권하지도 않았는데…… 하지만 어쩌다 보니 이렇게 됐구나……. 그 신부가 내 말을 오해했어……. 뭐, 아리나 블라시예브나도……. 게다가 그 사람은 사려 깊고 아주 좋은 사람이란다."

"그 사람이 내 몫의 식사를 먹어 치우진 않겠죠?" 바자로프가 물었다.

바실리 이바노비치가 껄껄 웃었다.

"당치도 않아. 무슨 소리를 하는 거냐!"

"더 이상 아무것도 바라지 않아요. 누구하고든 기쁘게 식사를 하겠습니다."

바실리 이바노비치가 모자를 매만졌다.

"난 이미 확신했지." 그가 말했다. "넌 모든 편견을 넘어섰다고 말이다. 나도, 예순두 해를 산 나 같은 노인도 그런 편견은 갖고 있지 않아.(바실리 이바노비치는 차마 자신도 기도회를 원했다고는 고백할 수 없었다. 그는 아내 못지않게 신앙심이 깊은 사람이었다.) 그런데 알렉세이 신부가 널 몹시 만나고 싶어 하는구나. 너도 그 사람을 좋아할 거다. 너도 알게 되겠지. 그 사람은 카드놀이도 꺼리지 않고 심지어…… 이건 우리끼리 이야기다만…… 파이프도 피운단다."

"그래요? 저녁 식사 후에 카드놀이나 함께 하죠. 제가 그 사람의 돈을 털어 보일게요."

"헤헤헤, 두고 보면 알겠지! 할멈은 어중간하게 말했단다.[159]"

"네? 왕년의 솜씨를 보여 주시게요?" 바자로프가 유난히 강조하며 말했다.

바실리 이바노비치의 구릿빛 뺨이 보일 듯 말 듯 붉게 상기됐다.

"어떻게 넌 부끄러운 줄도 모르냐, 예브게니……. 다 지나간 일이다. 그래, 나도 이분[160] 앞에서 내가 젊은 시절 카드놀이에 미쳤었다는 사실은 얼마든지 인정하마. 사실이야. 그에 대한 대가를 톡톡히 치렀지! 그런데 정말 덥구나. 옆으로 다가앉아도 될까요? 내가 방해한 건 아닌가요?"

"전혀 그렇지 않습니다." 아르카지가 대답했다.

---

159) '아직은 모른다'라는 의미를 함축하는 러시아의 관용적 표현.

160) 바실리 이바노비치는 아르카지를 가리키면서 극존칭을 의미하는 삼인칭 복수형 대명사를 사용하고 있다.

바실리 이바노비치는 신음 소리를 내며 건초 위에 털썩 주저앉았다.

"나의 신사분들, 여러분의 이 침상을 보니 군대에서의 야영 생활이 떠오르는군요. 이렇게 건초 더미 옆 어딘가에 있던 야전 응급 치료소도요. 그 정도만 되어도 다행이죠." 그는 한숨을 쉬었다. "평생 아주 많은 일을 겪었답니다. 예를 들면 말이죠, 괜찮다면 베사라비아[161]에 페스트가 돌았을 때의 흥미로운 일화를 들려주죠.

"아버지가 블라지미르 훈장[162]을 받게 된 그 일 말이죠?" 바자로프가 그의 말을 받았다. "우리도 알아요, 안다고요……. 그런데 왜 그 훈장을 안 다세요?"

"난 편견이 없는 사람이라고 말하지 않았냐." 바실리 이바노비치는 이렇게 웅얼거리고는(그는 전날에야 겨우 프록코트에서 붉은 리본을 떼어 내라고 지시했다.) 페스트에 대한 일화를 이야기하기 시작했다. "아니, 저 녀석이 잠들었군요." 문득 그가 바자로프를 가리키며 선량하게 한쪽 눈을 찡긋해 보이더니 아르카지에게 속삭였다. "예브게니! 일어나라!" 그가 큰 소리로 덧붙였다. "저녁 식사를 하러 가자……."

알렉세이 신부는 숱 많은 머리칼을 꼼꼼하게 빗질한 잘생

161) 옛 루마니아 왕국에 속한 지역으로, 14세기에 몰다비아 공국에 정복되었다가 1812년 러시아에 양도되었다.

162) 1792년에 예카체리나 대제가 제정한 훈장이다. 훈장의 명칭은 그리스도교를 공인하고 스스로도 개종한 키예프 공국의 블라지미르 대공의 이름에서 따왔다.

기고 뚱뚱한 사내로, 보라색 실크 법의(法衣) 위에 자수가 놓인 허리띠를 댄 차림이었다. 매우 노련하고 재치 있는 사람이었다. 아르카지와 바자로프가 자신의 축복을 필요로 하지 않는다는 사실을 이미 아는 듯 그들에게 먼저 얼른 악수를 청했으며, 대체로 자연스럽게 행동했다. 그는 자신의 속내를 드러내지도 않았고 다른 사람들을 자극하지도 않았다. 적절한 순간에 신학교의 라틴어를 조롱하기도 하고, 자신의 주교를 편들기도 했다. 포도주는 두 잔을 마시고 세 번째 잔은 사양했다. 아르카지에게서 시가를 받긴 했지만 그것을 집으로 가져가겠다고 말하며 피우지는 않았다. 그에게는 전혀 유쾌하지 않은 점이 딱 하나 있었다. 이따금 느릿느릿 조심스럽게 한 손을 들어 자기 얼굴 위의 파리를 잡고, 심지어 가끔은 짓눌러 죽이기도 하는 것이었다. 그는 적당히 만족감을 드러낸 표정으로 녹색 카드 테이블 앞에 앉았고, 결국 바자로프에게서 2루블 50코페이카를 지폐로 땄다. 아리나 블라시예브나의 집에는 은화로 계산한다는 개념이 없었다…….[163] 그녀는 예전처럼 아들 옆에 앉았으며, 예전처럼 조그만 주먹으로 한쪽 뺨을 받치고 있다가(그녀는 카드놀이를 하지 않았다.) 무언가 새로운 음식을 내오라고 지시할 때만 일어섰다. 그녀는 바자로프에게 살갑게 애정을 표현하기를 조심스러워했다. 바자로프도 그녀의 용기를 북돋아 주지 않았고, 그녀에게 애정 표현을 구하지도 않았다. 게다가 바실리 이바노비치도 그녀에게 아들을 성가시게 하지

---

163) 은화 1루블은 지폐 1루블보다 3.5배 더 가치 있는 통화였다.

말라고 충고했다. "젊은이들은 그런 걸 좋아하지 않아." 그는 그녀에게 이 말을 되풀이했다.(이날의 만찬이 어떠했는지에 대해서는 말할 나위도 없다. 치모페이치는 어떤 특별한 체르케스산 쇠고기를 구하려고 동틀 무렵 몸소 말을 몰고 나갔다. 촌장은 대구와 농어와 가재를 구하러 반대편으로 떠났다. 아낙들은 버섯에 대한 대금으로만 동전으로 42코페이카를 받았다.) 그러나 집요하게 바자로프를 좇는 안나 블라시예브나의 눈은 헌신과 다정함만 담고 있는 게 아니었다. 그 속에는 호기심과 두려움이 뒤섞인 슬픔이 엿보였고, 뭔가 유순한 비난도 엿보였다.

하지만 바자로프는 어머니의 눈에 담긴 것을 헤아릴 기분이 아니었다. 그는 이따금 어머니를 돌아보았으며, 그것도 간단한 질문을 하기 위해서였다. 한번은 그녀에게 '행운을 위해' 손을 청했다. 그녀는 아들의 거친 커다란 손바닥 위에 자신의 부드러운 작은 손을 가만히 얹었다.

"어떠니?" 잠시 후 그녀가 물었다. "효과가 없었니?"

"더 나빠졌어요." 그는 조롱조로 태연하게 대답했다.

"이분들이 심하게 모험을 하시네요." 알렉세이 신부는 유감스럽다는 듯 멋진 턱수염을 매만졌다.

"나폴레옹 전법입니다, 신부님, 나폴레옹이요." 바실리 이바노비치가 신부의 말을 받아치며 에이스부터 내놓았다.

"그래서 그가 세인트헬레나섬[164]까지 간 거죠." 알렉세이

164) 대서양에 있는 영국령 섬이다. 나폴레옹은 1815년에 이 섬으로 유배되어 1821년에 생을 마감했다.

신부는 이렇게 말하고 그 에이스를 으뜸패로 눌렀다.

"까치밥 열매즙을 마시지 않겠니, 예뉴셰치카?" 아리나 블라시예브나가 물었다.

바자로프는 어깨를 으쓱할 뿐이었다.

"아니야!" 다음 날 그가 아르카지에게 말했다. "내일 이곳을 떠나야겠어. 따분해. 일을 하고 싶은데 이곳에서는 할 수가 없어. 다시 너의 마을로 떠날 거야. 그곳에 실험 재료를 전부 두고 왔거든. 너의 집에서는 적어도 방에 틀어박혀 있을 수 있잖아. 여기에서는 아버지가 '내 서재를 마음껏 이용해도 좋다. 아무도 널 방해하지 않을 거다.'라고 거듭 말씀하시지만, 정작 본인은 나에게서 한 발짝도 떨어지지 않아. 그렇다고 아버지를 피해 방에 틀어박혀 있기도 어쩐지 부끄럽고. 어머니도 그래. 벽 뒤에서 어머니가 한탄하는 소리가 들려서 가 보면, 막상 어머니에게 할 말이 없어."

"어머님은 몹시 슬퍼하고 계셔." 아르카지가 말했다. "아버지도 마찬가지고."

"부모님께 다시 돌아올 거야."

"언제?"

"페테르부르크로 돌아갈 때."

"특히 어머님이 불쌍해."

"무슨 소리야? 어머니가 딸기로 네 비위를 맞추셨나 보군."

아르카지가 눈을 내리깔았다.

"넌 어머님을 몰라, 예브게니. 그분은 뛰어난 여성일 뿐 아니라 정말로 대단히 총명하셔. 오늘 아침에는 나와 삼십 분 정도 이야기를 나누셨지. 아주 현명하고 재미있게 말씀하셨어."

"아마 나에 대해서만 장황하게 이야기하셨겠지?"

"너에 대한 이야기만 나왔던 건 아니야."

"그럴지도 모르지. 네가 옆에서 더 잘 볼 수도 있어. 여자가 삼십 분 정도의 대화를 버텨 낼 수 있다면 그건 좋은 신호지. 하지만 어쨌든 난 떠나야겠어."

"두 분에게 이 소식을 알리는 게 쉽지 않을걸. 그분들은 우리가 이 주 동안 무엇을 할지에 대해서만 계속 생각하고 계셔."

"쉽지 않지. 오늘은 악마의 농간에 말려 아버지를 조롱거리로 만들고 말았어. 며칠 전 아버지는 한 소작농에게 채찍질을 하라고 지시하셨지. 아주 잘하신 거야. 어이, 어이, 그렇게 놀란 눈으로 날 보지 마. 아주 잘하신 거야. 그자는 아주 지독한 도둑놈이고 또 술고래거든. 다만 아버지는 내가 그 일에 대해, 말하자면, 알게 되리라고는 전혀 예상하지 못하신 거야. 아버지는 몹시 당황하셨지. 그런데 이제 또 아버지를 슬픔에 빠뜨려야 한다니……. 괜찮아! 결혼식 때까지는 낫겠지.[165)]"

바자로프는 "괜찮아!"라고 말했다. 하지만 바실리 이바노비치에게 자신의 계획을 알리기로 결심하기까지 하루가 다 지나갔다. 마침내 서재에서 아버지와 작별 인사를 할 때 그는 어색하게 하품을 하며 말했다.

"맞다……. 아버지에게 말씀드리는 걸 잊을 뻔했네요……. 내일 우리 말 몇 마리를 페도트에게 보내 놓으라고 해 주세요.

---

165) 다친 사람을 위로하는 러시아식 표현이다.

역마로 쓸 수 있도록요."

바실리 이바노비치는 몹시 놀랐다.

"키르사노프 씨가 우리를 떠난다고?"

"네, 저도 함께 떠날 거예요."

바실리 이바노비치가 그 자리에서 빙글 돌아섰다.

"너도 떠난다고?"

"네……. 가야 해요. 말에 대해 지시를 내려 주세요. 부탁드릴게요."

"알았다……." 노인은 더듬거리며 말했다. "역마로 말이지, 알았다……, 다만…… 다만……. 대체 어떻게 된 일이냐?"

"잠시 그 친구 집에 다녀와야 해요. 나중에 다시 이곳으로 돌아올게요."

"그렇구나! 잠시라고……. 좋다." 바실리 이바노비치는 손수건을 꺼내더니 코를 풀면서 머리가 거의 땅에 닿도록 허리를 숙였다. "뭐라고? 그건…… 전부 준비될 거다. 네가 우리와…… 더 오래 있을 거라고 생각했는데. 사흘이라니……. 삼 년 만인데 이건, 이건 좀 짧구나. 짧다, 예브게니!"

"그래서 곧 돌아오겠다고 말씀드리잖아요. 전 가야만 해요."

"가야만 한다니…… 어쩌겠냐? 무엇보다 자기 본분을 다해야지……. 그러니까 말들을 보내라고? 알았다. 물론 아리나와 난 이렇게 될 거라고는 예상도 못 했다. 아리나는 네 방을 꾸며 주려고 이웃집 여자에게 부탁해서 꽃을 얻었단다.(바실리 이바노비치는 매일 아침 동이 트자마자 맨발에 슬리퍼를 신고 선 채로 치모페이치와 의논을 하곤 했다. 그는 떨리는 손가락으로 찢어진 지폐를 한 장 한 장 꺼내면서 여러 가지 것들을 사 오라고 시켰고, 자신이 관찰할 수 있었던 한에서는 젊은이들이 무척 좋아하는 것으로 보이던 적포도주나 식료품을 특히 강조했다. 그러나 그는 이런 사실에 대해서는 아무 말도 하지 않았다.) 중요한 것은 자유지. 그게 나의 원칙이다……. 억압해서는 안 되지…… 그러면 안 돼……."

그는 갑자기 입을 다물고 문으로 향했다.

"우리는 곧 다시 만날 거예요, 아버지, 정말이에요."

하지만 바실리 이바노비치는 돌아보지 않은 채 그저 한 손을 내저으며 나가 버렸다. 침실로 돌아온 그는 침대에 누운 아내를 보고는 그녀를 깨우지 않기 위해 작은 목소리로 기도하기 시작했다. 그러나 그녀가 잠에서 깼다.

"당신이에요, 바실리 이바니치?" 그녀가 물었다.

"나야, 여보!"

"예뉴샤의 방에서 오는 거예요? 있잖아요, 그 애가 소파에서 편안하게 잘지 걱정이에요. 안피수시카에게 당신의 행군용 매트리스와 새 베개들을 그 애 방에 깔아 주라고 했어요. 우리 깃털 이불을 줄 수도 있었는데, 내가 기억하기로는 그 애가 푹신한 잠자리에서 자는 것을 좋아하지 않는 것 같아서요."

"괜찮아, 여보, 걱정하지 마. 그 애는 잘 있어. 주여, 죄 많은 우리를 용서하소서." 그는 소곤소곤 계속 기도를 읊조렸다. 바실리 이바노비치는 이 늙은 여인이 가여웠다. 어떤 슬픔이 그녀를 기다리고 있는지, 그날 밤에는 그녀에게 말하고 싶지 않았다.

바자로프와 아르카지는 다음 날 떠났다. 아침부터 이미 온 집 안의 분위기가 침통했다. 안피수시카의 손에서 그릇이 떨어졌다. 페지카조차 당혹스러워하더니 결국 부츠를 벗어 버렸다. 바실리 이바노비치는 어느 때보다 부산을 떨었다. 그는 큰 소리로 말하고 발을 구르며 눈에 띄게 허세를 부렸지만, 그의 얼굴은 수척했고 그의 시선은 아들을 계속 곁눈질했다. 아리나 블라시예브나는 조용히 울었다. 남편이 아침 일찍부터 두 시간 내내 위로해 주지 않았다면, 그녀는 완전히 당황해 자신을 억누를 수 없었을 것이다. 바자로프는 반드시 한 달 이내에 돌아오겠다고 몇 번이고 약속한 후 마침내 자신을 옥죄던 포옹에서 벗어나 타란타스에 올라탔다. 말들이 움직이고 방울이 울리고 바퀴가 돌기 시작했다. 그러자 배웅도 더 이상 소용없게 되고 먼지도 가라앉았다. 등이 완전히 굽은 치모페이치도 비틀거리며 자신의 작은 방으로 느릿느릿 돌아갔다. 갑자기 폭삭 내려앉고 낡아 버린 듯한 집에 두 노인만 단둘이 남자, 현관 계단에서 몇 분 동안 더 기운차게 손수건을 흔들던 바실리 이바노비치는 등받이 없는 의자 위에 털썩 주저앉아 고개를 가슴께로 떨구었다. "버렸어, 우리를 버렸어." 그가 더듬거렸다. "버렸어. 우리와 함께 있는 게 지루했던 거야. 이제 외톨이가 됐어, 외톨이가!" 그는 몇 번이고 똑같은 말을 되풀이했고, 그럴 때마다 집게손가락을 앞으로 내밀었다. 그때 아리나 블라시예브나가 다가오더니, 하얗게 센 자신의 머리를 역시 하얗게 센 그의 머리에 대며 말했다. "어쩌겠어요, 바샤! 아들은 잘려 나간 조각[166]인걸요. 그 애는 매예요. 마음이 동해 날아왔다가 마음이 동해 날아가 버린 거예요. 하지만 우리는 한 나무 구멍에 돋은 버섯들처럼 나란히 앉아 꼼짝하지 않죠. 나만은 언제까지나 변함없이 당신 곁에 있을 거예요. 당신도 똑같이 내 곁에 있어 줄 테죠."

바실리 이바노비치는 얼굴에서 두 손을 떼어 자신의 아내를, 자신의 벗을 꽉 끌어안았다. 젊은 시절에도 그처럼 힘차게 그녀를 안은 적이 없었다. 슬픔에 잠긴 그에게 그녀가 위안을 주었던 것이다.

22

이따금 무의미한 말을 몇 마디 나눌 뿐 계속 침묵에 잠긴 채로, 우리의 두 친구는 페도트의 여인숙에 도착했다. 바자로프는 자신의 모습이 못마땅했다. 아르카지는 그에게 불만을 품고 있었다. 게다가 그는 아주 젊은 사람들만이 아는 까닭 모를 슬픔을 마음속에서 느끼고 있었다. 마부가 말들을 교체하고 마부석으로 돌아오더니 오른쪽으로 갈지 왼쪽으로 갈지 물었다.

아르카지는 몸을 떨었다. 오른쪽으로 뻗은 길은 시내로, 또 그곳에서 집으로 이어졌다. 한편 왼쪽으로 뻗은 길은 오진초

166) 가족이나 다른 집단의 부양을 받지 않고 자립한 사람을 일컫는 러시아식 표현이다.

바의 집으로 이어졌다.

그는 바자로프를 흘깃 쳐다보았다.

"예브게니." 그가 물었다. "왼쪽으로 갈까?"

바자로프는 외면했다.

"무슨 바보 같은 소리야?" 그가 중얼거렸다.

"바보 같은 짓이라는 건 나도 알아." 아르카지가 대답했다. "하지만 대단한 일도 아니잖아? 우리가 처음 가는 건가?"

바자로프는 테 없는 모자를 이마로 끌어 내렸다.

"마음대로 해." 마침내 그가 말했다.

"왼쪽으로 갑시다!" 아르카지가 외쳤다.

타란타스는 니콜스코예 방향으로 움직이기 시작했다. 그러나 어리석은 짓을 저지르기로 결심한 두 친구는 이전보다 한층 더 고집스럽게 침묵했고, 심지어 화가 난 것처럼 보였다.

오진초바 저택의 현관 계단에서 집사가 자기들을 맞이하는 모습을 본 순간, 이미 두 친구는 자기들이 별안간 머리에 떠오른 몽상에 굴복해 경솔하게 행동했다는 것을 짐작할 수 있었다. 그들은 분명 기대 밖의 손님이었다. 그들은 아주 오랫동안 몹시 아둔한 표정으로 응접실에 앉아 있었다. 마침내 오진초바가 그들을 보러 나왔다. 평소와 다름없이 친절하게 그들을 맞이하면서도 그들이 빨리 돌아온 것에 놀라워했으며, 그 느린 몸짓과 말로 미루어 볼 때 그 점을 별로 달가워하지 않는 듯했다. 그들은 지나는 길에 들렀을 뿐이라고, 네 시간쯤 뒤에는 다시 시내 쪽으로 출발할 것이라고 서둘러 밝혔다. 그녀는 가벼운 탄성만을 뱉고는, 아르카지에게 아버지를 만나면 인사를 전해 달라고 청한 후, 이모를 모셔 오라고 사람을 보냈다. 공작 영애는 완전히 잠에 취한 모습으로 나타났다. 그러한 모습이 쪼글쪼글 주름진 늙은 얼굴에 한층 표독스러운 표정을 더했다. 카챠는 몸이 좋지 않아 자기 방에서 나오지 않았다. 문득 아르카지는 적어도 안나 세르게예브나만큼이나 카챠를 보고 싶어 하는 자신의 마음을 느꼈다. 이런저런 무의미한 말 속에서 네 시간이 지났다. 안나 세르게예브나는 웃음기 없는 얼굴로 듣고 말했다. 작별 인사를 할 때에만 예전 우정이 그녀의 마음속에서 꿈틀거리는 것 같았다.

"오늘은 내 기분이 우울했어요." 그녀가 말했다. "하지만 신경 쓰지 말아요. 당신들 모두에게 말하는 건데요, 시간이 조금 지난 후에 다시 찾아와 줘요."

바자로프도 아르카지도 그녀에게 말 없는 목례로 답하고 마차에 올라탔다. 그러고는 어디에서도 멈추지 않고 집으로 곧장 향했다. 다음 날 저녁 그들은 무사히 마리노에 도착했다. 돌아오는 내내 두 사람 모두 오진초바의 이름조차 입에 올리지 않았다. 특히 바자로프는 신경이 곤두선 매서운 모습으로 거의 입을 열지도 않고 옆쪽의, 도로에서 떨어진 곳을 줄곧 쳐다보았다.

마리노에서는 모두가 그들의 도착을 대단히 기뻐했다. 니콜라이 페트로비치는 아들의 오랜 부재에 불안을 느끼기 시작하던 참이었다. 페네치카가 눈을 반짝이며 그의 방으로 뛰어들어가 '청년들'의 도착을 알리자, 그는 함성을 지르며 두 다리를 흔들다가 소파 위로 껑충 뛰어올랐다. 파벨 페트로비치도 조금 즐거운 흥분을 느꼈기에, 돌아온 나그네들의 손을 잡고 흔들며 너그럽게 미소를 지었다. 대화와 질문이 시작됐다. 아르카지가 다른 사람들보다 더 많이 이야기했다. 특히 자정이 훌쩍 지나도록 이어진 밤참 시간에는 더욱 그러했다. 니콜라이 페트로비치는 최근 모스크바에서 들여온 흑맥주 몇 병을 내오라고 지시했고, 본인은 두 뺨이 딸기색이 되도록 흥청거리며 어린아이의 웃음인지 신경질적인 웃음인지 알 수 없는 웃음을 계속 터뜨렸다. 전체적인 활기가 하인들에게도 퍼졌다. 두냐샤는 정신 나간 여자처럼 이리저리 뛰어다니며 이따금 문을 쾅 닫곤 했다. 표트르도 오전 2시가 넘었는데도 여전히 기타로 코사크 왈츠를 연주하려고 했다. 고요한 허공 속에서 현의 소리가 구슬프고도 명랑하게 울렸다. 그러나 처음 몇 개의 장식음을 제외하고, 이 교양 있는 시종의 노력은 허사로 돌아갔다. 자연이 그에게 다른 재능을 허락하지 않았던 것처럼, 음악적 재능 역시 부여하지 않았던 것이다.

한편 마리노 마을의 생활은 그다지 순조롭지 않았고, 가엾은 니콜라이 페트로비치는 나쁜 상황에 처해 있었다. 농장에 대한 걱정은 나날이 커져 갔다. 우울하고 무의미한 걱정들이었다. 고용 노동자들과의 분란은 견딜 수 없을 정도에 이르렀다. 어떤 사람들은 임금의 정산이나 인상을 요구했고, 또 어떤 사람들은 선금을 받은 후 떠나 버렸으며, 말들은 병에 걸렸다. 마구는 눈 깜짝할 사이에 망가졌다. 작업은 태만하게 행해졌다. 모스크바에서 주문해 들여온 탈곡기는 무거워서 결국 쓸모가 없었다. 또 다른 탈곡기는 한 번 쓰고 바로 망가져 버렸다. 바람 부는 어느 날, 가내 농노인 눈먼 노파가 연기를 피워 암소의 해충을 없앨 생각으로 횃불을 들고 축사로 간 탓에 축사가 절반이나 타 버렸다……. 그 노파는 확신했다. 사실 이 모든 재앙이 일어난 것은, 주인 나리가 듣도 보도 못한 치즈와 낙농품을 생산해야겠다는 생각을 했기 때문이라고……. 관리인은 갑자기 게을러지더니, '아무 걱정 없이 빵을 먹게 된' 모든 러시아인이 그러하듯 심지어 뚱뚱해지기 시작했다. 멀리서 니콜라이 페트로비치를 보노라면, 그는 자신의 열성을 과시하기 위해 옆으로 달려가는 새끼 돼지에게 나뭇조각을 던지기도 하고, 반쯤 벌거벗은 어린 사내아이를 을러 대기도 했다. 대체로 잠만 잤다. 소작제로 전환한 농민들은 기한 내에 돈을 지불하지 않았고 숲에서 나무를 몰래 베어 갔다. 거의 매일 밤, 경비들은 '농장'의 목초지에서 농민들의 말을 붙잡았다. 때로는 힘으로 제압해 잡기도 했다. 니콜라이 페트로비치는 말들이 밭을 짓밟은 것에 대해 벌금을 지우려고 했지만, 대개 말들이 하루나 이틀 지주 집의 여물을 먹으며 머물다가 주인에게 돌아가는 것으로 사태는 종결되었다. 게다가 농부들은 서로 싸우기 시작했다. 형제가 재산 분배를 요구했고, 그 아내들은 한집에서 화목하게 지내지 못했다. 느닷없이 주먹다짐이 벌어지고, 마치 구령에 따르기라도 하듯 다들 갑자기 소란을 피우며 사무소의 현관 계단 앞으로 몰려와서는, 종종 멍든 낯짝에 술 취한 모습으로 지주를 귀찮게 따라다니며 판결과 징계를 요청하곤 했다. 시끄러운 소리, 절규, 아낙들의 날카로운 울부짖음과 남자들의 욕설이 번갈아 울려 퍼졌다. 적의를 품은 양측을 떼어 놓고, 공정한 판결에 이르는 것이 불가능하다는 사실을 이미 알면서도 목이 쉬도록 소리를 질러야 했다. 수확을 위한 일손은 부족했다. 대단히 점잖게 생긴 이웃의 소지주는 1제샤치나당 2루블에 곡물을 수확할 일꾼을 구해 주겠다고 조건을 내걸고는 파렴치하기 짝이 없는 방법으로 속이기도 했다. 영지의 아낙들은 전례 없이 높은 품삯을 불렀고, 그 사이에 알곡은 땅에 떨어졌다. 풀베기는 지연되었는데, 후견위원회[167]는 위협을 하면서 지체 없이 이자를 전부 지불하라며 요구했다…….

"이제 진이 빠졌어!" 니콜라이 페트로비치는 여러 번 절망적으로 외쳤다. "직접 싸우지는 못하겠고, 경찰을 부르는 것은 내 원칙이 허락하지 않고, 처벌의 공포를 이용하지 않고는 아무것도 할 수 없어!"

"진정해, 진정해." 파벨 페트로비치는 동생의 말에 이렇게 말했지만, 그 자신은 낮은 목소리로 으르렁대면서 얼굴을 찡그리고 콧수염을 잡아당기곤 했다.

바자로프는 이런 '자질구레한 걱정'을 멀리했다. 어차피 손님이었기에 남의 일에 참견할 수도 없었다. 마리노에 도착한 다음 날, 그는 개구리와 섬모충과 화합물에 달려들어 계속 그것들에 시간을 쏟았다. 반대로 아르카지는 만약 아버지를 도울 수 없다면 적어도 도울 각오가 되어 있다는 시늉이라도 하

---

167) 신탁 관리, 기아 보호소, 여신 업무, 담보 대출 등의 사안을 관할하는 지방 정부의 기관.

는 것이 의무라고 생각했다. 그는 아버지의 말을 끈기 있게 들었고, 한번은 무슨 조언을 하기도 했다. 그 조언을 따르도록 하기 위해서가 아니라 자신의 관심을 보이기 위해서였다. 그는 영지 경영을 혐오하지 않았다. 심지어 농사에 관해서 즐겁게 공상해 보기도 했다. 그러나 그럴 때면 그의 머릿속에는 다른 생각들이 떠올랐다. 아르카지는 스스로도 놀랄 만큼 끊임없이 니콜스코예에 대해 생각했다. 만약 예전에 누군가가 "바자로프와 한 지붕 아래, 그것도 아버지 집의 지붕 아래 있으면 네가 따분할 수도 있어."라고 말했다면, 그는 그저 어깨를 으쓱했을 것이다. 하지만 이제는 정말 지루했으며 멀리 떠나고 싶었다. 지칠 때까지 산책을 할까 생각도 해 보았지만, 그것도 아무런 도움이 되지 않았다. 어느 날 아버지와 이야기를 나누던 그는, 니콜라이 페트로비치에게 꽤 흥미로운 편지 몇 통이 있다는 사실을 알아냈다. 언젠가 오진초바의 어머니가 니콜라이 페트로비치의 죽은 아내에게 쓴 편지였다. 아르카지는 그 편지들을 건네받을 때까지 아버지를 계속 귀찮게 했고, 니콜라이 페트로비치는 스무 개 정도의 다양한 궤짝과 여행용 가방을 뒤져야 했다. 반쯤 썩은 그 종잇조각들을 손에 넣은 아르카지는 마치 자신이 나아가야 할 목표를 눈앞에서 보기라도 한 양 마음이 진정되는 것을 느꼈다. '당신들 모두에게 말하는 건데요, 라고 그녀 자신이 덧붙였잖아!' 그는 혼잣말로 계속 소곤거렸다. '가겠어, 갈 거라고. 악마가 잡아 가라지!' 그러나 마지막 방문과 차가운 응대, 예전의 거북함을 떠올리다가 소심함에 사로잡히고 말았다. '혹시나' 하고 뜻밖의 행운을 기대하는 젊은이의 마음, 행복을 맛보고 누구의 보호도 없이 혼자서 자신의 힘을 시험해 보고픈 은밀한 욕망이 결국 승리했다. 마리노로 돌아온 지 열흘도 지나지 않아, 그는 다시 일요 학교[168]의 메커니즘을 연구한다는 핑계로 시내에 나갔고, 그곳에서 니콜스코예로 향했다. 전투에 나가는 젊은 장교처럼 그는 계속 삯마차 마부를 재촉하며 그곳을 향해 질주했다. 두렵기도 하고 즐겁기도 했으며, 초조함에 숨이 막힐 것 같기도 했다. '중요한 것은, 생각하지 말아야 한다는 점이야.' 그는 혼잣말을 계속 되뇌었다. 그가 만난 마부는 대담한 사람이었다. 술집이 나타날 때마다 마부는 "한잔 꺾을까요?"라거나 "한잔 안 꺾으려나?"라고 말하며 마차를 세웠다. 그 대신, 한잔 꺾은 후에는 말들을 사정없이 다루었다. 그리하여 마침내 눈에 익은 저택의 높다란 지붕이 나타났다……. '내가 뭘 하고 있는 거지?' 문득 그런 생각이 아르카지의 머릿속에 떠올랐다. '그렇다고 다시 돌아갈 수도 없잖아!' 말 세 필이 사이좋게 질주했다. 마부는 함성을 지르고 휘파람을 불었다. 어느새 작은 다리가 말발굽과 바퀴 아래에서 천둥 같은 소리를 냈으며, 어느새 가지치기를 한 전나무들의 가로수 길도 서서히 가까워졌다……. 짙은 녹음 속에서 장밋빛 드레스가 아른거렸고, 우산의 가벼운 술 아래로 앳된 얼굴이 보였다……. 그는 카챠를 알아보았고 그녀도 그를 알아보았다. 아르카지는 마부에게 맹

168) 성인에게 읽기와 쓰기를 가르치려는 목적으로 1859년 페테르부르크와 키예프에 설립된 학교다. 그 후 다른 도시와 마을에도 확산됐다.

렬하게 달리는 말들을 세우라고 지시하고는 마차에서 껑충 뛰어내려 그녀에게 다가갔다. "당신이었군요!" 그녀가 말했다. 그녀의 얼굴 전체가 서서히 붉게 물들었다. "언니에게 가 봐요. 언니는 여기 정원에 있어요. 당신을 보면 기뻐할 거예요."

카챠는 아르카지를 정원으로 안내했다. 카챠와의 만남이 그에게는 대단히 행복한 징조로 보였다. 그는 마치 혈육을 만난 것처럼 그녀가 반가웠다. 모든 것이 아주 멋지게 흘러갔다. 집사도, 손님의 도착을 알리는 보고도 없었다. 오솔길 모퉁이에서 그는 안나 세르게예브나를 보았다. 그녀는 그의 쪽으로 등을 돌린 채 서 있었다. 발소리를 들은 그녀는 조용히 뒤를 돌아보았다.

아르카지는 다시 당황할 뻔했지만, 그녀의 입에서 나온 처음 몇 마디에 곧 침착함을 되찾았다. "안녕하세요, 도망자분!" 그녀는 특유의 온화하고 다정한 목소리로 이렇게 말하고는, 햇살과 바람에 눈을 가늘게 뜬 채 미소를 지으며 그를 맞이하러 왔다. "어디에서 이분을 찾았니, 카챠?"

"안나 세르게예브나." 그가 입을 열었다. "당신이 전혀 생각도 못 했을 만한 것을 가져왔습니다……."

"당신 자신을 데려왔잖아요. 그게 무엇보다 좋아요."

23

조롱조로 유감의 뜻을 내비치며 아르카지를 배웅한 후, 그리고 그 여행의 진짜 목적에 관한 한 자신은 결코 속지 않는다는 점을 그에게 깨닫게 한 후, 바자로프는 마침내 홀로 남았다. 일에 대한 열의가 그를 덮쳤다. 그는 더 이상 파벨 페트로비치와 논쟁하지 않았다. 바자로프가 있는 자리에서는 파벨 페트로비치가 지나치게 귀족적인 행세를 하며 말보다 소리로 견해를 표현했기에 더욱 그랬다. 단 한 번 파벨 페트로비치는 그 당시에 유행하던, 발트해 연안 귀족들의 권리 문제에 관해 니힐리스트와 논쟁을 벌일 뻔했지만, 갑자기 입을 다물더니 차갑고 정중하게 말했다.[169]

"어쨌든 우리는 서로를 이해할 수 없습니다. 적어도 난 당신을 이해할 영광을 갖지 못했습니다."

"물론입니다!" 바자로프가 외쳤다. "인간은 모든 것을 이해할 수 있습니다. 에피르가 어떻게 떨리는지, 태양에서 무슨 일이 벌어지는지도요. 하지만 다른 인간이 어떻게 나와 다른 식으로 코를 푸는지에 대해서는 이해하지 못하죠."

"뭡니까, 그런 걸 재치 있는 말이라고 하는 겁니까?" 파벨 페트로비치가 미심쩍은 듯이 말하고는 옆으로 물러났다.

그러나 그는 이따금 바자로프의 실험에 참석하게 해 달라고 청했다. 심지어 한번은 투명한 섬모충이 녹색 먼지를 삼킨 후 그 목구멍에 있는 조그만 주먹 같은 매우 민첩한 수축근으

---

169) 발트해 연안 지역(오늘날에는 발트 삼국이라 불린다.), 즉 리투아니아, 라트비아, 에스토니아는 스웨덴, 덴마크, 폴란드, 독일, 러시아 등의 세력 다툼 속에서 여러 나라의 지배를 받았다. 19세기에 이 지역은 러시아령이었는데, 그곳에 살던 독일인 영주들이 농노 해방을 반대하고 있었다.

로 분주하게 먼지를 씹는 모습을 보기 위해, 좋은 약초로 씻고 향수를 뿌린 얼굴을 현미경에 바짝 대기도 했다. 니콜라이 페트로비치는 형보다 훨씬 자주 바자로프를 찾아왔다. 만약 영지 경영에 관한 걱정에 주의를 빼앗기지만 않았다면 '배움을 얻기 위해' — 그의 표현에 따르면 — 날마다 왔을 것이다. 그는 젊은 자연 과학자를 방해하지 않았다. 방 한구석 어딘가에 앉아 주의 깊게 지켜보며 이따금 조심스럽게 질문을 던질 뿐이었다. 만찬과 밤참 때는 화제를 물리학이나 지질학이나 화학으로 돌리려고 애썼다. 다른 모든 화제는 — 정치적인 것은 말할 것도 없고 심지어 영지 경영에 대한 것조차 — 충돌까지는 아니라 해도 서로 간의 불만으로 이어질 수 있었기 때문이다. 니콜라이 페트로비치는 바자로프를 향한 형의 증오가 전혀 줄어들지 않았음을 짐작했다. 다른 많은 사례들 가운데 한 가지 평범한 사건이 그 추측을 뒷받침했다. 인근 여기저기에서 콜레라가 발생하기 시작해 마리노 마을에서도 두 사람의 생명을 '앗아 갔다'. 어느 밤 파벨 페트로비치는 꽤 심한 발작을 일으켰다. 그는 아침까지 괴로워하면서도 바자로프의 의술에는 기대지 않았다. 다음 날 바자로프를 만났을 때 "왜 나를 부르지 않았습니까?"라는 질문을 받자, 파벨 페트로비치는 여전히 창백한, 그러나 머리를 단정히 빗고 수염을 깨끗하게 면도한 얼굴로 대꾸했다. "기억나지 않습니까? 당신 자신도 의학을 믿지 않는다고 말하지 않았던가요?" 그렇게 며칠이 흘렀다. 바자로프는 침울한 모습으로 고집스럽게 작업을 해 나갔다……. 한편 니콜라이 페트로비치의 집에는 바자로프가 속마음을 털어놓을 정도는 아니어도 기꺼이 담소를 나눌 만한 존재가 있었다……. 그 존재는 바로 페네치카였다.

그와 그녀는 대개 아침 일찍 정원이나 안마당에서 마주치곤 했다. 그는 그녀의 방에 들르지 않았고 그녀도 미챠를 목욕시켜야 할지 말지 묻기 위해 딱 한 번 그의 방문 앞까지 왔을 뿐이다. 그녀는 그를 신뢰했고 두려워하지 않았다. 그뿐만 아니라 니콜라이 페트로비치와 있을 때보다 더 자유롭고 거리낌 없이 행동했다. 어째서 이런 일이 일어났는지는 말하기 어렵다. 어쩌면 귀족적인 면, 그녀의 마음을 끌기도 하고 두렵게도 하는 그 귀족적인 고상함이 바자로프에게는 전혀 없다는 점을 그녀가 무의식적으로 느꼈기 때문인지도 모른다. 그녀의 눈에 그는 뛰어난 의사이자 소탈한 사람으로 비쳤다. 그녀는 그가 있어도 아랑곳하지 않고 부산스럽게 아기를 돌보았다. 언젠가 갑자기 머리가 어지럽고 아팠을 때는, 그가 손으로 건네는 약 숟가락을 받아먹기도 했다. 니콜라이 페트로비치 앞에서는 마치 바자로프를 피하는 것 같았다. 그녀가 그렇게 한 것은, 교활해서가 아니라 예의를 지키려는 마음에서였다. 그녀는 그 어느 때보다 파벨 페트로비치를 무서워했다. 그가 언제부턴가 그녀를 감시하기 시작했고, 슈트 차림으로 두 손을 호주머니에 찔러 넣은 채 미동도 없는 얼굴로 눈동자를 빛내면서, 마치 땅속에서 솟아오른 것처럼 그녀의 등 뒤에 불쑥 나타나곤 했기 때문이다. "정말 오싹해." 페네치카는 두냐샤에게 이렇게 불평하곤 했다. 그러면 두냐샤는 한숨으로 대꾸하며, 또 한 명의 '냉혹한' 남자에 대해 생각했다. 바자로프는 그 자신도 모르는 사이에 그녀의 마음을 지배하는 잔혹한 폭군이 되고 만 것이다.

페네치카는 바자로프가 좋았다. 그도 그녀가 좋았다. 그녀와 이야기를 나눌 때면 그는 얼굴마저 달라졌다. 그 얼굴은 다정해 보일 정도로 환한 표정을 띠었고 평소의 무심함에 장난기 섞인 배려 같은 것이 더해졌다. 페네치카는 날이 갈수록 예뻐졌다. 젊은 여인들의 생애에는 여름날 장미꽃처럼 갑자기 피어나는 시기가 있다. 바로 그런 시기가 페네치카에게 찾아온 것이다. 모든 것이, 심지어 그 무렵 계속되던 7월의 폭염까지 그것을 도왔다. 하얀 여름 드레스를 입은 그녀는 어느 때보다 하얗고 가벼워 보였다. 피부는 햇볕에 그을지 않았지만, 그녀가 피할 수 없었던 열기는 뺨과 귀를 연한 붉은빛으로 물들였고, 온몸에 느릿한 나태함을 불어넣으면서 예쁜 두 눈에 졸음에 겨운 나른함으로 투영됐다. 그녀는 거의 일을 할 수 없었다. 그리고 그 두 손은 계속 무릎 위로 미끄러졌다. 그녀는 가까스로 걸음을 떼었고 계속 한숨을 쉬며 우스울 정도로 무기력하게 불평을 해 댔다.

"좀 더 자주 물에 들어가야 해." 니콜라이 페트로비치가 그녀에게 말했다.

그는 영지의 여러 못들 가운데 아직 물이 완전히 마르지 않은 못에 아마포를 둘러 커다란 욕장을 만들었다.

"오, 니콜라이 페트로비치! 못까지 가기도 전에 죽겠어요. 아니면 돌아오다가 죽든가요. 정원에 그늘이 하나도 없어요!"

"정말 그늘이 없네." 니콜라이 페트로비치는 이렇게 대꾸하고 자신의 눈썹을 문질렀다.

어느 날 오전 7시 무렵, 산책에서 돌아오던 바자로프는 오래전에 꽃은 졌지만 아직 녹음이 무성한 라일락 나무 그늘 아래의 정자에서 페네치카를 발견했다. 평소대로 그녀는 머리에 하얀 머릿수건을 두르고 벤치에 앉아 있었다. 그 옆에는 아직 이슬에 젖은 붉은 장미와 하얀 장미가 한 다발 놓여 있었다. 그는 그녀에게 인사를 건넸다.

"아! 예브게니 바실리치!" 그녀는 이렇게 말하고는 바자로프를 쳐다보기 위해 머릿수건의 가장자리를 살짝 추어올렸다. 그 바람에 그녀의 팔이 팔꿈치까지 훤히 드러났다.

"여기서 뭐 해요?" 바자로프가 그녀 옆에 앉으며 물었다. "꽃다발을 만드나요?"

"네. 아침 식사 때 식탁에 놓으려고요. 니콜라이 페트로비치가 이걸 좋아해요."

"하지만 아침 식사를 하려면 아직 멀었는데요. 정말 꽃이 많군요!"

"방금 꺾었어요. 그러지 않으면 더워져서 밖으로 나올 수가 없어요. 숨 쉴 수 있는 때는 지금뿐이에요. 이 더위 때문에 완전히 진이 빠졌어요. 아플까 봐 걱정돼요."

"무슨 어처구니없는 소리예요! 맥박을 짚어 봅시다." 바자로프는 그녀의 팔을 잡고 고르게 뛰는 혈관을 찾았지만 박동 수는 세지도 않았다. "100살까지 살겠네요." 그가 팔을 놓으며 말했다.

"아, 주여, 도와주소서!" 그녀가 외쳤다.

"왜요? 당신은 오래 살고 싶지 않습니까?"

"100살이라뇨! 우리 할머니는 여든다섯 살까지 사셨어요. 그런데 그게 얼마나 괴로운 일이었다고요! 피부도 검어지고 귀도 먹고 등도 굽고, 또 계속 기침을 하셨죠. 자기 몸만 힘들 뿐이에요. 그게 어디 사는 건가요!"

"그럼 젊은 게 더 낫습니까?"

"당연하지 않나요?"

"어째서 더 낫죠? 말해 봐요!"

"어째서냐고요? 지금의 날 봐요. 젊으니까 무엇이든 할 수 있잖아요. 가고 오고 물건을 나르고, 아무에게도 도움을 청하지 않아도 되고……. 뭐가 더 좋을 수 있겠어요?"

"하지만 나는 아무래도 상관없어요. 내가 늙든 젊든."

"어떻게 그런 말을 해요? 아무래도 상관없다고요? 그럴 리가 없잖아요."

"생각해 봐요, 페도시야 니콜라예브나, 내 젊음이 나에게 무슨 소용이 있습니까? 혼자 고독하게 살아가는데……."

"그 문제는 언제나 당신이 하기 나름이에요."

"나의 의지에 달린 문제가 아니라니까요! 날 동정해 줄 사람이 있다면……."

페네치카는 옆에서 바자로프를 쳐다보았지만 아무 말도 하지 않았다.

"당신이 들고 있는 그 책은 뭐죠?" 잠시 후 그녀가 물었다.

"이거요? 복잡한 학술서입니다."

"그런데 당신은 줄곧 공부를 하네요? 지겹지 않아요? 내가 보기에 당신은 이미 모든 걸 잘 아는 것 같은데."

"분명 전부는 아닙니다. 조금 읽어 봐요."

"난 거기 있는 건 하나도 이해하지 못할 거예요. 러시아어 책인가요?" 페네치카는 묵직하게 장정된 책을 두 손에 받아 들고 물었다. "정말 두껍네요!"

"러시아어 책입니다."

"그래도 아무것도 이해하지 못할걸요."

"당신이 이해하기를 바라서 이러는 건 아닙니다. 당신이 책을 읽는 모습을 보고 싶어요. 당신이 책을 읽을 때면 작은 코끝이 아주 사랑스럽게 움직이거든요."

페네치카는 아무렇게나 펼친 책장에서 「크레오소트에 관하여」라는 논문을 작은 목소리로 읽으며 이해하려고 애쓰다가 웃음을 터뜨리며 책을 던져 버렸다……. 책이 벤치에서 땅바닥으로 미끄러졌다.

"당신의 웃는 모습도 좋아합니다." 바자로프가 말했다.

"그만해요!"

"당신이 말할 때도 좋아요. 마치 시냇물이 졸졸거리는 것 같거든요."

페네치카는 고개를 돌렸다.

"무슨 말을 하는 거예요!" 그녀는 손가락으로 꽃들을 정돈하며 말했다. "그런데 왜 내 말을 듣고 싶어 하죠? 그렇게나 지적인 귀부인들과 대화를 나누면서."

"아, 페도시야 니콜라예브나! 내 말을 믿어요. 세상에 그 어떤 지적인 귀부인도 당신의 팔꿈치보다 못합니다."

"참, 또 거짓말하시네!" 페네치카는 이렇게 속삭이며 두 손을 꼭 모아 쥐었다.

바자로프는 땅바닥에서 책을 집어 들었다.

"이 책은 의학서입니다. 왜 내팽개치죠?"

"의학서요?" 페네치카는 그 말을 되뇌며 그를 돌아보았다. "그거 알아요? 당신이 물약을 준 뒤로요, 그때부터 미챠가 아주 잘 잔답니다! 기억해요? 어떻게 감사 인사를 해야 할지 모르겠어요. 당신은 정말 좋은 사람이에요."

"사실 의사에게는 돈을 지불해야 하죠." 바자로프가 조롱조로 말했다. "당신도 알다시피 의사들은 사리사욕에 눈이 먼 인간들이랍니다."

페네치카는 얼굴 윗부분에 떨어진 희끄무레한 반사광 때문에 한층 검어 보이는 눈동자를 들어 바자로프를 쳐다보았다. 그가 농담을 하는지 아닌지, 그녀는 알 수 없었다.

"당신이 괜찮다면 우리는 기꺼이……. 니콜라이 페트로비치에게 물어보아야겠어요……."

"내가 돈을 원한다고 생각해요?" 바자로프가 그녀의 말을 가로막았다. "아뇨, 내가 당신에게 바라는 건 돈이 아닙니다."

"그럼 뭔가요?" 페네치카가 말했다.

"뭐냐고요?" 바자로프가 그녀의 말을 되풀이했다. "알아맞혀 봐요."

"난 수수께끼 푸는 데 재주가 없어요!"

"그럼 내가 말하죠. 나에게 필요한 건…… 이 장미들 가운데 한 송이만 줘요."

페네치카는 다시 웃음을 터뜨리며 손뼉까지 쳤다. 바자로프의 소원이 그만큼 우습게 느껴졌던 것이다. 그녀는 깔깔대면서도 그의 입발림하는 말에 흡족한 기분을 느꼈다. 바자로프는 그녀를 뚫어지게 쳐다보았다.

"줄게요, 줄게." 마침내 그녀가 이렇게 말하고는 벤치 쪽으로 허리를 숙여 장미를 만지작거렸다. "어떤 걸 드릴까요? 빨간색, 아니면 하얀색?"

"빨간색이요. 너무 크지 않은 걸로요."

그녀는 허리를 폈다.

"자, 받아요." 그녀가 말했다. 그러나 뻗었던 손을 곧바로 움츠리더니 입술을 깨물며 정자 입구를 쳐다보고는 귀를 기울였다.

"무슨 일입니까?" 바자로프가 물었다. "니콜라이 페트로비치인가요?"

"아뇨……. 그분은 들에 가셨어요. 그분은 두렵지 않아요……. 하지만 저기 파벨 페트로비치가……. 그런 생각이 들어서……."

"뭐라고요?"

"그분이 저기서 거닐고 있는 것 같았어요. 아뇨……. 아무도 없네요. 받아요." 페네치카가 바자로프에게 장미꽃을 건넸다.

"어째서 파벨 페트로비치를 두려워하죠?"

"그분은 계속 날 두렵게 해요. 말을 하지는 않고 그냥 이상하게 쳐다보죠. 당신도 그분을 좋아하지 않잖아요. 기억나요. 당신이 예전에 그분과 계속 언쟁했던 것 말이에요. 당신들의 언쟁이 무엇에 관한 것이었는지는 모르지만, 당신이 그분을 이렇게 마음대로 휘두르는 것은 보았답니다. 이렇게……."

페네치카는 자신이 생각하기에 바자로프가 파벨 페트로비치를 어떻게 휘둘렀는지 두 손으로 보여 주었다.

바자로프는 빙그레 웃었다.

"만약 그가 나를 이기면 당신은 내 편을 들어 줄 겁니까?" 그가 물었다.

"어떻게 내가 당신 편을 들어요? 아뇨, 당신을 이길 사람은 없죠."

"그렇게 생각해요? 하지만 난 알아요. 원하기만 하면 손가락으로 날 쓰러뜨릴 수 있는 손을요."

"그게 어떤 손인데요?"

"모른다는 말인가요? 당신이 나에게 준 장미꽃 향기가 얼마나 좋은지 맡아 봐요."

페네치카는 가느다란 목을 길게 뽑아 꽃송이로 얼굴을 가까이 가져갔다……. 머릿수건이 머리에서 어깨로 미끄러져 내려왔다. 살짝 헝클어진, 풍성하고 부드럽고 윤기 있는 검은 머리칼이 보였다.

"잠깐만요. 당신과 함께 향기를 맡고 싶군요." 바자로프는 이렇게 말하더니 몸을 숙여 그녀의 벌어진 입술에 힘껏 입을 맞추었다.

그녀는 바르르 떨며 두 손으로 그의 가슴을 밀었지만 세게 밀지는 않았다. 그래서 그는 다시 입맞춤을 하고 그것을 길게 이어 갈 수 있었다.

마른기침 소리가 라일락 덤불 뒤에서 들렸다. 페네치카는 급히 벤치의 반대편 끝으로 물러났다. 파벨 페트로비치가 나타나 가볍게 허리를 숙여 인사하더니, 분노와 침울함이 뒤섞인 듯한 목소리로 "여기 있었군요."라고 말하고는 그 자리를 떠났다. 페네치카는 곧장 장미꽃을 전부 주워 모아 정자를 떠났다.

"그러면 안 되죠, 예브게니 바실리예비치." 그녀가 떠나면서 소곤거렸다. 그녀의 속삭임에서 진심 어린 비난이 느껴졌다.

바자로프는 얼마 전의 다른 사건을 떠올렸다. 수치스러웠고, 또 모욕감이 느껴질 만큼 화가 치밀었다. 그러나 곧 머리를 흔들고는 자신이 '셀라돈[170] 대열에 공식적으로 입문한 것'을 냉소적으로 자축하며 자기 방으로 향했다.

정원을 떠난 파벨 페트로비치는 천천히 걸음을 옮기다가 숲에 이르렀다. 그는 꽤 오랫동안 그곳에 머물렀다. 그가 아침 식사를 하러 돌아오자 니콜라이 페트로비치가 몸이 좋지 않으냐며 근심스럽게 물었다. 그 정도로 얼굴빛이 어두워 보였던 것이다.

"내가 가끔 황달 증세를 보이는 건 너도 알잖아." 파벨 페트로비치가 침착하게 대꾸했다.

---

170) 프랑스 작가 오노레 뒤르페(Honoré d'Urfé, 1567~1625)의 전원 소설 『아스트레』에서 여주인공 아스트레를 사랑하는 양치기 청년의 이름이다.

24

두어 시간 후, 그는 바자로프의 방문을 두드렸다.

"당신의 연구를 방해한 것에 용서를 구해야겠습니다." 그는 창가의 등받이 없는 의자에 앉아 상아 손잡이가 달린 아름다운 지팡이 위에 두 손을 올려놓으며 말을 꺼냈다.(그는 보통 지팡이 없이 걸어 다녔다.) "하지만 당신의 시간을 오 분 정도 나에게 할애해 달라고 부탁하지 않을 수 없군요……. 그 이상은 안 걸릴 겁니다."

"나의 모든 시간을 마음껏 쓰십시오." 바자로프가 대답했다. 파벨 페트로비치가 문지방을 넘자마자 바자로프의 얼굴에 무언가가 스치고 지나갔다.

"오 분이면 충분합니다. 한 가지 질문을 하러 왔습니다."

"질문이요? 무엇에 대한 질문이죠?"

"들어 보시죠. 당신이 내 동생 집에 온 처음 얼마 동안, 난 당신과 담소하는 기쁨을 포기하지 않았고 때때로 많은 주제에 대해 당신의 의견을 들었습니다. 하지만 내가 기억하는 한, 우리 사이에도 혹은 내가 있는 자리에서도 싸움이나 결투에 대한 이야기는 한 번도 나온 적이 없군요. 이 주제에 대해 당신이 어떤 견해를 갖고 있는지 들어 봐도 좋을까요?"

파벨 페트로비치를 맞이하기 위해 일어서려던 바자로프는 테이블 끝에 걸터앉아 팔짱을 꼈다.

"내 의견은 이렇습니다." 그가 말했다. "이론적인 관점에서 볼 때 결투는 어리석은 짓입니다. 하지만 뭐, 실제적인 관점에서는 별개의 문제죠."

"그러니까 내가 이해하는 한, 당신은 이렇게 말하고 싶은 거군요. 결투에 대한 당신의 이론적 관점이 어떠하든, 실제로 당신은 모욕을 당하면 반드시 결투를 신청한다고요."

"내 생각을 충분히 간파하셨군요."

"아주 훌륭합니다.[171] 당신으로부터 그런 말을 들으니 대단히 기쁘군요. 당신의 말이 나를 모호함에서 끌어냈습니다……."

"망설임에서, 그렇게 말하고 싶겠지요."

"아무래도 상관없습니다.[172] 난 남들에게 이해받을 수 있도록 표현하려는 것이니까요. 내가 신학교의 쥐새끼도 아니고……. 당신의 말은 날 어떤 슬픈 필연성에서 구해 주었습니다. 난 당신과 싸우기로 결심했습니다."

바자로프는 눈을 휘둥그레 떴다.

"나하고요?"

"기필코, 당신과."

"무엇 때문에요? 무슨 그런 말씀을!"

"당신에게 이유를 설명할 수도 있겠죠." 파벨 페트로비치가 입을 열었다. "하지만 나로서는 그에 대해 침묵하는 쪽에 더 마음이 기우는군요. 내 취향에 비추어 볼 때 당신은 이곳에 쓸모없는 사람입니다. 당신을 참을 수 없어요. 당신을 경멸합

---

171) 파벨 페트로비치는 극존칭 어미를 사용하고 있다.

172) 파벨 페트로비치는 계속 극존칭 어미를 사용하고 있다.

니다. 만약 이런 말이 충분하지 않다면…….”

파벨 페트로비치의 눈이 번뜩였다……. 바자로프의 눈에서도 불꽃이 튀었다.

“아주 좋습니다.[173]” 바자로프가 말했다. “더 이상 설명은 필요 없습니다. 날 상대로 자신의 기사도 정신을 시험해 보겠다는 망상이 당신의 머리에 떠올랐군요. 난 이 즐거움을 거절할 수도 있습니다만, 뭐, 될 대로 되라지요!”

“진심으로 감사합니다.” 파벨 페트로비치가 대꾸했다. “이제 이렇게 기대해도 되겠죠. 당신이 날 강제적인 수단에 의지하도록 내몰지 않고 내 결투 신청을 받아들였다고 말입니다.”

“즉, 비유 없이 말하자면, ‘이 지팡이에 의지하지 않고’라는 뜻인가요?” 바자로프가 냉담하게 말했다. “전적으로 옳습니다. 당신으로서는 날 모욕할 필요가 전혀 없습니다. 그것은 전혀 안전하지도 않습니다. 당신은 신사로 남을 수 있어요……. 나도 신사답게 당신의 결투 신청을 받아들이겠습니다.”

“좋습니다.” 파벨 페트로비치는 이렇게 말하고 지팡이를 구석에 세웠다. “이제 우리의 결투 조건에 대해 몇 마디 해 봅시다. 하지만 우선 확인해 두고 싶군요. 혹시 사소한 언쟁이라는 격식에 의지할 필요가 있다고 생각하는지요? 그런 언쟁은 나의 결투 신청에 빌미가 되어 줄 수도 있을 텐데요.”

“아뇨, 격식을 차리지 않는 편이 낫습니다.”

“나도 그렇게 생각합니다. 우리가 충돌하게 된 진짜 원인을

---

173) 바자로프도 극존칭 어미를 사용했다.

규명하는 것 역시 부적절하다고 생각합니다. 우리는 서로를 못 견디게 싫어합니다. 뭐가 더 필요합니까?"

"뭐가 더 필요할까요?" 바자로프가 비꼬듯이 그의 말을 따라 했다.

"결투 조건에 대해서 말인데요, 우리에게는 입회인이 없을 테니 말입니다. 도대체 어디에서 그들을 데려옵니까?"

"바로 그렇습니다. 어디에서 그들을 데려오죠?"

"당신에게 다음과 같은 제안을 할 수 있어 영광입니다. 내일 일찍, 가령 6시에, 숲 뒤에서 피스톨[174]로 싸우는 게 어떨까요? 거리는 열 발짝으로."

"열 발짝이요? 좋습니다. 우리는 그 정도 거리에서 서로를 증오하겠군요."

"여덟 발짝도 됩니다." 파벨 페트로비치가 말했다.

"좋습니다. 그것도 괜찮죠!"

"두 발 쏩니다. 어쨌든 자신의 죽음에 대한 책임을 스스로에게 돌리는 쪽지를 저마다 호주머니에 넣어 둡니다."

"그 의견에는 결코 동의할 수 없습니다." 바자로프가 말했다. "약간 프랑스 소설 같기도 하고 어쩐지 진실성이 떨어지기도 해서요."

"그럴지도 모릅니다. 하지만 살인 혐의를 받는 것은 불쾌하다는 점에 동의하죠?"

---

174) 권총의 일종으로 14세기 이탈리아에서 개발되었다고 한다. 약실과 총신이 일체형으로 연결되고 총 길이가 대략 30~40센티미터다.

"동의합니다. 하지만 그런 슬픈 비난을 피할 방법이 있습니다. 우리에게 입회인은 없겠지만 목격자는 있을 수 있죠."

"정확히 누구를 말하는지 알려 주시겠습니까?"

"그럼요, 표트르입니다."

"어떤 표트르?"

"동생분의 시종 말입니다. 그 사람은 현대 교양의 높은 수준에 오른 사람이니, 이런 경우에 필요한 것을 하나도 빠뜨리지 않고 제 역할을 훌륭하게 수행할 겁니다."

"내가 보기에 귀하께서는 농담을 하시는 것 같군요."

"전혀 그렇지 않습니다. 나의 제안을 깊이 숙고해 보면, 당신도 이 제안이 지극히 상식적이고 간단하다는 점을 확신하게 될 겁니다. 자루 속의 송곳은 감출 수 없는 법이죠. 표트르는 내가 적절한 방법으로 준비시켜 결전의 장으로 데려가겠습니다."

"계속 농담을 하는군요." 파벨 페트로비치가 의자에서 일어나며 말했다. "하지만 당신이 정중하게 의사를 밝혀 줬으니 나에게는 당신을 비난할 권리가 없습니다……. 이렇게 모든 것이 정리됐군요……. 그런데 피스톨은 있습니까?"

"나에게 피스톨이 있을 리가 없잖습니까, 파벨 페트로비치? 난 군인이 아닙니다."

"그렇다면 내 피스톨을 제공하겠습니다. 내가 그것들을 오년 동안 사용한 적이 없다는 점은 믿어도 좋습니다."

"몹시 위안이 되는 소식이군요."

파벨 페트로비치는 지팡이를 쥐었다…….

"이제 난 귀하에게 감사를 표하고 연구로 돌려보내기만 하면 되겠군요. 그럼 실례합니다.[175]"

"그럼 다음에 즐겁게 봅시다, 귀하." 바자로프가 손님을 배웅하며 말했다.

파벨 페트로비치는 밖으로 나갔고 바자로프는 문 앞에 잠시 서 있다가 갑자기 큰 소리로 외쳤다. "첫, 빌어먹을! 이 무슨 멍청한 미사여구람! 이따위 어릿광대짓을 하게 되다니! 재주 익힌 개들이 뒷다리로 춤을 추는 꼬락서니군. 하지만 거절할 수는 없었어. 그자는 정말이지 날 때렸을지도 몰라. 만약 그랬다면…….(바자로프의 얼굴은 그것을 생각하는 것만으로도 창백해졌다. 그의 모든 자존심이 꼿꼿하게 머리를 쳐들었다.) 그랬다면 그자를 새끼 고양이처럼 목 졸라 죽여 버렸을 텐데……." 그는 자신의 현미경 앞으로 돌아갔다. 그러나 그의 마음은 동요했고, 관찰에 필요한 침착함은 사라지고 말았다. '그자는 오늘 우리를 봤어.' 그는 생각했다. '하지만 그 인간이 과연 동생 때문에 그렇게 행동한 걸까? 입맞춤이 뭐 그리 대수라고. 여기엔 뭔가 다른 게 있어. 맞아! 그 사람 자신이 사랑에 빠진 게 아닐까? 말할 나위도 없이 그는 사랑에 빠졌어. 대낮처럼 분명한 사실이야. 이런, 정말 난처하게 됐군! 비루해!' 그는 마침내 결심했다. '어느 쪽에서 보든 비루해! 우선 총구 앞에 이마를 들이밀어야 하겠고, 또 어찌 되든 이곳을 떠나야 하겠지.

---

175) "인사를 드리게 되어 영광입니다."라는 러시아어 표현을 의역한 것이다. 군대에서 군인들이 자리를 피하거나 헤어질 때 하는 인사말이다.

그런데 그렇게 되면 아르카지는…… 그 사람 좋은 니콜라이 페트로비치도. 비루하군, 비루해.'

어떻게 된 일인지 하루가 유난히 조용하고 무기력하게 지나갔다. 페네치카는 마치 세상에 존재하지 않는 것 같았다. 그녀는 쥐구멍 속의 생쥐처럼 자신의 작은 방에 틀어박혀 있었다. 니콜라이 페트로비치의 얼굴에는 수심이 가득했다. 그가 각별한 기대를 걸고 있는 밀밭에 깜부깃병이 나타났다는 보고가 들어온 것이다. 파벨 페트로비치는 얼음같이 차가운 특유의 정중함으로 모든 사람들을, 특히 프로코피치를 숨 막히게 했다. 바자로프는 아버지에게 편지를 쓰려다가 편지지를 갈기갈기 찢어 테이블 밑으로 던져 버렸다. '내가 죽으면 사람들도 그 사실을 알게 되겠지. 하지만 난 죽지 않아.' 그는 생각했다. '아니, 난 이 세상에서 좀 더 오랫동안 고달프게 살아갈 거야.' 그는 중요한 용무가 있으니 다음 날 동이 트자마자 자기에게 오라고 표트르에게 지시해 두었다. 바자로프가 자기를 페테르부르크로 데려가려나 보다고, 표트르는 생각했다. 바자로프는 늦게 잠자리에 들었고 밤새도록 어지러운 꿈에 시달렸다……. 오진초바가 그의 앞에서 빙글빙글 도는가 싶더니 그의 어머니로 변해 있었다. 그 뒤에서 검은 콧수염이 난 작은 암고양이가 따라오고 있었는데, 그 고양이는 페네치카였다. 한편 파벨 페트로비치는 커다란 숲이 되어 그의 눈앞에 나타났다. 그런데도 바자로프는 여전히 이 숲과 싸워야만 했다. 표트르가 4시에 그를 깨웠다. 그는 즉시 옷을 차려입고 그와 함께 밖으로 나갔다.

멋지고 상쾌한 아침이었다. 알록달록한 작은 구름들이 말간 하늘빛 바탕에 양털 구름을 이루고 있었다. 작은 이슬방울이 나뭇잎과 풀잎에 송알송알 맺히고 거미집에서 은빛으로 반짝였다. 축축하게 젖은 검은 땅은 여전히 노을의 붉은 흔적을 간직하고 있는 듯 보였다. 종달새들의 노랫소리가 온 하늘에서 쏟아져 내렸다. 숲에 이르자 바자로프는 그 가장자리의 그늘에 앉았다. 그는 그제야 표트르에게, 자신이 그에게서 어떤 도움을 바라는지 털어놓았다. 교양 있는 하인은 소스라치게 놀랐다. 그러나 바자로프는 그냥 멀리서 지켜보는 것 말고는 아무것도 할 필요가 없을 거라고, 책임질 일은 전혀 없을 거라고 보장하며 그를 안심시켰다. "하지만 생각해 봐." 그는 덧붙였다. "자네 앞에 얼마나 중요한 역할이 놓여 있는지 말이야!" 표트르는 두 팔을 벌린 채 고개를 푹 숙이더니 완전히 퍼렇게 질린 얼굴로 자작나무에 기댔다.

마리노로부터 뻗어 나온 도로는 이 작은 숲을 에둘러 지났다. 가벼운 흙먼지가 그 도로 위에 깔려 있었다. 전날부터 마차 바퀴나 사람 발에 밟히지 않은 그대로였다. 바자로프는 무심결에 그 도로를 바라보면서 풀을 뜯어 씹었다. 하지만 속으로는 '이 무슨 멍청한 짓이람!' 하고 계속 똑같은 말만 중얼거렸다. 그는 아침 추위에 두어 번 몸을 부르르 떨었다……. 표트르는 침울하게 그를 흘깃거렸지만 바자로프는 그저 미소만 지었다. 그는 두려워하지 않았다.

도로에서 말발굽 소리가 들렸다……. 나무들 사이로 농부가 한 사람 나타났다. 그는 마구로 연결된 말 두 필을 몰며 바자로프를 지나치다가, 모자도 벗지 않은 채 어쩐지 묘한 표정으로 그를 쳐다보았다. 표트르는 그것을 좋지 않은 징조로 보고 당황하는 것 같았다. '저 사람도 일찍 일어났군.' 바자로프는 생각했다. '게다가 적어도 용무 때문이지. 그런데 우리는?'

"그분이 오시나 봅니다." 갑자기 표트르가 소곤거렸다.

바자로프는 고개를 들었다. 파벨 페트로비치가 보였다. 가벼운 체크무늬 재킷과 눈처럼 하얀 바지를 입은 그가 도로를 따라 빠르게 걸어오고 있었다. 녹색 모직으로 싼 상자를 겨드랑이 밑에 낀 채였다.

"미안합니다. 내가 당신을 기다리게 했나 보군요." 그는 먼저 바자로프에게, 그다음에는 표트르에게 허리 숙여 인사하며 말했다. 이 순간 그는 표트르를 일종의 입회인으로서 존중한 것이었다. "내 시종을 깨우고 싶지 않았습니다."

"괜찮습니다.[176)]" 바자로프가 대꾸했다. "우리도 방금 왔습니다."

"아! 그렇다면 더 다행입니다!" 파벨 페트로비치가 주위를 둘러보았다. "아무도 보이지 않는군요. 아무도 방해하지 않겠습니다……. 시작해도 될까요?"

"시작합시다."

"새롭게 논의할 필요는 없겠죠?"

"필요 없습니다."

---

176) 바자로프는 이 장면에서 극존칭을 사용했다.

"당신이 장전하겠습니까?" 파벨 페트로비치가 상자에서 피스톨을 꺼내며 물었다.

"아뇨, 당신이 장전하십시오. 난 발걸음을 재겠습니다. 내 다리가 더 기니까요." 바자로프는 비웃음을 담은 표정으로 덧붙였다. "한 발, 두 발, 세 발……."

"예브게니 바실리치." 표트르가 힘겹게 중얼거렸다.(그는 열병에 걸린 것처럼 부들부들 떨었다.) "괜찮으시다면, 저는 물러나 있겠습니다."

"네 발…… 다섯 발……. 가 봐, 물러가 있어. 나무 뒤에 서서 귀를 막아도 돼. 하지만 눈은 감지 마. 누가 쓰러지면 자네가 달려와서 일으켜야지. 여섯 발…… 일곱 발…… 여덟 발……." 바자로프가 걸음을 멈췄다. "충분합니까?" 그는 파벨 페트로비치를 돌아보며 말했다. "아니면 두 걸음 더 갈까요?"

"당신 좋을 대로요." 파벨 페트로비치는 두 번째 총알을 장전하며 말했다.

"그럼, 두 걸음 더 갑시다." 바자로프는 부츠의 구두코로 땅바닥에 선을 그었다. "여기가 결투 거리 표시선입니다. 그런데 각자 이 결투 거리 표시선에서 몇 걸음 정도 떨어져야 할까요? 이것도 중요한 문제죠. 어제는 이 문제에 대한 검토가 없었습니다."

"열 걸음 정도면 될 것 같습니다." 파벨 페트로비치는 피스톨 두 자루를 바자로프에게 모두 넘겨주며 대꾸했다. "골라 보시죠."

"알겠습니다. 그런데 우리의 결투가 우스꽝스러울 정도로

특이하다는 점에는 당신도 동의하겠죠, 파벨 페트로비치? 우리 입회인의 안색 좀 보십시오."

"여전히 농담을 하고 싶어 하는군요." 파벨 페트로비치가 대꾸했다. "우리의 결투가 괴상하다는 점은 부정하지 않겠습니다. 하지만 내가 진지하게 싸울 작정이라는 점은 미리 알리는 것이 내 의무라고 생각합니다. 들을 귀가 있는 사람은 알아들어라![177]"

"오! 우리가 서로를 죽이기로 결심했다는 점에 대해서는 의심하지 않습니다. 하지만 왜 웃으면 안 됩니까? 왜 유용한 것(라틴어)과 무용한 것(라틴어)을 결합하면 안 되죠? 그렇습니다. 당신이 프랑스어로 말하니 난 라틴어로 말하는 겁니다."

"난 진지하게 싸울 겁니다." 파벨 페트로비치가 똑같은 말을 되풀이하고는 자기 자리로 향했다. 바자로프는 결투 거리 표시선에서 열 발짝을 떼고는 그 자리에 멈춰 섰다.

"준비됐습니까?" 파벨 페트로비치가 물었다.

"완벽합니다."

"이제 서로를 향해 다가가도 됩니다."

바자로프는 조용히 앞으로 움직였다. 파벨 페트로비치도 호주머니에 왼손을 찔러 넣은 채 서서히 피스톨 총구를 추켜올리며 그를 향해 걸어왔다……. '저자는 내 코를 똑바로 겨냥하고 있군.' 바자로프는 생각했다. '눈을 가늘게 뜨고 열심히도 가늠하는구나, 강도 같은 자식! 하지만 불쾌한 느낌이군. 난

---

177) 「마태오의 복음서」 11장 15절.

저자의 시곗줄에 시선을 고정해야겠다…….' 바자로프의 귓가에서 무언가가 '휙' 하고 날카로운 소리를 냈고, 바로 그 순간 총성이 울렸다. '들었어. 그렇다면 아무 일도 일어나지 않은 거군.' 그는 가까스로 이런 생각을 떠올렸다. 그는 한 걸음 더 내딛고는 목표를 겨냥하지도 않고 방아쇠를 당겼다.

파벨 페트로비치는 살짝 비틀거리더니 한 손으로 넓적다리를 움켜쥐었다. 그의 하얀 바지를 따라 핏줄기가 흘러내렸다.

바자로프는 피스톨을 옆으로 던지고 적수에게로 가까이 다가갔다.

"다쳤습니까?" 그가 말했다.

"당신에게는 날 결투 거리 표시선까지 부를 권리가 있습니다." 파벨 페트로비치가 말했다. "하지만 그런 건 다 시시한 소리지. 결투 조건에 따르면, 각자 한 발 더 쏠 수 있습니다."

"자, 미안합니다, 그건 다음을 위해 남겨 두기로 하죠." 바자로프는 이렇게 대답한 후, 창백해지기 시작한 파벨 페트로비치를 끌어안았다. "지금 난 더 이상 결투자가 아니라 의사입니다. 그러니 우선 당신의 상처를 살펴야 합니다. 표트르! 이리 와, 표트르! 어디 숨었어?"

"다 쓸데없는 소리……. 누구의 도움도 필요 없습니다." 파벨 페트로비치는 띄엄띄엄 중얼거렸다. "그리고…… 다시…… 해야 합니다……." 그는 자신의 콧수염을 잡아당기려 했지만, 팔에서 힘이 빠지고 눈이 뒤집히는가 싶더니 의식을 잃고 말았다.

"어이없군! 기절하다니! 뭣 때문에!" 바자로프는 파벨 페트로비치를 풀밭 위에 내려놓으며 자기도 모르게 언성을 높였다. "이 무슨 황당한 일이야? 어디 한번 보자고." 그는 손수건을 꺼내 피를 닦아 내고 상처 주위를 더듬었다……. "뼈는 온전하군." 그는 내뱉듯이 마지못해 중얼거렸다. "총알이 깊이 박히지 않았어. 외측광근(라틴어)[178]만 다쳤군. 삼 주 후에는 춤도 추겠어! 그런데 기절이라니! 오, 이런 예민한 인간들하고는! 이런, 살갗은 왜 이리 얇아!"

"돌아가셨습니까?" 그의 등 뒤에서 표트르의 떨리는 목소리가 들렸다.

바자로프가 주위를 둘러보았다.

"얼른 가서 물을 떠 와. 그리고 이 사람은 자네와 나보다 더 오래 살 거야."

하지만 이 개화된 하인은 그의 말을 이해하지 못했는지 제자리에서 꼼짝도 하지 않았다. 파벨 페트로비치가 천천히 눈을 떴다. "죽어 가고 있어요!" 표트르가 속삭이듯 말하고는 성호를 긋기 시작했다.

"당신 말이 맞습니다. 이 얼마나 멍청한 꼬락서니인지!" 상처를 입은 신사는 억지웃음을 지으며 말했다.

"제길, 가서 물이나 가져와!" 바자로프가 외쳤다.

"필요 없어요……. 일시적인 현기증입니다……. 앉을 수 있게 좀 도와주십시오……. 그렇게요……. 이런 긁힌 상처는 무언가로 감아 두기만 해도 됩니다. 난 걸어서 집에 가겠습니다.

---

178) 대퇴부를 이루는 근육.

아니면 사람을 보내 날 태워 갈 드로시키를 몰고 오라고 해도 좋고요. 당신만 동의한다면 결투는 재개되지 않습니다. 당신은 고결하게 행동했습니다……. 오늘, 오늘 말이죠. 기억해 두십시오."

"지난 일을 기억할 필요는 없습니다." 바자로프가 반박했다. "앞일에 관해 머리를 쥐어짤 필요도 없고요. 난 지체하지 않고 사라질 작정이니까요. 이제 당신 다리에 붕대를 감겠습니다. 상처가 위중하지는 않지만 지혈을 해 두는 것이 가장 좋죠. 하지만 우선 이 인간이 정신을 차리게 해야 합니다."

바자로프는 표트르의 멱살을 잡아 흔들고는 드로시키를 불러오라고 보냈다.

"동생을 놀라게 하지 않도록 조심해." 파벨 페트로비치가 표트르에게 말했다. "동생에게 보고할 생각은 하지도 마."

표트르는 질주하기 시작했다. 그가 드로시키를 부르러 달려가는 동안 두 적수는 땅바닥에 앉아 계속 침묵을 지켰다. 파벨 페트로비치는 바자로프를 쳐다보지 않으려 애썼다. 어쨌든 그와 화해하고 싶지는 않았던 것이다. 그는 자신의 오만과 실패가 수치스러웠다. 이보다 더 다행스러운 방법으로 끝날 수는 없었을 것이라고 느끼긴 했지만, 자신이 계획한 모든 일이 수치스러웠다. '적어도 이곳에 계속 머물지는 않겠지.' 그는 이렇게 스스로를 위로했다. '그것만으로도 고마운 일이야.' 무겁고 어색한 침묵이 계속됐다. 두 사람 모두 기분이 좋지 않았다. 저마다 상대방이 자신의 속마음을 환히 들여다보고 있음을 느꼈다. 친구 사이에는 이러한 자각이 즐겁다. 그러나 서로

원수진 사람들에게는 매우 불쾌한 자각이다. 특히 서로 대화를 나눌 수도, 헤어질 수도 없을 때는 더욱 그렇다.

"내가 당신의 다리에 붕대를 너무 꽉 감지 않았습니까?" 마침내 바자로프가 물었다.

"아뇨, 괜찮습니다, 좋아요." 파벨 페트로비치가 대답했다. 그러고는 잠시 후 이렇게 덧붙였다. "동생은 속지 않을 테니 동생에게는 우리가 정치 문제로 싸웠다고 말해야 할 겁니다."

"아주 좋은 생각이군요." 바자로프가 말했다. "내가 모든 영국 예찬론자들에게 욕설을 퍼부었다고 말해도 됩니다."

"훌륭합니다. 그런데 당신의 생각은 어떻습니까? 저 사람이 지금 우리에 대해 무슨 생각을 하고 있을까요?" 파벨 페트로비치가 농부를 가리키며 계속 말했다. 결투하기 몇 분 전에 마구로 연결된 말들을 몰고 바자로프 옆을 지나가던 그 농부는 되돌아가는 길에 '주인들'을 보자 '굽실거리며' 모자를 벗었다.

"누가 저 사람을 알겠습니까!" 바자로프가 대꾸했다. "아무 생각도 하지 않는다, 그것이 가장 그럴듯하지 않습니까? 러시아 농부야말로 래드클리프[179] 부인이 언젠가 그처럼 수없이 이야기하던 신비로운 낯선 사람이니까요. 누가 러시아 농부를 이해하겠습니까? 당사자도 스스로를 이해하지 못할걸요."

"아! 그렇죠!" 파벨 페트로비치는 막 이야기를 꺼내려다가 갑자기 외쳤다. "보십시오, 당신의 멍청한 표트르가 무슨 짓을

---

179) 앤 래드클리프(Ann Radcliffe, 1764~1823). 영국의 고딕 소설 작가.

저질렀는지! 내 동생이 이곳으로 마차를 몰고 오고 있지 않습니까!"

바자로프가 고개를 돌렸다. 드로시키에 앉은 니콜라이 페트로비치의 창백한 얼굴이 눈에 들어왔다. 드로시키가 멈추기도 전에 그는 껑충 뛰어내려 형에게로 달려왔다.

"어떻게 된 일입니까?" 그가 흥분한 목소리로 말했다. "예브게니 바실리치, 아니, 이게 뭡니까?"

"아무것도 아냐." 파벨 페트로비치가 대답했다. "너에게 쓸데없는 걱정을 끼쳤구나. 바자로프 씨와 약간 말다툼을 했어. 그 때문에 내가 약간의 대가를 치렀지."

"그래, 이 모든 일이 어쩌다 일어난 겁니까? 제발요."

"어떻게 말해야 하나? 바자로프 씨가 로버트 필[180] 경을 무례하게 평하더구나. 서둘러 덧붙이자면, 이 모든 일의 책임은 나 한 사람에게 있어. 바자로프 씨는 훌륭하게 처신했단다. 내가 이 사람에게 결투를 신청했어."

"무슨 소리야, 형 몸에서 피가 나잖아!"

"그럼 내 혈관에 물이 흐를 거라 생각했니? 하지만 이런 방혈(放血)이 나에게는 이롭기까지 해. 그렇지 않습니까, 의사 선생? 드로시키에 앉을 수 있도록 도와줘. 감상에 젖지 말고. 내일이면 건강해질 거야. 그렇다니까. 좋아. 마부, 출발해."

니콜라이 페트로비치는 드로시키를 뒤따라 걸어갔다. 바자

---

180) Robert Peel(1788~1850). 영국의 보수주의적 정치가로서 수상을 역임했다.

로프는 뒤에 남으려 했다…….

"형을 돌봐 달라고 당신에게 부탁해야겠습니다." 니콜라이 페트로비치가 그에게 말했다. "시내에서 다른 의사를 데려올 때까지요."

바자로프는 말없이 고개를 끄덕였다.

한 시간 후 파벨 페트로비치는 이미 침대에 누워 있었고, 한쪽 다리는 능숙한 솜씨로 붕대에 감겨 있었다. 집 안 전체에 큰 소동이 일었다. 페네치카는 기분이 나빠졌다. 니콜라이 페트로비치는 남몰래 자기 손만 쥐어짤 뿐이었다. 파벨 페트로비치는 껄껄거리고 농을 던졌으며, 특히 바자로프와 있을 때 더욱 그랬다. 그는 얇은 삼베 루바시카와 화려한 오전용 재킷을 입고 튀르크식 모자를 썼다. 창문에 커튼을 치지 못하게 했고, 음식을 절제해야 하는 것에 대해 익살스러운 푸념을 늘어놓았다.

그러나 밤이 다가오자 그의 몸에서 열이 났다. 두통도 생겼다. 시내에서 의사가 왔다.(니콜라이 페트로비치는 형의 말을 듣지 않았지만 바자로프 본인도 그것을 바랐다. 그는 완전히 누렇게 뜬 사나운 얼굴로 온종일 자기 방에 틀어박혀 있다가 아주 잠시만 환자의 방에 들렀다. 두어 번 우연히 페네치카와 마주치기도 했다. 그러나 그녀는 흠칫 놀라며 그를 피해 달아났다.) 새로 온 의사는 시원한 음료를 권했다. 하지만 어쨌든 아무런 위험성도 보이지 않는다는 바자로프의 진단을 확인해 주었다. 니콜라이 페트로비치는 형이 부주의로 상처를 입었다고 의사에게 말했다. 의사는 그 말에 "흠!" 하고 대꾸했지만, 곧바로 은화 25루블을 받자 이렇게 말했다. "그렇군요! 확실히 그런 일이 종종 있긴 하더군요."

집 안의 어느 누구도 잠자리에 눕지 않았고 옷을 벗지도 않았다. 니콜라이 페트로비치는 이따금 발끝으로 형의 방에 살금살금 들어갔다가 똑같이 발끝으로 걸어 나오곤 했다. 파벨 페트로비치는 꾸벅꾸벅 졸다가 약한 신음 소리를 내기도 하고, 프랑스어로 동생에게 "너도 자."라고도 하고, 마실 것을 청하기도 했다. 한번은 니콜라이 페트로비치가 페네치카를 시켜 형에게 레모네이드 한 잔을 가져다주도록 했다. 파벨 페트로비치는 그녀를 뚫어지게 쳐다보더니 바닥이 보이도록 컵을 깨끗이 비웠다. 아침이 될 무렵, 열이 좀 더 오르더니 가벼운 정신 착란 증세가 나타났다. 파벨 페트로비치는 앞뒤가 안 맞는 말을 지껄이다가 갑자기 눈을 번쩍 떴다. 그러고는 침대 옆에서 걱정스러운 표정으로 내려다보는 동생을 보더니 이렇게 말했다.

"니콜라이, 페네치카에게는 넬리와 공통된 무언가가 있어, 그렇지?"

"어느 넬리를 말하는 거야, 파샤?"

"어떻게 그런 걸 물을 수 있어? R.공작 부인이지……. 특히 얼굴 윗부분 말이야. 같은 집안이야."

니콜라이 페트로비치는 아무런 대꾸도 하지 않았지만, 한 인간 안에서 옛 사랑의 감정이 보여 준 집요한 생명력에 속으로 깜짝 놀랐다.

'지금 그 감정이 다시 표면에 떠오르고 있군.' 그는 잠시 생각했다.

“아, 내가 그 천박한 인간을 이토록 사랑하다니!” 파벨 페트로비치는 우울하게 두 팔로 머리를 괴며 괴롭게 신음했다. “어떤 파렴치한 놈이 감히 그녀를 건드리기라도 하면 참지 않겠어…….” 잠시 후 그는 이렇게 뇌까렸다.

니콜라이 페트로비치는 한숨만 쉬었다. 그 말이 누구에 관한 것인지는 상상도 하지 못했다.

다음 날 8시 무렵, 바자로프가 니콜라이 페트로비치를 찾아왔다. 바자로프는 이미 짐을 다 꾸리고 자신의 개구리와 곤충과 새를 전부 자유롭게 놓아준 뒤였다.

“작별 인사를 하러 왔군요?” 니콜라이 페트로비치가 그를 맞기 위해 일어서며 말했다.

“바로 그렇습니다.”

“이해합니다. 또한 당신에게 전적으로 찬성합니다. 물론 나의 불쌍한 형이 잘못했습니다. 그 때문에 벌을 받은 것이고요. 형이 본인의 입으로 말하더군요. 당신이 달리 행동할 수 없도록 자기가 몰아붙였다고요. 난 당신이 이 결투를 피할 수 없었다고 믿습니다. 두 사람의 신념이 끊임없이 서로 충돌했다는 것만으로도 이 결투는 어느 정도 설명이 되니까요…….(니콜라이 페트로비치는 횡설수설했다.) 형은 성미가 불같고 고집이 센 구식 인간이라…… 이렇게 끝난 것만으로도 다행입니다. 공개되지 않도록 필요한 모든 조치를 취했습니다…….”

“무슨 일이 일어날 경우를 대비해 제 주소를 남겨 두겠습니다.” 바자로프가 무심하게 말했다.

"아무 일도 없기를 바랍니다, 예브게니 바실리치……. 당신이 우리 집에서 머무른 시간이 이런…… 이런 결과로 끝맺게 되어 정말 유감입니다. 더욱 슬픈 점은 아르카지가……."

"저와 아르카지는 틀림없이 만날 겁니다." 바자로프가 반박했다. 온갖 종류의 '해명'과 '표명'이 그의 마음속에 계속 초조한 감정을 불러일으켰다. "그러지 못할 경우 그 친구에게 제 인사와 유감의 뜻을 전해 주십시오."

"나도 부탁합니다……." 니콜라이 페트로비치가 고개를 숙이며 대답했다. 하지만 바자로프는 그의 말이 끝나기를 기다리지 않고 나가 버렸다.

바자로프가 떠난다는 것을 알게 된 파벨 페트로비치는 그와의 만남을 희망했고 그에게 악수를 청했다. 그러나 바자로프는 이 자리에서도 여전히 얼음처럼 차가웠다. 파벨 페트로비치가 관대하게 보이고 싶어 한다는 사실을 알았던 것이다. 페네치카와는 작별 인사를 하지 못했다. 그저 창문을 통해 그녀와 눈짓을 주고받았을 뿐이다. 그의 눈에 그녀의 얼굴은 슬퍼 보였다. '죽을 지경인가 보군!' 그는 속으로 생각했다. '뭐, 어떻게든 벗어나겠지!' 그러나 표트르는 감정이 복받쳐 바자로프가 "네 눈은 늘 축축하게 젖어 있는 것 아냐?"라는 질문으로 찬물을 끼얹을 때까지 바자로프의 어깨에 얼굴을 묻고 울었다. 두냐샤는 마음의 동요를 감추기 위해 숲으로 달려가지 않을 수 없었다. 이 모든 슬픔을 일으킨 장본인은 첼레가에 기어올라 시가를 피우기 시작했다. 그러다가 4분의 1 베르스타 떨어진 길모퉁이 부근에서 한 줄로 길게 뻗은 키르사노프가의 장원과 새 저택이 마지막으로 눈앞에 나타나자, 침을 뱉고 "빌어먹을 지주 놈들!"이라고 중얼거리고는 더 단단히 외투를 여밀 뿐이었다.

파벨 페트로비치는 곧 호전됐다. 그러나 약 일주일 동안 침대에 누워 있어야 했다. 그 자신의 표현에 따르면, 그는 감금 생활을 대단히 끈기 있게 견디고 있었다. 그러나 몸단장에 매우 신경을 썼고 계속 오드콜로뉴를 뿌리라고 지시했다. 니콜라이 페트로비치는 그에게 잡지를 읽어 주었고, 페네치카는 예전처럼 그의 시중을 들며 부용, 레모네이드, 달걀 반숙, 차를 가져다주었다. 그러나 그의 방에 들어갈 때마다 그녀는 은밀한 두려움에 사로잡혔다. 집 안의 모든 사람들이 파벨 페트로비치의 예기치 못한 행동에 놀랐지만, 누구보다 놀란 사람은 그녀였다. 프로코피치만은 당황하지 않고 이렇게 말하곤 했다. 옛날에도 신사들은 결투를 했다고, '고상한 신사들은 자기들끼리만 서로 결투하고, 상스러운 짓을 한 협잡꾼들에 대해서는 마구간에서 마구 두들겨 패라 지시했다'고…….

페네치카는 양심의 가책을 거의 느끼지 않았다. 그러나 때때로 결투의 진짜 원인에 대한 생각이 그녀를 괴롭혔다. 파벨 페트로비치도 그녀를 매우 이상야릇하게 쳐다보았다……. 그녀가 그에게 등을 돌리고 있을 때조차 자기를 향한 그 눈빛을 느낄 수 있을 정도였다. 그녀는 끊임없는 내면의 불안으로 야위었지만, 언제나 그렇듯 한층 더 사랑스러워졌다.

어느 날 — 아침의 일이었다 — 파벨 페트로비치는 기력을 회복해 침대에서 소파로 자리를 옮겼다. 니콜라이 페트로비치는 형의 건강에 대해 물어본 후 탈곡장에 가느라 잠시 집을 비웠다. 페네치카는 차를 가져와 작은 테이블 위에 올려놓고 그 자리를 뜨려 했다. 파벨 페트로비치가 그녀를 잡았다.

"어디로 그렇게 서둘러 갑니까, 페도시야 니콜라예브나?" 그가 입을 열었다. "정말 볼일이 있습니까?"

"아니요…… 네……. 저기에서 사람들에게 차를 따라 주어야 해서요."

"당신이 없어도 두냐샤가 할 겁니다. 잠시 환자 옆에 앉아 주십시오. 마침 당신에게 할 말이 있습니다."

페네치카는 말없이 안락의자 끝에 걸터앉았다.

"들어 봐요." 파벨 페트로비치가 이렇게 말하며 자신의 콧수염을 잡아당겼다. "오래전부터 당신에게 물어보고 싶었습니다. 당신은 날 무서워하는 것 같은데요?"

"제가요?"

"네, 당신이요. 당신은 절대로 날 쳐다보지 않아요. 마치 양심에 거리낌이 있는 것처럼."

페네치카는 얼굴을 붉혔지만 파벨 페트로비치를 흘깃 쳐다보았다. 그녀의 눈에 그는 어쩐지 이상해 보였다. 그녀의 심장이 조용히 떨리기 시작했다.

"당신의 양심은 깨끗한가요?" 그가 그녀에게 물었다.

"왜 깨끗하지 않겠어요?" 그녀가 소곤거렸다.

"이유가 적지는 않죠! 어쨌든 당신이 누군가에게 떳떳하지 않을 수도 있잖아요? 나에게는 어떨까요? 상상도 할 수 없는 일이군요. 여기 집 안의 다른 사람들에게는요? 그 역시 있을 수 없는 일이죠. 동생에게는 어떨까요? 하지만 당신은 내 동생을 사랑하죠?"

"사랑해요."

"온 영혼을 다해, 온 마음을 다해?"

"온 마음을 다해 니콜라이 페트로비치를 사랑해요."

"정말인가요? 날 봐요, 페네치카.(그는 처음으로 그녀를 이렇게 불렀다…….) 당신도 알다시피 거짓말은 큰 죄입니다!"

"거짓말이 아니에요, 파벨 페트로비치. 제가 니콜라이 페트로비치를 사랑하지 않는다면, 그렇다면 전 더 이상 살 필요도 없어요!"

"내 동생을 그 누구와도 바꾸지 않을 겁니까?"

"그분을 누구와 바꿀 수 있겠어요?"

"사람이 부족하지는 않죠! 가령 이곳을 떠난 그 신사도 있잖습니까?"

페네치카는 일어섰다.

"하느님 맙소사! 파벨 페트로비치, 도대체 무엇 때문에 절 괴롭히세요? 제가 당신에게 무슨 짓을 했다고요? 어떻게 그런 말씀을 하실 수 있어요?"

"페네치카." 파벨 페트로비치가 슬픈 목소리로 말했다. "사실 봤습니다……."

"뭘 보셨는데요?"

"그곳에서…… 정자에서요."

페네치카의 얼굴이 머리 뿌리까지, 귀까지 온통 새빨갛게 물들었다.

"그런데 제가 뭘 잘못했나요?" 그녀가 간신히 말했다.

파벨 페트로비치는 몸을 약간 일으켰다.

"당신에게 잘못이 없다고요? 없다고요? 전혀?"

"전 세상에서 니콜라이 페트로비치 한 분만을 사랑해요. 앞으로도 평생 사랑할 테고요!" 페네치카가 갑자기 힘주어 말했다. 그러는 동안 흐느낌이 계속 목구멍으로 치밀어 올랐다. "당신이 본 것에 대해서라면, 전 최후의 심판에서도 이렇게 말하겠어요. 전 그 일에 죄가 없으며 또 없었다고요. 저의 은인 니콜라이 페트로비치 앞에서…… 그 문제로 의심을 받느니 차라리 당장이라도 죽는 게 나아요."

그러나 바로 그 순간 목소리가 그녀를 저버렸다. 동시에 그녀는 파벨 페트로비치가 자기의 손을 잡아 꽉 쥐는 것을 느꼈다……. 그녀는 그를 쳐다보고는 그대로 돌처럼 굳어 버렸다. 그는 전보다 한층 창백했다. 그의 눈동자가 빛났다. 무엇보다 놀라운 점은 한 줄기 굵은 눈물이 그의 뺨 위로 흐르고 있다는 것이었다.

"페네치카!" 그는 어쩐지 기묘하게 들리는 속삭임으로 말했다. "사랑해 줘요, 내 동생을 사랑해 줘요! 아주 착하고 좋은 녀석이에요! 세상의 어느 누구를 위해서도 내 동생을 배신해서는 안 돼요. 누구의 말에도 귀를 기울여서는 안 돼요! 사랑하는데 사랑받지 못하는 것보다 더 끔찍한 게 무엇일지 생각해 봐요. 내 가엾은 니콜라이를 절대 저버리지 말아요!"

페네치카의 눈동자에서 물기가 마르고 그녀의 두려움이 사라졌다. 그 정도로 그녀의 놀라움은 컸다. 그러나 파벨 페트로비치가, 다름 아닌 파벨 페트로비치가 그녀의 손을 자기 입술 쪽으로 끌어당기고는 입맞춤을 하지는 않고 이따금 경련하듯 한숨만 쉬면서 계속 그녀에게 기대고 있었을 때, 그녀에게 무슨 일이 일어났겠는가?

'오, 하느님!' 그녀는 생각했다. '발작을 일으킨 게 아닐까?'

그러나 그 순간 그의 안에서는 몰락해 버린 그의 온 생애가 와들와들 떨고 있었다.

빠르게 올라오는 발 아래로 계단이 삐걱삐걱 소리를 냈다……. 그는 그녀를 밀치고 머리를 베개에 얹었다. 문이 활짝 열렸다. 쾌활하고 활기차고 혈색 좋은 니콜라이 페트로비치가 모습을 드러냈다. 아버지와 똑같이 생기 있고 뺨이 발그레한 미챠는, 아버지의 시골풍 외투에 달린 커다란 단추들을 작은 맨발로 디딘 채, 루바시카만 입은 채로 아버지의 가슴 위에서 팔짝팔짝 뛰고 있었다.

페네치카는 그에게 와락 달려들어 두 손으로 그와 아들을 얼싸안고는 그의 어깨에 얼굴을 묻었다. 니콜라이 페트로비치는 깜짝 놀랐다. 수줍음 많고 얌전한 페네치카는 다른 사람 앞에서 절대로 그에게 애정을 표현하는 일이 없었다.

"무슨 일 있어?" 그가 말했다. 그는 형을 흘깃 쳐다보고는 그녀에게 미챠를 건넸다. "상태가 더 나빠진 것 아냐?" 그가 파벨 페트로비치에게 다가가며 물었다.

파벨 페트로비치는 삼베 손수건에 얼굴을 묻었다.

"아니야…… 그냥…… 괜찮아. 오히려 훨씬 좋아졌어."

"형, 공연히 서둘러 소파로 자리를 옮겼어. 당신은 어디가?" 니콜라이 페트로비치가 페네치카를 돌아보며 덧붙였지만, 그녀는 이미 등 뒤로 문을 쾅 닫고 나가 버린 후였다. "나의 용사를 형에게 보여 주려고 데려왔지. 이 녀석이 큰아버지를 보고 싶어 했거든. 페네치카는 왜 그 애를 데리고 나갔을까? 그런데 형에게 무슨 일 있었어? 형과 페네치카 사이에 방금 무슨 일이 있었지?"

"동생아!" 파벨 페트로비치가 엄숙하게 말했다.

니콜라이 페트로비치는 흠칫 떨었다. 그 스스로도 이유를 알 수 없었지만 섬뜩한 기분이 들었다.

"동생아." 파벨 페트로비치가 거듭 말했다. "내 부탁을 한 가지 들어주겠다고 약속하렴."

"무슨 부탁? 말해 봐."

"아주 중요한 거야. 내가 생각하기에 네 인생의 모든 행복은 이것에 달려 있어. 지금 너에게 하려는 말에 대해 요사이 계속 곰곰이 생각했단다……. 동생아, 너의 의무를, 정직하고 고결한 인간의 의무를 수행해라. 최고의 인간인 네가 보이고 있는 유혹과 악한 사례를 중단해!"

"무슨 말을 하고 싶은 거야, 파벨?"

"페네치카와 결혼해……. 그녀는 널 사랑해, 그녀는 네 아들의 엄마야."

니콜라이 페트로비치는 한 걸음 물러나 손뼉을 쳤다.

"파벨, 형이 그런 말을 하다니. 형이야말로 그런 결혼을 가장 완강하게 반대할 사람이라고 늘 생각했는데. 하지만 정말 모르겠어? 형이 그처럼 정당하게 나의 의무라고 말한 것을 내가 이제껏 수행하지 않은 이유는 오로지 형을 존중했기 때문이야!"

"이런 경우에 네가 날 존중하는 것은 공연한 짓이야." 파벨 페트로비치가 우울한 미소를 지으며 반박했다. "바자로프가 날 귀족주의라고 비난한 것이 옳았다는 생각이 들기 시작했어. 아냐, 사랑하는 동생아, 거드름을 피우며 세간에 대해 신경 쓰는 건 이제 그만두자. 우리는 이미 조용히 살아가는 늙은이들이지. 이제 모든 소란을 옆으로 밀쳐 둘 때가 됐어. 즉, 우리는 네 말대로 우리의 의무를 수행하기로 하자. 두고 봐, 그럼 우리는 행복도 덤으로 얻게 될 테니."

니콜라이 페트로비치는 형을 얼싸안았다.

"형 덕분에 내 눈이 완전히 뜨였어!" 그가 외쳤다. "세상에서 형이 가장 선하고 지적인 사람이라고 늘 주장했는데 내가 공연한 말을 한 게 아니었어. 하지만 형이 관대할 뿐 아니라 세심하기도 하다는 사실은 이제야 알게 됐네……."

"조심, 조심해." 파벨 페트로비치가 동생의 말을 가로막았다. "쉰 살이 다 돼서 장교 후보생처럼 결투나 벌이는 세심한 형의 다리를 건드리지 마라. 그럼 이 문제는 해결됐구나. 페네치카는 나의…… 제수씨가 되겠군."

"사랑하는 파벨! 하지만 아르카지에게는 뭐라고 말하지?"

"아르카지? 그 애는 아마 기뻐할걸. 결혼은 그 애의 원칙에 어긋나지만, 그 마음속에서 평등의 감정은 충족될 테니까. 사실 19세기에 카스트 제도가 다 웬 말이냐?"

"아, 파벨, 파벨! 한 번 더 입을 맞추게 해 줘. 걱정하지 마.

조심할게."

형제는 서로를 껴안았다.

"어떻게 생각하니? 지금 당장 그녀에게 네 결심을 전하지 않아도 될까?" 파벨 페트로비치가 물었다.

"서두를 거 뭐 있어?" 니콜라이 페트로비치가 반박했다. "그런데 아까 페네치카와 이야기를 하지 않았어?"

"우리가 이야기를? 무슨 생각을 하는 거야?"

"뭐, 좋아. 무엇보다 건강부터 회복해. 이 문제가 어디 도망가는 것도 아니니. 잘 생각해 봐야 해……."

"하지만 결정한 거지, 그렇지?"

"물론. 결정했어. 그리고 형에게 진심으로 고마워하고 있어. 난 이제 가야겠네. 형은 쉬어야 해. 흥분은 형에게 해로워……. 하지만 다음에 또 이야기하기로 해. 잠 좀 자, 형, 하느님께서 건강을 허락하시길!"

'저 녀석은 무엇 때문에 저렇게 고마워하는 걸까?' 파벨 페트로비치는 홀로 남자 생각에 잠겼다. '이게 자신이 결정할 문제가 아닌 것처럼! 니콜라이가 결혼하면 난 당장 드레스덴이든 피렌체든 어딘가로 멀리 떠나 죽을 때까지 그곳에서 살아야겠다.'

파벨 페트로비치는 오드콜로뉴로 이마를 조금 적시고는 눈을 감았다. 눈부신 햇빛에 비친 그의 야윈 아름다운 머리가 죽은 사람의 머리처럼 하얀 베개 위에 얹혀 있었다……. 사실 그는 이미 죽은 사람이었다.

25

니콜스코예 영지의 정원, 높은 물푸레나무의 그늘이 드리운 잔디밭 벤치에 카챠와 아르카지가 앉아 있었다. 그 옆 땅바닥에서 피피는, 사냥꾼들끼리 '토끼의 누운 자세'라고 부르는 그 우아한 굴곡을 자신의 기다란 몸뚱이에 더하며 자리를 차지하고 있었다. 아르카지도, 카챠도 침묵했다. 그는 반쯤 펼쳐진 책을 두 손에 쥔 채였고, 그녀는 바구니에 남은 흰 빵의 부스러기를 골라 작은 무리를 이룬 참새 가족에게 던져 주고 있었다. 참새들은 특유의 소심하고도 대담한 모습으로 그녀의 다리 바로 옆에서 팔짝팔짝 뛰어다니며 짹짹거렸다. 산들바람은 물푸레나무 잎사귀들 사이로 살랑이면서, 어둑한 오솔길과 피피의 노란 등을 따라 빛의 연한 반점을 이리저리 조용히 움직였다. 고르게 펼쳐진 그늘이 아르카지와 카챠를 감쌌다. 다만 이따금 그녀의 머리칼 틈에서 눈부신 줄무늬가 밝게 타올랐다. 둘 다 말이 없었다. 그러나 그들이 침묵하고 있다는 점, 나란히 앉아 있다는 점, 바로 그 점에서 신뢰에 바탕을 둔 친밀함이 느껴졌다. 그들은 저마다 옆에 앉은 사람에 대해서는 아무 생각도 하지 않는 것처럼 보였지만, 상대방이 가까이 있다는 사실에 은근히 기뻐했다. 우리가 그들을 마지막으로 본 이후 그들의 얼굴도 변했다. 아르카지는 한결 평온해 보였으며 카챠는 더 생기 있고 대담해 보였다.

"물푸레나무는 정말 좋은 이름이라고 생각하지 않아요?"

아르카지가 입을 열었다. "이만큼 가볍고, 이만큼 야외에서 눈부시게 비치는 나무도 없으니까요.[181]"

카챠는 눈을 들어 "그렇군요."라고 말했다. 아르카지는 생각했다. '이 아가씨는 나에게 미사여구를 쓴다고 비난하지 않네.'

"난 하이네[182]를 좋아하지 않아요." 카챠는 아르카지가 손에 든 책을 눈짓으로 가리키며 말했다. "그 사람이 웃거나 울 때도요. 내가 그를 좋아하는 건 그가 생각과 슬픔에 잠겨 있을 때뿐이에요."

"난 그가 웃을 때가 좋은데요." 아르카지가 말했다.

"그건 당신의 풍자적 성향이 당신 안에 남긴 낡은 흔적이에요…….('낡은 흔적이라니!' 아르카지는 생각했다. '바자로프가 이 말을 들었다면!') 기다려요, 우리가 당신을 바꾸어 놓을 테니까."

"누가 날 바꾼단 말입니까? 당신이요?"

"누구라뇨? 언니죠. 또 이제는 당신과 말다툼을 하지 않는 포르피리 플라토노비치도 있고, 그저께 당신이 교회까지 동행해 준 이모도 있죠."

"부인하지는 못하겠군요! 하지만 안나 세르게예브나에 관해서라면, 당신도 기억하듯, 그녀 자신이 많은 점에서 예브게니의 의견에 동의하고 있어요."

"그 무렵 언니는 그의 영향을 받고 있었어요. 당신과 마찬

---

181) 러시아어로 '물푸레나무'는 yasen으로, '눈부신'을 뜻하는 yasnyi와 동일한 어근을 공유한다.

182) 하인리히 하이네(Heinrich Heine, 1797~1856). 독일의 낭만주의 시인. 프랑스 혁명의 이상을 열렬히 지지했다.

가지로요."

"나와 마찬가지라니! 내가 이미 그의 영향력에서 벗어났다는 사실은 당신도 알잖아요?"

카챠는 잠시 침묵했다.

"압니다." 아르카지는 계속해서 말했다. "바자로프가 전혀 마음에 들지 않죠?"

"내가 그를 판단할 수는 없어요."

"알겠습니까, 카체리나 세르게예브나? 그런 대답을 들을 때마다 난 그 말을 믿을 수가 없어요……. 우리 한 사람 한 사람이 판단하지 못할 인간은 아무도 없습니다! 그건 그저 변명일 뿐이에요."

"저, 그럼 말할게요. 그 사람은…… 마음에 안 든다기보다 낯설게 느껴져요. 그에게는 나도 낯선 존재고…… 당신도 낯선 존재예요……."

"그건 왜죠?"

"어떻게 말하면 좋을까요……. 그 사람은 맹수예요. 당신과 나는 길들여졌고요.

"나도 길들여졌다고요?"

카챠는 고개를 끄덕였다.

아르카지는 귀를 긁적였다.

"들어 봐요, 카체리나 세르게예브나. 그 말은 솔직히 모욕적이군요."

"당신은 맹수가 되고 싶나요?"

"맹수는 아니라도, 힘이 넘치는 강한 존재가 되고 싶죠."

"그런 건 원한다고 되는 게 아니에요……. 당신 친구는 원하지 않아도 자기 안에 그것을 간직하고 있잖아요."

"흠! 그럼 바자로프가 안나 세르게예브나에게 큰 영향을 미쳤다고 생각합니까?"

"네. 하지만 오랫동안 언니보다 우위에 설 수 있는 사람은 없어요." 카챠는 목소리를 낮추어 덧붙였다.

"왜 그렇게 생각하죠?"

"언니는 자존심이 아주 강해서…… 이런 말을 하려던 건 아닌데…… 언니는 자신의 독립을 대단히 소중하게 생각해요."

"누군들 그것을 소중히 여기지 않겠습니까?" 아르카지는 이렇게 물었지만 '그런 게 무슨 소용 있나?' 하는 생각이 뇌리를 스쳤다. '그런 게 무슨 소용이 있어?'라는 생각이 카챠의 머릿속에도 떠올랐다. 사이좋게 자주 만나는 젊은이들에게는 똑같은 생각이 계속 찾아드는 법이다.

아르카지는 빙그레 웃고는 카챠 쪽으로 살짝 다가앉더니 소곤소곤 말했다.

"당신이 그녀를 조금 무서워한다는 점을 인정하시죠."

"누구를요?"

"그녀 말입니다." 아르카지가 의미심장하게 되풀이했다.

"그럼 당신은요?" 이번에는 카챠가 물었다.

"나도 그렇습니다. 내가 '나도'라고 말한 것을 기억해 둬요."

카챠는 손가락으로 그를 위협했다.

"그 말에 놀랐어요." 그녀가 입을 열었다. "언니가 지금처럼 당신에게 호의를 품은 적은 없었어요. 당신이 처음 왔을 때보다 훨씬 더 그렇답니다."

"설마요!"

"그 점을 눈치채지 못했나요? 그 사실이 기쁘지 않아요?"

아르카지는 생각에 잠겼다.

"내가 어떻게 안나 세르게예브나의 호의를 얻을 수 있었을까요? 당신들 어머니의 편지를 그녀에게 가져다주었기 때문이 아닐까요?"

"그렇기도 하고, 또 다른 이유들도 있어요. 하지만 그 이유들에 대해서는 말하지 않겠어요."

"그건 왜죠?"

"말하지 않겠어요."

"오! 압니다. 당신은 고집이 아주 세죠."

"고집이 센 편이에요."

"관찰력도 날카롭고요."

카챠는 아르카지를 곁눈질했다.

"혹시 그것 때문에 화났어요? 무슨 생각을 해요?"

"실제로 당신 안에 존재하는 그 관찰력이 어디로부터 온 것일까, 그런 생각을 하고 있었습니다. 당신은 겁도 많고 의심도 많잖아요. 모든 사람을 멀리하기도 하고……."

"난 오랫동안 혼자 살았어요. 그러면 어쩔 수 없이 이런저런 생각에 잠기게 된답니다. 하지만 정말 내가 모든 사람들을 멀리하고 있나요?"

아르카지는 카챠에게 감사의 눈길을 던졌다.

"그런 점은 아주 훌륭합니다." 그는 계속 말을 이었다. "하지만 당신 같은 상황에 있는 사람들, 그러니까 내가 말하려는 것은 당신만큼 재산을 가진 사람들입니다만, 그런 사람들은 좀처럼 이런 재능을 갖지 못하죠. 진실이 그들에게 닿기란 차르에게 닿는 것만큼이나 어렵답니다."

"하지만 난 부자가 아닌걸요."

아르카지는 깜짝 놀랐으며 카챠의 말을 곧 이해하지도 못했다. '실제로도 영지는 전부 언니의 것이지!' 이런 생각이 그의 머리에 떠올랐다. 그러나 그 생각이 불쾌하게 느껴진 것은 아니었다.

"정말 잘 말했어요!" 그가 말했다.

"뭘요?"

"잘 말했다고요. 부끄러워하지도 우쭐대지도 않고 담백하게 말입니다. 말이 나왔으니 말인데, 나는 자신이 가난하다는 것을 자각하고 또 그렇게 말하는 사람의 감정에는 분명 어떤 독특한 것, 일종의 허영 같은 것이 있다고 생각합니다."

"언니 덕분에 그런 것은 전혀 느껴 보지 못했어요. 나의 재산에 대해 언급한 것은 그저 당신의 말을 듣고 보니 그런 생각이 들어서예요."

"좋아요. 하지만 내가 방금 말한 허영이 당신에게도 조금은 있다는 사실을 인정하시죠."

"예를 들면요?"

"예를 들어, 당신은, 내 질문을 용서해요, 당신은 부유한 남자와 결혼하지는 않겠죠?"

"내가 그 사람을 많이 사랑한다면…… 아니에요, 그런 경우라 해도 결혼하지 않을 것 같아요."

"아! 그것 봐요!" 아르카지는 큰 소리로 외치고는 잠시 후 이렇게 덧붙였다. "그런데 왜 부자와 결혼하지 않으려는 거죠?"

"동등하지 않은 연인에 대한 노래도 있잖아요."

"당신은 혹시 상대를 지배하고 싶다거나……."

"오, 아니에요! 무엇 때문에 그런 걸 바라겠어요? 오히려 난 순종을 각오하고 있어요. 하지만 불평등은 괴로워요. 자신을 존중하며 순종하는 것, 그런 것이라면 나도 이해해요. 그런 게 행복이고요. 하지만 종속된 생활은…… 아뇨, 지금까지 겪은 것만으로도 충분해요."

"지금까지 겪은 것만으로도 충분하다고요." 아르카지가 카챠의 말을 되풀이했다. "그래요, 그렇군요." 그가 계속해서 말했다. "당신과 안나 세르게예브나가 한 핏줄인 데에는 다 이유가 있었어요. 당신도 그녀와 똑같이 독립적이군요. 하지만 당신은 더 내성적이죠. 난 확신합니다. 당신은 자신의 감정을 먼저 이야기할 사람이 절대 아니에요. 그 감정이 아무리 강렬하고 신성하다 해도……."

"달리 어쩌겠어요?" 카챠가 물었다.

"두 사람은 똑같이 총명합니다. 당신도 언니 못지않게 기질이 강해요. 그 이상은 아니어도……."

"제발 날 언니와 비교하지 말아요." 카챠가 황급히 그의 말을 가로막았다. "그런 비교는 나에게 너무 불리해요. 당신은 언니가 아름답고 총명하다는 사실을 잊은 것 같군요. 그리고…… 아르카지 니콜라예비치, 특히 당신이 그런 말을 하면 안 되죠. 더구나 그렇게 진지한 얼굴로."

"'특히 당신'이라니, 무슨 뜻이죠? 어째서 당신은 내가 농담을 한다고 단언합니까?"

"당연하잖아요. 당신은 농담을 하고 있어요."

"그렇게 생각해요? 하지만 내가 하는 말에 나 자신이 확신을 갖고 있다면요? 난 아직 스스로를 충분히 강력하게 표현하지 못했다고 나 자신이 그렇게 생각한다면요?"

"당신의 말을 이해할 수 없군요."

"정말요? 음, 이제 보니 내가 당신의 관찰력을 지나치게 높이 평가한 것 같습니다."

"왜요?"

아르카지는 아무 대답도 하지 않고 고개를 돌렸다. 카챠는 바구니에서 빵 부스러기를 좀 더 찾아내 참새들에게 던져 주었다. 그러나 그녀가 손을 너무 세차게 움직이는 바람에 참새들은 부스러기를 쪼아 먹을 새도 없이 멀리 날아가 버리고 말았다.

"카체리나 세르게예브나!" 문득 아르카지가 말을 꺼냈다. "아마 당신에게는 아무래도 상관없겠지만, 내가 당신을 언니뿐 아니라 세상의 어느 누구와도 바꾸지 않으리라는 점을 알아 줘요."

그는 자신의 입에서 나온 말에 깜짝 놀란 듯 자리에서 일어나 빠르게 가 버렸다.

카챠는 두 손을 바구니와 함께 무릎에 떨어뜨리고 고개를 숙인 채 아르카지의 뒷모습을 한참 동안 바라보았다. 그녀의 뺨에 서서히 홍조가 떠올랐다. 그러나 입술은 미소를 띠지 않았고, 검은 눈동자는 의혹과 아직은 이름 붙일 수 없는 어떤 다른 감정을 담고 있었다.

"혼자 있니?" 옆에서 안나 세르게예브나의 목소리가 들렸다. "네가 아르카지와 함께 정원으로 갔다고 생각했는데."

카챠는 천천히 언니(우아하고 세련된 옷차림을 한 그녀는 오솔길에 서서 펼쳐진 양산의 끝으로 피피의 귀를 가볍게 흔들고 있었다.)에게로 시선을 옮겨 천천히 말했다.

"혼자야."

"그건 나도 알겠어." 안나 세르게예브나가 웃으면서 대답했다. "그러니까 그 사람은 자기 방으로 갔구나?"

"응."

"둘이서 함께 책을 읽었니?"

"응."

안나 세르게예브나는 카챠의 턱을 잡고 얼굴을 살짝 들어 올렸다.

"싸운 건 아니지? 그랬으면 좋겠구나."

"아냐." 카챠는 이렇게 말하며 언니의 손을 가만히 치웠다.

"정말 엄숙하게도 대답하네! 여기서 그 사람을 찾아 함께 산책하자고 권하려 했어. 그 사람이 계속 그렇게 하자고 청해서 말이야. 시내에서 너에게 줄 단화를 가져왔어. 가서 신어 보렴. 네 예전 신발이 다 해진 것을 어제 알았어. 대체로 넌 그런 것에 전혀 관심이 없지. 그렇게 매력적인 작은 발을 가졌으면서! 손도 예쁘고…… 좀 크지만 말이야. 그러니까 넌 그 작은 발로 성공을 거두어야 해. 하지만 넌 교태를 부리지 않지."

안나 세르게예브나는 아름다운 드레스를 가볍게 사락거리며 오솔길을 따라 앞으로 걸어갔다. 카챠는 벤치에서 일어나 하이네를 집어 들고 역시 자리를 떴다. 하지만 결국 단화를 신어 보지는 않았다.

'매력적인 작은 발.' 그녀는 햇볕에 달구어진 테라스의 석조 계단을 천천히 사뿐사뿐 올라가며 생각했다. '매력적인 작은 발이라고 당신은 말하는군요……. 그럼 그 사람도 이 발밑에 있게 되겠죠.'

그러나 그녀는 곧 수치심을 느끼며 재빨리 뛰어 올라갔다.

아르카지는 자기 방으로 이어지는 복도를 지나고 있었다. 집사가 그를 쫓아오더니 그의 방에 바자로프 씨가 있다고 보고했다.

"예브게니!" 아르카지는 거의 두려움마저 느끼며 중얼거렸다. "그 친구가 온 지 오래됐습니까?"

"방금 오셨습니다. 그리고 안나 세르게예브나에게는 자신이 온 것을 알리지 말고 나리의 방으로 곧장 안내하라고 지시하셨습니다."

'우리 집에 무슨 안 좋은 일이 있는 게 아닐까?' 아르카지는 이렇게 생각하며 서둘러 계단을 뛰어 올라가 곧바로 문을 열었다. 그는 바자로프의 표정을 보고 곧 안심했다. 그러나 좀 더 경험이 풍부한 눈이었다면, 예기치 못한 손님의 정력적이지만 몹시 야윈 모습에서 내적 동요의 징후를 발견해 냈을 것이다. 바자로프는 어깨에 먼지투성이 외투를 걸치고 머리에 테 없는 모자를 쓴 채 창턱에 앉아 있었다. 아르카지가 큰 소리로 외치며 달려와 목을 덥석 끌어안는데도, 그는 일어나지 않았다.

"생각지도 못했어! 이게 웬일이야!" 스스로도 기쁘다고 생각하고 또 그렇게 보이고 싶어 하는 사람처럼, 그는 방에서 수선을 떨며 똑같은 말을 되풀이했다. "우리 집은 전부 순조롭고 다들 건강하겠지? 그렇지?"

"모든 것이 순조롭긴 하지만 모두가 건강하지는 않아." 바자로프가 말했다. "그만 지껄이고, 크바스를 가져오라고 지시해 줘. 그리고 여기 앉아서 내가 전하는 말을 들어. 몇 마디 안 되지만 꽤나 강렬한 표현이 될 거야."

아르카지는 입을 다물었고, 바자로프는 자신과 파벨 페트로비치의 결투에 대해 들려주었다. 아르카지는 무척 놀랐고 슬프기까지 했지만, 그런 심정을 털어놓을 필요는 없다고 생각했다. 큰아버지의 상처가 정말 위험하지 않은지 물었을 뿐, 의학적인 점에서는 그렇지 않지만 대단히 흥미로운 상처라는 대답을 듣자 어색한 웃음을 지었다. 그러나 마음속으로는 섬뜩했고 어쩐지 수치스럽기도 했다. 바자로프는 그를 이해하는 것 같았다.

"그래, 친구." 그가 말했다. "봉건 영주들과 함께 지낸다는 것이 의미하는 바는 바로 이런 거야. 스스로도 봉건 영주가 되어 기사 시합에 참가하게 되지. 뭐, 그래서 난 '아버지들'에게로 가게 됐어." 바자로프는 이렇게 말을 맺었다. "'도중에 여기

들렀지……. 이 모든 것을 전하기 위해.' 하고 말했을지도 몰라. 만약 내가 무익한 거짓말을 어리석은 짓으로 생각하지 않았다면. 아냐, 난 여기에 들렀고, 그 이유는 악마나 알겠지. 밭이랑에서 무를 뽑아내듯 정말이지 인간에게는 자신의 머리털을 움켜쥐고 스스로를 뽑아 버리는 편이 유익할 때가 있어. 난 며칠 전에 그것을 해 버렸어……. 하지만 내가 떠난 곳을, 내가 앉아 있던 밭이랑을 한 번 더 보고 싶었지."

"그 말이 나와 관련된 게 아니었으면 좋겠군." 아르카지는 흥분하며 쏘아붙였다. "나와 헤어질 생각을 하는 건 아니길 바랄게."

바자로프는 날카롭다 할 만한 눈길로 뚫어지게 그를 쳐다보았다.

"그게 너한테 그렇게 슬픈 일인가? 네가 이미 나와 갈라섰다고 생각했는데. 넌 무척 활기차고 순수한 사람이라…… 너와 안나 세르게예브나의 일은 틀림없이 잘돼 가고 있겠지?"

"나와 안나 세르게예브나와의 일이라니, 무슨 일?"

"어이, 햇병아리, 그녀 때문에 시내에서 이곳으로 온 것 아냐? 말이 나왔으니 말인데, 일요 학교는 그곳에서 어떻게 활동하고 있지? 넌 그녀를 사랑하는 것 아니었어? 아니면 벌써 겸손을 떨어야 할 때가 된 건가?"

"예브게니, 내가 언제나 너에게 솔직했다는 건 너도 알잖아. 너에게 장담할 수 있어, 맹세해도 좋아. 넌 지금 잘못 생각하고 있어."

"흠! 새로운 말이군!" 바자로프는 낮은 목소리로 말했다.

"하지만 무엇 때문에 흥분하고 그래? 그건 나에게 정말 아무래도 상관없어. 낭만주의자라면 이렇게 말하겠지. '난 우리의 길이 갈라지기 시작한 걸 느껴.' 하지만 난 그냥 이렇게 말하겠어. 우리는 서로에게 질렸다고 말이야."

"예브게니……."

"친구, 별로 대수로운 일도 아니잖아. 세상에는 싫증 나는 것들이 더 있으니까! 그런데 이제 우리는 작별해야 하지 않나? 그래야 할 것 같은데. 여기 온 이후 기분이 몹시 불쾌해. 고골이 칼루카현의 현 지사 부인에게 보낸 편지들[183]을 잔뜩 읽은 것 같은 기분이야. 마침 난 말들을 마차에서 풀어놓으라는 지시도 내리지 않았어."

"무슨 소리야, 그럴 수는 없어!"

"왜?"

"나에 대해서는 말하지 않겠어. 하지만 그렇게 하는 건 안나 세르게예브나에게 극도로 무례한 짓이야. 그녀는 널 꼭 만나고 싶어 할 거야."

"글쎄, 그건 너의 착각이야."

"오히려 난 내가 옳다고 확신해." 아르카지가 반박했다. "그리고 넌 무엇 때문에 거짓 행세를 하지? 일이 이렇게 되었으니 말인데, 너야말로 그녀 때문에 여기 온 것 아냐?"

"어쩌면 그 말이 맞을지도 모르지. 하지만 어쨌든 넌 잘못

183) 러시아 작가 니콜라이 고골(Nikolai Gogol, 1809~1852)이 1846년 6월에 A. O. 스미르노바 앞으로 보낸 편지다. 보수적이고 교훈적인 어조를 띤 『친구와의 서신 교환선』(1847)에 수록되어 있다.

생각하고 있어."

그러나 아르카지의 말이 옳았다. 안나 세르게예브나는 바자로프를 만나고 싶어 했고, 집사를 통해 그를 자기 방으로 초대했다. 바자로프는 그녀를 만나러 가기에 앞서 옷을 갈아입었다. 그는 새 옷을 쉽게 꺼낼 수 있도록 짐을 꾸렸던 것이다.

오진초바는 그가 느닷없이 사랑을 고백하던 그 방이 아닌 응접실에서 그를 맞이했다. 그녀는 상냥하게 손가락 끝을 그에게 내밀었지만, 그 얼굴은 무심결에 긴장을 드러냈다.

"안나 세르게예브나." 바자로프가 서둘러 말을 꺼냈다. "무엇보다 당신의 마음을 안심시켜 드려야겠습니다. 당신 앞에는 오래전에 정신을 차리고 이제 다른 이들도 자기의 어리석음을 잊어 주기를 바라는 사람이 있습니다. 난 오랫동안 떠나 있을 겁니다. 당신도 동의하겠지만, 설사 내가 부드러운 사람은 아니라 해도, 당신이 나를 떠올릴 때 혐오감을 느낄 것이라는 생각을 안고 떠나게 된다면 울적할 겁니다."

안나 세르게예브나는 방금 막 높은 산에 오른 사람처럼 깊은 숨을 쉬었다. 그녀의 얼굴이 미소로 생기를 띠었다. 그녀는 다시 한번 바자로프에게 손을 내밀어 그의 악수에 응했다.

"과거로 눈을 돌린 사람이나 과거를 기억하겠죠." 그녀가 말했다. "게다가 솔직히 말해서 그때는 내가 교태는 아니더라도 다른 무언가로 잘못을 저질렀어요. 한마디만 할게요. 우리, 예전처럼 친구가 되기로 해요. 그건 꿈이었어요. 그렇지 않나요? 하지만 누가 꿈을 기억해요?"

"누가 꿈을 기억하겠습니까? 게다가 사랑은…… 그것은 거짓 감정이잖아요."

"정말요? 그 말을 들으니 정말 기뻐요."

안나 세르게예브나는 그런 식으로 자신을 표현했고, 바자로프도 그런 식으로 자신을 표현했다. 둘 다 자신이 진실을 말했다고 생각했다. 그들의 말에 진실이, 온전한 진실이 있었을까? 그들 스스로도 그것을 모르는데, 하물며 작가가 알겠는가? 그러나 두 사람의 대화는 마치 그들이 서로를 완전히 신뢰하게 된 것처럼 시작됐다.

안나 세르게예브나는 이런저런 이야기를 하다가 바자로프에게 키르사노프가에서 무엇을 했느냐고 물었다. 그는 파벨 페트로비치와의 결투에 대해 이야기할 뻔했지만, 관심을 끌려는 것처럼 보일까 봐 꾹 참고는, 그동안 계속 작업만 했다고 대답했다.

"난 말이죠." 안나 세르게예브나가 말했다. "처음에는 우울해져서, 그 이유야 하느님만 아시겠지만, 외국으로 나가려고까지 했어요. 상상해 봐요! 그 후 그런 기분은 사라졌어요. 당신의 친구 아르카지 니콜라이치가 찾아왔고, 난 다시 원래 궤도로, 내 현재 역할로 돌아왔죠."

"그건 어떤 역할인가요? 내가 알아도 될까요?"

"이모, 교사, 엄마의 역할이죠. 뭐, 좋을 대로 불러요. 말이 나왔으니 말인데, 있잖아요, 예전에는 당신과 아르카지 니콜라이치의 절친한 우정을 잘 이해할 수 없었어요. 난 그 사람을 아주 보잘것없는 사람으로 여겼거든요. 하지만 이제 그를 더 잘 알게 됐고, 그가 지적인 사람인 것을 확신하게 됐어요……. 하지만 무엇보다 그는 젊어요, 젊다고요……. 당신과 나와는 다르죠, 예브게니 바실리치……."

"그 친구는 여전히 당신 앞에서 쭈뼛거립니까?" 바자로프가 물었다.

"그랬나요……." 안나 세르게예브나는 말을 시작하려다가 잠시 생각에 잠기더니 이렇게 덧붙였다. "이제 그 사람은 남을 좀 더 신뢰하게 됐고 나와 이야기도 해요. 예전에는 날 피했는데 말이죠. 하지만 나도 애써 그와 교제를 하려고 하지는 않았어요. 그 사람과 카챠는 절친한 친구랍니다."

바자로프는 화가 치밀었다. '여자라는 것들은 끝내 간사함을 버리지 못하나!' 그는 생각했다.

"당신은 아르카지가 당신을 피했다고 말하는군요." 그는 차가운 미소를 흘리며 또박또박 말했다. "하지만 그 친구가 당신을 사랑했다는 사실이 당신에게 아직 비밀로 남아 있는 건 아니겠죠?"

"뭐라고요, 그 사람도요?" 안나 세르게예브나의 입에서 이런 말이 불쑥 튀어나왔다.

"그 사람도요." 바자로프는 공손히 허리를 굽히며 그녀의 말을 되풀이했다. "정말 몰랐습니까? 내가 당신에게 새로운 소식을 들려준 겁니까?"

안나 세르게예브나는 눈을 내리깔았다.

"당신이 잘못 생각한 거예요, 예브게니 바실리치."

"난 그렇게 생각하지 않습니다. 하지만 이 일은 입에 담지 말았어야 했던 것 같군요." 그는 속으로 덧붙였다. '앞으로는

요사스럽게 굴지 마.'

"어째서 입에 올리지 말았어야 하죠? 하지만 어쩌면 내가 생각하기에, 당신은 이 경우에도 한순간의 인상에 지나치게 큰 의미를 부여하는 것 같아요. 당신에게 과장하는 성향이 있는 게 아닌지 의심이 들기 시작했어요."

"이 일에 대해서는 이야기하지 않는 게 좋겠군요, 안나 세르게예브나."

"왜요?" 그녀는 반박했지만, 정작 본인이 대화를 다른 방향으로 이끌었다. 그녀는 모든 것을 잊었다고 그에게 말했으며 스스로도 그렇게 확신했지만, 여전히 바자로프와 있는 것을 거북하게 느꼈다. 지극히 평범한 말로 그와 의견을 나누고 심지어 농담을 주고받기도 했지만, 두려움에 살짝 짓눌리는 느낌도 받았다. 기선을 타고 바다를 항해하는 사람들은, 단단한 육지에 있는 사람들과 똑같이 태평하게 이야기를 나누고 웃는다. 그러나 기선이 잠시라도 멈추거나 무언가 범상치 않은 조짐이 조금이라도 나타나면, 그 즉시 모든 이들의 얼굴에 특별한 불안의 표정, 끊임없는 위험에 대한 끊임없는 자각을 증명하는 표정이 떠오른다.

안나 세르게예브나와 바자로프의 담소는 오래 이어지지 않았다. 그녀는 생각에 잠기거나 멍하게 대답하기 시작했고, 마침내 홀로 자리를 옮기자고 제안했다. 그들은 홀에서 공작 영애와 카챠를 발견했다. "아르카지 니콜라이치는 도대체 어디에 있니?" 주인은 그렇게 물었고, 그가 이미 한 시간 넘게 나타나지 않았다는 사실을 확인하자 그를 데려오라며 사람을 보냈다. 그는 금방 발견되지 않았다. 그는 정원의 가장 깊숙한 곳에 틀어박혀 모아 쥔 두 손으로 턱을 받치고 앉아 생각에 빠져 있었다. 심오하고 중요하긴 해도 슬프지 않은 생각이었다. 그는 안나 세르게예브나가 바자로프와 단둘이 있는 것을 알았지만 예전처럼 질투를 느끼지는 않았다. 오히려 그의 얼굴은 평온하게 빛났다. 그는 무언가에 놀라고 기뻐하며 또 무언가를 결심하고 있는 듯 보였다.

26

고인이 된 오진초프는 신식 문물을 좋아하지 않았지만 '고상한 취향의 어떤 유희'는 허용했고, 그런 이유로 정원의 온실과 못 사이에 러시아 벽돌로 그리스의 포티코[184] 같은 건축물을 세웠다. 이 포티코, 즉 주랑(柱廊)의 뒤쪽 벽에는 조각상 — 오진초프가 주문을 통해 외국에서 들여오려고 했던 — 을 놓기 위한 벽감(壁龕) 여섯 개가 설치되어 있었다. 이 조각상들은 고독, 침묵, 사색, 우울, 수치, 다정을 형상화해야 했다. 그 가운데 하나, 즉 입술에 손가락을 댄 침묵의 여신이 이곳으로 운반되어 설치됐다. 그러나 바로 그날, 하인 사내아이들이 코를 깨뜨리고 말았다. 이웃 미장이가 '예전보다 두

---

184) 주랑이 있는 현관, 혹은 같은 간격으로 배열된 기둥 위에 지붕을 얹은 보도를 일컫는 용어. 그리스 신전 건축의 주요 특징이다.

배는 더 멋진' 코를 붙여 주려고 했지만, 오진초프는 그것을 치우라고 지시했다. 그리하여 침묵의 여신은 탈곡장 한구석에 느닷없이 나타나 아낙들에게 미신적인 공포를 불러일으키며 오랜 세월 그 자리를 지키게 됐다. 포티코 정면은 오랫동안 무성한 떨기나무로 뒤덮여 있었다. 울창한 녹음 위로 기둥들의 머리 부분만 보였다. 한낮에도 포티코 안은 서늘했다. 안나 세르게예브나는 이곳에서 뱀을 본 후로 이 장소에 오기를 싫어했다. 그러나 카챠는 종종 이곳을 찾아와 한 벽감 아래 놓인 커다란 석조 벤치에 앉아 있곤 했다. 그녀는 서늘한 그늘에 둘러싸여 책을 읽거나, 일을 하거나, 완벽한 고요함 — 아마도 누구나 알 법한 — 의 느낌에 몸을 맡겼다. 그 느낌이 지닌 매력은 우리 주위에서, 그리고 바로 우리 안에서 끊임없이 흐르는 생명의 광활한 파도를 희미한 의식과 침묵 속에서 몰래 기다리는 것에 있다.

바자로프가 도착한 다음 날, 카챠는 자신이 좋아하는 벤치에 앉아 있었고, 그녀 옆에는 또 아르카지가 나란히 앉아 있었다. 그가 그녀에게 '포티코'에 같이 가자고 부탁한 것이다.

아침 식사 시간이 되기까지 약 한 시간이 남아 있었다. 이슬에 젖은 아침은 어느새 뜨거운 낮으로 바뀌고 있었다. 아르카지의 얼굴은 전날의 표정을 간직했고, 카챠는 걱정스러운 표정을 띠었다. 언니가 차를 마신 직후 그녀를 자신의 서재로 불러 먼저 그녀를 껴안은 — 카챠는 언니의 이런 행동에 언제나 약간 두려움을 느꼈다 — 뒤, 아르카지와 있을 때 몸가짐을 좀 더 조심하라고, 특히 그와 외딴곳에서 담소하는 것을 피하라고 충고한 것이다. 아무래도 이모와 집 안의 모든 사람들이 두 사람의 만남을 눈치챈 것 같았다. 게다가 전날 저녁에도 안나 세르게예브나의 기분이 좋지 않았기에, 카챠 자신도 마치 자책이라도 하는 듯한 난감한 기분에 빠지고 말았다. 아르카지의 요청에 응하면서 그녀는 이번이 마지막이라고 다짐했다.

"카체리나 세르게예브나." 그는 다소 수줍어하면서도 거리낌 없는 태도로 말했다. "당신과 한 집에서 지내는 행운을 누리게 된 후로 난 당신과 많은 것에 대해 대화를 나누었습니다. 하지만 나에게는 아주 중요한 한 가지가…… 내가 아직 입 밖에 내지 않은 질문이 있어요. 당신이 어제 그랬죠. 내가 이곳에서 변했다고요." 그는 자신을 향한, 마치 뭔가 묻는 듯한 카챠의 시선을 붙잡기도 하고 피하기도 하며 이렇게 덧붙였다. "사실 난 많이 변했습니다. 그 점은 당신이 다른 누구보다 잘 알 테죠. 당신입니다. 내가 이렇게 변한 것은 근본적으로 당신 덕분입니다."

"나요? 내 덕분이라고요?" 카챠가 말했다.

"난 이제 더 이상 이곳에 왔을 때와 같은 오만한 풋내기가 아닙니다." 아르카지가 계속해서 말했다. "스물세 살이 되기까지 헛되이 세월을 보낸 것은 아닙니다. 난 예전처럼 지금도 여전히 유용한 사람이 되고 싶고, 나의 모든 힘을 진리에 바치고 싶습니다. 하지만 더 이상 예전에 이상을 찾던 곳에서 나의 이상을 찾지는 않습니다. 그것은…… 훨씬 가까운 곳에 있는 것 같거든요. 이제껏 난 스스로를 이해하지 못했고, 힘에 벅찬

과제를 스스로에게 부과했습니다……. 얼마 전 난 어떤 감정 덕분에 눈을 떴습니다……. 완전히 분명하게 내 마음을 표현할 수는 없지만 당신은 날 이해해 주었으면 합니다……."

카챠는 아무 대답도 하지 않았고 더 이상 아르카지를 쳐다보지도 않았다.

"난 이렇게 생각합니다." 그는 한층 흥분한 목소리로 다시 말문을 열었다. 그의 머리 위 자작나무 잎사귀 틈에서 피리새 한 마리가 태평하게 노래를 불렀다. "난 이렇게 생각합니다. 그러니까…… 사람들…… 한마디로 자신과 가까운 사람들에게는 완전히 속내를 보여 주는 것이 정직한 모든 사람들의 의무라고요. 그래서 나도…… 나도 그렇게 하려고 합니다……."

하지만 그 순간 아르카지의 웅변술이 그를 저버렸다. 그는 앞뒤가 맞지 않는 말을 하고 머뭇거리다가 결국 잠시 입을 다물어야 했다. 카챠는 계속 눈을 들지 않았다. 그녀는 그가 이 모든 이야기를 어떻게 이끌어 갈지 깨닫지 못한 채 무언가를 기다리는 것 같았다.

"당신이 놀랄 거라고 예상했습니다." 아르카지가 다시 힘을 가다듬으며 입을 열었다. "더욱이 이 감정은 어느 정도…… 어느 정도, 알겠습니까, 당신과 관련이 있습니다. 기억합니까, 당신은 어제 나에게 진지함이 부족하다고 비난했죠." 늪에 들어가면서 한 걸음 한 걸음 내디딜 때마다 점점 더 깊이 빠져들고 있다고 느끼는, 그러면서도 한시바삐 건너고 싶은 생각에 앞으로 걸음을 재촉하는 사람의 표정으로 아르카지는 계속 말을 이었다. "이런 비난은 종종 젊은이들에게 향하고…… 쏟아

지죠…… 심지어 그들이 그런 비난을 사지 않아도 되는 때에조차 말입니다. 만약 나에게 좀 더 자신감이 있었다면…….('제발 날 도와줘요, 도와줘요!' 아르카지는 마음속으로 힘을 다해 부르짖었지만 카챠는 여전히 고개를 돌리지 않았다.) 내가 기대할 수만 있다면…….”

“당신이 하는 말을 내가 확신할 수만 있다면요.” 그 순간 안나 세르게예브나의 또렷한 목소리가 들렸다.

아르카지는 곧 입을 다물었고 카챠는 창백해졌다. 포티코를 가린 떨기나무들 바로 옆에는 오솔길이 뻗어 있었다. 안나 세르게예브나가 그 길을 따라 바자로프와 함께 걸어오고 있었다. 카챠와 아르카지는 그들을 보지 못했지만, 그들의 모든 말과 드레스 자락 스치는 소리, 심지어 숨소리까지 다 들었다. 그들은 몇 걸음 옮기더니, 마치 일부러 그러기라도 하듯 포티코 바로 앞에 멈춰 섰다.

“알겠어요?” 안나 세르게예브나는 계속 말을 이었다. “당신과 내가 틀렸어요. 우리는 둘 다 더 이상 청춘이 아니에요. 난 특히 그렇죠. 우리는 중년에 접어들었고 지쳤어요. 뭣 하러 격식을 차리겠어요? 우리는 둘 다 영악해요. 처음에 우리는 서로에게 흥미를 느꼈죠. 또 호기심도 가졌고요……. 하지만 그 후에는…….”

“그 후에 난 신선함을 잃었죠.” 바자로프가 맞받아쳤다.

“당신도 알겠지만, 그건 우리 사이가 멀어진 원인이 아니에요. 하지만 어쨌든 우리는 서로를 필요로 하지 않았어요. 바로 그게 주된 이유죠. 우리에게는…… 뭐라고 해야 할까……

비슷한 점이 지나치게 많아요. 우리 둘 다 그 점을 금방 깨닫지는 못했죠. 오히려 아르카지가……."

"그 친구가 필요한가요?" 바자로프가 물었다.

"그만해요, 예브게니 바실리예비치. 당신은 말하죠. 그 사람이 나에게 관심을 갖고 있다고요. 나도 그 사람이 날 좋아하는 것 같다고 늘 생각했어요. 난 알아요. 그 사람에게는 내가 친척 아주머니로나 어울린다는 걸요. 하지만 내가 전보다 자주 그에 대해 생각하게 되었다는 점을 당신에게 숨기고 싶진 않군요. 그 젊고 풋풋한 감정에는 마음을 끄는 어떤 힘이 있어요……."

"이런 경우에는 매력이란 단어가 더 널리 쓰이죠." 바자로프가 끼어들었다. 침착하지만 공허한 그의 목소리에서 부글거리는 노여움이 느껴졌다. "아르카지는 어제 나에게 무언가를 비밀에 붙이고는 당신에 대해서도, 당신의 동생에 대해서도 아무 말 하지 않았습니다……. 이건 중요한 징후예요."

"그 사람은 완전히 오빠처럼 카챠를 대해요." 안나 세르게예브나가 말했다. "그리고 난 그의 그런 점이 마음에 들어요. 어쩌면 두 사람의 그런 친밀함을 허용해서는 안 될지도 모르지만요."

"당신 안에서 그 말을 하는 건…… 언니라는 존재입니까?" 바자로프가 내키지 않는 듯 느릿느릿 말했다.

"물론이에요……. 하지만 우리가 도대체 왜 여기 서 있죠? 가요. 정말 이상한 대화를 했군요. 그렇지 않나요? 당신과 이런 이야기를 하게 되리라고 내가 예상이나 했겠어요? 당신도 알죠. 내가 당신을 두려워한다는 걸요……. 하지만 그와 동시에 당신을 신뢰하기도 해요. 당신은 본질적으로 아주 착한 사람이거든요."

"첫째, 난 전혀 착하지 않습니다. 둘째, 당신에게 난 이제 아무런 의미도 없는 사람입니다. 그래서 당신은 내가 착하다고 말하는 겁니다……. 그것은 죽은 사람의 머리에 화환을 씌우는 것과 똑같아요."

"예브게니 바실리예비치, 우리는 무력해요." 안나 세르게예브나가 입을 열었다. 그러나 바람이 확 불어와 잎사귀를 사락사락 흔들며 그녀의 말을 실어 갔다.

"당신은 자유롭지 않습니까!" 잠시 후 바자로프가 말했다.

더 이상 아무 말도 알아들을 수 없었다. 발걸음 소리가 멀어졌다……. 주위가 온통 조용해졌다.

아르카지는 카챠를 돌아보았다. 그녀는 고개를 더 낮게 떨구었을 뿐 여전히 똑같은 자세로 앉아 있었다.

"카체리나 세르게예브나." 그는 떨리는 목소리로 그녀의 이름을 부르고는 두 손을 모아 쥐었다. "언제까지나 영원히 당신을 사랑합니다. 당신 외에는 아무도 사랑하지 않아요. 당신에게 이 말을 하고 싶었고, 당신의 의견을 알고 싶었고, 당신에게 청혼하고 싶었습니다. 난 부유하지 않지만 어떤 희생이든 할 각오가 되어 있다고 느끼기에……. 대답하지 않는군요? 날 믿지 않습니까? 내가 경솔한 말을 한다고 생각합니까? 하지만 최근 며칠을 떠올려 봐요! 다른 모든 것, 내 말을 이해하겠죠, 모든 것, 다른 모든 것이 오래전에 흔적도 없이 사라졌다는 사실을, 당신도 오래전에 확신하지 않았던가요, 날 봐요, 나에게 한마디만 해 줘요……. 사랑합니다…… 당신을 사랑해요…… 내 말을 믿어 줘요!"

카챠는 의미심장하게 빛나는 눈길로 아르카지를 쳐다보았다. 그러고는 오랫동안 망설인 끝에 보일 듯 말 듯 옅은 미소를 지으며 말했다.

"네."

아르카지가 벤치에서 벌떡 일어섰다.

"'네'라고요! '네'라고 말했죠, 카체리나 세르게예브나! 그 말이 무슨 뜻인가요? 내가 당신을 사랑하는 게 맞다는 건가요? 당신이 정말 날 믿는다는 건가요? 아니면…… 아니면…… 차마 더 이상 말을 못 하겠군요."

"네." 카챠가 똑같은 말을 되풀이했다. 이번에는 그도 그녀의 말을 이해했다. 그는 그녀의 크고 아름다운 두 손을 잡고는 큰 기쁨에 숨을 헐떡이며 그 손을 자기 가슴에 댔다. 간신히 서서 "카챠, 카챠." 하고 똑같은 말만 되풀이했다. 카챠는 어째서인지 천진하게 울음을 터뜨렸고, 스스로도 자신의 눈물을 조롱하며 조용히 웃었다. 사랑하는 사람의 눈동자에서 그런 눈물을 보지 못한 사람은, 인간이 감사와 수치심으로 숨이 멎을 것 같은 상황에서도 세상에서 얼마나 행복할 수 있는지를 아직 경험하지 못한 사람이다.

다음 날 아침 일찍 안나 세르게예브나는 바자로프를 자신의 서재로 모셔 오라고 지시했다. 그녀는 부자연스럽게 웃으며 그에게 접힌 편지지 한 장을 내밀었다. 아르카지가 보낸 편지였다. 그가 편지로 그녀의 여동생에게 청혼한 것이다.

바자로프는 빠르게 편지를 훑고는, 순간적으로 가슴에서 확 타오른 심술궂은 감정을 드러내지 않기 위해 자신을 억눌렀다.

"그렇군요." 그가 말했다. "당신이 바로 어제 말했던 것 같은데요. 아르카지가 형제애로 카체리나 세르게예브나를 사랑한다고요. 이제 어떻게 할 작정입니까?

"당신은 나에게 뭐라고 조언해 줄 건가요?" 안나 세르게예브나가 계속 소리 내어 웃으며 물었다.

"네, 난 이렇게 생각합니다." 바자로프는 그녀와 마찬가지로 전혀 즐겁지도 않고 전혀 웃을 기분도 아니면서 역시 껄껄거리며 대답했다. "젊은이들을 축복해야 한다고 생각해요. 모든 면에서 잘 어울리는 한 쌍입니다. 키르사노프의 재산은 상당한 데다 그는 외아들이에요. 또 아버지도 선량한 사람이라서 반대하지 않을 테고요."

오진초바는 방 안을 서성였다. 얼굴이 붉으락푸르락했다.

"그렇게 생각해요?" 그녀가 말했다. "그렇죠? 내 눈에도 별다른 장애는 보이지 않아요……. 카챠를 위해서도…… 아르카지 니콜라예비치를 위해서도 기뻐요. 물론 난 아버님의 답변을 기다릴 거예요. 아르카지 본인을 아버님에게 보내겠어요. 그런데 어제 내가 당신에게 말했잖아요. 우리 둘 다 이미 늙은 사람들이라고요. 이제 보니 내 말이 옳았던 것 같네요……. 어떻게 내가 이걸 전혀 몰랐을까요? 그 점이 놀라워요!"

안나 세르게예브나는 다시 웃음을 터뜨리더니 곧 고개를

돌렸다.

"요즘 젊은이들은 대단히 교활해졌군요." 바자로프는 이렇게 말하고 그 역시 웃음을 터뜨렸다. "안녕히 계십시오." 잠시 침묵하던 그가 다시 입을 열었다. "이 일을 가장 좋은 방식으로 매듭짓길 바랍니다. 그럼 난 멀리서 기뻐하겠습니다."

오진초바는 재빨리 그를 돌아보았다.

"정말 떠날 거예요? 왜 지금 남아 주지 않아요? 남아 줘요……. 당신과 이야기하는 것이 즐겁단 말이에요……. 마치 절벽의 가장자리를 따라 걷는 것 같거든요. 처음에는 겁이 나지만, 그다음에는 어디에선가 용기가 생겨요. 남아 줘요."

"제안에 감사드립니다, 안나 세르게예브나. 나의 이야기 재능을 칭찬해 주신 것도 감사합니다. 하지만 나와 인연이 없는 환경을 이미 지나치게 오랫동안 드나든 것 같습니다. 날치는 잠시 허공에 떠 있을 수 있지만, 곧 물속으로 털썩 떨어질 수밖에 없죠. 나의 생활 환경으로 풍덩 들어갈 수 있게 허락해 주십시오."

오진초바는 바자로프를 바라보았다. 그의 창백한 얼굴이 씁쓸한 조소로 씰룩거렸다. '이 사람은 날 사랑했어!' 그녀는 생각했다. 그가 가엾게 느껴졌다. 그녀는 그를 동정하며 손을 내밀었다.

그러나 그도 그녀의 마음을 알아차렸다.

"아닙니다!" 그는 이렇게 말하고는 한 발짝 뒤로 물러섰다. "난 가난한 사람이지만 이제까지 적선을 받아 본 적은 없습니다. 안녕히 계십시오. 건강하시고요."

"지금 우리가 서로를 마지막으로 보는 게 아니라고 확신해요." 안나 세르게예브나는 무의식적인 몸짓을 하며 말했다.

"이 세상에 일어나지 못할 일이 뭐가 있겠습니까!" 바자로프는 그녀에게 대답한 후 허리 숙여 인사하고는 밖으로 나가 버렸다.

"넌 둥지를 틀기로 했다지?" 바로 그날 그는 쭈그리고 앉아 여행용 가방에 짐을 꾸리면서 아르카지에게 말했다. "그래, 좋은 일이야! 다만 그렇게 교활하게 굴 필요는 없었잖아. 난 네가 전혀 다른 방향을 취할 거라 기대했어. 어쩌면 너 자신도 이 일에 어리둥절한 것 아냐?"

"너와 헤어질 때만 해도 이렇게 되리라고는 정말 생각도 못 했어." 아르카지가 대답했다. "하지만 너야말로 왜 교활하게 굴면서 '좋은 일'이라고 말하지? 내가 결혼에 대한 너의 생각을 정말 모를 것 같아?"

"아, 친애하는 친구!" 바자로프가 말했다. "어떻게 그런 식으로 말을 해! 내가 뭘 하고 있는지 봐. 여행용 가방에는 빈 곳이 있고, 난 그곳을 건초로 채우고 있어. 우리 인생의 여행용 가방도 마찬가지야. 빈 곳을 채울 수만 있다면 무엇으로 채우든 상관없어. 제발 화내지 마. 내가 카체리나 세르게예브나를 늘 어떤 식으로 생각했는지, 넌 아마 기억할 거야. 어떤 아가씨는 영리하게 한숨을 쉬는 것만으로도 영리하다는 평판을 받지. 하지만 네 아가씨는 스스로를 지킬 거야. 널 손아귀에 꽉 움켜쥘 정도로 그렇게 잘 지킬 거야. 뭐, 당연히 그렇게 되어야 하고." 그는 뚜껑을 쾅 닫고 마룻바닥에서 일어섰다. "이제 작별을 앞두고 너에게 다시 한번 말할게……. 스스로를 속일 이유는 없으니까. 우리는 영원히 작별하게 될 거야. 너 자신도 이것을 느끼잖아……. 넌 현명하게 행동했어. 넌 우리의 쓰라리고 괴롭고 고독한 생활을 위해 태어난 게 아니야. 너에게는 오만함과 적개심이 없고, 젊은 용기와 젊은 혈기가 있지. 그런 건 우리 일에 맞지 않아. 너희 귀족들은 고상한 겸손이나 고상한 흥분을 넘어서지 못하지. 하지만 그 모든 건 다 하찮은 것들이야. 예를 들어, 너희 귀족들은 서로 주먹질도 하지 않으면서 스스로를 훌륭한 사람이라고 생각해. 하지만 우리는 싸우기를 원하지. 그럼 어떻게 될까! 우리의 먼지가 네 눈을 파고들 테고, 우리의 진흙이 널 더럽히겠지. 그래도 넌 우리만큼 성장하지 못했으면서 자기도 모르게 스스로에게 도취하고, 또 스스로를 비난하며 쾌감을 느껴. 그런데 우리는 그런 게 지겹거든. 우리에게 다른 종류의 인간들을 내놓으란 말이야! 우리가 무찔러야 할 대상은 다른 인간들이라고! 넌 훌륭한 사내야. 하지만 자유주의적인 말랑말랑한 지주 도련님이지. 우리 부모님의 표현에 따르면 에 볼라투[185]라고나 할까."

"나와 영원히 이별하려는 거야, 예브게니?" 아르카지가 서글프게 말했다. "날 위해 달리 해 줄 말은 없어?"

바자로프는 뒤통수를 긁적거렸다.

"있어, 아르카지. 다른 말이 있긴 하지만 말하지는 않겠어. 그런 건 낭만주의니까. 말하자면 감상적이 되거든. 얼른 결혼

---

185) 프랑스어 Et voilà tout(그게 전부다)를 러시아어 음가로 말한 것이다.

해서 둥지도 꾸리고 아기도 많이 낳아. 영리한 아이들이 될 거야. 너나 나와는 달리 좋은 시절에 태어나니까. 어라, 말이 준비된 게 보이네. 떠날 때가 됐군! 다른 모든 사람들에게도 작별 인사를 했고……. 어때, 포옹이라도 할까?"

아르카지는 자신의 옛 스승이자 친구의 목에 매달렸다. 그의 눈에서 왈칵 눈물이 솟구쳤다.

"청춘이란 바로 이런 것이군!" 바자로프가 평온하게 말했다. "그래, 난 카체리나 세르게예브나에게 기대를 걸고 있어. 그녀가 너의 마음을 얼마나 잘 위로할지 두고 봐!"

"잘 있어, 친구!" 어느새 첼레가에 올라탄 그가 아르카지에게 말했다. 그러고는 마구간 지붕 위에 나란히 앉은 갈까마귀 한 쌍을 가리키며 이렇게 덧붙였다. "잘 보고 배워!"

"무슨 말이야?" 아르카지가 물었다.

"뭐? 그 정도로 박물학에 무지한 거냐, 아니면 갈까마귀가 대단히 존경할 만한 가정적인 새라는 사실을 잊은 거냐? 너에게 모범이 될 거다! 안녕, 시뇨르!"

첼레가는 덜컥덜컥 소리를 내며 굴러가기 시작했다.

바자로프의 말은 사실이었다. 저녁에 카챠와 이야기를 나누는 동안, 아르카지는 자신의 스승에 대해 까맣게 잊었다. 그는 이미 그녀에게 복종하기 시작했다. 카챠도 이것을 느꼈지만 놀라워하지 않았다. 그는 다음 날 니콜라이 페트로비치를 만나기 위해 마리노 마을로 떠나야 했다. 안나 세르게예브나는 젊은이들을 속박하고 싶지 않았기에, 예의상 두 사람이 단둘이서 지나치게 오래 있는 것만을 막았다. 그녀는 관대하게도 그들에게서 공작 영애를 멀리 떼어 놓았다. 공작 영애는 곧 다가올 결혼에 대한 소식을 듣자 눈물을 펑펑 쏟으며 격분했다. 처음에 안나 세르게예브나는 그들의 행복한 모습을 보는 것이 다소 괴롭지 않을까 걱정했다. 그러나 정반대였다. 그 광경은 그녀를 괴롭히기는커녕, 그녀의 흥미를 끌었고 결국에는 그녀를 감동시켰다. 안나 세르게예브나는 이 점이 기쁘기도 하고 슬프기도 했다. '바자로프의 말이 옳았나 봐.' 그녀는 생각했다. '호기심, 호기심뿐이야. 평온을 사랑하는 마음과 에고이즘과…….'

"얘들아!" 그녀가 큰 소리로 말했다. "어때, 사랑은 거짓 감정이니?"

그러나 카챠도, 아르카지도 그녀의 말을 아예 이해하지 못했다. 그들은 그녀를 피했다. 무심결에 엿들은 대화가 그들의 머리에서 떠나지 않았던 것이다. 하지만 안나 세르게예브나는 곧 그들의 마음을 안정시켰다. 그녀로서는 어려운 일도 아니었다. 그녀 자신의 마음이 안정됐기 때문이다.

27

바자로프의 연로한 부모는 아들이 갑자기 올 거라고는 거의 예상하지 못했기에 그만큼 더 기뻐했다. 아리나 블라시예브나는 바실리 이바노비치가 '자고새'에 비유할 정도로 소란을 떨며 집 주위를 뛰어다녔다. 짧은 상의에 달린 짧은 꼬리가 실제로 그녀에게 새 같은 느낌을 더했다. 한편 바실리 이바노비치 본인은 웅얼웅얼 낮은 소리를 내며 긴 담뱃대의 호박 물부리를 옆으로 물고는, 마치 머리가 목에 나사로 잘 고정되었는지 시험해 보듯 손가락으로 목을 잡고 머리를 빙글빙글 돌리더니, 갑자기 입을 크게 벌려 아무 소리도 내지 않고 크게 웃는 시늉을 했다.

"육 주일 예정으로 왔어요, 영감님." 바자로프가 그에게 말했다. "전 일하고 싶어요. 그러니 제발 방해하지 말아 주세요."

"넌 내 얼굴을 잊을 거다. 그 정도로 널 방해하지 않을 테니 말이다!" 바실리 이바노비치가 대답했다.

그는 자신의 약속을 지켰다. 예전처럼 아들에게 서재를 내준 그는 아들을 피해 숨었을 뿐 아니라, 아내에게도 지나친 애정 표현을 아예 하지 못하도록 막았다. 그는 그녀에게 "여보, 예뉴시카가 처음 왔을 때 우리가 그 애를 조금 귀찮게 했잖아. 이제는 좀 더 현명하게 처신해야 해."라고 말했다. 아리나 블라시예브나는 남편의 말에 찬성했다. 그러나 그로 인해 얻은 것은 별로 없었다. 아들을 볼 수 있는 때라고는 고작해야 식사 시간뿐인 데다, 결정적으로 그녀 자신이 아들과 이야기하기를 두려워했기 때문이다. "예뉴셴카!" 그녀는 그에게 이렇게 말하곤 했다. 그러나 아들이 미처 돌아보기도 전에 그녀는 손가방 끈을 만지작거리며 더듬거린다. "아무것도 아니다. 아무것도 아냐. 난 그냥……." 그러고는 바실리 이바노비치에게로 가서 한 손으로 뺨을 괴고 말한다. "여보, 어떻게 알아내죠? 예뉴샤가 오늘 저녁으로 뭘 먹고 싶어 할까요? 양배추 수

프일까요, 보르시[186]일까요?" "도대체 왜 당신이 직접 그 애에게 물어보지 않지?" "그 애를 성가시게 하니까요!" 하지만 바자로프 본인이 얼마 지나지 않아 칩거 생활을 접었다. 학구열은 이내 사그라져 우울한 권태와 공허한 불안으로 변했다. 그의 모든 몸짓에서 이상한 피로감이 감지됐고, 심지어 의연하면서도 빠르고 과감하던 걸음걸이조차 변해 버렸다. 그는 혼자 산책하기를 그만두고 대화 상대를 찾기 시작했다. 응접실에서 차를 마시기도 했고, 바실리 이바노비치와 채소밭을 어슬렁거리며 '묵묵히' 함께 담배를 피우기도 했다. 한번은 알렉세이 신부에 대해 물어보기도 했다. 처음에는 바실리 이바노비치도 이러한 변화를 기뻐했지만 그 기쁨은 오래가지 않았다. "예뉴샤 때문에 속이 타." 그는 아내에게 슬그머니 푸념을 늘어놓았다. "그 애가 불만스러워하거나 화를 내는 건 아냐. 그런 거라면 아직은 괜찮지. 그런데 그 애는 괴로워하고 슬퍼해. 그게 끔찍하다니까. 계속 입을 다물고 있어. 하다못해 당신과 나에게 불평이라도 하면 좋겠는데. 몸도 야위고 안색도 아주 나빠." "주여, 주여!" 노파가 속삭이듯 중얼거렸다. "그 애의 목에 부적 주머니를 걸어 주고 싶은데 그 애가 허락하지 않겠죠." 바실리 이바노비치는 바자로프에게 그의 연구와 건강에 대해서, 또한 아르카지에 대해서 아주 조심스러운 방식으로 이것저것 캐물어 보려고 몇 번 시도했다……. 그러나 바자로프는

186) 러시아식 수프. 순무를 주재료로 하고 고기, 감자, 양배추 등을 섞어 걸쭉하게 끓인 후 사워크림을 끼얹어 먹는다.

마지못해 무심한 말투로 대꾸했다. 한번은 아버지가 대화 도중에 화제를 조금씩 무언가로 몰고 가는 것을 눈치채고는 화를 내며 말했다. "왜 계속 제 주위에서 발끝으로 살금살금 걷듯 행동하세요? 그런 행동이 예전보다 더 나빠요." "음, 그게, 정말 별 뜻 없었다!" 가엾은 바실리 이바노비치는 황급히 대답했다. 그가 던진 정치적 암시도 똑같이 아무런 효과가 없었다. 어느 날은 눈앞에 닥친 농노 해방과 진보에 대해 이야기를 꺼내면서 아들이 공감해 주기를 기대했다. 그러나 아들은 무심하게 말했다. "어제 울타리 옆을 지나치다가 들었어요. 이곳의 농민 사내아이들이 옛날 노래를 부르는 대신 이렇게 외치더군요. 올바른 시대가 오고 가슴은 사랑을 느끼고……. 바로 이런 게 아버지에게는 진보겠죠."

이따금 바자로프는 마을로 가서 평소처럼 조롱하는 투로 어떤 농부와 대화를 나누곤 했다. "음." 바자로프가 그에게 말했다. "자네의 인생관을 말해 봐, 친구. 러시아의 모든 힘과 미래는 자네들에게 있고 역사의 새 시대는 자네들로부터 시작한다고 하잖아. 자네들이 우리에게 진정한 언어와 법을 준다지." 농부는 아무런 대꾸도 하지 않거나, 이런 식으로 말하곤 했다. "할 수 있습니다……. 역시, 왜냐하면, 가령 우리 땅에 어떤 예배당이 세워졌는가, 그것이 곧……." "나에게 설명해 줘. 자네들의 미르[187]라는 게 도대체 뭔지 말이야." 바자로프가

187) 러시아의 농촌 공동체를 가리킨다. 이 단어는 '세계'라는 뜻과 '평화'라는 뜻으로도 사용된다. 바자로프는 '미르'가 '세계'를 뜻한다는 점을 이용해 말장난을 하고 있다. 이에 대해 바자로프와 대화하는 농민은 물고기 세 마

농부의 말을 가로막았다. "물고기 세 마리 위에 있는 바로 그 미르인가?"

"나리, 그것은 물고기 세 마리 위에 있는 땅이죠." 농부는 부락의 원로 같은, 마치 노래하는 듯한 선량한 어조로 마음을 어루만지듯 부드럽게 설명하곤 했다. "하지만 잘 알려져 있다시피, 미르는 우리의 뜻이 아닌 나리들의 뜻에 달려 있습니다. 우리의 아버지는 나리들이니까요. 주인이 엄하게 처벌할수록 농부는 더 사근사근해집니다."

어느 날 이런 말을 들은 바자로프는 경멸하듯 어깨를 으쓱하며 돌아섰고, 농부는 허둥지둥 집으로 걷기 시작했다.

"무슨 얘기를 했어?" 멀리 자기 통나무집 문턱에서 바자로프와 그의 대화를 지켜보던 중년의 다른 농부가 우울한 표정으로 그에게 물었다. "체납금에 대해 말하던가?"

"체납금이라니, 이 친구야!" 처음 농부가 대꾸했다. 원로 같은, 마치 노래하는 듯한 어조는 이미 흔적도 없이 사라졌으며, 그 목소리는 오히려 무심하고 거칠게 들렸다. "그냥 이것저것 지껄이더군. 혀를 놀리고 싶었던 게지. 지주 따위, 뻔하잖아, 뭘 알겠어?"

"어떻게 알겠나!" 다른 농부는 이렇게 대답한 후 모자를 털고 허리띠를 세게 조였다. 두 사람은 자신들의 일과 궁핍에 대해 이야기하기 시작했다. 아아! 경멸하듯 어깨를 으쓱

리가 떠받치는 것은 세상이지(러시아 민간 속설에 따르면) 농촌 공동체가 아니라고 설명한다.

하고 농부들과 말하는 법도 알던(파벨 페트로비치와의 다툼에서 자랑했듯이) 바자로프, 그 자신만만한 바자로프도 자기가 농민들의 눈에 어릿광대처럼 보이리라고는 상상도 하지 못했다…….

그러나 그는 마침내 자신의 일을 찾아냈다. 어느 날 아들과 함께 있는 자리에서 바실리 이바노비치는 한 농부의 다친 다리에 붕대를 감아 주고 있었다. 그러나 노인은 손이 떨려 붕대를 제대로 다룰 수 없었다. 아들은 그를 도왔고, 그 후로 그의 진료에 참여하게 됐다. 그와 동시에 자신이 권한 치료 방법에 대해서도, 그 방법을 즉각 실행에 옮기는 아버지에 대해서도 끊임없이 조롱을 해 댔다. 그러나 바자로프의 조롱은 바실리 이바노비치의 마음을 전혀 어지럽히지 않았다. 오히려 그에게 위안을 주기까지 했다. 기름때 묻은 실내복 배 부분에 두 손가락을 올려놓은 채 파이프를 피우면서, 그는 바자로프의 말을 흐뭇하게 들었다. 아들의 언동이 짓궂을수록 행복감에 젖은 아버지는 검게 변색한 이를 남김없이 전부 드러내며 한층 선량하게 웃었다. 때로 무의미하거나 무분별한 그 언동들을 반복하기도 했다. 예를 들면, 그가 며칠 내내 뜬금없이 "음, 그건 아홉 번째 문제[188]잖아!"라는 말을 계속 되풀이한 적이 있었다. 단지 그가 아침 예배에 다니는 것을 알게 된 아들이 그 표현을 썼다는 이유로 말이다. "하느님, 감사합니다! 더 이상 우울해하지 않아!" 그가 부인에게 속삭였다. "오늘은 날 얼

188) '중요하지 않은 문제'라는 의미의 러시아어 표현.

마나 나무라던지, 대단해!" 하지만 자신에게 이런 조력자가 생겼다는 생각은 그에게 커다란 기쁨을 주었고 그의 마음을 긍지로 채웠다. "그럼, 그렇고말고." 그는 남자 외투를 입고 뿔 모양의 키치카[189]를 쓴 어느 아낙에게 굴라르수(水)[190]가 든 작은 유리병이나 하얀 연고가 든 작은 단지를 건네며 이렇게 말하곤 했다. "내 아들이 우리 집에 머문다는 사실을 당신은 매순간 하느님께 감사드려야 해. 지금 당신은 가장 과학적이고 가장 새로운 치료법으로 치료를 받고 있으니까. 당신이 이 점을 이해할까? 프랑스 황제 나폴레옹에게도 이보다 훌륭한 의사는 없었어." 그러면 '찌르는 듯한 통증'(하지만 환자 본인도 이 말의 뜻을 제대로 설명할 수 없었다.)을 호소하러 온 아낙은 그저 허리 숙여 인사하고는, 달걀 네 개를 수건 자락에 싸서 넣어 둔 품에 손을 넣을 뿐이었다.

언젠가 한번 바자로프는 타지에서 온 포목 행상인의 이를 하나 뽑아 주었다. 그것은 평범한 이빨이었지만, 바실리 이바노비치는 진귀한 물건인 양 보관해 두었다가 알렉세이 신부에게 보여 주며 계속 같은 말을 되풀이했다.

"뿌리가 얼마나 대단한지 봐요! 예브게니의 힘이 굉장하죠! 포목상이 공중으로 이렇게 번쩍 들렸다니까요……. 그 애는 아마 통나무라도 날려 버렸을 거예요!"

"기특하군요!" 알렉세이 신부는 뭐라고 대답해야 할지, 황

189) 결혼한 농민 여성이 쓰는 머리치장.

190) 프랑스 의사 토마 굴라르(Thomas Goulard, 1720~1790)가 발명한 치료약.

흘경에 빠진 노인에게서 어떻게 벗어나야 할지 몰라 결국 이렇게 말하고 말았다.

어느 날 이웃 마을의 농부가 바실리 이바노비치에게 티푸스를 앓는 동생을 데려왔다. 그 불행한 남자는 짚단 뒤에 엎드린 채 죽어 가고 있었다. 검은 반점이 몸을 뒤덮었고, 그는 이미 오래전부터 의식을 잃은 상태였다. 아무도 의학의 도움에 호소할 생각을 더 일찍 하지 못한 것에 대해 바실리 이바노비치는 유감을 표하고, 이제 환자를 구할 길은 없다고 선언했다. 실제로 농부는 동생을 집까지 데려가지도 못했다. 동생이 첼레가에서 덜컥 죽고 말았던 것이다.

사흘쯤 지나 바자로프가 아버지 방으로 들어와 혹시 초산은이 없는지 물었다.

"있다. 그런데 그것을 어디에 쓰려고?"

"필요해서요……. 상처를 지지려고요."

"누구의?"

"제 상처요."

"네 상처라니! 어쩌다 상처가 생긴 거냐? 어떤 상처야? 어디니?"

"바로 여기 손가락이요. 오늘 마을에 다녀왔어요. 아시죠, 티푸스에 걸린 농부가 그곳에서 실려 왔잖아요. 어떤 이유에서인지 그 시신을 부검하기로 결정이 났어요. 그런데 저도 오랫동안 해부 실습을 못 했잖아요."

"그래서?"

"그래서 군(郡) 의사에게 부탁했죠. 뭐, 그러다가 베였어요."

바실리 이바노비치의 얼굴에서 갑자기 핏기가 싹 가셨다. 그는 한마디도 하지 않고 서재로 달려가더니 곧 조그마한 초산은 조각을 손에 쥐고 돌아왔다. 바자로프는 그것을 받고 자리를 뜨려 했다.

"제발 부탁이다." 바실리 이바노비치가 말했다. "내가 직접 하게 해 주렴."

바자로프는 미소를 지었다.

"아버지는 정말 실습을 좋아하시는군요."

"제발 농담하지 말고. 손가락을 내밀어 봐라. 상처가 크지는 않구나. 아프지 않니?"

"걱정 마시고 더 세게 누르세요."

바실리 이바노비치는 동작을 멈추었다.

"어떻게 생각하니, 예브게니, 쇠붙이로 지지는 게 더 낫지 않겠냐?"

"더 일찍 했어야 해요. 사실 이제는 초산은도 필요 없어요. 제가 감염되었다면 이제는 이미 늦었어요."

"어떻게…… 늦었다니……." 바실리 이바노비치가 간신히 입을 뗐다.

"당연하죠! 그 후로 네 시간이 넘게 지났으니까요."

바실리 이바노비치는 상처를 좀 더 지졌다.

"그래, 군 의사에게 초산은이 없었단 말이냐?"

"없었어요."

"오, 하느님, 어떻게 그럴 수가! 의사가 그런 필수품도 갖추어 놓지 않다니!"

"아버지가 그의 랜싯[191]을 보셨더라면……." 바자로프는 이렇게 말하고는 밖으로 나갔다.

그날 저녁까지, 그리고 그다음 날 내내 바실리 이바노비치는 아들의 방에 들어가기 위해 온갖 핑계를 댔다. 아들의 상처에 대해 언급하지 않았을 뿐 아니라 전혀 관계없는 화제에 대해 이야기하려고 애쓰기까지 했다. 그러나 어찌나 집요하게 아들의 눈을 쳐다보고 어찌나 불안하게 아들의 모습을 관찰했던지, 바자로프는 그만 인내심을 잃고 아버지에게 나가라며 윽박지르고 말았다. 바실리 이바노비치는 그에게 불안해하지 않겠다고 맹세했다. 아리나 블라시예브나 — 물론 그는 그녀에게 모든 것을 비밀로 했다 — 가 남편이 왜 자지 않는지, 그에게 무슨 일이 있었는지 주의를 기울이기 시작했기에 더욱 그래야 했다. 몰래 계속 지켜본 아들의 표정이 자기 눈에는 별로 만족스럽지 않았지만, 그는 이틀 동안 꾹 참았다……. 그러나 사흘째 되는 날 저녁 식사 자리에서는 더 이상 참을 수 없었다. 바자로프가 고개를 숙이고 앉아 음식을 아예 건드리지도 않았던 것이다.

"왜 먹지 않냐, 예브게니?" 그는 자신의 얼굴에 매우 태평한 표정을 더하며 물었다. "요리는 훌륭한 것 같은데."

"먹고 싶지 않아서 먹지 않는 거예요."

"식욕이 없냐? 머리는?" 그가 소심한 목소리로 덧붙였다.

---

191) 양날의 끝이 뾰족하고 길이 6센티미터, 폭 7밀리미터 정도인 의료용 칼로 해부에 쓰인다.

"아프냐?"

"아파요. 아프지 않을 리 없잖아요?"

아리나 블라시예브나가 몸을 쭉 펴고 주의를 집중했다.

"제발 화내지 마라, 예브게니." 바실리 이바노비치가 계속해서 말했다. "하지만 네 맥박을 잴 수 있게 해 주지 않겠니?"

바자로프는 일어섰다.

"전 맥을 짚지 않아도 말씀드릴 수 있어요. 열이 있어요."

"오한도 있었냐?"

"오한도 있었어요. 가서 누울게요. 저에게 보리수 차를 보내 주세요. 분명 감기에 걸린 거예요."

"나도 들었단다. 밤에 기침을 하더구나." 아리나 블라시예브나가 말했다.

"감기에 걸렸어요." 바자로프는 같은 말을 되풀이하고 자리를 떴다.

아리나 블라시예브나는 보리수 꽃잎으로 차를 준비하기 시작했고, 바실리 이바노비치는 옆방으로 가서 말없이 머리카락을 움켜쥐었다.

바자로프는 그날 더 이상 일어나지 못하고 밤새도록 심한 혼수상태에 빠졌다. 새벽 1시쯤 간신히 눈을 뜬 그는, 램프 불빛 속에서 자기를 내려다보는 아버지의 창백한 얼굴을 보자 방에서 나가라고 했다. 아버지는 순순히 따랐지만 곧 뒤꿈치를 들고 살금살금 돌아와 찬장 문에 몸을 반쯤 가린 채 끈질기게 아들을 쳐다보았다. 아리나 블라시예브나도 잠자리에 들지 않았으며, 서재 문을 살짝 열어 두고는 '예뉴샤의 숨소리'

를 듣고 바실리 이바노비치를 보기 위해 끊임없이 문 쪽으로 다가가곤 했다. 그녀의 눈에는 그의 꼼짝 않는 굽은 등만 보였지만, 그것만으로도 그녀는 어느 정도 위안을 얻었다. 아침에 바자로프는 침대에서 일어나 보려고 했지만 현기증이 일고 코피가 났다. 그는 다시 누웠다. 바실리 이바노비치는 묵묵히 아들을 간호했다. 아리나 블라시예브나는 아들의 방으로 들어와 기분이 어떠냐고 물었다. 그는 "더 좋아졌어요."라고 대답하고는 벽 쪽으로 돌아누웠다. 바실리 이바노비치는 아내를 향해 두 팔을 내저었다. 그녀는 울지 않으려고 입술을 깨물고는 밖으로 나갔다. 집 안의 모든 것이 갑자기 어두워진 것 같았다. 다들 시무룩한 표정을 지었고 기묘한 정적이 감돌았다. 울음소리가 요란한 수탉 한 마리가 안마당에서 마을로 옮겨졌다. 수탉은 사람들이 왜 자기에게 그런 식으로 행동하는지 오랫동안 이해할 수 없었다. 바자로프는 벽을 뚫어지게 바라보며 계속 누워 있었다. 바실리 이바노비치는 그에게 다양한 질문을 던지며 말을 걸어 보려 애썼지만, 그 질문은 바자로프를 피곤하게만 했다. 노인은 이따금 손가락을 딱딱 꺾을 뿐 안락의자에서 꼼짝도 하지 않았다. 그는 잠깐씩 정원에 나가 마치 말로 표현할 수 없는 놀라움에 충격을 받기라도 한 양(놀라움의 표정은 그의 얼굴에서 거의 늘 떠나지 않았다.) 그곳에 신상처럼 우두커니 서 있다가, 이것저것 캐묻는 아내를 피하려 애쓰며 다시 아들에게로 돌아가곤 했다. 마침내 아내는 그의 팔을 잡고서 경련하듯, 거의 위협하듯 말했다. "그 애에게 무슨 일이 생긴 거예요?" 그러면 그는 문득 정신을 차리고 대답

대신 억지웃음을 지었다. 그로서는 끔찍한 일인데도 어찌 된 일인지 미소 대신 너털웃음이 튀어나왔다. 아침에 그는 의사를 불러오도록 사람을 보냈다. 어떻게든 아들이 화를 내지 않도록 그 사실을 아들에게 미리 알릴 필요가 있다고 생각했다.

소파에 누워 있던 바자로프는 갑자기 돌아누워 멍한 눈으로 아버지를 뚫어지게 바라보더니 물을 달라고 했다.

바실리 이바노비치는 물을 건네는 김에 그 이마를 만져 보았다. 열이 펄펄 끓었다.

"영감님." 바자로프는 목쉰 소리로 느릿느릿 말문을 열었다. "전 이제 가망이 없어요. 전 감염됐고 며칠 후면 아버지가 절 매장하실 거예요."

바실리 이바노비치는 마치 누가 다리를 후려치기라도 한 양 휘청거렸다.

"예브게니!" 그가 중얼거렸다. "왜 그런 소리를 하냐! 하느님께서 너와 함께하시길! 넌 감기에 걸린 거야……."

"그만하세요." 바자로프가 천천히 그의 말을 막았다. "의사가 그런 식으로 말하면 안 되죠. 감염의 모든 징후가 나타났어요. 아버지도 아시잖아요."

"감염의 징후가…… 도대체 어디에 보인단 말이냐, 예브게니? 당치도 않다!"

"그럼 이건 뭐죠?" 바자로프는 이렇게 말한 후, 루바시카 소매를 걷어 불길하게 돋은 붉은 반점을 아버지에게 보였다.

바실리 이바노비치는 부들부들 떨었고 몸은 공포로 싸늘해졌다.

"가령 말이다." 그가 마침내 입을 열었다. "가령…… 혹시라도…… 혹시라도 감염…… 그 비슷한 어떤 것이……."

"농혈(膿血)." 아들이 귀띔해 주었다.

"그래…… 울혈 같은……."

"농혈." 바자로프가 딱딱한 어조로 다시 한번 또박또박 말했다. "직접 공책에 적은 것을 벌써 잊으신 건가요?"

"그래, 그래, 네 마음대로…… 어쨌든 우리가 널 고치겠다!"

"아, 그만하세요. 하지만 문제는 그게 아니잖아요. 저도 제가 이렇게 빨리 죽으리라고는 전혀 예상하지 못했어요. 솔직히 말해 이건 별로 즐거운 우연이 아니잖아요. 아버지와 어머니는 이제 두 분의 강한 신앙심을 이용하셔야 해요. 종교를 시험해 볼 기회가 두 분에게 왔군요." 그는 물을 조금 더 마셨다. "그런데 아버지에게 한 가지 부탁드리고 싶은 게 있어요……. 제 머리가 아직 제 통제 아래 있는 동안에요. 내일이나 낼모레면, 아버지도 아시다시피, 제 뇌도 은퇴하겠죠. 제가 의사를 분명하게 표현하고 있는지에 대해서는 지금도 전혀 확신할 수 없지만요. 이렇게 누워 있는 동안 계속 그런 느낌이 들었어요. 주위에서 빨간 개들이 뛰어다니고 아버지가 마치 멧닭을 노리듯 절 노리는 것 같다고요. 제가 술 취한 사람처럼 느껴져요. 제 말을 이해하시겠죠?"

"무슨 소리냐, 예브게니, 넌 충분히 제대로 말하고 있다."

"그렇다면 다행이고요. 아버지께서 말씀하셨죠. 의사를 부르러 사람을 보냈다고……. 아버지는 그것으로 위안을 받으셨으니 저도 좀 위로해 주세요. 급사를 보내 주세요……."

"아르카지 니콜라이치에게 말이지." 노인이 그의 말을 받아 대답했다.

"아르카지 니콜라이치가 누구죠?" 바자로프가 깊은 생각에 빠진 듯한 모습으로 말했다. "아, 그렇지! 그 햇병아리! 아뇨, 그 친구는 그냥 내버려 두세요. 이제 갈까마귀가 되어 버렸으니까요. 놀라지 마세요, 방금 한 말은 헛소리가 아니에요. 오진초바에게, 안나 세르게예브나에게 급사를 보내 주세요. 이 근방에 그런 지주가 있어요……. 아시죠? (바실리 이바노비치는 고개를 끄덕였다.) 예브게니 바자로프가 인사를 전하라 했다고, 자신이 죽어 가고 있다는 사실을 알리라 했다고, 그렇게 말해 주세요. 그렇게 해 주실 거죠?"

"그렇게 하마……. 하지만 네가 죽다니, 설마 그렇게 되겠니, 얘야, 예브게니…… 생각해 보렴! 그 후에는, 정의라는 것이 도대체 어디에 있겠냐?"

"그런 것은 모르겠네요. 다만 급사를 보내 주세요."

"당장 보내마. 내가 편지도 쓰고."

"아뇨, 무엇 때문에요. 인사를 전하라 했다고 말해 주세요. 더 이상 아무것도 필요 없어요. 그럼 전 이제 다시 저의 개들에게로 가 볼게요. 이상해요! 죽음에 생각을 집중하고 싶은데 아무리 해도 안 되네요. 반점 같은 것이 보일 뿐…… 더 이상 아무것도 안 보여요."

그는 다시 벽 쪽으로 힘겹게 돌아누웠다. 바실리 이바노비치는 서재에서 나갔다. 아내의 침실에 이른 그는 갑자기 이콘 앞에 무릎을 꿇고 털썩 주저앉았다.

"기도해, 아리나, 기도해!" 그가 신음했다. "우리 아들이 죽어 가고 있어."

의사가 도착했다. 초산은을 비치해 두지 않았던 바로 그 군의사였다. 그는 환자를 진찰한 후 시간을 길게 보고 치료할 것을 권하고는, 곧 회복의 가능성에 대해서도 몇 마디 했다.

"나 같은 상황에 처한 사람이 엘리시온 들판[192]으로 떠나지 않은 경우를 본 적이 있습니까?" 바자로프가 물었다. 그는 갑자기 소파 옆에 놓인 무거운 테이블의 다리를 움켜잡더니 그것을 흔들어 제자리에서 옮겨 놓았다.

"힘은, 힘은……." 그는 말했다. "아직 온전히 남아 있는데, 죽어야 하다니! 노인이라면 적어도 삶에 대한 미련을 버릴 수 있으련만, 난…… 그래, 죽음을 부인해 보라지. 죽음이 널 부인하면 그것으로 끝이야! 누가 그곳에서 울고 있나요?" 잠시 후 그가 덧붙였다. "어머니? 가엾은 분! 어머니는 이제 그 놀라운 보르시를 누구에게 먹이시려나? 바실리 이바니치 씨, 당신도 계속 우는 것 같은데요? 뭐, 그리스도교가 도움이 되지 않으면, 철학자, 스토아학파의 철학자가 되어 보는 건 어때요? 아버지는 자신이 철학자라고 자랑하셨잖아요?"

"내가 무슨 철학자란 말이냐?" 바실리 이바노비치가 울부짖었다. 눈물이 뺨을 타고 계속 뚝뚝 떨어졌다.

바자로프의 상태는 시시각각 악화되었다. 외과적 경로로

---

192) 고대 그리스인들은 신들의 사랑을 받는 영혼이 사후에 '엘리시온 들판'으로 간다고 믿었다.

독을 입은 경우에 흔히 그렇듯, 병은 빠르게 진행됐다. 그는 아직 의식을 잃지 않았고, 사람들이 자기에게 하는 말도 이해했으며, 여전히 병과 싸우고 있었다. "정신 착란을 일으키고 싶지 않아." 그는 주먹을 불끈 쥐며 속삭이곤 했다. "얼마나 황당하겠어!" 그러고는 곧 "참, 8에서 10을 빼면 얼마지?"라고 말하기도 했다. 바실리 이바노비치는 미친 사람처럼 돌아다니며 때로는 이 방법을, 때로는 저 방법을 제안하다가 고작 아들의 다리나 덮어 줄 뿐이었다. "차가운 수건으로 싸 줘……. 구토제를…… 배에는 겨자씨 연고를…… 피를 뽑고……." 그는 긴장하며 이렇게 말하곤 했다. 바실리 이바노비치로부터 남아 달라는 간청을 받은 의사는 그의 말에 맞장구를 치고 환자에게 레모네이드를 마시게 했으며, 자신을 위해 때로는 파이프 모양의 과자를, 때로는 '건강을 증진시키고 몸을 덥히는 것', 즉 보드카를 청하곤 했다. 아리나 블라시예브나는 문 옆의 야트막한 긴 의자에 앉아 있었고, 이따금 기도하러 갈 때만 자리를 비웠다. 며칠 전 화장용 거울이 그녀의 손에서 미끄러져 깨졌다. 그녀는 언제나 이런 일을 불길한 징조로 여겼다. 안피수시카조차 그녀에게 아무 말도 해 줄 수 없었다. 치모페이치는 오진초바의 집으로 출발했다.

그 밤은 바자로프에게 괴로운 밤이었다……. 그는 고열에 시달렸다. 아침 무렵 병세가 호전됐다. 그는 아리나 블라시예브나에게 머리를 빗어 달라고 청하고는 그녀의 손에 입을 맞추고 차를 두 모금 마셨다. 바실리 이바노비치는 약간 활기를 찾았다.

"하느님, 감사합니다!" 그는 계속 같은 말을 되풀이했다. "위기가 닥쳤고…… 그 위기는 지나갔다."

"참 나, 이것 보세요!" 바자로프가 말했다. "말이라는 게 뭔지! '위기'라는 말을 찾아내서 입 밖으로 말하고는 위안을 얻는군요. 인간이 여전히 말을 믿는다는 것은 놀라운 일이에요. 예를 들어, 누군가 바보라는 말을 들으면 구타를 당하지 않아도 슬퍼하겠죠. 영리한 사람이라는 말을 들으면 돈을 받지 않아도 만족을 느낄 테고요."

바실리 이바노비치는 예전의 '짓궂은 언동'을 떠올리게 하는 이 짧은 말에 감동을 받았다.

"브라보! 멋진 말이다, 훌륭하구나!" 그는 손뼉을 치는 시늉을 하며 외쳤다.

바자로프는 슬픈 미소를 지었다.

"그러니까 아버지의 의견은 어느 쪽이죠?" 그가 말했다. "위기가 지나갔나요, 아니면 닥쳤나요?"

"넌 좋아졌다. 지금 난 바로 그 모습을 보고 있고, 또 바로 그 모습 때문에 기쁘구나." 바실리 이바노비치가 대답했다.

"뭐, 멋지군요, 기쁘다는 건 언제나 좋은 일이죠. 그런데 그 여자에게, 기억하시죠, 사람을 보내셨나요?"

"물론 보냈지."

좋은 쪽으로의 변화는 오래가지 않았다. 발작이 다시 시작됐다. 바실리 이바노비치는 바자로프 옆에 앉았다. 노인은 어떤 특별한 고뇌로 괴로워하는 듯 보였다. 그는 여러 번 말을 꺼내려다 결국 아무 말도 하지 못했다.

"예브게니!" 마침내 그가 말했다. "아들아, 나의 사랑하는 소중한 아들아!"

이 예사롭지 않은 호소가 바자로프의 마음을 움직였다……. 그는 고개를 약간 돌리며 입을 열었다. 아마도 자신을 짓누르는 망각의 무게로부터 벗어나기 위해 안간힘을 쓰는 것 같았다.

"왜 그러세요, 아버지?"

"예브게니." 바실리 이바노비치는 계속 말을 잇다가 바자로프 앞에 털썩 무릎을 꿇었다. 그러나 바자로프는 눈을 뜨지 않았기에 아버지를 보지 못했다. "예브게니, 넌 이제 한결 좋아졌다. 분명 완쾌될 거다. 하지만 이런 기회에 나와 네 어머니를 안심시켜 주고 또 그리스도교 신자의 의무도 수행해 주렴! 너에게 이런 말을 하다니 끔찍하구나. 하지만 더욱 끔찍한 것은…… 정말로 영원히, 예브게니…… 그게 어떨지 생각해 보렴……."

노인의 목소리가 끊어졌다. 아들은 눈을 감은 채 계속 누워 있었지만, 그 얼굴 위로 어떤 이상한 표정이 스쳤다.

"그런 것으로 두 분의 마음을 위로할 수 있다면 거절하지 않겠어요." 마침내 그가 말했다. "하지만 아직 서두를 필요가 없을 것 같은데요. 아버지도 제가 좋아졌다고 직접 말씀하셨잖아요."

"좋아졌지, 예브게니, 좋아지고말고. 하지만 누가 알겠니, 이 모든 것은 하느님의 뜻에 달려 있으니 말이다. 그런데 의무를 수행하고 나면……."

"아뇨, 기다리겠어요." 바자로프가 그의 말을 가로막았다. "위기가 닥쳤다는 아버지의 말에 동의해요. 하지만 만약 아버지와 제가 잘못 생각한 것이라 해도, 그게 어떻다고요! 의식이 없는 사람들도 성찬을 받지 않나요?"

"무슨 그런 말을, 예브게니……."

"좀 기다려 보고요. 그런데 이제 자고 싶네요. 방해하지 말아 주세요."

그러고 나서 그는 조금 전 위치로 머리를 얹었다.

노인은 몸을 일으켜 안락의자에 앉더니 턱을 잡은 채 자신의 손가락을 물어뜯기 시작했다…….

스프링 마차가 구르는 소리, 두멧골에서 유난히 또렷하게 들리는 그 바퀴 구르는 소리가 갑자기 그의 귓가를 때렸다. 더 가까이, 더 가까이 가벼운 바퀴가 굴러오고 있었다. 어느새 말들이 '푸르르' 하고 콧김을 내뿜는 소리도 들리기 시작했다……. 바실리 이바노비치는 벌떡 일어나 작은 창문으로 달려갔다. 말 네 필이 끄는 이 인승 카레타가 이 작은 집의 안마당으로 들어오고 있었다. 어떻게 된 일인지 영문도 모른 채 그저 정신을 차릴 수 없을 정도로 기뻐하면서 그는 현관 계단으로 달려 나갔다……. 제복을 입은 하인이 카레타 문을 열었다. 검은 베일을 얼굴에 드리우고 검은 망토를 걸친 귀부인이 카레타에서 내렸다…….

"오진초바입니다." 그녀가 말했다. "예브게니 바실리치는 살아 있나요? 그의 아버지세요? 제가 의사를 데려왔어요."

"아, 고마운 분이 오셨군요!" 바실리 이바노비치는 이렇게 부르짖고는 그녀의 손을 잡아 경련하듯 입술에 댔다. 그사이 안나 세르게예브나가 데려온 의사가 카레타에서 천천히 내렸다. 독일인 같은 외모에 안경을 쓴 키 작은 남자였다. "아직 살아 있습니다, 우리 예브게니는 아직 살아 있어요. 이제 그 애의 목숨을 구할 수 있겠군요! 여보! 여보! 하늘에서 천사님이 우리를 찾아오셨어……."

"주여! 무슨 말이에요?" 노파가 응접실에서 뛰어나오며 중얼거렸다. 대기실로 나온 그녀는 아무것도 모른 채 그 자리에서 곧바로 안나 세르게예브나 발치에 엎드려 미친 여자처럼 그녀의 드레스에 입을 맞추었다.

"왜 이러세요! 왜 이러세요!" 안나 세르게예브나는 똑같은 말을 되풀이했다. 그러나 아리나 블라시예브나는 그녀의 말을 듣지 못했고, 바실리 이바노비치는 "천사다! 천사다!"라는 말만 되풀이했다.

"**환자는 어디에 있습니까?**(독일어) 환자는 도대체 어디에 있습니까?" 마침내 의사가 다소 격앙된 소리로 물었다. 바실리 이바노비치는 정신을 차렸다.

"여기, 여기입니다. 절 따라오십시오, **베르테스테르 게르 콜레게**.[193]" 그는 옛 기억을 떠올리며 이렇게 덧붙였다.

"에!" 독일인은 심드렁한 낯빛으로 이를 드러내며 웃었다.

---

193) wertester Herr Kollege, 즉 '존경하는 동료분'이라는 뜻의 독일어를 러시아어 음가로 발음한 표현이다. 특히 러시아에서는 외국어의 [h] 음가를 [g]로 치환해 발음하기 때문에, 바실리 이바노비치는 '헤르'라는 독일어 음가를 '게르'라는 러시아어 음가로 발음했다.

바실리 이바노비치는 그를 서재로 안내했다.

"안나 세르게예브나 오진초바의 부탁으로 와 주신 의사 선생님이시다." 그는 허리를 굽혀 아들의 귀에 대고 말했다. "그녀도 왔단다."

바자로프가 번쩍 눈을 떴다.

"뭐라고 하셨어요?"

"안나 세르게예브나 오진초바가 이곳에 있다고, 또 그분이 이 의사 선생님을 네게로 모셔 왔다고 말했단다."

바자로프가 주위를 둘러보았다.

"그녀가 이곳에…… 그녀를 보고 싶어요."

"보게 될 거다, 예브게니. 하지만 먼저 의사 선생님께 진찰을 받아야 해. 시도르 시도리치(군 의사의 이름이었다.)가 가 버렸으니 내가 이분에게 병의 경과를 전부 말씀드리마. 그리고 의사 선생님과 함께 잠시 상의를 해야겠다."

바자로프는 독일인을 쳐다보았다.

"그럼 얼른 진찰하시죠. 단, 라틴어로는 하지 마세요. 나도 **'이미 죽어 가고 있다.'**(라틴어)가 무슨 뜻인지 아니까요."

"이 신사분은 아마도 독일어를 잘하시나 봅니다."(독일어) 아스클레피우스[194]의 새로운 제자가 바실리 이바노비치를 돌아보며 말문을 열었다.

"이흐…… 가베…….[195] 당신이 러시아어로 말하는 편이 낫

194) 그리스 신화에 등장하는 의술의 신.

195) '나는…… 갖고…….'라는 뜻의 독일어 표현 'Ich…… habe…….'를 러시아어 음가로 나타낸 표현이다.

겠습니다." 노인이 말했다.

"아, 아! 크럼 이컷은, 크러니까 어떨케 이컷이…… 부디……[196]"

그리하여 상의가 시작되었다.

삼십 분 후, 안나 세르게예브나는 바실리 이바노비치와 함께 서재로 들어갔다. 환자가 회복할지에 대해서는 생각해 볼 여지도 없다고, 의사가 그녀에게 소곤거렸다.

그녀는 바자로프를 쳐다보고는…… 문가에서 걸음을 멈추고 말았다. 염증으로 열이 나는 동시에 죽은 사람 같은 얼굴과 그녀를 향한 몽롱한 눈이 그 정도로 그녀에게 충격을 주었던 것이다. 다만 그녀는 어떤 싸늘하고 참기 힘든 공포에 흠칫 놀랐을 뿐이다. 만약 자신이 그를 정말로 사랑했다면 이런 기분을 느끼지 않았을 거라는 생각이 순간적으로 그녀의 뇌리를 스쳤다.

"고맙습니다." 그가 가까스로 입을 열었다. "이런 것은 기대도 하지 않았습니다. 선한 행위로군요. 당신이 약속한 대로, 이렇게 우리는 다시 한번 만나게 되었네요."

"안나 세르게예브나는 대단히 선한 분이시구나……." 바실리 이바노비치가 말을 꺼냈다.

"아버지, 우리만 있게 해 주세요. 안나 세르게예브나, 허락해 주시겠습니까? 아마 이제……."

그는 사지를 벌린 자신의 무기력한 몸뚱이를 고개로 가리

---

196) 투르게네프는 이 장면에서 독일인 의사의 러시아어 발음과 문장 표현을 의도적으로 매우 서툴고 우스꽝스럽게 표기한다.

켰다.

바실리 이바노비치가 밖으로 나갔다.

"음, 고맙습니다." 바자로프가 또 한 번 똑같은 말을 했다. "차르 같군요. 차르도 죽어 가는 사람들을 방문한다죠."

"예브게니 바실리예비치, 내가 바라는 건……."

"아, 안나 세르게예브나, 사실대로 이야기해 봅시다. 나는 이제 끝났습니다. 바퀴에 깔렸어요. 그래서 미래에 대해 생각할 필요가 없을 것 같습니다. 죽음이란 케케묵은 우스개지만, 우리 한 사람 한 사람에게는 새로운 법입니다. 이제까지는 두렵지 않았는데…… 이제 곧 의식 불명이 찾아들 테고, 그러면 휙 사라지겠죠!(그는 한 손을 힘없이 내저었다.) 음, 당신에게 무슨 말을 해야 할까요…… 난 당신을 사랑했습니다! 이 사실은 예전에도 무의미했는데, 하물며 지금이야 더욱 그렇죠. 사랑은 형태입니다. 하지만 나 자신의 형태는 이미 붕괴되고 있어요. 차라리 이렇게 말하죠. 당신은 참으로 멋집니다! 지금 여기 이렇게 서 있으니 참으로 아름다워요……."

안나 세르게예브나는 자기도 모르게 흠칫 떨었다.

"괜찮아요, 불안해하지 말아요…… 거기 앉아요……. 나에게 다가오지 말고요. 내 병은 전염되거든요."

안나 세르게예브나는 재빨리 방을 가로질러 바자로프가 누운 소파 옆 안락의자에 앉았다.

"관대하군요!" 그가 속삭였다. "아, 당신이 이렇게 가까이 있다니! 정말 젊고 생기 있고 깨끗하군요…… 이 더러운 방에서! 그럼 안녕히! 오래 살아요. 그게 최고예요. 시간이 있는 동안 삶을 누려요. 봐요, 이 얼마나 추한 모습인가요. 반쯤 짓뭉개진 벌레가 여전히 꼿꼿하게 거드름을 피우는 꼴이죠. 난 이렇게도 생각했어요. 많은 일들을 해내겠어, 절대로 죽지 않아, 임무가 있어, 난 거인이야! 하지만 이제 거인의 유일한 과제는 '어떻게 해야 고결하게 죽을 것인가'랍니다. 아무도 이것에 신경 쓰지 않겠지만요……. 아무래도 상관없어요. 꼬리를 흔들며 아첨하지는 않을 겁니다."

바자로프는 입을 다물고 한 손으로 컵을 더듬었다. 안나 세르게예브나는 장갑을 벗지도 않고 조심스럽게 숨을 쉬며 그에게 물을 먹여 주었다.

"당신은 날 잊을 겁니다." 그가 다시 입을 열었다. "죽은 사람은 산 사람의 벗이 될 수 없죠. 아버지는 당신에게, 러시아가 어떤 인물을 잃을지 보라고 말할 겁니다……. 터무니없는 말이죠. 하지만 노인의 신념을 꺾지 말아요. 무엇으로든 아이에게 위안을 줄 수만 있다면…… 무슨 말인지 알겠죠. 어머니도 다정하게 대해 줘요. 당신네 사교계에서는 대낮에 등불을 들고 찾아도 우리 부모님 같은 사람들을 발견할 수 없으니까……. 러시아에는 내가 필요해요…… 아니, 필요 없을 것 같군요. 그럼 누가 필요하죠? 제화공이 필요하고, 재봉사도 필요하고, 푸주한도…… 고기는 푸주한이 팔고…… 잠깐만요, 머릿속이 뒤죽박죽이에요. 여기 숲이 있군요……."

바자로프는 이마에 손을 얹었다.

안나 세르게예브나는 그를 향해 몸을 숙였다.

"예브게니 바실리치, 내가 여기 있어요……."

그는 즉각 그녀의 손을 잡고 몸을 조금 일으켰다.

"잘 있어요." 그가 갑자기 힘주어 말했다. 그의 눈동자에 최후의 불꽃이 일었다. "안녕…… 들어 봐요…… 그때 난 당신에게 입맞춤을 하지 않았죠……. 꺼져 가는 램프를 훅 불어 줘요. 불이 꺼지도록……."

안나 세르게예브나가 그의 이마에 입술을 댔다.

"이것으로 충분해요!" 그가 중얼거리며 베개 위로 머리를 툭 떨어뜨렸다. "이제…… 어둠이……."

안나 세르게예브나는 조용히 방에서 나갔다.

"어떻게 됐습니까?" 바실리 이바노비치가 그녀에게 소곤소곤 물었다.

"잠들었어요." 그녀는 들릴락 말락 조용히 대답했다.

바자로프는 더 이상 눈을 뜨지 못할 운명이었다. 저녁 무렵 그는 완전히 의식을 잃었고, 다음 날 죽었다. 알렉세이 신부가 그에게 종교 의식을 베풀었다. 신부가 도유식(塗油式)을 집전하고 그의 가슴에 성유를 바를 때, 그의 한쪽 눈이 떠졌다. 제의를 입은 사제, 연기가 피어오르는 향로, 이콘 앞의 양초를 본 순간, 공포의 전율처럼 보이는 표정이 죽은 듯이 창백한 그의 얼굴에 일순간 떠올랐다. 마침내 그가 마지막 숨을 거두고 모든 이들의 통곡 소리가 집 안에 울리자, 바실리 이바노비치가 갑자기 격분에 사로잡혔다. "내가 원망할 거라고 말했지." 그가 벌겋게 달아오른 일그러진 얼굴로, 마치 누군가를 위협하듯 허공에 대고 주먹을 흔들면서 목쉰 소리로 부르짖었다. "난 원망할 테다, 원망할 테다!" 하지만 아리나 블라시예브나가 온통 눈물에 젖은 얼굴로 그의 목에 매달리자 두 사람은 함께 넙죽 엎드리고 말았다. 안피수시카는 나중에 하인 방에서 말했다. "한낮의 어린 양처럼 그렇게 나란히 고개를 떨구고 계셨지……."

하지만 한낮의 폭염이 지나가면 저녁과 밤이 찾아오며, 그 후에는 괴로움과 피로에 지친 사람들이 조용한 은신처로 돌아와 달콤한 잠에 빠져드는 법이다.

28

여섯 달이 지났다. 잔혹하리만치 적막하고 청명한 혹한의 날씨, 뽀드득거리는 단단한 눈, 나무에 내린 장밋빛 서리, 연한 에메랄드빛 하늘, 굴뚝 위에 모자 모양으로 피어오른 연기, 한 순간 열린 문에서 기둥을 이루며 솟구치는 증기, 마치 깨물린 것처럼 발그레하게 생기를 띤 사람들의 얼굴, 부산스럽게 발을 구르며 바들바들 떠는 말들, 이런 것들과 함께 하얀 겨울이 계속됐다. 1월의 어느 하루가 어느새 저물어 가고 있었다. 저녁 추위가 움직임이 없는 고요한 대기를 한층 세게 조였고, 핏빛 노을이 빠르게 사그라들고 있었다. 마리노 저택의 창문에 불빛이 타오르기 시작했다. 검은 연미복을 입고 하얀 장갑을 낀 프로코피치는 유난히 엄숙한 태도로 테이블 위에 일곱 명의 식기를 차리고 있었다. 일주일 전, 교구의 작은 교회에서 두 쌍의 결혼식이 조용하게, 거의 증인도 없이 진행됐다. 아르카지와 카챠, 니콜라이 페트로비치와 페네치카의 결혼식이었다. 그런데 바로 이날은, 니콜라이 페트로비치가 용무 때문에 모스크바로 떠나는 형을 위해서 송별연을 베푸는 날이었다. 안나 세르게예브나는 젊은 부부에게 넉넉히 재산을 나누어 주고는 결혼식 직후 모스크바로 곧장 떠나 버렸다.

3시 정각, 다들 테이블로 모였다. 미챠도 그 자리에 함께했다. 미챠에게는 이미 브로케이드[197]로 지은 코코시니크[198]를 쓴 보모가 딸려 있었다. 파벨 페트로비치는 카챠와 페네치카 사이에 근엄하게 앉아 있었다. '남편들'은 저마다 아내 옆에 자리를 잡았다. 우리의 지인들은 최근 들어 달라졌다. 다들 더 멋있어지고 성숙해진 것 같았다. 다만 파벨 페트로비치만이 야위었다. 그러나 그 모습은 표현력이 풍부한 그의 생김새에 우아함과 귀인의 풍모를 한층 더했다……. 페네치카도 다른 사람이 되었다. 산뜻한 실크 드레스를 입고 머리칼에 널찍한 벨벳 머리 장식을 달고 목에 금 목걸이를 건 그녀는 미동도 없이 정중하게 앉아 있었다. 그 정중함은 한편으로는 그녀 자신을, 또 한편으로는 자신을 둘러싼 모든 사람을 향한 것이었다. 그리고 '여러분, 날 용서하세요. 내 잘못이 아니에요.'라고 말하고 싶은 듯한 모습으로 미소를 짓고 있었다. 그녀만 그런 것이 아니었다. 다른 사람들도 전부 미소를 지었고, 그들 역시

---

197) 무늬 있는 직물을 통틀어 일컫는 용어다. 색실이나 금실, 은실을 씨실로 사용하여 꽃 등의 무늬를 짜거나 수를 놓은 화려한 견직물이 많다.

198) 농민 여성이 머리에 쓰던 모자의 일종으로, 반원형 방패 모양과 자수 등의 화려한 장식이 특징이다.

변명을 하고 있는 듯했다. 다들 약간 거북하기도 하고 약간 슬프기도 했지만, 솔직히 매우 기뻤던 것이다. 마치 다들 어떤 소박한 희극을 함께 상연하기로 마음을 모은 것처럼, 저마다 유쾌하고 친절하게 서로를 보살폈다. 카차는 누구보다 침착했다. 그녀는 신뢰 가득한 눈길로 주위를 둘러보았다. 니콜라이 페트로비치가 이미 그녀를 애지중지하고 있다는 것은 분명한 사실이었다. 만찬이 끝날 즈음, 그는 자리에서 일어나 술잔을 들고 파벨 페트로비치를 돌아보았다.

"사랑하는 형, 형이 우리를 두고 가다니…… 우리를 두고 가다니……." 그가 말문을 열었다. "물론 잠깐이지만. 그래도 형에게 말로 표현하지 않을 수 없군. 내가…… 우리가…… 내가 얼마나…… 우리가 얼마나……. 우리가 스피치를 못하는 것, 바로 그게 문제야! 아르카지, 네가 말해라."

"아뇨, 아빠, 준비를 못 했어요."

"내가 준비는 잘했지! 형, 그냥 형을 안고 행운을 빌어 주면 안 될까? 그리고 얼른 우리에게 돌아와 줘!"

파벨 페트로비치는 모든 사람과 입을 맞추었다. 물론 미챠도 빠뜨리지 않았다. 게다가 페네치카의 경우에는 손에 입을 맞추었다. 그녀는 아직도 손을 제대로 내미는 법을 익히지 못했다. 그는 두 번째 채운 술잔을 비우고는 깊은 한숨을 내쉬며 말했다. "나의 벗들이여, 행복하길! **안녕히**(영어)!" 영어로 한 이 마지막 인사는 사람들의 주의를 끌지 않은 채 지나갔지만 다들 감동했다.

"바자로프를 추억하며!" 카챠는 남편의 귀에 이렇게 속삭이고는 그와 술잔을 마주쳤다. 아르카지는 그녀의 손을 꼭 쥐며 화답했지만, 그 축배를 큰 소리로 과감히 제안하지는 못했다.

이야기가 끝난 것처럼 보이는가? 아니다. 어쩌면 독자들 가운데 어떤 이는 우리가 묘사한 인물들이 저마다 지금, 다름 아닌 지금[199] 무엇을 하고 있는지 알고 싶을지도 모른다. 우리로서는 그 독자를 만족시킬 준비가 되어 있다.

안나 세르게예브나는 얼마 전 결혼했다. 사랑이 아닌 신념에 따른 결혼이었다. 남편은 훗날 러시아 활동가가 되는 대단히 지적인 사람으로, 탄탄한 실무 감각과 확고한 의지와 뛰어난 말솜씨를 갖춘 법률가였다. 또한 아직 젊은, 선량하면서도 얼음처럼 냉정한 사람이었다. 그들은 매우 화목하게 산다. 아마 살다 보면 행복도 얻을 것이고…… 어쩌면 사랑도 얻을 것이다. Kh. 공작 영애는 죽었고, 임종한 바로 그날 잊혔다.

키르사노프 부자는 마리노에 정착했다. 그들의 상황은 이제 나아지려고 한다. 아르카지는 열성적인 경영자가 되었고, '농장'은 이미 꽤 상당한 수입을 올리고 있다. 니콜라이 페트로비치는 농지 조정관[200]이 되어 온 힘을 다해 노력하고 있다. 그는 자신의 관할 구역을 계속 돌아다니며 긴 연설을 한다.(그는 농부들을 '납득'시켜야 한다는 견해를 고수하지만, 그것은 곧 그들이 지칠 때까지 같은 말을 자주 되풀이하는 것을 의미한다.) 그렇지만 솔직히 말해서 농노 해방에 대해 때로는 멋을 부리며 때

199) 뒤이어 묘사되는 인물들의 근황으로 미루어, 농노 해방이 있었던 1861년 2월 이후임을 알 수 있다.

200) 농노 해방 후 지주들과 농민들의 중재자 역할을 전담하던 관리.

로는 감상적으로 이야기하는(콧소리로 발음하며) 교양 있는 귀족들도, '빌어먹을 농노 훼방'이라며 무례하게 욕을 해 대는 교양 없는 귀족들도 충분히 만족시키지 못하고 있다. 어느 쪽의 눈에도 그는 지나치게 무른 사람이다. 카체리나 세르게예브나는 아들 콜랴를 낳았다. 미챠는 어느새 씩씩하게 뛰어다니고 재잘재잘 입을 놀린다. 페네치카, 즉 페도시야 니콜라예브나는 남편과 미챠 다음으로 며느리를 가장 사랑한다. 그리고 카챠가 포르테피아노 앞에 앉을 때면 페네치카는 온종일 그녀 곁을 떠나지 않고 즐거워한다. 말이 나왔으니 표트르에 대해서도 언급해 두겠다. 그는 아둔함과 거만함으로 돌처럼 몸이 뻣뻣해져서 모음 에를 늘 유로 발음하지만, 역시 결혼을 했고 상당한 지참금을 받았다. 아내는 시내에 채소밭을 소유한 주인의 딸인데, 단지 시계가 없다는 이유로 두 명의 번듯한 구혼자를 거절해 버렸다. 그런데 표트르에게는 시계뿐 아니라 에나멜 반부츠도 있었던 것이다.

드레스덴의 브륄 테라스[201]에서는 상류층이 산책을 위해 가장 많이 이용하는 시간인 2시와 4시 사이에, 쉰 살쯤 된 머리가 하얗게 센 남자를 만날 수 있다. 통풍으로 괴로움을 겪는 듯 보이지만 여전히 잘생긴 외모에 세련된 옷차림을 한 남자다. 그에게는 상류 사회에서 오랫동안 지낸 사람에게만 나타나는 독특한 특징이 있다. 바로 파벨 페트로비치다. 그는 건

---

201) 1740년대에 하인리히 폰 브륄 백작이 요새의 일부를 개조해 만든 정원. 괴테는 엘베강의 경치를 감상하기 좋은 이 장소를 '유럽의 발코니'라고 일컬었다 한다.

강을 회복하기 위해 모스크바에서 외국으로 떠나 드레스덴에 머물고 있었다. 이곳에서 그는 영국인들이나 러시아 여행자들과 많이 어울린다. 영국인들과 있을 때는 겸손하다 싶을 정도로 소탈하게 행동하지만, 그렇다고 품위를 잃지는 않는다. 영국인들은 그를 다소 지루한 사람으로 여기면서도 그를 **완벽한 신사**(영어)로서 존중한다. 러시아인들과 있을 때는 한층 거리낌 없이 화를 내고 자신과 그들을 조롱한다. 그러나 이 모든 것도 그가 하면 매우 매력적이고 허물없는 모습으로, 그러면서도 품위 있는 모습으로 보인다. 그는 슬라브주의자의 시각을 고수하고 있다. 잘 알려져 있다시피 상류 사회에서 그런 태도는 매우 존경할 만한 것으로 여겨진다. 러시아어로 출간된 것은 전혀 읽지 않지만, 그의 책상 위에는 농부의 나무껍질 신발을 본떠서 만든 은제 재떨이가 놓여 있다. 러시아 여행자들은 그의 뒤꽁무니를 졸졸 따라다닌다. 임시 반대파의 일원이던[202] 마트베이 일리치 콜랴진도 보헤미아 온천으로 가는 도중 위엄을 부리며 그를 방문했다. 하지만 파벨 페트로비치와 만날 일이 좀처럼 없는 현지인들은 그를 숭배하다시피 한다. 궁정 예배당이나 극장 등의 입장권을 **키르사노프 남작**(독일어)만큼 쉽게 빨리 구할 수 있는 사람은 아무도 없었다. 그는 힘이 닿는 한 여전히 선행을 베풀고 있다. 하지만 여전히 조금씩 소동을 일으키기도 한다. 그가 한때 사자였던 것

202) '임시 반대파(vremennaya oppozitsiya)'는 알렉산드르 2세가 실시한 개혁에 반대하던 반동주의 파벌을 가리킨다. 이 구절에서 콜랴진의 '자유주의적' 성향이 오래가지 않았음을 알 수 있다.

에도 다 까닭이 있었던 것이다. 하지만 그는 사는 것이 힘겹다고…… 자신이 생각했던 것보다 훨씬 힘겹다고 느낀다……. 러시아 교회에서 그를 보기만 해도 충분히 알 수 있다. 그는 교회의 한쪽 벽에 기대어 고통스럽게 입술을 깨문 채 깊은 생각에 잠겨 오랫동안 꼼짝도 하지 않다가, 갑자기 정신을 차리고 거의 눈에 띄지 않게 성호를 긋는다…….

쿠크시나도 외국으로 떠났다. 그녀는 지금 하이델베르크에 있으며, 이제는 자연 과학이 아닌 건축학을 공부한다. 그녀의 말에 따르면 건축학에서 새로운 법칙을 발견했다고 한다. 그녀는 예전처럼 학생들, 특히 물리학과와 화학과의 젊은 러시아 학생들과 교제하고 있다. 하이델베르크에는 이런 학생들이 넘쳐 난다. 이들은 처음 얼마 동안은 사물에 대한 진지한 시각으로 순진한 독일인 교수들을 놀라게 하고, 나중에는 완벽한 무위와 절대적인 나태로 바로 그 교수들을 또 놀라게 한다. 산소와 질소도 구분하지 못하지만 부정과 자존심으로 충만한 그런 두세 명의 화학자와 함께, 그리고 위대한 옐리세비치와 함께, 역시나 위대한 인물이 되겠다고 각오한 시트니코프는 페테르부르크를 어슬렁거리면서, 그 자신의 신념에 따르면, 바자로프의 '과업'을 이어 나가고 있다. 최근 누군가가 그를 두들겨 팼는데 그도 가만있지는 않았다고 한다. 어느 수상쩍은 잡지에 실린 한 수상쩍은 논설에서, 그는 자신을 팬 남자를 겁쟁이라고 넌지시 암시했다. 그는 이것을 풍자라고 부른다. 아버지는 예전처럼 그를 마음대로 부려먹고 아내는 그를 바보로…… 또한 문학자로 여긴다.

러시아의 어느 벽지에 작은 마을 묘지가 있다. 우리 나라의 거의 모든 묘지가 그렇듯, 이곳의 풍경도 구슬프다. 이곳을 둘러싼 도랑은 오래전에 풀로 뒤덮였다. 회색 나무 십자가들은 고개를 숙인 채, 예전에 페인트를 칠한 지붕들 밑에서 썩어 가고 있다. 묘석들은 마치 누군가가 밑에서 밀기라도 한 것처럼 전부 한쪽으로 밀쳐져 있다. 가지가 꺾인 볼품없는 나무 두세 그루가 가까스로 빈약한 그늘을 드리운다. 양들은 묘 사이로 자유롭게 돌아다닌다……. 그러나 이 묘들 사이에 사람의 손길이 닿지 않고 동물들에게 밟히지 않은 것이 하나 있다. 새벽녘에 새들만이 그 위에 앉아 노래를 부른다. 철책이 이 묘를 둘러싸고 어린 전나무 두 그루가 양 끝에 심겨 있다. 이 묘에 예브게니 바자로프가 묻혀 있다. 멀지 않은 작은 마을에서 이미 노쇠한 노부부가 종종 이 묘를 찾아온다. 그들은 서로를 부축하며 무거운 걸음으로 걸어온다. 철책으로 다가온 그들은 털썩 쓰러져 무릎을 꿇은 채 오래도록 비통하게 울고, 아들이 누운 자리에 놓인 말 없는 돌을 한참 동안 유심히 바라본다. 짧은 말을 몇 마디 나누고, 돌에서 먼지를 털어 내고, 전나무 가지를 다듬고, 다시 기도를 한다. 그러고 나서도 그들은 이 장소를 떠나지 못한다. 이곳에 있으면 아들과, 아들에 대한 추억과 좀 더 가까이 있는 것처럼 느껴진다……. 그들의 기도가, 그들의 눈물이 과연 부질없단 말인가? 사랑이, 성스럽고 헌신적인 사랑이 과연 전능하지 않단 말인가? 오, 아니다! 아무리 정열적이고 죄 많고 반항적인 심장이 묘 안에 감춰져 있더라도, 그 위에 자란 꽃들은 순수한 눈으로 고요하게 우리를 바라본다. 그 꽃들이 우리에게 말하는 것은 영원한 평화, '무심한' 자연의 위대한 평화만이 아니다. 그것들은 영원한 화해와 무한한 생에 대해서도 말한다…….

작품 해설

진보를 꿈꾸고 예술을 갈망하다

평생 나는 명료함에 맞서 싸워 왔다.
그 모든 바보 같은 선명한 정답들에 저항하면서.
삶이란 그렇게 단순하지 않다.
— 영화감독 존 카사베츠

1 들어가며

1812년 조국 전쟁('나폴레옹 전쟁'이라고도 불린다.)은 러시아의 운명에 큰 획을 그은 사건이었다. 나폴레옹의 대병력은 오스트리아 제국, 이탈리아, 프로이센 등을 차례로 함락하고 러시아 제국 깊숙이 들어와 모스크바까지 점령했다. 조국 땅에서 적을 몰아내고 그 뒤를 쫓아 파리까지 진격해 나폴레옹을 권좌에서 끌어내린 러시아인들은, 표트르 대제 이후 국력을 키우고자 100년 남짓 서유럽을 모방하기에 급급했던 러시아인들은 느닷없이 파리 한복판에서 유럽의 지도자로 우뚝 선 자신의 힘을 자각했다. 그러나 곧 그들의 마음속에는 결코 지워지지 않을 깊은 상흔이 남았다. 특히 귀족 출신 장교들은 파리에서 서유럽의 정치 체제와 문명을 접하며 자신들이 얼마나 폭압적이고 무질서하고 독단적인 전제 정치의 지배를 받아 왔는지 깨달았다. 그리고 전쟁 과정에서 자신들이 이끈 농노 출신의 병사들, 자신들과 생사를 함께하며 조국을 지켜 낸 부하들이 '세례받은 사유 재산'이 아니라 영혼과 용기와 지혜를 가진 인간임을 깨달았다. 그들은 자신들이 서유럽인 분장을 한 야만인에 불과하다고 느꼈고, 러시아에 만연한 폭력과 학정, 무질서와 무지에 수치심과 죄책감을 한층 더 깊이 느끼게 되었다. 러시아 국경을 넘어 프랑스 패잔병들을 뒤쫓을 때는 나폴레옹이 러시아군 장교들의 적이었지만, 귀로에 오른 그들 앞에는 차르의 전제 정치와 농노제라는 새로운 적이 기다리고 있었다.

1825년 12월, 알렉산드르 1세가 서거하자 자유주의적 개혁에 부정적인 니콜라이의 계승을 막기 위해 귀족과 장교들이 입헌 군주제와 농노 해방을 주장하며 의거를 일으켰지만('제카브리스트 의거'), 이미 그 계획을 알고 있던 니콜라이의 가혹한 진압으로 개혁의 의지는 무참히 짓밟힌다. 그 후 니콜라이 1세가 죽음을 맞는 1855년까지 러시아는 유례없는 암흑의 시기를 거쳐야 했다. 특히 1848년에 프랑스에서 자유주의 혁명이 일어나 그 열기가 유럽 곳곳으로 퍼져 나가자, 러시아 궁정은 그 영향이 국내에 유입되는 것을 차단하기 위해 철저한 검열과 통제를 실시했다. 청년 도스토옙스키가 페트라솁스키 서클의 모임에서 국내의 정치적 문제를 토론하다 체포되어 사형선고를 받은 것도 이 무렵(1849)이다. 그 당시 학자이자 검열관이던 니키첸코는 약 100년 뒤에 닥칠 스탈린의 공포 정치를 떠올리게 하는 기록을 일기에 남겼다.

> 은밀한 고발과 스파이 행위는 상황을 더욱 복잡하게 만들었다. 사람들은 매일 자기가 죽을지도 모른다는 두려움을 느끼기 시작했고, 사랑하는 사람들, 그리고 친구들과 마지막 날들을 보내고 있다고 생각했다.[1]

이런 시대에 다른 분야에 비해서 어느 정도 검열이 느슨했던 문학은 유일하게 러시아의 사회 문제를 언급할 수 있는 매체였다. 따라서 그 시절 작가들이 문학 작품 속에서 동시대 러시아에 대한 진단과 나아갈 길을 찾고 독자들이 그에 대해 논박을 벌인 것은 어쩌면 피할 수 없는 흐름이었는지도 모른다. 이사야 벌린의 말처럼 "사회사상가와 정치사상가가 시인과 소설가로 변하고 창조적인 작가는 걸핏하면 사회 논평가로 변하는 러시아 문학계의 악명 높은 상황"[2]은 이런 시대적 흐름에서 비롯되었다. 대중이 원하는 글을 쓰기만 하면 작가로서의 명성은 의외로 쉽게 얻을 수도 있었다. 시인과 소설가들에게서 메시아를 갈망하는 것은 19세기 러시아뿐 아니라, 오늘날에도 폭력과 유혈과 억압으로 신음하는 나라들에서 공통으로 나타나는 현상이다. 그럼에도 영국, 프랑스, 에스파냐, 독일 등의 문학 작품 및 미학적 고민을 충분히 접하고 푸시킨부터 레르몬토프, 고골로 이어지는 19세기 초의 빼어난 러시아 문학 작품을 감상해 온 러시아 작가들 사이에서는 당연하게도 예술

---

1) 레너드 샤피로, 최동규 옮김, 『투르게네프』(책세상, 2002), 124쪽.
2) 이사야 벌린, 조준래 옮김, 『러시아 사상가』(생각의나무, 2008), 427쪽.

성이 뛰어난 문학 작품을 쓰고자 하는 갈망이 존재했다. 19세기 중후반의 러시아 문예 분야는 이 두 가지 흐름과 절충주의적 흐름의 끊임없는 충돌로 소란스럽기 짝이 없었다.

시인이자 소설가였던 투르게네프는 그처럼 사회적으로도 예술적으로도 혼란스러운 시대에 서 있었다.

2 벨린스키와 함께 소설의 길을 묻다

1883년 9월 19일, 척수암에 걸려 64세로 생을 마감한 투르게네프의 유해가 파리 근교에서 상트페테르부르크로 운구되어 왔다. 정부 관료들과 여러 노동 단체와 학생들 등 계급과 신분을 초월한 수많은 인파가 지켜보는 가운데 투르게네프의 유해는 그의 유언에 따라 벨린스키의 옆에 묻혔다.

1843년, 시인으로 막 두각을 드러내기 시작한 이십 대 청년 투르게네프는 당시 문학 비평에서 두드러진 존재감을 보이던 자유주의적 비평가 벨린스키를 만나 교제를 나누면서 큰 전환점을 맞았다.

벨린스키는 이론과 실천의 통일, 삶과 문학의 통일을 주장하며 진리의 탐구를 문학의 중요한 과제로 꼽았고, 현실과 괴리되거나 현실을 반영하지 못하는, 오로지 아름다움만 추구하는 예술가를 경계했다. 그렇다고 해서 그가 체르니솁스키, 도브롤류보프, 피사레프 같은 1860년대의 급진적인 비평가들처럼 문학을 사상을 위한 선전 도구로 여기거나 현실 개혁을 위한 공론의 장으로 삼았던 것은 아니다. 그럼에도 글을 쓴다는 것은 곧 진실을 증언하는 것이라는 벨린스키의 확고한 주장은 가혹한 전제 정치 아래 있던 러시아 작가들에게 피할 수 없는 문학적 과제를 던졌다.

투르게네프는 벨린스키를 만난 이후 1844년에 처음으로 시가 아닌 단편 소설 「안드레이 콜로소프」를 썼다. 그리고 1847년에는 사냥을 떠난 지주 귀족과 농민들의 만남을 다룬 단편 「호리와 칼리니치」를 잡지 《소브레멘니크》에 발표하여 큰 호평을 받았다. 이에 힘입어 연작이라 할 수 있는 단편들을 1851년까지 계속 창작하고 1852년에 총 스물다섯 편의 단편들을 묶어 『사냥꾼의 스케치』라는 단행본을 발표했다.

투르게네프는 큰 영지를 소유한(농노 5000명이 딸린) 지주 귀족 집안에서 태어나 어린 시절을 시골에서 보냈다. 성인이 된 후에는 주로 외국에 체류했지만 종종 영지를 찾았다. 그는 시골 생활에서 농노들로부터 민담과 민요를 배우고 자연의 아름다움을 깊이 체험하며 서정적인 감성을 키울 수 있었던 한편, 잔인한 성정으로 악명 높았던 어머니가 농노들에게 행한 무자비한 처사와 폭력을 보면서 깊은 상처와 혐오를 느꼈다. 『사냥꾼의 스케치』에는 그 시절에 본 풍경과 그가 경험한 감정들이 잘 녹아 있다.

소설가 나보코프는 이 작품에 투르게네프의 최고작들이 수록되어 있다고 말한다. 화자인 지주 귀족의 눈을 통해 농노나 지주들의 삶을 꾸밈없이 생생하게 그리고 러시아의 자연 풍경을 섬세하고 서정적으로 묘사한 이 작품은 농노제의 비참한 현실을 소리 높여 고발하지 않았음에도 러시아 사회에 큰 울림을 주었다. 농노들이 감정과 생각 없이 노동하는 동물이 아니라 개성과 영혼을 가진 인격이라는 사실을 담담히 드러낸 것만으로도 농민을 바라보는 러시아 귀족들의 인식에 큰 변화를 가져왔다는 것이다. 알렉산드르 2세도 이 작품을 읽고 농노 해방을 결심했다고 전해지며 실제로 1861년에 농노 해방령을 발표했다. 훗날 투르게네프는 말했다. 살면서 가장 자랑스러웠던 순간은 1861년이 지나고 얼마 후 기차에서 두 농부가 다가와 모든 민중을 대신해 땅에 머리가 닿도록 감사 인사를 했을 때라고…….

어쩌면 투르게네프는 이 작품을 쓰면서, 그리고 이 작품이 러시아 사회에 가져온 변화를 보면서 자신이 걸어갈 소설의 길을 찾았는지도 모른다. 진실을 탐구하면서도 예술적인 형상화를 놓치지 않는, 말하자면 진보와 예술을 모두 추구하는 길……. 비록 벨린스키는 『사냥꾼의 스케치』를 보지 못하고 세상을 떠났지만, 투르게네프는 아마도 벨린스키가 던진 과제에 답하는 심정으로 글을 썼을 것이다.

3 대표작 『아버지와 자식』을 창작하다

투르게네프는 그 후에도 「파우스트」, 「아샤」, 「푸닌과 바부린」 같은 단편들과 「시골에서의 한 달」 같은 희곡, 산문시 등을 꾸준히 썼지만 그를 대표하는 문학 작품은 여섯 편의 장편 소설과 한 편의 중편 소설, 즉 『사냥꾼의 스케치』(1852), 『루진』(1856), 『귀족의 보금자리』(1859), 『전야』(1860), 「첫사랑」(1860), 『아버지와 자식』(1862), 『처녀지』(1877)로 꼽힌다. 그중에서도 『아버지와 자식』은 "투르게네프의 최고 대표작이자 19세기 가장 눈부신 대작 중 하나"[3]로 평가받는다.

투르게네프는 러시아 사회의 진보를 위해 자신의 삶을 헌신하는 지식인층에게 평생 매혹을 느꼈다. 이십 대 청년기에는 게르첸, 바쿠닌, 벨린스키 같은 자유주의자들과 교제하며 러시아 사회와 문화에 대해 활발하게 의견을 나누었고, 장년기에는 급진주의자들의 견해나 태도에 다소 거부감을 느끼면서도 그들의 열정을 높이 평가하며 만남을 가지려 애썼다.

인간으로서뿐 아니라 소설가로서도 그의 시선은 늘 그들을 향해 있었다. 『사냥꾼의 스케치』와 「첫사랑」을 제외한 다섯 작품들은 그런 인텔리겐치아들의 초상을 그리고 있다. 러시아 문학 연구가이자 번역가인 쿠도 세이치로는 투르게네프 문학 활동의 목적 중 하나는 '러시아 지식인의 정신사', 말하자면 '러시아의 문화적, 심리적 발전'을 '예술적으로 기록'하는 것이었다고 평가한다. 투르게네프는 현실의 진보를 갈망하면서도 문학이 그 진보를 위한 정치적 강령이 되지 않도록 자신이 그리는 대상에 객관적 거리를 두려고 애썼다. 그러한

3) 블라디미르 나보코프, 이혜승 옮김, 『나보코프의 러시아 문학 강의』(을유문화사, 2012), 147쪽.

그의 태도는 보수적인 귀족들과 진보적인 활동가들 모두의 반감을 불러일으키기 일쑤였다. 특히 『아버지와 자식』은 러시아 문학사에서 유례없는 소란과 논쟁을 일으켰고, 결국 투르게네프는 마음에 큰 상처를 안은 채 조국을 떠나 평생 외국에서 살았다.(그 후에는 꼭 필요한 경우에만 러시아를 일시적으로 방문했다.)

『아버지와 자식』의 원제는 러시아어 Отцы и дети로 우리말로 그대로 옮기면 '아버지들과 아이들' 또는 '아버지들과 자식들'이다. 투르게네프는 두 세대의 갈등을 보여 주기 위해 이 소설을 썼다고 말했다. 그는 1860년 여름에 영국에서 이 소설을 위한 착상을 떠올려 1861년 7월에 탈고했고, 1862년 2월에 잡지 《루스키 베스트니크》에 발표했다. 이 소설이 집필되고 발표될 당시 러시아는 극도의 혼란에 빠져 있었다.

1861년 2월, 마침내 알렉산드르 2세의 명으로 농노 해방령이 선포되었다. 노예의 신분을 벗어난 농민들은 일정한 기준에 따라 토지를 배당받았지만 토지에 대한 대금을 지불해야 했다. 그중 20퍼센트는 농민들이 직접 지주에게 지불하고 나머지 80퍼센트는 국가가 지주에게 미리 지불한 뒤 농민으로부터 원금과 6퍼센트의 이자를 사십구 년 동안 돌려받는 방식이었다. 개혁 절차가 지주들의 손해를 최소화하는 방향으로 진행된 탓에 농민들은 오히려 토지 대금을 지불하지 못해 유랑민이나 도시 빈민으로 몰락하는 처지에 몰리기도 했다. 농민들은 지주들을 해방의 걸림돌로 보고 곳곳에서 소요를 일으켰지만 정부는 이 모든 소요를 폭력적으로 진압했다. 이런 상황에서 러시아 최초의 혁명 단체인 '토지와 자유단'이 결성되어 1863년을 새로운 봉기의 해로 선포하고 입헌 군주제 또는 공화제, 급진적인 농지 개혁, 기본적 인권 보장, 책임 있는 정부, 폴란드와 우크라이나의 자치권 보장 등을 주장했다. 대학가의 소요도 점차 커지면서 12월 무렵 상트페테르부르크 대학교에 강제 휴교령이 떨어졌다. 농노 해방령을 전후로 러시아는 커다란 혼란에 휩쓸렸다. 사회는 보수주의자와 개혁주의자로 양분되었고, 개혁주의 안에서도 온건파와 급진파가 서로를 맹렬하게 비난했다. 『아버지와 자식』은 이러한 혼란과 갈등의 한복판에서 동시대의 가장 예리한 문제를 제시함으로써 모든 진영의 이목을 끌었다. 러시아 소설가 블라지미르 코롤렌코의 표현대로 투르게네프는 그 어느 때보다 "당대의 생생한 현안의 불거진 신경 줄기를 고통스럽게 어루만져 자극하며 폭풍우의 중심에 서 있었던"[4] 것이다.

4 두 세대의 갈등을 그리다

『아버지와 자식』의 중심적인 이야기 축은 아버지들인 '40년대 세대'와 아들들인 '60년대 세대'의 갈등이다.

40년대 세대란 1840년대(넓게는 1830년대까지 아울러)의 러시아에서 청년기를 보낸 자유주의 귀족 계층을 뜻한다. 프랑

4) 이사야 벌린, 앞의 책, 425쪽.

스의 1848년 혁명과 유럽 각국으로 전파된 그 영향을 지켜보며 자유주의적 이념에 고취되고 독일 철학(칸트, 셸링, 특히 헤겔) 속에서 영원한 이상을 추구하던 40년대 젊은이들의 다수는 니콜라이 1세 시대의 전제 정치 속에서 뜻을 펼칠 기회를 얻지 못하고 현실에 환멸을 느끼다가 무기력하고 냉소적인 생활에 빠져들었다. 투르게네프는 「잉여 인간의 일기」(1850)와 『루진』에서 이 40년대 세대의 젊은 시절을 조명한 바 있고, 이 세대를 일컬어 '잉여 인간'이라고 불렀다.

한편 60년대 세대는 이른바 잡계급이라 칭하는 평민 지식층의 젊은이들(의사, 하급 관리, 언론인 등의 자식들)로 아버지 세대 지식인의 유약한 모습을 비판하며 개혁을 위한 실질적인 힘과 헌신성을 추구했다. 이들은 자연 과학의 법칙에 부합하지 않는 것은 모두 부정했으며, 사회의 변화에 기여하지 않는 예술을 거부했다.

『아버지와 자식』에서 40년대를 상징하는 인물은 니콜라이 키르사노프와 그의 형 파벨 키르사노프다. 니콜라이는 농노해방령이 선포되기 전에 이미 농노들을 해방하고 토지를 분배했을 만큼 자유주의적 이상을 추구한 인물이지만 실제적인 일에는 몹시 무능력해서 영지 경영에 어려움을 겪고 있다. 파벨은 젊은 시절 사교계에서 이름을 떨친 장교였지만 이제는 시골의 동생 집에서 하릴없이 세월을 보내고 있다.

이 두 사람 앞에 니콜라이의 아들 아르카지가 대학을 졸업한 후, 군의관 출신 지주의 아들이자 자연 과학도인 예브게니 바자로프와 함께 귀향한다. 개구리를 해부하고 현미경으로 표본을 관찰하며 과학적 지식을 쌓기에 여념이 없는 바자로프는 키르사노프 형제의 영지가 제대로 관리되고 있지 않음을 한눈에 알아볼 만큼 명민한 사람이었다. 그는 푸시킨의 작품과 음악, 말하자면 무익한 낭만을 사랑하는 니콜라이를 비웃고 누구도 찾아오지 않는 시골에서 영국식 복장과 생활 방식을 고수하는 파벨의 허식을 경멸한다. 그리고 그런 심정을 애써 숨기려는 예의도 차리지 않고 자신의 생각과 의견을 직설적으로 오만하게 표출한다. 바자로프를 숭배하다시피 하는 아르카지는 아버지와 큰아버지에게 자신의 친구를 이렇게 소개한다.

> "그는 니힐리스트예요."
>
> (……)
>
> "(……) 니힐리스트란 어떤 권위에도 굴복하지 않는 사람, 하나의 원칙, 설사 그 원칙이 사람들에게 아무리 존경받는 것이라 해도 그 원칙을 신앙으로 받아들이지 않는 사람이에요." (45쪽)

40년대 세대를 '잉여 인간'으로 지칭한 투르게네프는 이번에는 '니힐리스트'라는 신조어로 60년대 인간인 바자로프를 지칭한다. 바자로프 자신은 스스로에 대해 새로운 건설을 위해 터를 깨끗이 치우는 사람이라 설명한다.

종교와 학문과 예술처럼 과거에 인간이 이룩한 존중할 만한 가치 체계를 경시하고 뚜렷한 비전 없이 파괴가 목적이라고 당당히 말하는 이 새로운 세대가 니콜라이와 파벨의 눈에는 무지하고 무감각하고 위험해 보인다.

실제를 바꿀 힘이 없어 자멸해 가면서도(니콜라이의 영지는 손을 쓸 수 없을 정도로 피폐해졌다.) 이상이든, 예술이든, 전통이든 겉보기에만 좋을 뿐 현실적인 쓸모가 없는 것들에 집착하는 니콜라이와 파벨이 바자로프나 아르카지의 눈에는 나약하고 어리석어 보인다.

그러나 투르게네프는 두 세대의 갈등을 끝없는 평행선으로 묘사하는 데서 그치지 않는다. 그는 각각의 세대 안에서 나타나는 다양한 반응을 추적하고, 세대 갈등 역시 삶이라는 복잡한 유기체의 일부임을 암시한다.

투르게네프는 아들 세대를 바라보는 아버지 세대의 태도를 파벨과 니콜라이의 서로 다른 두 가지 태도로 제시한다. 직설적이고 비타협적인 파벨은 적대감을 드러내며 계속 바자로프와 충돌하던 끝에 바자로프의 경솔한 행동을 빌미 삼아 결투를 신청하고 결국 총상을 입는다. 그리고 상처를 회복한 후에는 동생 가족을 떠나 독일에서 삶 자체를 괴롭게 여기며 하루하루를 보낸다. 한편 형 파벨과 달리 니콜라이는 바자로프와 아르카지가 자신들보다 더 옳다고 생각하지는 않아도 그들에게서 어떤 힘과 우월함을 느낀다.

> '그들에게는 우리가 갖지 못한 무언가가, 우리보다 우월한 무언가가 있는 게 느껴져……. 젊음인가? 아냐, 젊음만은 아니야. 귀족 기질의 흔적이 우리보다 적다는 게 바로 그 우월함 아

닐까?' (102~103쪽)

한편 아들 세대의 바자로프와 아르카지는 예상치 못한 일에 부딪치면서 자신들의 신념에 끝까지 충실할 수 없게 된다.

바자로프를 정신적 지도자로 숭배하던 아르카지는 농담조로 거짓을 함부로 지껄이는 바자로프의 모습에 실망해 서서히 그에게서 멀어진다. 그리고 오진초바의 소박하고 진실한 여동생 카챠에게 점점 마음을 빼앗겨 그녀와 결혼한다. 그는 이제 건실한 가장이자 능력 있는 지주가 되어 아버지 니콜라이와 완벽한 화해를 이루고 영지를 풍요롭게 경영해 간다.

바자로프는 남편을 잃은 부유한 귀족 여성 오진초바에게 사랑을 느끼며 혼란과 자기혐오에 빠진다. 개별적인 인간, 인간의 정신적 자질, 스스로를 통제할 수 없게 만드는 비이성적인 사랑, 낭만적 감성을 받아들이지 않던 그가 뜻밖에도 학문과 예술과 질서를 옹호하는 여성의 사랑을 갈구하면서 자아분열이라도 일으킨 것처럼 충동적으로 날뛴다. 오진초바와의 우정을 잃고, 니콜라이의 내연녀(이후 아내가 되는)에게 한 무분별한 입맞춤 때문에 어리석기 짝이 없는 결투(바자로프의 표현에 따르면 '구세대의 낭만적 색채를 띤')에 휘말리고, 위악에 찬 날카로운 말로 아르카지에게 상처를 주고, 정 많은 부모의 관심과 애정을 못 견뎌 하며 집을 훌쩍 떠난다. 그렇게 그가 주위와 관계를 끊고 스스로를 고립시킨 것은 비타협적인 이상과 과학적이고 실제적인 가치관 때문이 아니라, 그 스스로도 제어할 수 없는 사랑의 충동과 미숙한 성정 때문이다.

게다가 그의 이성과 행동력으로 제압할 수 없는, 사랑보다 더 강한 적이 그를 덮친다. 티푸스 환자를 해부하다 부주의하게 상처를 입고 티푸스에 감염되어 죽는 것이다. 스스로에 대해 러시아를 위해서 많은 일을 할 거인으로 생각하던 바자로프는 누구도 피할 수 없는, 다만 때 이르게 느닷없이 찾아온 운명의 수레바퀴에 깔려 '미래를 생각할 필요도 없는', 고작해야 '눈앞의 죽음을 의연히 맞는' 것만 고민하면 되는 무력한 존재가 되어 간다. '니힐리스트'라 불리던 그가 말 그대로 '니힐(nihil)'로 해체되어 가는 것이다. 러시아에 진정으로 필요한 사람은 자기 같은 사람이 아니라 제화공, 재봉사, 정육업자라는, 자신의 짧은 생마저 무의미하게 만드는 쓰라린 한탄을 쏟으며…….

이렇듯 1859년의 러시아라는 시공간에서 서로 다른 가치관으로 날카롭게 맞서던 두 세대의 갈등을 그리되 사랑과 결혼과 죽음이라는 한층 보편적인 조건 속으로 등장인물들을 밀어 넣는 모습에서, 동시대의 문제의식뿐 아니라 삶의 복잡성을 동시에 표현하고자 몸부림친 투르게네프의 고뇌가 엿보인다.

5 투르게네프의 작법과 예술적 특징

고대 그리스어 '테오리아(theoria)'는 '바라보다'라는 뜻을 지닌다. 철학자 아리스토텔레스는 '테오리아'가 인간의 활동 중에서 가장 높은 수준의 행위라고 말했다. 사물의 원리와 진리를 탐구하기 위해서는 실용적 관점에서 벗어나 사물을 순수하게 바라볼 필요가 있다고 생각했기 때문이다. 그리고 '테오리아'의 행위야말로 지고의 행복을 안겨 준다고 말했다.

『사냥꾼의 스케치』의 큰 성공으로 본격적인 산문 작가의 대열에 들어선 투르게네프는 자신만의 진정한 문체를 찾기 위해 고심했다. 그러던 중 해리엇 비처 스토의 『톰 아저씨의 오두막』(1852)을 읽고 자신이 '선전가'가 될까 두려움을 느낀 그는 '예술적 거리 두기'에 주의를 기울이게 되었다. 소설가에게서 사회 비평가와 구원자를 바라는 당시의 러시아 문학 풍토에서 그런 태도는 모호하고 우유부단한 모습으로 비쳐 신랄한 공격을 받기도 했지만, 그는 중립적이고 균형 잡힌 태도로 등장인물들을 골고루 비추되 심리에 대한 깊은 분석이나 행동에 대한 설명을 피하려고 애썼다. 투르게네프는 자신의 작법에 대해 "지루해지는 비결은 모든 것을 말하는 것이다."[5], "내가 무엇을 쓰든 내 작품은 언제나 스케치의 형태를 띨 것이다."[6]라고 말했다. 어쩌면 그는 '테오리아'의 행위가 소설이 묘사하고 탐구하는 대상을 가장 진실하게 그리는 방법이고 가장 순수한 예술적 기쁨을 준다고 생각한 듯하다.

『아버지와 자식』에서도 그는 동일한 태도를 취하고 있다. 이 소설에는 보이지 않는 독자들을 향해 말을 거는 화자가 존재한다. 소설 곳곳에 존재를 드러내는 화자는 독자들에게 등장인

---

5) Max Egremont, "Introduction," Ivan Turgenev, *A Sportsman's Notebook*, trans. Charles and Natasha Hepburn(Everyman's Library, 1992), p. viii.

6) Ibid., p. viii.

물들을 소개하고 주요 인물들뿐 아니라 부차적인 인물들의 과거까지 세세하게 들려준다. 소설 서두에 1859년 5월 20일이라는 구체적인 날짜가 명시되어 있듯 투르게네프는 작품 속에 등장인물들을 위한 구체적인 시공간을 만들어 주길 원했고, 각 인물들에게 구체적인 인생 궤적을 부여하고 싶어 했다. 투르게네프의 전형적인 특징으로 널리 알려진 섬세한 자연 묘사 역시 소설의 시공간에 이런 구체성을 더한다. 그러나 등장인물들이 놓인 시공간과 과거에 대해 모든 걸 속속들이 아는 화자도 현재에 대해서는 철저히 거리를 둔다. 그는 사냥꾼이 사냥감의 움직임에 촉각을 세우며 조심스레 관찰하듯 등장인물들과 일정한 거리를 둔 채 그들의 행위와 말과 표정을 관찰할 뿐이다. 특히 이 소설에서 가장 중요한 인물인 바자로프에 대해서는 과거에 대한 소개를 배제하고 그가 마리노 영지 — ○○○시 — 니콜스코예 영지 — 아버지의 영지 — 마리노 영지 — 니콜스코예 영지 — 아버지의 영지로 이동하면서 상대방과 장소가 바뀔 때마다 다르게 보여 주는 인격을 담담히 그리고 있다. 그러한 관찰자적인 태도가 동시대의 가장 뜨거운 화두를 다룬 이 소설에 아슬아슬한 균형감을 부여한다.

투르게네프의 소설에 시적인 정취와 예술성을 높이는 또 한 가지 주요한 장치로는 앞서 말한 자연 묘사를 들 수 있다. 시인으로서 문학에 첫발을 내디딜 만큼 시적 언어에 대한 감각이 탁월한 데다 어린 시절부터 러시아 자연의 아름다움에 깊이 매혹되었던 투르게네프는 『사냥꾼의 스케치』에서부터 말할 수 없이 섬세하고 아름다운 자연 묘사로 작품 전체를 시성으로 가득 채웠을 뿐 아니라 자칫 선동적이고 메마른 분위기로 묘사되기 쉬운 농노들의 삶조차 자연의 일부인 듯 느껴지게 함으로써 오히려 더 호소력을 높였다.

투르게네프는 『아버지와 자식』에서도 이런 기법을 잘 보여 주었다. 그의 자연 묘사는 마치 가까운 미래에 출현할 인상주의 회화, 즉 빛의 움직임을 빠른 붓 터치로 캔버스에 옮긴 그림을 보는 듯한 느낌을 불러일으킨다.

> 그는 반쯤 펼쳐진 책을 두 손에 쥔 채였고, 그녀는 바구니에 남은 흰 빵의 부스러기를 골라 작은 무리를 이룬 참새 가족에게 던져 주고 있었다. 참새들은 특유의 소심하고도 대담한 모습으로 그녀의 다리 바로 옆에서 팔짝팔짝 뛰어다니며 짹짹거렸다. 산들바람은 물푸레나무 잎사귀들 사이로 살랑이면서, 어둑한 오솔길과 피피의 노란 등을 따라 빛의 연한 반점을 이리저리 조용히 움직였다. 고르게 펼쳐진 그늘이 아르카지와 카챠를 감쌌다. 다만 이따금 그녀의 머리칼 틈에서 눈부신 줄무늬가 밝게 타올랐다. 둘 다 말이 없었다. (290쪽)

소설가 나보코프는 투르게네프에 대해서 "인물이 등장할 때 굴절된 햇빛, 그늘과 빛의 독특한 조화가 주는 효과를 이용한 최초의 러시아 작가"[7]라고 평했다. 그러나 그가 날카로

---

7) 블라디미르 나보코프, 앞의 책, 143쪽.

운 세대 갈등을 완화시키기거나 사랑의 분위기를 고조시키기 위한 배경으로만 자연을 이용했던 것은 아니다. 그는 자연과 인간 모두 생명력이라는 전체의 일부임을 보여 주고자 했다.

> 울창한 녹음 위로 기둥들의 머리 부분만 보였다. (……) 카챠는 종종 이곳을 찾아와 한 벽감 아래 놓인 커다란 석조 벤치에 앉아 있곤 했다. 그녀는 서늘한 그늘에 둘러싸여 책을 읽거나, 일을 하거나, 완벽한 고요함 — 아마도 누구나 알 법한 — 의 느낌에 몸을 맡겼다. 그 느낌이 지닌 매력은 우리 주위에서, 그리고 바로 우리 안에서 끊임없이 흐르는 생명의 광활한 파도를 희미한 의식과 침묵 속에서 몰래 기다리는 것에 있다. (308쪽)

티푸스에 감염되어 뜻밖의 죽음을 맞은 바자로프의 무덤에는 어쩌면 투르게네프의 이런 관념이 투영되어 있는지도 모른다. 바자로프의 무덤에 세워진 비석은 스스로를 다른 사람들보다 우월한 신적인 존재로 여기던 바자로프 역시 균이라는 또 다른 생명에 잠식될 수 있다는 점, 그 역시 모든 인간에게 공통된 운명이자 역시 자연의 일부인 죽음을 피할 수 없다는 점, 결국 인간은 이처럼 생명의 보편적 조건과 시대의 특수한 조건 아래 놓이는 불안정하고 한시적인 존재일 수밖에 없다는 점을 나타내는 표식인지도 모른다.

6 『아버지와 자식』이 러시아 문학에 미친 영향

앞서 말했듯이 『아버지와 자식』은 출간과 더불어 논쟁의 중심에 섰고 보수주의, 급진주의, 슬라브주의, 서구주의 등 모든 진영으로부터 격렬한 비판을 받았다.

보수주의 부류는 투르게네프가 젊은 혁명가임이 분명한 바자로프를 너무 이상적인 인물상으로 그렸다며 불만을 토로했고, 급진주의 부류는 투르게네프가 바자로프의 무절제하고 무례한 면들을 통해 자신들을 희화화했다며 분개했다.

체르니솁스키는 마치 투르게네프에게 반박이라도 하듯 이듬해 『무엇을 할 것인가』라는 소설을 발표했다. 그는 투르게네프가 '니힐리스트'라고 지칭한 1860년대의 자식 세대를 '새로운 인간들'이라고 부르며 혁명을 꿈꾸는 젊은이들이 영위해야 할 새로운 삶의 형태를 제시한다. 급진주의 비평가들은 투르게네프가 1860년대 젊은이들의 원형으로 제시한 인물, 즉 바자로프에 대해서 대안도 없이 파괴를 주요 목표로 삼으며 동물적 충동을 억제하지 못해 이 여자 저 여자에게 달려들다 어떤 성취도 없이 무신경한 실수로 스스로의 죽음을 초래했다며 비웃었다. 체르니솁스키가 '새로운 인간들'로서 제시한 라흐메토프, 베라, 키르사노프, 로푸호프는 도덕적이고 합리적인 유물론자들이다. 이들은 사회 전체의 이익이 자신의 이익과 일치한다는, 이른바 '합리적 에고이즘'의 신념으로 자신의 개인적 생활을 포기하고 사회를 위한 책임을 다하려는 지식인들이다. 체르니솁스키는 이들을 통해 혁명가는 어떤 종류의 사람이어야 할지, 어떤 행동 규칙을 준수해야 할지, 어떻게 목표를 수행해 나가야 할지, 어떤 수단을 사용해야 할지를 보여주었다. 이 작품은 예술적으로 높은 평가를 받진 못했지만 삼십 년 가까이 러시아에 큰 영향을 미쳤고, 특히 레닌을 비롯한 사회주의 운동가들의 전폭적인 지지를 받으며 소비에트 리얼리즘의 원형으로 자리 잡게 된다.

도스토옙스키의 『악령』(1873)도 『아버지와 자식』을 직접적으로 겨냥해 창작된 작품이다. 이 소설에 대문호로 등장하는 카르마지노프는 서구주의자이자 자유주의자인 천재라며 존경을 받지만 평범한 재능을 가진 인간에 불과하다. 이 인물은 투르게네프를 모델로 한 것으로 알려져 있다. 이 작품에서 니힐리스트들은 범죄자로 묘사되며 희화화된다. 투르게네프의 『아버지와 자식』은 1840년대 세대와 1860년대 세대의 갈등을 다루었지만, 도스토옙스키는 1860년대의 끔찍한 테러범들을 낳은 것은 1840년대의 아버지 세대라며 이들의 연속성을 강조한다. 도스토옙스키는 이 소설을 알렉산드르 3세가 될 황태자에게 헌정하며 동봉한 편지에 "'아버지 세대로부터 아들 세대'는 직접적인 연결 고리를 가지고 있으며, 벨린스키와 투르게네프 같은 서구주의자들과 자유주의자들은 '러시아적 생활의 본질적이고 고유한 근간'에서 이탈하여 현대의 테러리스트들을 낳았다."[8]라고 썼다.

---

8) 솔로몬 볼코프, 이대우·백경희 옮김, 『권력과 예술가들: 로마노프 왕조의 러시아 문화사(1613~1917)』(우물이있는집, 2015), 385쪽.

체호프의 「결투」(1891) 역시 『아버지와 자식』을 의식한 작품으로 갈등 구조가 비슷하다. 1840년대의 자유주의적 이상주의와 1860년대의 합리적 에고이즘의 충돌이 '잉여 인간'인 라옙스키와 동물학자이자 사회적 다윈주의자인 폰 코렌의 갈등으로 표현되는 것이다. 심지어 두 인물이 결투를 하러 모인 자리에서 한 입회인이 "투르게네프의 작품에도 바자로프가 누군가하고 총을 쏘아 대는 장면이 있었는데……."[9]라고 말한다. 체호프의 「어느 모르는 남자의 이야기」 역시 투르게네프의 『전야』를 염두에 둔 소설이라고 알려져 있다. 나보코프는 "투르게네프의 최악이 고리키를 통해 완벽히 재현되었고, 투르게네프의 최선이 (러시아 풍경 묘사와 같이) 체호프에서 아름답게 승화되었다고 할 수 있다."[10]라고 말했다. 체호프를 투르게네프의 서정적이고 섬세한 문체를 계승한 작가로 보는 것은 나보코프만이 아니다. 그러나 체호프는 문체뿐 아니라 이처럼 플롯 면에서도 투르게네프를 의식적으로 차용하며 여러 차례 변주를 시도했다.

러시아 문학에서 『아버지와 자식』에 대해 직접적으로 응답하거나 변주하는 작품들이 계속 출현했다는 것은 그만큼 동시대에 대한 투르게네프의 문제의식이 날카로웠음을 입증하는 증거일 것이다.

---

9) 안톤 파블로비치 체호프, 동완 옮김, 『귀여운 여인/약혼녀/골짜기』(동서문화사, 1978), 337쪽.

10) 블라디미르 나보코프, 앞의 책, 141쪽.

7 맺으며

투르게네프는 『아버지와 자식』을 이미 세상을 떠난 벨린스키에게 헌정했다. 투르게네프는 1843년에 스물다섯 살의 나이로 벨린스키를 만난 이후 벨린스키가 제기한 작가의 사회적 책임을 잊은 적이 없었다. 1855년에는 "문학이 그저 예술적으로만 남아 있을 수만은 없는 시대가 있다."[11]라는 말을 남기기도 했다. 이사야 벌린은 투르게네프의 소설이 19세기 후반의 러시아뿐 아니라 오늘날에도 억압된 현실과 저항하는 민중이 있는 곳이라면 어디나 자신들의 이야기로 느끼게 만드는 보편성을 획득했다고 평가했다. 그는 말한다. "투르게네프의 소설들, 특히 『아버지와 자식』은 러시아의 과거와 우리의 현재를 이해하기 위한 기본적인 기록물이다."[12]

투르게네프는 창작 활동의 대부분 기간 동안 현실의 변혁에 대한 열망을 품고서 동시대의 가장 첨예한 문제를 문학 외적으로가 아니라 심미적, 예술적으로 형상화하려는 가장 어려운 과제에 도전했다. 당시 러시아 문학계에서는 벨린스키를 위시한 사회 참여론이 우세했지만 동시대 서유럽 문학의 영향으로 이른바 '예술을 위한 예술' 이론 역시 목소리를 높이고 있었다. 그 두 가지 흐름 중 어느 쪽으로도 휩쓸리지 않고 모두 자신의 작품 세계로 끌어안으려 했던 투르게네프의 노력

11) 이사야 벌린, 앞의 책, 432쪽.
12) 같은 책, 484쪽.

이 얼마나 성공적이었는지는 독자들이 평가할 부분이다. 그러나 그가 창작 활동 내내 충실하고자 했던 그 목표는 도스토옙스키, 톨스토이, 체호프 같은 19세기 위대한 러시아 작가들뿐 아니라 오늘날의 작가들도 외면할 수 없는 창작의 규범이 되었다고 할 것이다.

작가 연보[1)]

1818년 10월 28일, 러시아 중부의 오룔에서 세르게이 니콜라예비치 투르게네프와 바르바라 페트로브나의 둘째 아들로 태어났다. 아버지는 가난하지만 유서 깊은 가문 출신의 장교였고, 어머니는 5000명의 농노가 딸린 스파스코예 영지의 지주였다.

1821년 봄에 가족이 스파스코예 영지로 이사했다.

1825년 12월, 알렉산드르 1세 사망. 니콜라이 1세 즉위. 입헌 군주제와 농노 해방을 기치로 한 제카브리스트 의거가 진압되고 니콜라이 1세의 전제 정치가 시작되었다.

1827년 가족이 모스크바로 이사했다. 바이덴하머 기숙 학교에

1) 연보에 적힌 날짜는 제정 러시아가 사용한 율리우스력을 따랐다.

들어가 이 년을 보냈다.

1828년 8월, 톨스토이 출생.

1829년 8월부터 11월까지 형 니콜라이와 아르메니아 전문학교 부속의 기숙 학교에서 공부했다.

1831년 그리보예도프의 희곡 「지혜의 슬픔(Горе от ума)」이 초연되었다.

1833년 9월, 모스크바 대학교 문학부에 입학했다. 이부여동생 니콜라예브나 보그다노브나 루토비노바가 태어나 친모인 바르바라의 양녀로 양육되었다.(투르게네프의 어머니가 톨스토이의 장인이 될 베르스와의 불륜으로 낳았다.)

1834년 7월, 상트페테르부르크 대학교 역사철학부로 옮겼다. 10월, 아버지가 사망했다. 12월, 바이런의 「맨프레드」를 모방한 극시 「스테노(Стено)」를 창작했다.(투르게네프가 죽은 지 삼십 년이 지나 출판되었다.)

1835년 고골이 맡은 상트페테르부르크 대학교의 역사학 강의에서 그를 만났다. 역사가이자 사회 활동가인 그라놉스키를 만났다.

1836년 6월, 상트페테르부르크 대학교를 졸업했다. 셰익스피어의 「오셀로」와 「리어 왕」, 바이런의 「맨프레드」를 러시아어로 번역했다. 4월, 고골의 희곡 「검찰관(Ревизор)」이 출간되고 초연되었다.

1837년 1월, 문학 교수 플레트네프의 문학 모임과 음악회에서 푸시킨을 만났다. 2월, 푸시킨 사망. 가을에 칸디다트 학위를 취득했다.

1838년 잡지 《소브레멘니크(Совремнник)》 4월 호에 시 「저녁(Вечер)」을 발표했다. 5월, 여행과 학문을 위해 유럽으로 떠났다. 그라놉스키의 소개로 독일 철학에 정통하고 모스크바 대학생들의 추앙을 받던 스탄케비치를 만났다.

1839년 베를린 대학교에 입학했다. 역사, 고전, 철학, 특히 헤겔 철학을 공부했다.

1840년 레르몬토프의 『우리 시대의 영웅(Герой нашего времени)』이 출간되었다. 6월, 스탄케비치가 이탈리아에서 사망했다. 7월, 바쿠닌을 만났다.

1841년 6월, 베를린 대학교에서 학업을 마치고 러시아로 귀국했다. 7월, 레르몬토프 사망. 10월, 바쿠닌의 영지를 방문했다. 바쿠닌의 여동생 타치야나와 사랑에 빠졌다.

1842년 고골의 『죽은 혼(Мёртвые души)』이 출간되었다. 어머니의 농노 아브도치야가 투르게네프의 딸 펠라게야를 출산했다. 1850년에 투르게네프는 딸의 이름을 사랑하는 폴린 비아르도의 이름을 따서 폴리나(프랑스 이름은 폴리네트)라고 개명하고 폴린에게 양육을 맡겼다.

1843년 1월, 벨린스키를 만났다. 4월, 시 「파라샤(Параша)」로 첫 문학적 성공을 거두고 비평가 벨린스키의 찬사를 받았다. 7월, 내무부에서 근무하기 시작했다. 11월, 로시니의 오페라 「세비야의 이발사」 공연을 위해 상트페테르부르크로 온 에스파냐 태생의 프랑스 오페라 가수 폴린 비아르도를 만나 일생에 걸친 사랑을 시작했다.

1844년 게르첸과 네크라소프를 만났다. 잡지《오체체스트벤니에 자피스키(Отечественные записки)》 11월 호에 한 청년의 불완전한 사랑을 그린 첫 단편「안드레이 콜로소프(Андрей Колосов)」를 발표했다.

1845년 1월, 늙은 은둔자와 한 청년이 대화하는 형식을 띤 장시「대화(Разговор)」가 단행본으로 출간되었다. 2월,《오체체스트벤니에 자피스키》에 괴테의 극시「파우스트」 번역에 대한 서평을 실었다. 4월, 내무부를 사직하고 창작에 전념했다. 여름, 폴린의 소개로 조르주 상드를 만났다. 11월, 도스토옙스키를 만났다.

1846년 도스토옙스키의「가난한 사람들(Бедные люди)」이 발표되고 벨린스키가 이 작품을 극찬했다. 외가인 루토피노프 가문에 내려오는 전설을 기초로 초자연적인 주제의 중편「세 초상화(Три портрета)」를 발표했다. 1846년에서 1851년까지『사냥꾼의 스케치(Записки охотника)』라는 연작으로 엮일 단편들을 창작해《소브레멘니크》에 연재했다.

1847년 1월, 폴린을 따라 외국으로 떠났다.《소브레멘니크》에 단편「호리와 칼리니치(Хорь и Калиныч)」를 발표했다.(이후『사냥꾼의 스케치』에 첫 번째 단편으로 수록되었다.)

1848년 2월, 파리에서 혁명이 시작되어 유럽 곳곳으로 확산되었다. 파리로 가서 혁명을 직접 목격했다. 5월, 비평가 벨린스키 사망. 여인에 대한 남자의 욕망이 초래한 파멸을 다룬 단편 「페투시코프(Петушков)」를 발표했다.

1849년 상트페테르부르크 관리들의 관행에 대한 3막짜리 풍자극 「독신자(Холостяк)」를 발표했다. 4월, 도스토옙스키가 페트라솁스키 모임의 토론에 참여한 죄목으로 체포되어 페트로파블롭스크 요새에 감금되었다. 12월, 사형 직전 니콜라이 1세의 칙령으로 도스토옙스키가 형 집행 중지로 감형받고 강제 노동 유형에 처해졌다.

1850년 무시받고 거부당한 인간이 마지막 며칠 동안 남긴 일기인 단편 「잉여 인간의 일기(Дневник лишнего человека)」를 발표했다. 3월, 희곡 「시골에서의 한 달(Месяц в деревне)」을 완성했다. 7월, 파리에서 러시아로 돌아왔다. 11월, 모스크바에서 어머니가 사망했다. 영지의 농노를 해방했다.

1852년 2월, 고골 사망. 《소브레멘니크》 2월 호에 환상적인 이야기인 「세 만남(Три встречи)」을 발표했다. 4월, 고골을 위한 추모사를 모스크바의 신문에 발표했다. 당국이 이 일로 투르게네프를 체포해 한 달 동안 구금한 후 그의 영지인 스파스코예로 유형을 보내 일 년 동안 억류했다. 8월, 『사냥꾼의 스케치』가 단행본으로 출간되었다. 《소브레멘니크》 9월 호부터 톨스토이의 중편 「유년 시절(Детство)」이 익명으로 연재되었다.

1854년 프랑스에서 『사냥꾼의 스케치』가 번역 출간되었다. 벙어리 농노와 그의 개에 대해 그린 단편 「무무(Муму)」를 발표했다. 먼 친척 올가 투르게네바와 사랑에 빠졌다.

1855년 2월, 니콜라이 1세 사망. 알렉산드르 2세 즉위. 8월, 세바스토폴이 함락되어 크림 전쟁에서 러시아가 패하게 되었다. 11월, 톨스토이를 만났다. 여인숙 주인인 한 농노의 불행한 이야기를 그린 단편 「여인숙(Постоялый двор)」을 발표했다. 벨린스키를 모델로 한 단편 「야코프 파신코프(Яков Пасынков)」를 발표했다.

1856년 폴린을 따라 다시 유럽으로 떠났다. 시를 처음 접하면서 상상력을 자극받은 어느 귀족 부인에 대한 이야기를 그린 단편 「파우스트(Фауст)」를 발표했다. 《소브레멘니크》 1월 호, 2월 호에 첫 번째 장편 소설 『루진(Рудин)』을 발표했다. 11월, 세 권으로 구성된 『투르게네프 중단편집』이 페테르부르크에서 출판되었다.

1857년 영국을 방문해 밀른스, 칼라일, 새커리, 매콜리 등 많은 영국 지성인들을 만났다.

1858년 《소브레멘니크》 1월 호에 라인강을 무대로 한 불행한 사랑 이야기인 「아샤(Ася)」를 발표했다.

1859년 《소브레멘니크》 1월 호에 『귀족의 보금자리(Дворянское гнездо)』를 발표했다. 1월, 러시아문학애호가협회 정회원이 되었다. 8월, 『귀족의 보금자리』가 단행본으로 출간 되었다. 11월, '문학자선기금회의' 창립자의 한 사람으로 위원회의 위원이 되었다. 우크라이나계 젊은 여성 작가 마르코비치 부인을 만나 삼 년 동안 가까운 관계로 지냈다.

1860년 잡지 《루스키 베스트니크(Русский вестник)》 1월 호, 2월

호에 어느 불가리아인에게서 받은 공책을 기초로 쓴 『전야(Накануне)』를 발표했다. 1월, 문학 기금 마련을 위한 1차 공개 강연에서 '햄릿과 돈키호테'란 테마로 연설했다. 3월, 사춘기 소년의 짝사랑 이야기인 자전적 중편 「첫사랑(Первая любовь)」을 발표했다. 곤차로프의 작품을 표절했다는 혐의(곤차로프가 투르게네프의 『전야』에 자신의 미발표작 『절벽(Обрыв)』의 일부가 표절되었다고 주장했다.)로 중재 재판을 받았다. 11월, 러시아문학 분과회의에서 학술원의 준회원으로 선출되었다.

1861년 2월, 알렉산드르 2세가 농노 해방령을 선포했다. 러시아 최초의 혁명 단체인 '토지와 자유단'이 결성되었다. 3월, 안넨코프가 보낸 전보를 통해 파리에서 농노 해방령에 대한 소식을 알게 되었다. 4월, 러시아를 방문했다. 5월, 시인 페트의 영지에서 딸 폴리나의 문제로 톨스토이와 결투 신청이 오갈 만큼 심한 언쟁을 벌인 후 십칠 년간 둘의 관계가 끊어졌다.

1862년 《루스키 베스트니크》 2월 호에 『아버지와 자식(Отцы и дети)』을 발표했다. 5월, 런던에서 게르첸과 시베리아 유형에서 막 탈출해 온 바쿠닌을 만났다. 이 만남에서 러시아 사회의 특성과 미래에 대해 게르첸과 논쟁을 벌였다.

1863년 1월, 폴란드 봉기 발발. 2월, 런던 망명자들과의 관계를 의심한 러시아 원로원 조사 위원회의 소환장을 받았다. 황제에게 서면 질의로 대체해 줄 것을 청원하고 서면으로 답변했다. 플로베르를 만났다. 5월, 비아르도 가족과 함께 독일 바덴에 정착했다.

1864년 1월, 원로원 조사 위원회의 두 번째 소환을 받고 상트페테르부르크로 돌아가 조사를 받았다. 3월, 바덴으로 돌아갔다.

1865년 2월, 딸 폴리나가 프랑스인 가스통 브뤼예르와 결혼했다. 5월, 투르게네프가 프랑스어로 번역한 레르몬토프의 장시 「므치리(Мцыри)」가 출판되었다. 톨스토이의 『전쟁과 평화(Война и мир)』가 《루스키 베스트니크》에 연재되기 시작했다.(첫 연재본의 제목은 '1805년', 1869년에 완결되었다.)

1866년 1월부터 12월까지 도스토옙스키의 『죄와 벌(Преступление и наказание)』이 《루스키 베스트니크》에 연재되었다.

1867년 《루스키 베스트니크》 3월 호에 농노 해방 후 사회 운동 진영 각 정파들의 모습을 그린 『연기(Дым)』를 발표했다. 『연기』가 투르게네프의 지인인 동시에 프랑스 소설가이자 극작가인 메리메의 감수로 프랑스어로 번역 출간되었다. 7월, 바덴에서 신과 러시아에 관해 도스토옙스키와 논쟁을 벌였다. 유대인 창녀의 집에서 강도를 당하는 어느 중위의 이야기를 담은 단편 「예르구노프 중위의 이야기(История лейтенанта Ергунова)」를 발표했다. 통풍이 발병했다.

1868년 도스토옙스키의 『백치(Идиот)』가 《루스키 베스트니크》에 발표되었다. 어머니의 편지를 소재로 삼은 「여단장(Бригадир)」을 발표했다. 모스크바에서 보낸 학창 시절을 바탕으로 창작한 단편 「불행한 여자(Несчастная)」를 발표했다.

1869년 잡지 《베스트니크 예브로피(Вестник Европы)》 4월 호에 「벨린스키에 대한 회상(Воспоминания о Белинском)」을 발표했다.

1870년 부유한 고리대금업자의 딸이 순례자를 돌보는 이야기인 단편 「이상한 이야기(Странная история)」를 발표했다. 셰익스피어의 희곡을 차용한 단편 「초원의 리어 왕(Степной король Лир)」을 발표했다. 보불 전쟁이 일어나자 폴린을 따라 런던으로 이주했다. 스윈번, 조지 루이스, 조지 엘리엇 등을 만났다.

1871년 1월, 도스토옙스키의 『악령(Бесы)』이 《루스키 베스트니크》에 연재되기 시작했다.(1872년에 완결되었다.) 8월, 비아르도 집안과 함께 프랑스 부지발로 이주해 죽을 때까지 그곳에 살며 러시아에는 가끔씩만 방문했다. 죽은 애인이 자신을 간절히 부른다고 생각해 자살하는 젊은 장교의 이야기인 단편 「똑, 똑, 똑!(Стук... стук... стук!)」을 발표했다.

1872년 1월, 에밀 졸라와 알퐁스 도데를 만났다. 《베스트니크 예브로피》 2월 호에 타락했던 과거를 회상하는 외로운 중년 남자의 이야기인 중편 「봄물(Вешние воды)」을 발표했다. 9월, 조르주 상드를 방문했다.

1873년 33세의 율리야 브렙스카야 남작 부인을 만나 사 년 가까이 교제했다.

1874년 4월, 헨리 제임스와 서신 교환. 플로베르, 졸라, 도데, 공쿠르 형제와 한 달에 한 번씩 만나는 만찬 모임을 시작했다. 페트라솁스키 서클에 속한 한 급진주의자의 이야기인 단편 「푸닌과 바부린(Пунин и Бабурин)」을 발표했다.

1875년 2월, 파리에 거주하는 러시아인 망명자들과 학생들의 독서실 기금 마련을 위해 폴린의 집에서 문학과 음악 발표회를 가졌다. 화가인 하를라모프와 레핀, 조각가 안토콜스키, 건축가 주콥스키와 친밀한 교제를 나누었다. 7월, 주콥스키의 아들로부터 푸시킨의 반지 도장을 선물로 받았다. 파리 근교의 부지발에 비아르도 가족과 함께 영지를 공동 구매했다. 톨스토이의 『안나 카레니나(Анна Каренина)』가 《루스키 베스트니크》에 연재되기 시작했다.(1877년에 완결되었다.)

1876년 《베스트니크 예브로피》 1월 호에 한 소년이 선물로 받은 시계를 없애 버리려 하는 내용의 단편 「시계(Часы)」를 발표했다. 4월, 한 소년의 꿈에 관한 환상적 이야기인 중편 「꿈(Сон)」을 신문 《우리 세기(Наш век)》에 발표했다. 6월, 조르주 상드 사망. 조르주 상드의 사망 후에 쓴 추모 기사에서 상드를 '우리 시대의 성인'으로 칭했다. 영국의 근동 정책에 분노해 40행으로 된 시 「윈

저궁에서의 크로켓(Крокет в Виндзоре)」을 발표했다.

1877년 《베스트니크 예브로피》 1월 호, 2월 호에 『아버지와 자식』의 일종의 후속편이자 러시아 인민주의자들에 대한 기록인 『처녀지(Новь)』를 발표했다. 프랑스어판이 거의 동시에 출간되었다. 뒤이어 영어, 이탈리아어, 스웨덴어, 폴란드어, 세르비아어, 헝가리어로 『처녀지』가 번역 출간되었다. 영지의 사제에게 있었던 일을 기초로 쓴 단편 「알렉세이 신부의 이야기(Рассказ отца Алксея)」를 잡지 《노보예 브레먀(Новое время)》에 발표했다. 플로베르의 단편 「수도사 성 쥘리앵의 전설」과 「에로디아」를 번역해 《베스트니크 예브로피》에 발표했다. 푸시킨의 딸 메렌베르크 백작 부인의 요청으로 푸시킨이 결혼 전 나탈리야에게 보낸 편지들을 편집, 출판했다.

1878년 1월, 톨스토이가 『안나 카레니나』를 출간했다. 5월, 톨스토이로부터 화해를 청하는 편지를 받은 후 두 사람의 관계가 회복되었다. 6월, 파리에서 열린 국제작가회의에서 부의장에 선출되었다. 12월, 파리에서 조각가 안토콜스키 등과 함께 러시아예술가지원협회를 결성했다.

1879년 1월, 형 니콜라이 사망. 2월, 모스크바에서 열린 러시아문학애호가협회의 공식 모임에서 학생들과 청중들로부터 열렬한 환호를 받으며 연설했다. 6월, 작가로서 러시아 농노 해방을 위해 힘쓴 공로를 인정받아 옥스퍼드 대학교에서 명예 민법 박사 학위를 받았다. 자신의 희곡 「시골에서의 한 달」에서 베라 역을 맡은 25세의 뛰어난 여배우 마리야 가브릴로브나 사비나를 만나 사랑에 빠졌다. 도스토옙스키의 『카라마조프가의 형제들(Братья Карамазовы)』이 《루스키 베스트니크》에 연재되기 시작했다.(1880년 11월에 완결되었다.)

1880년 1월, 러시아로 가서 다섯 달 동안 체류했다. 5월, 플로베르 사망. 플로베르의 기념비를 세우는 모임의 부의장으로 활동했다. 6월, 모스크바에서 열린 푸시킨 동상 제막식에서 연설했다.

1881년 2월, 도스토옙스키가 59세의 나이로 사망했다. 3월, 알렉산드르 2세가 폭탄 테러로 암살되었다. 알렉산드르 3세 즉위. 6월, 스파스코예로 가서 여름을 보냈다. 7월, 톨스토이가 스파스코예 영지를 방문했다. 9월, 러시아에서 부지발로 돌아왔다. 어느 시골 지주의 삶과 죽음에 관한 단편 「오래된 초상화(Старые портреты)」를 발표했다. 《베스트니크 예브로피》 11월 호에 플로베르를 추모해 쓴 단편 「승리한 사랑의 노래(Песнь торжествующей любви)」를 발표했다.

1882년 3월, 척수암의 첫 증상으로 어깨와 가슴에 극심한 통증을 느끼기 시작했다. 의사들이 병명을 진단해 내지 못했다. 11월, 헨리 제임스가 찾아왔다. 《베스트니크 예브로피》 12월 호에 50편의 시를 엮은 「산문시(Стихотворения в прозе)」를 발표했다.

1883년 《베스트니크 예브로피》 1월 호에 자살한 여배우를 사랑하는 이야기인 「클라라 밀리치(Клара Милич)」를 발표했다. 8월, 마지막 단편인 「종말(Конец)」을 폴린에게 구술했다. 8월 22일, 폴린이 지켜보는 가운데 64세의 나이로 부지발에서 사망했다. 9월 19일, 유언에 따라 상트페테르부르크의 볼코보 묘지로 운구되어 벨린스키 옆에 묻혔다.

세계문학전집 404

아버지와 자식

1판 1쇄 찍음 2022년 5월 13일
1판 1쇄 펴냄 2022년 5월 20일

지은이 이반 투르게네프
옮긴이 연진희
발행인 박근섭, 박상준
펴낸곳 (주)민음사

출판등록 1966. 5. 19. (제 16-490호)
서울특별시 강남구 도산대로1길 62(신사동) 강남출판문화센터 5층 (우편번호 06027)
대표전화 02-515-2000 팩시밀리 02-515-2007
www.minumsa.com

ISBN 978-89-374-6404-1 04800
ISBN 978-89-374-6000-5 (세트)

세계문학전집 목록

45 젊은 예술가의 초상 조이스 · 이상옥 옮김 서울대 권장도서 100선

46 카탈로니아 찬가 오웰 · 정영목 옮김

47 호밀밭의 파수꾼 샐린저 · 공경희 옮김 《타임》 선정 현대 100대 영문소설 | 미국대학위원회 선정 SAT 추천도서 | 《뉴스위크》 선정 100대 명저 | BBC 선정 꼭 읽어야 할 책

48·49 파르마의 수도원 스탕달 · 원윤수, 임미경 옮김

50 수레바퀴 아래서 헤세 · 김이섭 옮김 노벨 문학상 수상 작가 | 국립중앙도서관 선정 청소년 권장도서

51·52 내 이름은 빨강 파묵 · 이난아 옮김 노벨 문학상 수상 작가

53 오셀로 셰익스피어 · 최종철 옮김 서울대 권장도서 100선

54 조서 르 클레지오 · 김윤진 옮김 노벨 문학상 수상 작가

55 모래의 여자 아베 코보 · 김난주 옮김

56·57 부덴브로크 가의 사람들 토마스 만 · 홍성광 옮김 노벨 문학상 수상 작가

58 싯다르타 헤세 · 박병덕 옮김 노벨 문학상 수상 작가

59·60 아들과 연인 로렌스 · 정상준 옮김 《뉴스위크》 선정 100대 명저

61 설국 가와바타 야스나리 · 유숙자 옮김 노벨 문학상 수상 작가 | 서울대 권장도서 100선

62 벨킨 이야기 · 스페이드 여왕 푸슈킨 · 최선 옮김

63·64 넙치 그라스 · 김재혁 옮김 노벨 문학상 수상 작가

65 소망 없는 불행 한트케 · 윤용호 옮김 노벨 문학상 수상 작가

66 나르치스와 골드문트 헤세 · 임홍배 옮김 노벨 문학상 수상 작가

67 황야의 이리 헤세 · 김누리 옮김 노벨 문학상 수상 작가

68 뻬쩨르부르그 이야기 고골 · 조주관 옮김

69 밤으로의 긴 여로 오닐 · 민승남 옮김 노벨 문학상 수상 작가 | 미국대학위원회 선정 SAT 추천도서

70 체호프 단편선 체호프 · 박현섭 옮김

71 버스 정류장 가오싱젠 · 오수경 옮김 노벨 문학상 수상 작가

72 구운몽 김만중 · 송성욱 옮김 서울대 권장도서 100선 | 국립중앙도서관 선정 청소년 권장도서

73 대머리 여가수 이오네스코 · 오세곤 옮김

74 이솝 우화집 이솝 · 유종호 옮김 논술 및 수능에 출제된 책(1998~2005)

75 위대한 개츠비 피츠제럴드 · 김욱동 옮김 《타임》 선정 현대 100대 영문소설

76 푸른 꽃 노발리스 · 김재혁 옮김

77 1984 오웰 · 정회성 옮김 《타임》 선정 현대 100대 영문소설 | 《뉴스위크》 선정 100대 명저

78·79 영혼의 집 아옌데 · 권미선 옮김

80 첫사랑 투르게네프 · 이항재 옮김

81 내가 죽어 누워 있을 때 포크너 · 김명주 옮김 노벨 문학상 수상 작가

82 런던 스케치 레싱 · 서숙 옮김 노벨 문학상 수상 작가

83 팡세 파스칼 · 이환 옮김

84 질투 로브그리예 · 박이문, 박희원 옮김

85·86 채털리 부인의 연인 로렌스 · 이인규 옮김

87 그 후 나쓰메 소세키 · 윤상인 옮김

88 오만과 편견 오스틴 · 윤지관, 전승희 옮김 미국대학위원회 선정 SAT 추천도서

89·90 부활 톨스토이 · 연진희 옮김 논술 및 수능에 출제된 책(1998~2005)

91 방드르디, 태평양의 끝 투르니에 · 김화영 옮김

92 미겔 스트리트 나이폴 · 이상옥 옮김 노벨 문학상 수상 작가

93 뻬드로 빠라모 룰포 · 정창 옮김

94 **차라투스트라는 이렇게 말했다** 니체 · 장희창 옮김 국립중앙도서관 선정 청소년 권장도서
95·96 **적과 흑** 스탕달 · 이동렬 옮김 국립중앙도서관 선정 청소년 권장도서
97·98 **콜레라 시대의 사랑** 마르케스 · 송병선 옮김 노벨 문학상 수상 작가 | BBC 선정 꼭 읽어야 할 책
99 **맥베스** 셰익스피어 · 최종철 옮김 서울대 권장도서 100선 | 미국대학위원회 선정 SAT 추천도서
100 **춘향전** 작자 미상 · 송성욱 풀어 옮김 서울대 권장도서 100선
101 **페르디두르케** 곰브로비치 · 윤진 옮김
102 **포르노그라피아** 곰브로비치 · 임미경 옮김
103 **인간 실격** 다자이 오사무 · 김춘미 옮김
104 **네루다의 우편배달부** 스카르메타 · 우석균 옮김
105·106 **이탈리아 기행** 괴테 · 박찬기 외 옮김
107 **나무 위의 남작** 칼비노 · 이현경 옮김
108 **달콤 쌉싸름한 초콜릿** 에스키벨 · 권미선 옮김
109·110 **제인 에어** C. 브론테 · 유종호 옮김 BBC 선정 꼭 읽어야 할 책
111 **크눌프** 헤세 · 이노은 옮김 노벨 문학상 수상 작가
112 **시계태엽 오렌지** 버지스 · 박시영 옮김 《타임》 선정 현대 100대 영문소설 | 《뉴스위크》 선정 100대 명저
113·114 **파리의 노트르담** 위고 · 정기수 옮김 미국대학위원회 선정 SAT 추천도서
115 **새로운 인생** 단테 · 박우수 옮김
116·117 **로드 짐** 콘래드 · 이상옥 옮김 《뉴스위크》 선정 100대 명저
118 **폭풍의 언덕** E. 브론테 · 김종길 옮김 미국대학위원회 선정 SAT 추천도서
119 **텔크테에서의 만남** 그라스 · 안삼환 옮김 노벨 문학상 수상 작가
120 **검찰관** 고골 · 조주관 옮김
121 **안개** 우나무노 · 조민현 옮김
122 **나사의 회전** 제임스 · 최경도 옮김 미국대학위원회 선정 SAT 추천도서
123 **피츠제럴드 단편선 1** 피츠제럴드 · 김욱동 옮김
124 **목화밭의 고독 속에서** 콜테스 · 임수현 옮김
125 **돼지꿈** 황석영
126 **라셀라스** 존슨 · 이인규 옮김
127 **리어 왕** 셰익스피어 · 최종철 옮김 서울대 권장도서 100선 | 《뉴스위크》 선정 100대 명저
128·129 **쿠오 바디스** 시엔키에비츠 · 최성은 옮김 노벨 문학상 수상 작가
130 **자기만의 방** 울프 · 이미애 옮김
131 **시르트의 바닷가** 그라크 · 송진석 옮김
132 **이성과 감성** 오스틴 · 윤지관 옮김
133 **바덴바덴에서의 여름** 치프킨 · 이장욱 옮김
134 **새로운 인생** 파묵 · 이난아 옮김 노벨 문학상 수상 작가
135·136 **무지개** 로렌스 · 김정매 옮김
137 **인생의 베일** 서머싯 몸 · 황소연 옮김
138 **보이지 않는 도시들** 칼비노 · 이현경 옮김
139·140·141 **연초 도매상** 바스 · 이운경 옮김 《타임》 선정 현대 100대 영문소설
142·143 **플로스 강의 물방앗간** 엘리엇 · 한애경, 이봉지 옮김 미국대학위원회 선정 SAT 추천도서
144 **연인** 뒤라스 · 김인환 옮김
145·146 **이름 없는 주드** 하디 · 정종화 옮김
147 **제49호 품목의 경매** 핀천 · 김성곤 옮김 《타임》 선정 현대 100대 영문소설

148 성역 포크너·이진준 옮김 노벨 문학상 수상 작가 | 퓰리처상 수상 작가

149 무진기행 김승옥

150·151·152 신곡(지옥편·연옥편·천국편) 단테·박상진 옮김 서울대 권장도서 100선 | 미국대학위원회 선정 SAT 추천도서 | 국립중앙도서관 선정 청소년 권장도서 | 《뉴스위크》 선정 100대 명저

153 구덩이 플라토노프·정보라 옮김

154·155·156 카라마조프가의 형제들 도스토옙스키·김연경 옮김 서울대 권장도서 100선 | 국립중앙도서관 선정 청소년 권장도서

157 지상의 양식 지드·김화영 옮김 노벨 문학상 수상 작가

158 밤의 군대들 메일러·권택영 옮김 퓰리처상 수상 작가

159 주홍 글자 호손·김욱동 옮김 서울대 권장도서 100선 | 미국대학위원회 선정 SAT 추천도서

160 깊은 강 엔도 슈사쿠·유숙자 옮김

161 욕망이라는 이름의 전차 윌리엄스·김소임 옮김

162 마사 퀘스트 레싱·나영균 옮김 노벨 문학상 수상 작가

163·164 운명의 딸 아옌데·권미선 옮김

165 모렐의 발명 비오이 카사레스·송병선 옮김

166 삼국유사 일연·김원중 옮김 서울대 권장도서 100선

167 풀잎은 노래한다 레싱·이태동 옮김 노벨 문학상 수상 작가

168 파리의 우울 보들레르·윤영애 옮김

169 포스트맨은 벨을 두 번 울린다 케인·이만식 옮김

170 썩은 잎 마르케스·송병선 옮김 노벨 문학상 수상 작가

171 모든 것이 산산이 부서지다 아체베·조규형 옮김 《타임》 선정 현대 100대 영문소설 | 《뉴스위크》 선정 100대 명저

172 한여름 밤의 꿈 셰익스피어·최종철 옮김 미국대학위원회 선정 SAT 추천도서

173 로미오와 줄리엣 셰익스피어·최종철 옮김 미국대학위원회 선정 SAT 추천도서

174·175 분노의 포도 스타인벡·김승욱 옮김 노벨 문학상 수상 작가 | 《타임》 선정 현대 100대 영문소설

176·177 괴테와의 대화 에커만·장희창 옮김

178 그물을 헤치고 머독·유종호 옮김 《타임》 선정 현대 100대 영문소설

179 브람스를 좋아하세요... 사강·김남주 옮김

180 카타리나 블룸의 잃어버린 명예 하인리히 뵐·김연수 옮김 노벨 문학상 수상 작가

181·182 에덴의 동쪽 스타인벡·정회성 옮김 노벨 문학상 수상 작가

183 순수의 시대 워튼·송은주 옮김 《뉴스위크》 선정 100대 명저 | 퓰리처상 수상작

184 도둑 일기 주네·박형섭 옮김

185 나자 브르통·오생근 옮김

186·187 캐치-22 헬러·안정효 옮김 《타임》 선정 현대 100대 영문소설 | 《뉴스위크》 선정 100대 명저 | BBC 선정 꼭 읽어야 할 책

188 숄로호프 단편선 숄로호프·이항재 옮김 노벨 문학상 수상 작가

189 말 사르트르·정명환 옮김

190·191 보이지 않는 인간 엘리슨·조영환 옮김 《타임》 선정 현대 100대 영문소설 | 미국대학위원회 선정 SAT 추천도서 | 《뉴스위크》 선정 100대 명저

192 왑샷 가문 연대기 치버·김승욱 옮김 퓰리처상 수상 작가

193 왑샷 가문 몰락기 치버·김승욱 옮김 퓰리처상 수상 작가

194 필립과 다른 사람들 노터봄·지명숙 옮김

195·196 **하드리아누스 황제의 회상록** 유르스나르·곽광수 옮김
197·198 **소피의 선택** 스타이런·한정아 옮김 퓰리처상 수상 작가
199 **피츠제럴드 단편선 2** 피츠제럴드·한은경 옮김
200 **홍길동전** 허균·김탁환 옮김
201 **요술 부지깽이** 쿠버·양윤희 옮김
202 **북호텔** 다비·원윤수 옮김
203 **톰 소여의 모험** 트웨인·김욱동 옮김
204 **금오신화** 김시습·이지하 옮김
205·206 **테스** 하디·정종화 옮김 미국대학위원회 선정 SAT 추천도서 | BBC 선정 꼭 읽어야 할 책
207 **브루스터플레이스의 여자들** 네일러·이소영 옮김
208 **더 이상 평안은 없다** 아체베·이소영 옮김
209 **그레인지 코플랜드의 세 번째 인생** 워커·김시현 옮김 퓰리처상 수상 작가
210 **어느 시골 신부의 일기** 베르나노스·정영란 옮김
211 **타라스 불바** 고골·조주관 옮김
212·213 **위대한 유산** 디킨스·이인규 옮김 서울대 권장도서 100선 | BBC 선정 꼭 읽어야 할 책
214 **면도날** 서머싯 몸·안진환 옮김
215·216 **성채** 크로닌·이은정 옮김
217 **오이디푸스 왕** 소포클레스·강대진 옮김 서울대 권장도서 100선
218 **세일즈맨의 죽음** 밀러·강유나 옮김
219·220·221 **안나 카레니나** 톨스토이·연진희 옮김 서울대 권장도서 100선
222 **오스카 와일드 작품선** 와일드·정영목 옮김
223 **벨아미** 모파상·송덕호 옮김
224 **파스쿠알 두아르테 가족** 호세 셀라·정동섭 옮김 노벨 문학상 수상 작가
225 **시칠리아에서의 대화** 비토리니·김운찬 옮김
226·227 **길 위에서** 케루악·이만식 옮김 《타임》 선정 현대 100대 영문소설 | 《뉴스위크》 선정 100대 명저
228 **우리 시대의 영웅** 레르몬토프·오정미 옮김
229 **아우라** 푸엔테스·송상기 옮김
230 **클링조어의 마지막 여름** 헤세·황승환 옮김 노벨 문학상 수상 작가
231 **리스본의 겨울** 무뇨스 몰리나·나송주 옮김
232 **뻐꾸기 둥지 위로 날아간 새** 키지·정회성 옮김 《타임》 선정 현대 100대 영문소설 | 《뉴스위크》 선정 100대 명저
233 **페널티킥 앞에 선 골키퍼의 불안** 한트케·윤용호 옮김 노벨 문학상 수상 작가
234 **참을 수 없는 존재의 가벼움** 쿤데라·이재룡 옮김
235·236 **바다여, 바다여** 머독·최옥영 옮김
237 **한 줌의 먼지** 에벌린 워·안진환 옮김 《타임》 선정 현대 100대 영문소설
238 **뜨거운 양철 지붕 위의 고양이·유리 동물원** 윌리엄스·김소임 옮김 퓰리처상 수상작
239 **지하로부터의 수기** 도스토옙스키·김연경 옮김
240 **키메라** 바스·이운경 옮김
241 **반쪼가리 자작** 칼비노·이현경 옮김
242 **벌집** 호세 셀라·남진희 옮김 노벨 문학상 수상 작가
243 **불멸** 쿤데라·김병욱 옮김
244·245 **파우스트 박사** 토마스 만·임홍배, 박병덕 옮김 노벨 문학상 수상 작가

246 사랑할 때와 죽을 때 레마르크·장희창 옮김
247 누가 버지니아 울프를 두려워하랴? 올비·강유나 옮김
248 인형의 집 입센·안미란 옮김
249 위폐범들 지드·원윤수 옮김 노벨 문학상 수상 작가
250 무정 이광수·정영훈 책임 편집 서울대 권장도서 100선
251·252 의지와 운명 푸엔테스·김현철 옮김
253 폭력적인 삶 파솔리니·이승수 옮김
254 거장과 마르가리타 불가코프·정보라 옮김
255·256 경이로운 도시 멘도사·김현철 옮김
257 야콥을 둘러싼 추측들 욘존·손대영 옮김
258 왕자와 거지 트웨인·김욱동 옮김
259 존재하지 않는 기사 칼비노·이현경 옮김
260·261 눈먼 암살자 애트우드·차은정 옮김 《타임》 선정 현대 100대 영문소설
262 베니스의 상인 셰익스피어·최종철 옮김
263 말리나 바흐만·남정애 옮김
264 사볼타 사건의 진실 멘도사·권미선 옮김
265 뒤렌마트 희곡선 뒤렌마트·김혜숙 옮김
266 이방인 카뮈·김화영 옮김 노벨 문학상 수상 작가 | 미국대학위원회 선정 SAT 추천도서
267 페스트 카뮈·김화영 옮김 노벨 문학상 수상 작가 | 국립중앙도서관 선정 청소년 권장도서
268 검은 튤립 뒤마·송진석 옮김
269·270 베를린 알렉산더 광장 되블린·김재혁 옮김
271 하얀 성 파묵·이난아 옮김 노벨 문학상 수상 작가
272 푸슈킨 선집 푸슈킨·최선 옮김
273·274 유리알 유희 헤세·이영임 옮김 노벨 문학상 수상 작가
275 픽션들 보르헤스·송병선 옮김 서울대 권장도서 100선
276 신의 화살 아체베·이소영 옮김
277 빌헬름 텔·간계와 사랑 실러·홍성광 옮김
278 노인과 바다 헤밍웨이·김욱동 옮김 노벨 문학상 수상 작가 | 퓰리처상 수상작
279 무기여 잘 있어라 헤밍웨이·김욱동 옮김 미국대학위원회 선정 SAT 추천도서
280 태양은 다시 떠오른다 헤밍웨이·김욱동 옮김 《타임》 선정 현대 100대 영문 소설
281 알레프 보르헤스·송병선 옮김
282 일곱 박공의 집 호손·정소영 옮김
283 에마 오스틴·윤지관, 김영희 옮김
284·285 죄와 벌 도스토옙스키·김연경 옮김 미국대학위원회 선정 SAT 추천도서
286 시련 밀러·최영 옮김
287 모두가 나의 아들 밀러·최영 옮김
288·289 누구를 위하여 종은 울리나 헤밍웨이·김욱동 옮김 노벨 문학상 수상 작가 | 《뉴스위크》 선정 100대 명저
290 구르브 연락 없다 멘도사·정창 옮김
291·292·293 데카메론 보카치오·박상진 옮김
294 나누어진 하늘 볼프·전영애 옮김
295·296 제브데트 씨와 아들들 파묵·이난아 옮김 노벨 문학상 수상 작가

297·298 **여인의 초상** 제임스 · 최경도 옮김 미국대학위원회 선정 SAT 추천도서
299 **압살롬, 압살롬!** 포크너 · 이태동 옮김 노벨 문학상 수상 작가
300 **이상 소설 전집** 이상 · 권영민 책임 편집
301·302·303·304·305 **레 미제라블** 위고 · 정기수 옮김
306 **관객모독** 한트케 · 윤용호 옮김 노벨 문학상 수상 작가
307 **더블린 사람들** 조이스 · 이종일 옮김
308 **에드거 앨런 포 단편선** 앨런 포 · 전승희 옮김 미국대학위원회 선정 SAT 추천도서
309 **보이체크 · 당통의 죽음** 뷔히너 · 홍성광 옮김
310 **노르웨이의 숲** 무라카미 하루키 · 양억관 옮김
311 **운명론자 자크와 그의 주인** 디드로 · 김희영 옮김
312·313 **헤밍웨이 단편선** 헤밍웨이 · 김욱동 옮김 노벨 문학상 수상 작가
314 **피라미드** 골딩 · 안지현 옮김 노벨 문학상 수상 작가
315 **닫힌 방 · 악마와 선한 신** 사르트르 · 지영래 옮김
316 **등대로** 울프 · 이미애 옮김 《타임》 선정 현대 100대 영문소설 | 《뉴스위크》 선정 100대 명저
317·318 **한국 희곡선** 송영 외 · 양승국 엮음
319 **여자의 일생** 모파상 · 이동렬 옮김
320 **의식** 노터봄 · 김영중 옮김
321 **육체의 악마** 라디게 · 원윤수 옮김
322·323 **감정 교육** 플로베르 · 지영화 옮김
324 **불타는 평원** 룰포 · 정창 옮김
325 **위대한 몬느** 알랭푸르니에 · 박영근 옮김
326 **라쇼몬** 아쿠타가와 류노스케 · 서은혜 옮김
327 **반바지 당나귀** 보스코 · 정영란 옮김
328 **정복자들** 말로 · 최윤주 옮김
329·330 **우리 동네 아이들** 마흐푸즈 · 배혜경 옮김 노벨 문학상 수상 작가
331·332 **개선문** 레마르크 · 장희창 옮김
333 **사바나의 개미 언덕** 아체베 · 이소영 옮김
334 **게걸음으로** 그라스 · 장희창 옮김 노벨 문학상 수상 작가
335 **코스모스** 곰브로비치 · 최성은 옮김
336 **좁은 문 · 전원교향곡 · 배덕자** 지드 · 동성식 옮김 노벨 문학상 수상 작가
337·338 **암 병동** 솔제니친 · 이영의 옮김 노벨 문학상 수상 작가
339 **피의 꽃잎들** 응구기 와 시옹오 · 왕은철 옮김
340 **운명** 케르테스 · 유진일 옮김 노벨 문학상 수상 작가
341·342 **벌거벗은 자와 죽은 자** 메일러 · 이운경 옮김 퓰리처상 수상 작가
343 **시지프 신화** 카뮈 · 김화영 옮김 노벨 문학상 수상 작가
344 **뇌우** 차오위 · 오수경 옮김
345 **모옌 중단편선** 모옌 · 심규호, 유소영 옮김 노벨 문학상 수상 작가
346 **일야서** 한사오궁 · 심규호, 유소영 옮김
347 **상속자들** 골딩 · 안지현 옮김 노벨 문학상 수상 작가
348 **설득** 오스틴 · 전승희 옮김
349 **히로시마 내 사랑** 뒤라스 · 방미경 옮김
350 **오 헨리 단편선** 오 헨리 · 김희용 옮김

세계문학전집은 계속 간행됩니다.